レパード

闇にひそむ獣　上

ジョー・ネスボ
戸田裕之 訳

集英社文庫

目次

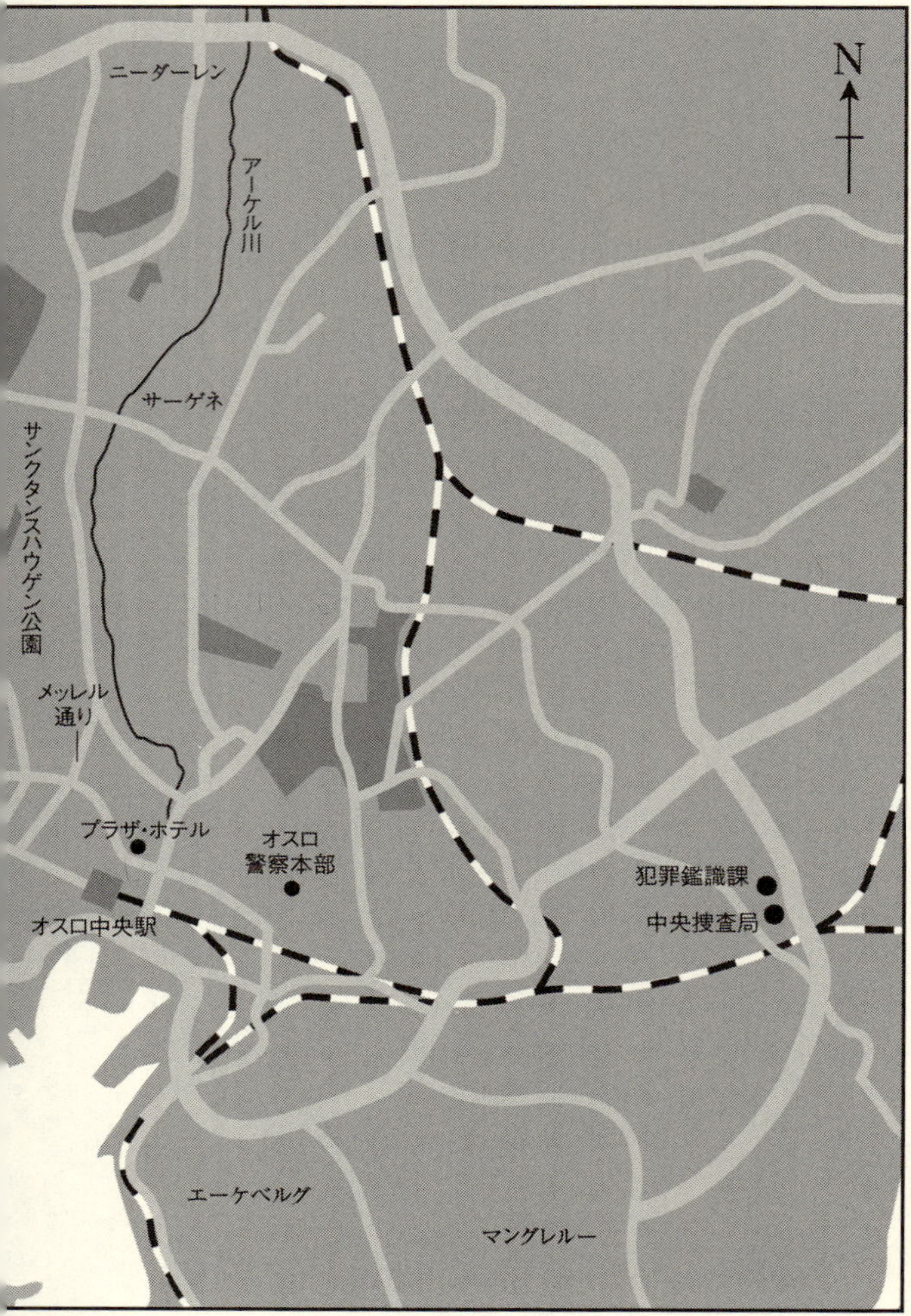
N
ニーダーレン
アーケル川
サーゲネ
サンクタンスハウゲン公園
メッレル通り
プラザ・ホテル
オスロ警察本部
オスロ中央駅
犯罪鑑識課
中央捜査局
エーケベルグ
マングレルー

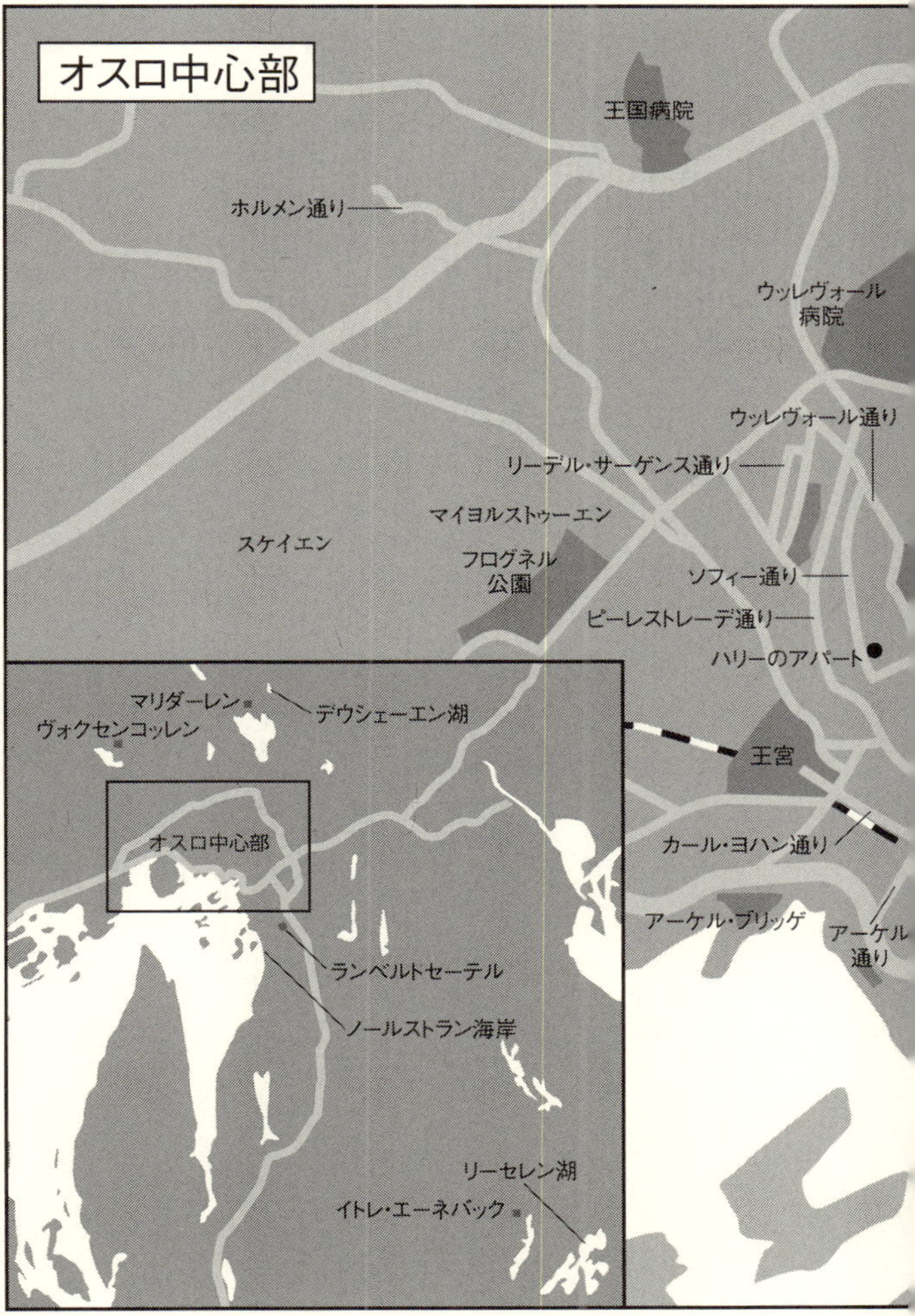

オスロ中心部
王国病院
ホルメン通り
ウッレヴォール
病院
ウッレヴォール通り
リーデル・サーゲンス通り
マイヨルストゥーエン
スケイエン
フログネル
公園
ソフィー通り
ピーレストレーデ通り
ハリーのアパート
王宮
カール・ヨハン通り
アーケル・ブリッゲ
アーケル
通り
マリダーレン
デウシェーエン湖
ヴォクセンコッレン
オスロ中心部
ランベルトセーテル
ノールストラン海岸
リーセレン湖
イトレ・エーネバック

主な登場人物

ハリー・ホーレ……………オスロ警察警部
カイア・ソルネス…………オスロ警察刑事
グンナル・ハーゲン………オスロ警察刑事部長
ビョルン・ホルム…………オスロ警察犯罪鑑識課員
ベアーテ・レン……………オスロ警察犯罪鑑識課長
カトリーネ・ブラット……オスロ警察の元刑事
ヒェルスティ・レースモーエン……サンヴィーケン病院の医師
ミカエル・ベルマン………中央捜査局（クリポス）局長
ユッシ・コルッカ…………クリポス刑事
トルルス・ベルンツェン（ビーバス）……クリポス刑事
スカイ………………………イトレ・エーネバックの警察官
コルビョルンセン…………スタヴァンゲル警察警部
アスラク・クロングリー…ヤイロの警察官
オッド・ウトモー…………ウスタオーセの住人
ヘルマン・クロイト………香港在住の南アフリカ人
フェリクス・レスト………火山の研究者

ボルグニー・ステム＝ミーレ……………ヘアスタイリスト
シャルロッテ・ロッレス………………弁護士
マーリット・オルセン…………………国会議員
ラスムス・オルセン……………………マーリットの夫
エリアス・スコーグ……………………スタヴァンゲルの住人
アデーレ・ヴェトレセン………………失踪した女性
イスカ・ペッレル………………………オーストラリア人
ユリアナ・フェルニ……………………ライプツィヒの住人
レーネ・ガルトゥング…………………海運王の娘。トニーの婚約者
トニー・レイケ…………………………起業家。レーネの婚約者
エディ・ファン・ブールスト…………コンゴ在住のベルギー人
オーラヴ・ホーレ………………………ハリーの父
シース……………………………………ハリーの妹
シグール・アルトマン…………………王国病院の看護師
ラケル・ファウケ………………………ハリーのかつての恋人
オレグ……………………………………ラケルの息子
エイステイン・エイケラン……………ハリーの幼馴染
ローゲル・イェンネム…………………〈アフテンポステン〉紙記者

レパード　闇にひそむ獣　上

第一部

1　溺死

彼女は目を覚ました。漆黒の闇のなかで瞬《まばた》きをし、欠伸《あくび》をし、鼻で息をして、また瞬きをした。涙が頬を伝うのがわかり、それ以前の涙の塩と溶け合うのが感じられた。けれども、口は乾いて強ばり、喉は唾液で濡れていなかった。両頬は内側からの圧力で外へ出っ張り、口のなかを占領している正体不明の物体のせいで、いまにも頭が爆発するのではないかと思われた。でも、何だろう？　どういうことなのか？　目が覚めてまず頭に浮かんだのは、戻りたいということだった。自分を包んでくれていた、暗くて温かい深みへ戻りたい。彼に打たれた注射の効き目はまだ切れていなかったが、痛みはよみがえりはじめ、それがのろのろとした鈍い拍動と緩やかな血流に入り込んで脳を巡っていくのが感じられた。彼はどこにいるのだろう？　わたしの真後ろに立っているのか？　彼女は息を詰めて耳を澄ませた。何も聞こえなかったが、そこにいるのを感じ取ることはできた。まるで豹《ひょう》のようだ。豹はほとんど音を立てないから闇のなかで獲物のすぐそばまで行けるのだと聞いたことがある。自分の息遣いを獲物のそれに合わせて調節でき、獲物が息を詰めれば、自分も息を詰めることができるのだ、と。間違いない、彼の発する熱が感じられる。彼は何を待っているのか？　彼女は息を吐いた。その瞬間、首筋に確かに彼の息がかかったような気がした。彼女はくるりと振り返って拳を振るったが、虚しく空を切るだけに終わった。うずくまり、身体を小さく丸めて隠れようとした。無駄だった。

どのぐらい意識を失っていたのだろう？

薬物の効果は薄れつつあった。あの興奮はほんの一瞬しかつづかない。が、前もってそれを味わわせ、確信を持たせるには十分だ。くるべきものは必ずくるという確信を。

彼女の前のテーブルに置かれた見慣れない物体は、きらきらした金属でできた、ビリヤードのボールほどの大きさの球体で、いくつもの小さな孔《あな》と数字と記号に覆われていた。孔の一つからは端が輪になった赤いワイヤーが伸びていて、彼女はそれを見たとたんに、七日後の十二月二十三日に両親の家でクリスマス・ツリーの飾り付けをしなくてはならないことを思い出した。きらきら輝くボールや、クリスマスの妖精、ハート、蠟燭《ろうそく》、ノルウェーの国旗。八日後にはみんなで伝統的なクリスマス・キャロルを歌い、甥や姪が目を輝かせながらプレゼントを開ける姿を見る。それもこれも、本来ならわたしがやっていたはずのことではない。現実逃避などとは無縁の満ち足りた毎日、幸せで生彩と愛に満ちた人生を送っていたはずだ。さまざまなところを単に気の向くままに、あるいは計画を立てて訪れ、さまざまな男とこれまでに出会い、これからも出会うはずだった。十七のときにお腹に宿った子を堕《お》ろし、それ以来子供はまだいない。わたしは日々を無駄に生きている。本来ならこうではなかったはずの日々を。

やがて、彼女は考えることをやめた。頭にあるのは目の前にかざされているナイフ、そして、球体を口に入れろと命じる優しい声だけになった。彼女は命令に従った。もちろんだ。心臓が早鐘を打つなか、口をいっぱいに開けて球体を押し込み、ワイヤーは外へ垂らしたままにした。金属は苦くて少ししょっぱく、涙のような味がした。とたんに後ろへのけぞらされ、無防備になった喉にナイフの腹が押し当てられて、鋼《はがね》の感触が焼けるように肌に感じられた。天井と部屋を照らしているのは、灰色のコンクリートが剝《む》き出しの壁の一角に立てかけられている、何の変哲もない普通の照明器具だった。その照明器具以外にそこにあるのは、白いプラスティックのピクニック・テーブルが一台と椅子が二脚、空のビール瓶が二本。そして、人間が二人──彼と彼女。革手袋の匂いとともに口から垂れている赤いワイヤーの先端の輪に指が差し込まれ、それが軽く引っ張られた次の瞬間、彼女はついに自分の頭が爆発したのではないかと思った。

球体が膨張し、口の内側をさらに強く圧迫しはじめた。どんなに口を大きく開いても、その圧力は強くなりつづけた。彼はその様子をわがことのように、まるで歯列矯正器が収まるべきところへきちんと収まっているかどうかを確かめる歯科医のように集中して観察し、満足を示す薄い笑みを浮かべた。

彼女の舌が球体に穿《うが》たれた孔の盛り上がった縁に触れた。それが口蓋を、柔らかな舌を、歯を、そして、のどびこを圧迫しつづけているのだった。彼女は言葉を発しようとした。その口から漏れる不明瞭な音に彼は辛抱強く耳を澄ませ、彼女が諦めると、うなずいて注射器を取り出した。針の先端に浮かんだ滴が、照明の明かりにきらめいた。彼女の耳元で彼がささやいた。「ワイヤーに触るなよ」

そして彼女の首に注射をし、数秒のうちに意識を失わせた。

彼女は恐怖に戦《おのの》く自分の息遣いを聴きながら、闇のなかで瞬きをした。このまま手を拱《こまね》いているわけにはいかない。椅子の座面――自分の汗で湿っていた――に両手をついて、何とか立ち上がった。止める者はいなかった。

小さく何歩か踏み出してみたものの結局壁にぶつかり、滑らかで冷たい表面を手で探りながら進んだ。金属製のドアにたどり着き、スライド錠を引っ張ってみた。びくともしなかった。施錠されていた。当たり前じゃないの、わたしは何を考えていたのか。聞こえるのは笑い声か、それとも頭のなかで鳴る音だろうか。彼はどこ？　なぜこんなふうにわたしを弄ぶの？

何かをしないと。考えないと。でも、考えるためには、まずこの金属の丸いものを口から取り除かなくては。そうでないと、苦しさのあまり頭がどうにかなってしまう。親指と人差し指を両端から口のなかに差し込んだ。指が球体に穿たれている孔の縁の盛り上がりに触れた。その孔のなかに指を潜り込ませようとしたが、徒労に終わった。激しく咳き込んだせいで息ができなくなり、パニックに襲われた。球体の孔の縁が盛り上がっているせいで気管の周囲の肉を圧迫して、空気の通り道を塞ごうとしているのだ。このままではもうすぐ息ができなくなってしまう。金属のドアを蹴り、大声で叫ぼうとした。が、球体がその声をくぐもらせた。諦め、壁に寄りかかって聴き耳を立てた。聞こえているのは密やかな彼の足音だろうか。部屋のなかを歩きまわっているのか？　わたしと目隠し鬼ごっこをしているのか？　それとも、聞こえているのは彼の足音ではなくて、わたしの耳を脈打ちながら流れる血の音だろうか？　彼女は苦痛を覚悟して口を閉じた。盛り上がった縁はほとんどへこまず、すぐに跳ね返って、ふたたび口を開けさせずにおかなかった。球体はいまや拍動しているかのようで、あたかも鉄の心臓、彼女の一部になったかに思われた。

何かをしなくては。考えなくては。

発条《ばね》だ、縁に発条が仕込まれていたに違いない。

彼がワイヤーを引っ張ったときに、発条が弾けて縁が一気に盛り上がったのだ。

「ワイヤーに触るなよ」と、彼は言っていた。

なぜだろう？　触るとどうなるのか？

壁に背中を預けたまま、ずるずると床に坐《すわ》り込んだ。湿った冷たさがコンクリートの床から伝い上がってきた。またもや大声で叫ぼうとしたが、できなかった。静寂と沈黙しかなかった。

何であれ言葉は愛する人たちのために使うべきであって、わたしなど何とも思っていない連中を沈黙させるために使うべきではない。

出口はない。あるのはわたしと、この信じ難い苦痛と、爆発しようとしているわたしの頭だけだ。

「ワイヤーに触るなよ」

ワイヤーを引っ張ったら、盛り上がった部分が元に戻って普通の球体になり、この苦痛から逃れられるのではないか。

同じ考えばかりが堂々巡りした。どのぐらいここにいるのだろう？　二時間か？　八時間か？　二十分か？

ワイヤーを引くだけでいいのなら、なぜいまだにそれをやっていないのか？　警告を発したのが明らかな変質者だからか？　それとも、これがゲームの一部だからか？　このまったく不必要な苦痛を終わらせたいという誘惑に抵抗するよう仕向けられているからか？　それとも、これは警告を無視してワイヤーを引かせ、恐ろしい何かを発動させるのが目的のゲームなのか？　だとすれば、何が起こるのだろう？　この球体は何なのか？

そうだ、これはゲームだ。残酷なゲームなのだ。そして、わたしはそれへの参加を強いられている。苦痛は耐え難くなってきているし、喉は塞がれつつあって、息ができなくなるのももうすぐだ。

三度《みたび》声を上げようとしたもののすすり泣きにしかならず、瞬きを繰り返しても涙は涸《か》れてしまっていた。

口から垂れ下がっているワイヤーをつまみ、恐る恐る、弛《ゆる》みがなくなるまで引っ張った。やらずに後悔したことは、これまでもちろんたくさんある。でも、自分の自由が一切ない禁欲の人生を送らなくてはならないとしても、ここからそこへ行けるのなら、いまのわたしはそっちを選ぶだろう。ただ生きたいのだ。どんな人生であれ、生きていられればいい。実に単純なことだ。

彼女はぐいとワイヤーを引いた。

孔の周囲の盛り上がりから無数の針が飛び出した。長さは七センチ。四本が彼女の両頬に刺さり、三本が副鼻腔を、二本が鼻腔を、そして、二本が顎を貫いた。さらに、二本の針が気管に、一本が右目に、一本が左目に突き刺さった。何本かは口蓋の奥を突き破って脳に達した。しかし、それは直接の死因ではなかった。金属の球体が邪魔をしたために、彼女は傷から口のなかに流れ出る血を吐き出すことができず、その血は気管を下って肺に流れ込んだ。そのせいで血液中に酸素を取り込めなくなり、心停止を引き起こして、検死医が低酸素脳症――脳に酸素が足りない状態――と報告書に記載するであろう結果に至らしめた。言い換えるなら、ボルグニー・ステム゠ミーレは溺死したのだった。

2　輝ける闇　十二月十八日

日が短くなった。外にはまだ光が残っているが、ここ、私の部屋は常に暗い。作業灯の明かりのなかで、壁に貼られた写真の人物は腹が立つほど幸せそうで無邪気に見える。期待に満ちあふれ、何事もない穏やかな人生が保証されているかのように。時間という大海原はまったく静かで、波一つ立つこともないかのように。私は悲歎《ひたん》に暮れる哀れな家族の記事を一つ残らず切り抜き、それをまた切り貼りして、死体が発見されたときのむごたらしい状況を再現する物語を完成させた。新聞記者にしつこく頼まれて親戚や友人が提供したお定まりの写真は、私を満足させるに十分だった。青春時代の彼女の、永遠につづくかのような笑顔の写真。

警察はいまのところは多くを知らない。だが、もうすぐ仕事が増えることになる。

人殺しを作るのが何であれ、それは何なのか、どこなのか？　生まれついてそうなのか？　遺伝によるのか？　それを受け継ぐ者もいれば、そうでない者もいる、潜在的な要因なのか？　それとも、必要に迫られて形成され、社会と対峙《たいじ》するなかで発現したもの、生き延びるための戦略、命を失わないための病、合理的な狂気なのか？　病気が肉体への熱をともなう砲撃であるのと同じように、狂気は自分をもう一度、ゆるぎない存在とするための場所への不可欠な撤退なのだ。

人を殺す能力はだれであれ健康な人間に元来備わっているものだと、私はそう信じている。われわれは戦って獲得するために存在しているのであり、隣人を殺せない者に存在する権利はない。結局のところ、人を殺す行為は、いずれ人間に起こることを早めているにすぎない。人は必ず死ぬ。例外はない。それはいいことなのだ。なぜなら、生は苦しみと痛みと煩わしさなのだから。その意味において、殺人はみな慈善の行ないだ。そう見えないのは、陽《ひ》が肌を温めたり、水が唇を湿らせたり、すべての拍動のなかに生への愚かな欲望を見出したり、これまでの生を通じて集まってきたあらゆるもの——権威、地位、主義——をもって時間のかけらを買うつもりでいたりするからにすぎない。だが、そのときこそもっと深く掘らなくてはならない。そうやって、自分を混乱させ、目を見えなくさせる明かりを避けるべきなのだ。そして、冷たい、輝ける闇のなかへ潜り込み、確たる実——真実——を見つけるのだ。なぜなら、それが私が見つけなくてはならなかったものだからであり、私が見つけたものだからだ。その確たる実が何であれ、それは人を人殺しにする。

私の生はどうなのか？　それが静かで波一つ立つことのない時間の大海原だと、私も信じているか？

まさか。やがて私も、このささやかなドラマの登場人物とともに、死という塵芥《じんかい》の山に横たわることになるだろう。しかし、私の身体の腐敗がどの段階まで進んでいるにせよ、たとえ骨だけになっているとしても、その口元には笑みが浮かんでいるはずだ。私がいま生きているのはそのため、つまり、存在する権利を勝ち取るため、自らが浄《きよ》められる機会を得るため、すべての不名誉を雪《すす》ぐためなのだ。

だが、これは始まりにすぎない。これから私は作業灯を消し、陽の光のなかへ出ていく。わずかに残っている明るさのなかへ。

3　香港

　雨はすぐにはやまなかったし、少し経《た》ってもやまなかった。実はまったく上がる気配を見せていなかった。一週間が過ぎ、また一週間が過ぎても、暖かく湿っていた。地面は水浸しで、欧州自動車道路はくぼみができ、渡り鳥は動かず、北部では、これまで見られなかった昆虫についての報告があった。暦の上では冬だったが、樹木が点在するオスロの草原は雪がないだけでなく、茶色になってもいなかった。そこはソグンの人工芝に負けず劣らず緑で気をそそり、ソグンスヴァン湖の周りでスキーができるようになるのを待ちきれないフィットネス愛好家たちが、〈ビヨルンダーリ〉のタイツを穿《は》いてジョギングをしにやってくるところだった。大晦日《おおみそか》は霧がとても深かったから、花火の音はオスロ中心部から郊外のアスケルまで聞こえたものの、たとえそれが自宅の裏庭で打ち上げられたものであっても何一つ見えなかった。にもかかわらず、ノルウェーの人々はその夜、一世帯当たり六百クローネを、花火の打ち上げに費やしていた。その数字を弾き出した消費動向調査は同時に、タイの白砂の浜辺でホワイトクリスマスを過ごす夢を実現したノルウェー人の数がわずか三年で倍増していることも明らかにした。しかし、異常気象は東南アジアでも猛威を振るっているらしく、普段なら台風の季節にしか天気図に現われない険呑《けんのん》な雲が、いまは列をなしてシナ海を横断しつつあった。香港の二月は比較的乾いた時期であるのが普通なのに、いまは豪雨に見舞われていて、キャセイ・パシフィック七三一便はあまりの視界の悪さに香港国際空港への着陸をやり直さなくてはならなかった。

「着陸するのが新空港なのをありがたく思うんですな」拳が白くなるほどアームレストを握り締めているカイア・ソルネスに、隣りの席に坐っている中国人らしい乗客が声をかけた。「昔の空港は街のど真ん中にあって、着陸するときには高層建築群に向かってまっすぐ突っ込んでいってましたからね」

十二時間前に離陸してから、その男が発した初めての言葉だった。一時的ではあるにせよ、機体がひどく揺れている事実以外の何かへ気持ちを逸《そ》らすチャンスを、カイアは逃すわけにはいかなかった。

「ありがとうございます――そう言っていただければ安心です。イギリスの方ですか？」

まるで横面でもひっぱたかれたかのように男がたじろぎ、かつての植民地の宗主国民と同じ民族ではないかというほのめかしが彼をひどく傷つけたことにカイアは気がついた。「いえ……中国の方でしょうか？」

男がきっぱりと首を振った。「香港系中国人です。あなたは、お嬢さん？」

「ホックスン系ノルウェー人です」と答えるべきか、カイアは一瞬迷ったが、「ノルウェー人です」と言うにとどめた。香港系中国人の男はしばらく考えている様子だったが、やがて

「そうですか！」と勝ち誇ったような声を上げてから、「スカンジナヴィア人ということですな」と修正して、香港へは何をしにきたのかと訊いた。

「ある男性を探しにです」カイアは眼下の青みがかった灰色の雲を見つめ、固い地面が早く姿を現わしてくれることを願いながら答えた。

「そうですか！」香港系中国人がまた声を上げた。「お嬢さん、あなたはとても美しい。それから、中国人は中国人としか結婚しないなんて話を鵜呑《うの》みにしないように」

カイアは何とか薄い笑みを浮かべた。「その中国人って、香港系中国人のことですか？」

「特に香港系中国人です」男が力を込めてうなずき、指輪をしていない手をかざして見せた。

「私はマイクロチップを扱っていましてね、中国と韓国に一族の工場があるんですよ。ところで、今夜の予定は？」

「眠ろうと思います。できれば、ですけど」カイアは欠伸をした。

「明日の夜は？」

「その男性を見つけて帰途についています。見つかっていれば、ですけど」

香港系中国人が顔をしかめた。「そんなに急いでおられるんですか、お嬢さん」


車で送ろうという香港系中国人の申し出を断わり、カイアは二階建てバスで中心街へ向かった。一時間後、彼女は尖沙咀皇悦酒店《エンパイア・ホテル・カオルーン》の廊下に立ち、独り深呼吸を繰り返していた。指定された部屋のドアにカード・キイを差し込むと、あとはそれを開けるだけだった。彼女は意を決して取っ手を押し下げると、一気にドアを開けて室内に目を凝らした。

だれもいなかった。

もちろん、いるはずがなかった。

部屋に入るとキャリーバッグをベッドの横へ引いていき、窓の前に立って外を見た。まずは十七階下の通りを行き交う人の群れを、次いで、高層建築群を。建物はマンハッタンやクアラルンプール、あるいは東京の、優雅でとにかく華やかな姉妹たちとは似ても似つかず、まるで蟻塚《ありづか》のようであり、おぞましいと同時に見事でもあって、せいぜい一千平方キロしかないところに七百万の住民が部屋を見つけなくてはならないときの人間の適応能力を示す、グロテスクな証拠のようでもあった。疲れが忍び寄ってくるのを感じ、靴を蹴り脱いでベッドに倒れ込んだ。四つ星ホテルのダブルルームなのに、部屋は幅一メートル二十センチのベッドでほとんどいっぱいだった。これからこの無数とも言える蟻塚のなかから、ある特定の人物を見つけ出さなくてはならないという事実が胸を突いた。しかも、すべての証拠が示唆しているのだが、その男性は見つけてもらうことを特に望んでいなかった。

束の間、彼女はどちらを取るか思案した。このまま目をつむってしまうか、それとも、すぐに行動を開始するか。結局誘惑を断ち切って起き上がり、服を脱いでシャワーを浴びた。そのあと鏡の前に立ち、あの香港系中国人の言葉――〝あなたはとても美しい〟――が正しいことを確認したが、自惚《うぬぼ》れたりはこれっぽっちもしなかった。自分でそう思っているわけでもなく、せいぜいが満更嘘でもないという程度の見立てでしかなかった。頰は高く秀で、漆黒の眉はくっきりと整って艶《つや》やかで、目は大きく子供のよう、緑の瞳は成熟した若い女性らしく鮮やかに輝いていた。髪は茶色がかった蜂蜜色、大きな口の豊かな唇は互いがキスをしているかのようで、首はすらりと細く、身体つきも同じくすらりとしていて、小振りな胸は非の打ち所のない海のうねりのように盛り上がり、肌は雪のように白かった。尻は緩やかな曲線を描き、長い脚はオスロのモデル・エージェンシー二社がわざわざホックスンの学校まで足を運び、うちへこないかと説得しようとしたほどだった。残念ながら断わるしかなかったのだが、そのとき彼女を何より喜ばせたのは、彼らの一人が帰り際にこう言ってくれたことだった。「わかったよ。だけど、憶《おぼ》えておきなさい、お嬢さん。あなたは完璧な美人ではない。歯が小さくて尖っているからね。あまり笑わないほうがいい」

それ以降、カイアはもっと気楽に笑えるようになった。

彼女はカーキのズボンを穿き、薄手の防水ジャケットを羽織ると、まるで宙に浮いているかのような軽やかな足取りで、音もなくロビーへ下りていった。

「重慶大厦《チョンキン・マンション》でございますか?」フロント係が思わず訝《いぶか》しげに片眉を上げて指でその方向を示した。「金巴利道《キンバリー・ロード》を彌敦道《ネイザン・ロード》まで行って、左に折れてください」

国際刑事警察機構《インターポール》に加盟している国なら、安宿《ホステル》だろうとホテルだろうと、どこであれ外国人客はすべて宿泊登録をすることが法律で義務づけられていたが、ノルウェー大使の秘書に電話をして、探している男性が最後に登録したのがどこか問い合わせると、重慶大厦はホテルでも〝金持ちの住まい〟という意味でのマンションでもないという説明が返ってきた。実態は商店、テイクアウト専門の店、レストラン、おそらくは百軒を超えるだろう認可されていたりされていなかったりするホステルからなっていて、五つの巨大な高層ビルには二部屋から二十部屋までありとあらゆる宿が詰め込まれていた。賃貸の部屋の特徴としては、質素で清潔で居心地のいいものから、むさ苦しくて汚ないもの、刑務所の独房に毛の生えたようなものまですべてが揃っていた。そして、ここで何より重要なのは、人生にほどほどの要求しかしなければ、この蟻塚を出ることなく眠り、食べ、仕事をして生活し、繁殖できることだった。

重慶大厦の入口は彌敦道《ネイザン・ロード》――有名ブランドの商品が売られ、店の前が磨き上げられ、背の高いショー・ウィンドウが並ぶ繁華な通り――で確かに見つかった。カイアはファストフードの店から流れ出る匂いを嗅ぎ、靴の修理屋のハンマーの音やイスラム教の礼拝の時刻を知らせる放送を聞き、古着屋のなかの疲れた顔を見ながらその複合施設に入った。そして、旅行ガイドブックを手に過剰に楽観的な迷彩柄のショートパンツから突き出した白い脚で立ち尽くしている、困惑した様子のバックパッカーを見てちらりと笑みを浮かべた。

制服姿の警備員がカイアの差し出したメモを見て「エレベーターＣ」と答え、廊下の向こうを指さした。

エレベーターの前には長い行列ができていて、二回待たなくてはならず、三回目にようやく乗り込むことができた。が、かごは客が身動きできないほど詰め込まれているせいで軋《きし》み、揺れて、ロマは死んだら立った格好で垂直に埋葬されるという話が思い出された。

そのホステルのオーナーはターバンを巻いたイスラム教徒で、すぐさま恐ろしく熱心に、小さな箱のような部屋を勧めた。どうやって空間を見つけたのか、ベッドの足側には壁掛けテレビがあり、頭側ではエアコンが喧《やかま》しい音を立てていた。オーナーの熱意が衰えたのは、パスポートのものとおぼしき、名前が記載された男性の顔写真を見せられ、いまどこにいるかと尋ねられて、売り込み口上をさえぎられたときだった。

相手の反応を見るや、カイアは急いで情報を付け加えた——わたしはこの男性の妻なんです。この界隈《かいわい》で公式な身分証を振り回すのは〝逆効果〟だと、大使館の秘書が教えてくれたのだ。そして、わたしと夫のあいだには五人の子供がいるんですと念のために言い添えると、ホステルのオーナーの態度が劇的に変わった。若い西欧の異教徒がすでに多くの子供をこの世に送り出していることが尊敬の対象となったのだ。彼は深い吐息を漏らすと、いたましげに首を振りながら、途切れ途切れに英語で言った。「お気の毒です、奥さま。あいつらがやってきて、ご主人のパスポートを取り上げてしまったのですよ」

「あいつらとはだれのことですか?」

「だれ? 三合会《ザ・トライアド》ですよ、奥さま。三合会に決まってます」

もちろんカイアもその組織のことは知っていたが、中国のマフィアは漫画とカンフー映画の世界のものだろうと漠然と思っていた。

「お掛けください、奥さま」男が素速く椅子を見つけ、カイアはそれに腰を落とした。「あいつらはご主人を追ってきたんですが、ご主人が外出中だったので、パスポートを持っていったんです」

「パスポートを？　なぜですか？」

男がためらった。

「お願いです、教えてください」

「お気の毒ですが、ご主人は馬に賭けておられたのです」

「馬？」

「跑馬地《ハッピーバレー》馬場です。競馬場ですよ。実に忌まわしい」

「主人は借金をしているんですか？　三合会に？」

男はうなずいてその厳然たる事実を認め、何度か首を振って悔やんで見せた。

「それで、パスポートを持っていかれた？」

「だから、香港を出たかったら借金を返すほかないんです」

「ノルウェー大使館でパスポートを再発行してもらえばすむことでしょう」

ターバンが左右に揺れた。「いや、このチョンキンなら、アメリカ・ドルで八十も出せば偽造パスポートを手に入れられます。問題はそこではなくて、香港が島であることなんです。ここへはどうやっていらっしゃったんです？」

「飛行機です」

「どうやってお帰りになるんですか？」

「飛行機です」

「空港は一つしかない。そこで航空券を買わなくてはならない。名前はすべてコンピューターに登録される。いくつもの検査を受けなくてはならない。三合会から金をもらって見張りをしている者が大勢いる。おわかりですか?」

カイアはゆっくりとうなずいた。「逃げるのは難しいと」

ホステルのオーナーが首を振っていきなり笑い出した。「違いますよ、奥さま。難しいのではなくて、不可能なんです。ですが、香港は隠れていられるところなんです。七百万の人間がいますからね、姿を消しているのは難しくありません」

睡眠不足が祟《たた》りはじめてカイアは思わず目を閉じたが、ホステルのオーナーは勘違いしたらしく、慰めの手を彼女の肩に置いてつぶやいた。「まあまあ」

そして、ためらいがちに身を乗り出してささやいた。「ご主人はまだここにいらっしゃると思いますよ」

「ええ、それはわかっているんです」

「いや、ここというのは香港ではなくて、このビルにということですよ。私はご主人を見たんです」

カイアは顔を上げた。

「二度」彼は言った。「リー・ユアンの店でね。ご主人はそこで食事をしておられるんです。安いんですよ。だれにもしゃべらないから、と私は言いました。ご主人はいい人です。でも、トラブルを抱えておられる」そして、ほとんどターバンに隠れんばかりに大袈裟《おおげさ》に、ぐるりと目を回して見せた。「山ほどね」

リー・ユアンの店はカウンターとプラスティックのテーブル席四つからなり、一人の中国人が励ましの笑みをカイアに向けていた。炒飯二人前とコーヒー三杯、水二リットルを腹に収めて眠ってしまったあとではっと目を覚まし、油じみたテーブルから顔を上げたときのことだった。店に入って六時間が経っていた。

「お疲れですか？」彼が笑い、全部は揃っていない前歯が露わになった。

カイアは欠伸をし、四杯目のコーヒーを注文すると、さらに待ちつづけた。二人の中国人が入ってきてカウンターに腰を下ろしたが、言葉を発することもなく、注文もしなかった。カイアに目を向けようともせず、それが彼女にはありがたかった。飛行機に長く坐っていたせいでひどく身体が強ばり、じっとしている姿勢から動こうとすると必ず痛みが走った。血の巡りをよくしようと首を左右に曲げる運動を繰り返したあとで、今度は後ろへ反らしてみた。とたんに首が乾いた音を立てた。青白い光を放っている天井の蛍光灯をそのままの姿勢で見つめてから、首を元に戻した。真正面に、血色の悪いやつれた顔があった。廊下の閉ざされた鋼鉄のシャッターの前で足を止め、店内をうかがっていたが、カウンターに坐っている二人の中国人に気づくと急いで歩き出した。

カイアは立ち上がったが、片方の足がまだ眠っていて、体重を支えてくれなかった。バッグをつかむと、足を引きずりながらもできるだけ速く男を追いかけようとした。

「すぐに戻ってきてくださいよ！」店主の叫ぶ声が背後から追いかけてきた。

彼はずいぶん痩せて見えた。写真では幅があって背も高かったし、テレビのトーク番組に出演した際、彼の坐っている椅子が子供用のものに見えるほどだった。それでも、たったいま見たのが彼であることを、カイアはまったく疑わなかった。極端に髪を短く刈ったいびつな形の頭、大きな鼻、血管が蜘蛛の巣のように走っている目、アルコール依存者に特有の生気のない薄青い瞳。意志的な顎と、驚くほど優しく、ほとんど美しいと言っていい口。

彌敦道《ネイザン・ロード》へよろめき出ると、ネオンサインの眩《まばゆ》い光のなかに、ほかの歩行者から頭一つ飛び出している、革ジャケットが見えた。急いで歩いているようではなかったが、離されないためには足取りを速めなくてはならなかった。彼が繁華街を外れると、カイアは徐々に距離を取りながらあとにつづいて、もっと狭くて人の少ない通りへ入った。標識は〝緬甸臺《ミンデン・ロウ》〟となっていた。追いついて名を名乗り、やるべきことをやってしまいたいという誘惑に駆られたが、やはり計画通り、まずはどこに住んでいるかを突き止めるべきだと思いとどまった。雨は上がり、雲のかけらはたちまち脇へどいて、その奥の空は高く、滑らかに黒く、そこに小さな穴があいたかのように星がきらめいていた。

二十分歩いたあと、彼が不意に角で立ち止まった。気づかれたかと不安になったが、彼は振り返らず、ジャケットのポケットから何かを取り出しただけだった。カイアはそれを見て意外に思わずにいられなかった。哺乳瓶？

その姿が角を曲がって消えた。

あとを追うと、大きな野外広場に出た。賑わっていて、大半が若者だった。広場の奥、大きな幅広のガラス・ドアの上で、英語と中国語の看板が輝いていた。何本かの新作映画のタイトルだとわかった。自分が観ることはないだろうと思いながら革ジャケットを探すと、輪だけがぶら下がっている絞首門を表わした青銅彫刻の低い台座に、彼が瓶を置くのが見えた。そして、人で塞がっているベンチ二つを通り過ぎ、三つ目のベンチに腰を下ろすと、新聞を手に取った。二十秒ほどそこにいてからふたたび立ち上がり、彫刻のほうに戻り、足を止めることなく瓶をつかむと、それをポケットに入れて、いまきた道を引き返しはじめた。

また雨が降り出し、彼は重慶大厦へ入っていった。カイアはどんな言葉で何を言うか、ゆっくりと原稿を準備しはじめた。エレベーターの前にもはや列はなかったが、彼はそれでも階段を上り、右へ折れて、スウィング・ドアをくぐっていった。大急ぎで追いかけてふと気づくと、そこは荒れて人気《ひとけ》のない、猫の小便と濡れたコンクリートの臭いだけが充満している階段室だった。息を殺したが、何かが滴る音しか聞こえなかった。このまま階段を上ると決めた瞬間、階下で大きな音がした。駆け下りてみたが、そんな音を立てそうなものは鋼鉄の扉しかなかった。その取っ手を握ると、身体が震えはじめるのを感じながら目をつむり自分を鼓舞し、一気にドアを開けて暗闇へ踏み込んだ――というか、出た。

何かが足元を横切ったが、カイアは悲鳴も上げなかったし、動きもしなかった。

エレベーター・シャフトに入ったのではないかと最初は思ったが、上を向くと、黒ずんだ煉瓦《れんが》の壁を這《は》い回っている配水管やケーブル、歪《ゆが》んだ金属の塊、崩れて錆《さ》びた鉄の足場に覆われているのが辛うじて見分けられた。そこは高層建築に囲まれた数メートル四方の中庭で、明かりといえば、頭上のはるか高みで小さくきらめく星だけだった。

空に雲はなかったが、水滴が舗装された地面とカイアの顔を打った。その正体が建物から突き出ている錆びた小型エアコン群の復水だとわかり、後ずさって鉄の扉に背中を預けた。

そして、待った。

ようやく、暗闇のなかで声がした。「何の用だ?」

彼の声を耳にするのは初めてだった。いや、トーク番組で連続殺人犯の話をしているのを聞いたことがあったが、生の声はまるで違っていた。しわがれて疲れが滲み、実年齢の四十歳より老けて聞こえた。しかし同時に、リー・ユアンの店の前で見たやつれた顔に似つかわしくない、自信と確信をともなった、深く優しい落ち着きも感じられた。

「わたしはノルウェー人です」カイアは言った。

返事はなかった。カイアは唾を呑んだ。これから発する最初の言葉が最も重要だとわかっていた。

「カイア・ソルネスと言います。あなたを見つけ出すのがわたしの任務です。グンナル・ハーゲンに命じられてやってきました」

刑事部長の名前にも反応がなかった。すでに立ち去ってしまったのだろうか?

「わたしも刑事です。ハーゲンの下で殺人事件の捜査をしています」カイアは暗闇に向かって言った。

「祝ってもらう理由はありません。ここ数カ月ノルウェーの新聞を読んでおられたら、そんなことはおっしゃらなかったはずです」言ったとたんにカイアは後悔した。わたし、どうかしはじめてるんじゃないの？　睡眠不足のせいだろうか？　それとも、緊張しすぎているせい？

「おめでとう」

「おまえさんは任務を果たしたわけだろう。それをおめでとうと言ったんだ」返事が返ってきた。「おれは見つかった。だから、もう帰れるんだろ？」

「待ってください」カイアは言った。「これからわたしが話すことを聞きたくないんですか？」

「聞きたくないね」

しかし、原稿を作ってリハーサルした台詞が口をついた。「二人の女性が殺されました。鑑識は同一犯の可能性を指摘していて、手掛かりはそれだけです。メディアは最小限の情報しか持っていませんが、それでも、またもや連続殺人犯が野放しになっていると騒ぎ立てています。〈雪だるま《スノーマン》〉に触発されたのかもしれないと解説している者までいます。インターポールの専門家にも当たっていますが、いまのところ進展がありません。メディアと当局からの圧力が――」

「だから、聞きたくないと言ったんだ」

扉が大きな音を立てた。

「待ってください、どこにいるんですか？」

カイアは手探りで扉を見つけると、恐怖が頭をもたげる前にそれを開けた。そこはやはり暗い階段室で、はるか高いところにちらつく明かりを目指し、一度に三段ずつ階段を上がった。スウィング・ドアのガラスから明かりが漏れていて、それを押し開けた。その向こうは殺風景でがらんとした通路で、剝がれた石膏を補修する努力も放棄され、湿気が臭い息のような湯気になって、壁からゆらゆらと立ち昇っていた。二人の男が煙草をだらしなくくわえて壁にもたれ、甘い悪臭がカイアのほうへ漂ってきた。その二人がどんよりした、反応の鈍い目で彼女を値踏みした。鈍すぎて動けないといいんだけど、とカイアは思った。小さいほうは肌が黒く、アフリカ系だろうと思われた。大きいほうは白人で、額に三角表示板のようなピラミッド形の傷があった。香港は三万人近い警察官が通りにいて、世界一安全な大都市だと考えられている、と警察の広報誌に書いてあるのを読んだことがあった。が、それは外の通りの話だった。

「ハシシをお探しですか、お嬢さん？」

カイアは頭《かぶり》を振り、自信に満ちた笑みを浮かべると、出張授業に出向いた学校で女子生徒に教えたとおりに振る舞おうとした。自分にはきちんとした目的地があるように見せること、迷った羊――獲物――に見えるような振る舞いはしないこと。

男たちが笑みを返した。通路のもう一つの出口は煉瓦で塞がれていた。二人組はポケットに入れていた手を出し、くわえていた煙草を捨てた。

「では、お楽しみを探していらっしゃる？」

「ドアを間違えただけよ」カイアはそこを出ようと踵《きびす》を返した。そのとき、手首をつかまれた。口のなかにアルミ箔のような恐怖の味が広がった。逃れる術は頭ではわかっていた。明るい体育館のゴムマットの上で指導教官や同僚と練習した。

「いや、間違っちゃいないな。ここでいいんですよ、お嬢さん。お楽しみはこっちだから」魚とタマネギとマリファナの入り混じった臭い息が顔にかかった。体育館では、相手にする敵は一人だった。

「いいえ、結構よ」カイアは声が震えそうになるのを必死でこらえた。

黒人のほうがこっそり近づき、もう一方の手首をつかんで、ときどき裏返る声で言った。

「ご案内申し上げましょう」

「見るものなんか大してないんじゃないのか？」

三人全員がスウィング・ドアのほうを見た。

パスポートによれば彼の身長は百九十二センチだったが、香港仕様の大きさの入口に立っているこどもあって、二メートルを優に超えているように見えた。それに、わずか一時間のうちに幅が倍になったかのようだった。両手は身体から少し離して下ろされていたが、彼は動きもせず、睨《にら》みもせず、大声を出すでもなく、静かに白人を見て繰り返した。「そうだろ、如何《ジョマイェ》どうした？」

手首をつかんでいた白人の手の力がいったん強くなったと思うとすぐに緩むのが感じられ、

黒人が体重を移し替えるのがわかった。

「ありがとう《ンゴイ》」入口の男が言った。

二人組がためらいがちに手首を放すのがわかった。

「いくぞ」男がそっとカイアの腕をとった。

そこを出ながら、カイアは頬が火照るのを感じた。緊張と恥ずかしさのせいだった。窮地を脱して自分がとてもほっとしていること、こういう状況で迅速に考えられなかったこと、自分をちょっとからかおうとしただけの無害なドラッグ・ディーラー二人の対処を喜んで彼に任せたことが恥ずかしかった。

彼はカイアをともなって二階上へ上がり、スウィング・ドアを抜けると、エレベーターの前に彼女を立たせて下向きの矢印のボタンを押した。そして、彼女と並んで、エレベーターの扉の上で光っている〝11〟という数字を見つめながら言った。「あいつらは出稼ぎ労働者で、寂しくて退屈しているんだ」

「わかってます」カイアは挑戦的に応《こた》えた。

「Gのボタンを押して一階へ下りたら、右へ曲がって直進する。そうすればネイザン・ロードへ出る」

「お願いだからわたしの話を聞いてください。連続殺人犯を捕まえるにふさわしい専門家は、刑事部にあなたしかいないんです。だって、スノーマンを捕まえたのはあなたなんですもの」

「確かにな」彼が言い、その目のなかに動きがあるのをカイアは見逃さなかった。彼の指が右耳の下へと顎をなぞった。「そして、やめた」

「やめた？　休暇を取ったということですか？」

「文字どおり、やめたんだよ。〝終わり〟ということだ」

彼の右の下顎の骨に不自然な突起があることに、彼女はいま初めて気がついた。

「あなたがオスロを出るとき、追って通知するまで無期限の休暇を与えたとグンナル・ハーゲンは言っていますけど」

男が微笑し、それで顔がまったく変わってしまうことがわかった。「ハーゲンがわかっていないだけだ……」彼が口を閉ざし、笑みが消えた。目がエレベーターの上の数字へ向けられた。それは〝5〟を示していた。「いずれにせよ、おれはもう警察の仕事はしないんだ」

「わたしたちはあなたを必要としています……」カイアは息を吸った。危ない橋を渡ろうとしているのはわかっていたが、それでも、またもや彼を見失う前に何とかしなくてはならなかった。「そして、あなたもわたしたちを必要としているはずです」

彼の目がカイアに戻った。「そう考える根拠はいったい何だ？」

「あなたは三合会に借金があるし、哺乳瓶を使って通りで薬物《ドラッグ》を買っていますよね。こんなところに住んでいて――」カイアは眉をひそめた。「――パスポートもないじゃないですか」

「おれはこんなところを愉しんでるよ。それに、何のためにパスポートが必要なんだ？」

到着音が鳴ったと思うとエレベーターの扉が軋みながら開き、乗っている人たちの臭いと体温が流れ出てきた。

「わたし、行きません！」カイアは言った。思っていた以上に大きな声になり、気がつくと、苛立《いらだ》ちと紛れもない好奇心の入り混じった目に見られていた。

「いや、行くんだ」彼が言い、彼女の背中の真ん中に手を当て、優しく、しかし、きっぱりとなかへ押し込んだ。すぐさま人間の身体にぎっしりと隙間なく囲まれてしまい、動くことも向き直ることもできなくなった。無理矢理首をねじると、ドアが閉まるところが辛うじて見えた。

「ハリー！」カイアは叫んだ。

が、彼はすでに立ち去っていた。

4　セックス・ピストルズ

ホステルのオーナーはターバンの下の額に思案げに指を置いてカイアを見つめていたが、しばらくしてある番号に電話をし、アラビア語で二言三言何かを言ってから受話器を戻した。

「可能性があるかもしれないし、ないかもしれませんよ」

カイアは微笑してうなずいた。

二人はフロント代わりの幅の狭いテーブルを挟んで互いを観察しつづけた。

やがて呼出し音が鳴り、経営者は電話を取って耳を澄ませたあと、黙って受話器を戻した。

「十五万ドルだそうです」経営者が言った。

「十五万？」カイアは信じられなかった。

「香港ドルですよ、お嬢さん」

カイアは頭のなかで換算した。ノルウェー・クローネに直すと約十三万。遣ってもいいと許可されている額のざっと二倍。

夜半を過ぎ、彼を見つけてから四十時間近く眠っていなかった。重慶大厦のHブロックを三時間もうろうろし、いくつものホステル、カフェ、スナック・バー、マッサージ・クラブ、礼拝室を通り過ぎて、そのおかげで内部のざっとした地図が頭のなかに出来上がっていた。ようやく一番安い個室と大部屋だけのホステルにたどり着いた。アフリカやパキスタンからの出稼ぎ労働者が滞在している、テレビもエアコンもドアもなく、プライバシーなど保てるはずのない、ただの四角い空間。カイアを入れてくれた夜間担当の黒人の守衛は長いこと写真を睨み、カイアが手に持っている百ドル札をもっと長く感じられるぐらい睨んでいたが、ようやく紙幣を受け取って、四角い空間の一つを指さした。

ハリー・ホーレ、捕まえたわよ――彼女は内心で独りごちた。

彼はマットレスに仰向けに寝転がり、寝息はほとんど聞こえなかった。額には深い皺《しわ》が刻まれ、右耳の下に張り出している顎の骨は、眠っているいま、さらにくっきりと浮かび上がっていた。ほかの四角い空間から咳と鼾《いびき》が聞こえ、天井から滴る水が煉瓦の床を打って、そこに不機嫌な深いため息が混じった。フロントの蛍光灯の冷たく青い光の条《すじ》が、開け放しの四角い空間に流れ込んでいた。窓の前に衣装戸棚が置かれ、マットレスの横に椅子と、水の入ったペットボトルがあった。ゴムが焼けたような苦い臭いが漂い、床に置かれた哺乳瓶の隣りの灰皿では煙草の吸いさしから煙が立ち昇っていた。カイアは椅子に腰を下ろした。彼の手が何かを握っていることに気がついた。脂じみた黄褐色の塊。カイアはパトカー勤務をしていた時期にたっぷり見ていたから、それがマリファナでないことぐらいはわかった。

彼が目を覚ましたときは深夜二時近くになっていた。

呼吸の調子が少し変わり、闇のなかに白目の部分が浮かび上がった。

「ラケルか？」とささやいたあとで、また眠りに戻ってしまった。

三十分後、目がふたたび、今度は大きく開いたと思うと、ぎょっとした様子であたりを見回して、マットレスの下の何かをつかんだ。

「わたしです」彼女は小声で言った。「カイア・ソルネスです」

彼女の足元で動きはじめていた身体が固まり、崩れ落ちて、またもやマットレスに倒れ込んだ。

「いったいここで何をしているんだ？」彼が呻《うめ》いた。声は不明瞭で、まだ眠っているかのようだった。

「あなたを連れ戻そうとしているんです」カイアは答えた。

彼が小さな笑いを漏らし、目を閉じた。「おれを連れ戻す？　まだ諦めてないのか？」

カイアは封筒を取り出すと、身を乗り出して彼の前にかざした。彼の片目が開いた。

「航空券です」カイアは言った。「オスロまでの」

開いていた片目がまた閉ざされた。「ありがとう。だが、おれはここを動かないんだ」

「わたしにあなたを見つけられたということは、あの連中があなたを見つけるのも時間の問題にすぎないんですよ」

彼は答えなかった。カイアは彼の息遣いと水が滴る音を聞きながら待っていたが、やがてため息をついた。そのとき、彼が両目を開け、右耳の下を搔《か》いて、両肘をついて上半身を起こした。

「煙草はあるか?」

ない、とカイアは首を振った。彼が上掛けをはねのけ、立ち上がって戸棚のところへ行った。亜熱帯で暮らしていることを考えるとその身体はびっくりするほど白く、ひどく痩せていて、背中にまで肋《あばら》が浮き出しているのがわかった。以前は鍛えて引き締まっていた気配を残してはいたが、いまはその筋肉も衰えて痩せてしまっていることを、白い肌の下にくっきりと現われている黒い影が物語っていた。彼が開けた戸棚のなかの衣類はきちんと畳んで重ねてあり、カイアは意外に思った。彼はTシャツを着てジーンズを穿き――昨日も着ていたものだった――、多少手間取ったものの、変形した煙草の箱をポケットから取り出した。そして、ビーチサンダルを履き、カイアの脇を擦り抜けようと身体を斜めにしながら、ライターをつけた。

「行くぞ」彼が低い声で通り過ぎざまに言った。「晩飯だ」

夜中の三時ごろ、重慶大厦内の商店もレストランも灰色のシャッターを下ろしていたが、リー・ユアンの店は例外だった。

「それで、どうやって香港へ?」カイアはハリーを見て訊いた。決して上品とは言えないけれども実際的なやり方で、きらきら透き通っている春雨を白い器から口へ運んでいた。

「空を飛んできたのさ。寒いのか?」

カイアは腿《もも》の下に差し込んでいた手を反射的に抜いた。「でも、なぜここなんです？」

「本当の目的地はマニラだった。ここにはちょっと立ち寄るだけのはずだったんだ」

「フィリピンですか。そこで何をするつもりだったんです？」

「火山に身を投げるんだよ」

「どの火山ですか？」

「おまえさん、あそこの火山の名前をいくつ知ってる？」

「一つも知りません。たくさんあることは何かで読んで知ってますけど、それだけです。でも、そのいくつかがあるのは……ええと……ルソン島でしたっけ？」

「悪くないな。フィリピンでは全部で十八の火山がいまも活動していて、そのうちの三つがルソン島にある。おれが行こうと考えていたのはマヨン山、標高は二千四百六十二メートル、成層火山だ」

「噴火のたびに溶岩が層をなして、急な傾斜を形成した火山のことですよね」

ハリーが口を動かすのをやめてカイアを見た。「いまも噴火してるかどうか知ってるか？」

「何度もしているのでしょう。三十回とか」

「記録によれば一六一六年以来、四十七回だ。一番近いのは二〇〇二年。少なくとも三千人が犠牲になっている」

「何があったんですか？」

「圧力が高まったのさ」

「あなたのことなんですけど」

「おれのことだよ」彼が言い、カイアはその顔に薄い笑みがよぎったような気がした。「おれは圧力に耐えきれなくなって爆発し、機内で酒を飲みはじめた。そして、香港で強制的に降ろされた」

「マニラ行きは何便もありますよ」

「火山を除けば、マニラにあって香港にないものはないと気づいたんだ」

「たとえば？」

「たとえば、ノルウェーから遠いことだ」

カイアはうなずいた。彼女はスノーマン事件の報告書をすでに読んでいた。

「何より大事なのは」彼が箸で器を指した。「香港にはリー・ユアンのこの春雨料理があることだ。試してみるといい。市民権取得を申請するのに十分な理由になるぞ」

「それと阿片ですか？」

直截《ちょくせつ》的に切り込むのはカイアのやり方ではなかったが、生まれついての内気な用心深さは脇に置かなくてはならないとわかっていた。しなくてはならないことを成し遂げるために必要なことだった。

彼が肩をすくめて料理に集中した。

「日常的に阿片をやっているんですか？」

「日常的ではないな」

「そうだとしても、どうしてあんなものをやるんです？」

彼が春雨を口に入れたまま答えた。「酒を飲まないようにするためさ。おれは酔っぱらいなんだ。たとえば、マニラより香港のほうがいいところがもう一つある。薬物使用に対する刑が軽いことだ。それに、刑務所も清潔だ」

「あなたがアルコール依存症だということは知っていましたけど、薬物依存でもあるんですか？」

「薬物依存の定義によるな」

「薬物をやらなくちゃならないんですか？」

「いや。まあ、やりたくはあるけどな」

「なぜですか？」

「感覚を麻痺させるためだよ。何だかやりたくない仕事の採用面接を受けてるみたいだな、ソルネス。おまえさん、阿片をやったことは？」

ない、とカイアは頭を振った。マリファナなら南米をバックパックで旅行しているときに何度か試したことがあったが、とりたてていいとは思わなかった。

「だが、中国人は阿片をやるんだ。二百年前から、イギリスが貿易の均衡を図るためにインドから阿片を輸入し、それをここへ持ち込んで中国人の半分を阿片中毒にした、とまあそんなところだ」彼が空いているほうの手を振った。「当たり前と言えば当たり前だが、中国当局は阿片を禁止した。そうしたらイギリスは、今度は中国を阿片漬けにして言いなりにする権利を手に入れるために戦争を始めた。譬《たと》えるなら、アメリカが国境でわずかな量のコカインを没収したという理由で、コロンビアがニューヨークを爆撃するようなものかな」

「何を言おうとしているんです？」

「われわれがこの国へ持ち込んだろくでもないものを多少なりとも消費するのが一ヨーロッパ人としての義務だと、そう考えてるってことをだ」

カイアは思わず笑ってしまった。本当に睡眠を取る必要があった。

「あなたが取引をしたとき、わたしはあなたを尾行していたんです」彼女は言った。「取引のやり方も見ていました。お金を入れた哺乳瓶を置き、それと引き換えに阿片の入った哺乳瓶が置かれる。違いますか？」

「ふむ」ハリーが口いっぱいに春雨を頬張ったままで言った。「おまえさん、薬物対策課にいたことはあるか？」

カイアは首を横に振った。「どうして哺乳瓶なんですか？」

ハリーが伸びをした。器は空になっていた。「阿片というのは臭いがひどいからだ。ポケットに入れていたりしたら――アルミ箔に包んであったとしても――麻薬犬なら嗅ぎつける。たとえ群衆のなかでもな。向こうが置いた哺乳瓶に入っているのが金でなかったら、子供や酔っぱらいに盗まれる心配もない。そういうことだ」

カイアはゆっくりとうなずいた。彼は気を許しはじめている。これから先はわたしがどれだけ諦めることなく説得するかにかかっている。長いこと母国語を話していないときに同国人に出会えば、口数は多くなる。それが自然だ。とにかく粘り強く頑張ることだ。

「馬が好きなんですか？」

彼は爪楊枝をくわえていた。「そうでもない。馬はとてもむら気があるからな」

「でも、馬に賭けるのは好きなんでしょ？」

「ああ。だが、常習的賭博はおれの悪徳の一つではないな」

彼が笑みを浮かべ、カイアはそれを見てまた意外に思った。この人、笑顔になると別人みたいだ。人間らしくなり、近寄り難さが消えて、少年みたいだ。カイアはミンデン・ロウでちらりと見た、開けた空を思い出した。

「長期的に勝つための戦略としては、博奕《ばくち》は薦められない。だが、失うものが何もなかったら、それが唯一の戦略なんだ。おれは持っているものを全部と、持っていないものもかなり、一レースに賭けた」

「持っているもの全部を一頭の馬に賭けたんですか？」

「二頭だ。連勝複式ってやつだよ。一着と二着になる馬を予想するんだ。どっちが一着でもかまわない」

「そして、三合会に借金した？」

ハリーの目に初めて驚きが浮かんだ。

「どうして中国の凶悪なギャング組織が、失うもののない、阿片を吸ってる外国人にお金を貸したんですか？」

「そうだな」ハリーが煙草を取り出しながら言った。「外国人はパスポートに入国スタンプが捺《お》されてから三週間、ハッピーバレー競馬場のVIP席に坐れるんだ」そして煙草に火をつけ、あまりに回転が遅いので蝿《はえ》が止まっているシーリングファンに向かって紫煙を吹き上げた。「服装規定があって、スーツを作らされたけどな。最初の二週間はそれを堪能したよ。そこでヘルマン・クロイトに出会ったんだ。アフリカの鉱山で身代を築いた南アフリカ人で、どうやったらあっさりと大金を失えるかを教えてくれた。そして、おれもその考えがいたく気に入った。三週目の開催日の前夜、クロイトにディナーに招待された。彼はアフリカのゴマの拷問器具のコレクションを披露して客を愉しませてくれたよ。そこでクロイトの運転手から裏情報を提供された。あるレースの本命が怪我をしているが、そのとっておきの話は秘密になっている、なぜならいずれにせよ出走するからだ、とな。ポイントはその馬が元返しにしかならないほどがちがちの本命だということだ。つまりそいつに賭けても儲けが出ないんだよ。しかし、賭けを他の何頭かの馬に分散させれば儲けることができる。たとえば、連勝複式だ。だが、言うまでもないことだが、儲けるにはそれなりの元手が必要だ。その元手を、おれのこの誠実な顔と誂《あつら》えのスーツを信用して、クロイトが貸してくれたというわけだ」ハリーは煙草の火先を検《あらた》めながら、その思いつきに笑みを浮かべた。

「それで？」

「本命が六馬身の差をつけて勝ちやがった」ハリーが肩をすくめた。「からっけつになったとクロイトに白状すると、あの男は心底気の毒そうな顔で丁重に説明してくれたよ。自分はビジネスマンだから、ビジネスの原則を破るわけにはいかないんだとな。そして、そこにはアフリカの拷問器具を使うことは含まれないが、その債権を三合会に安く譲ることは含まれると言ってくれた。そのうえで、それは拷問と大して変わらないと認め、おれの場合は三合会に譲るのを三十六時間待ってからにしてやるから、そのあいだに香港を脱出すればいいと助言までしてくれた」

「でも、あなたは脱出しなかった」

「ときどき頭の回転が遅くなることがあるんだ」

「そのあとは？」

ハリーが両手を広げた。「ここだよ、チョンキンだ」

「この先の計画は？」

ハリーが肩をすくめ、煙草を消した。カイアにエーヴェンが見せてくれた、シド・ヴィシャスが写っているセックス・ピストルズのレコード・ジャケットを思い出し、そのときにかかっていた音楽が耳によみがえった――〝未来はない、未来はない〟。

「もう必要なことは聞いただろう、カイア・ソルネス」

「必要？」カイアは訝った。「意味がわかりません」

「そうか？」彼が立ち上がった。「おれが阿片や借金のことをあれこれしゃべったのは、寂しさをかこっていたノルウェー人が久し振りに同国人に出会ったからだと思ってるんじゃないのか？」

カイアは答えなかった。

「そうじゃないんだよ。おれはおまえさんたちが必要としている男じゃないということをわかってもらいたかったからだ。そうすれば、おまえさんは任務をやり遂げられなかったと自分を責めずにオスロへ帰ることができるし、階段室で困ったことにならずにすむ。おれはおれで、おまえさんが借金取りをここへ連れてくるんじゃないかと心配せず、安らかに眠ることができる」

カイアはハリーを見た。彼には厳格で禁欲的なところがあったが、いまはそれとは逆に面白がるような目をしていて、おまえも何でもかんでも深刻に受け止める必要はないと言っていた。もっと正確に言うなら、おれにとってこんなのは窮地でも何でもないんだ、と。

「待って」カイアはバッグを開けて小さな赤い冊子を出し、彼に渡して反応を待った。ページをめくる顔に、信じられないという表情が広がった。

「どういうことだ？　丸っきりおれのパスポートに見えるぞ？」

「だって、そうですもの」

「ここまでする金が刑事部にあったとは思えないんだがな」

「あなたの借金は清算しました」彼女は嘘をついた。「割り引かせてね」

「それがおまえさんのためになるといいんだが。なぜって、おれはオスロへは帰らないんだから」

カイアは長いあいだハリーを見つめた。これを恐れていたのだ。もはや打つ手はない。こうなったら、最後の手段に訴えるしかない。あのろくでなしが頑として首を縦に振らなかったときしか使ってはならないとグンナル・ハーゲンに釘を刺されている手段に。

「もう一つあるんです」カイアは覚悟を決めて言った。

ハリーの片方の眉がぐいと上がった。彼女の口調から何かに感づいたのかもしれなかった。

「お父さまのことなんですけど、ハリー」思わず彼のファーストネームを使っていることに気づいたが、自分でも納得したとおり本心から発せられたもので、効果を狙ったわけではなかった。

「親父のこと？」予想外のことを持ち出されたたというような口調だった。

「ええ。あなたの所在をご存じかと連絡させてもらったんです。要点を言うと、お父さまはご病気です」

カイアはテーブルに目を落とした。

息を吐き出す音と、眠気が戻ってきたような声が聞こえた。「重いのか？」

「ええ。これをあなたにお伝えするのはとてもつらいのですが」

カイアは目を上げる勇気がなかった。恥ずかしかった。そして、待った。店のカウンターの奥のテレビから、マシンガンのように吐き出される広東語に耳を澄ませながら、唾を呑み込み、待ちつづけた。すぐにも眠ってしまいそうだった。

「飛行機はいつ出るんだ？」

「八時です」カイアは答えた。「三時間後に、ここの前で待っています」

「自力で行く。その前に片づけておかなくちゃならないことが二つばかりあるんだ」

彼が開いた手を差し出し、カイアはどういうことかと目顔で訊いた。

「そのためにはパスポートが必要だ。それから、おまえさんは飯を食え。骨の周りにもっと肉をつけろ」

カイアはためらったものの、パスポートと航空券を渡した。

「信じていますからね」彼女は言った。

ハリーが無表情にカイアを見た。

そして、立ち去った。

香港国際空港C４ゲートの上の時計が七時四十五分を示した。カイアはすでに諦めていた。もちろん、彼はこない。動物でも人間でも、傷ついているときには隠れているのが普通だ。そして、ハリー・ホーレは明らかに傷ついている。スノーマン事件の報告書には被害者女性全員の殺害について細かく記録されていたが、グンナル・ハーゲンがそこに含まれていない事実を付け加えてくれた。ハリー・ホーレの以前の恋人のラケルと、彼女の息子のオレグが、頭のおかしい殺人犯の手に落ちることになった経緯《いきさつ》、事件が解決したとたんに、ラケルとオレグがノルウェーを脱出した経緯、そして、ハリーが辞表を出して街を去った経緯。報告書を読んだりハーゲンの話を聞いたりして想像していた以上に、ハリーは深く傷ついている。カイアは搭乗券を提示してボーディングブリッジへ向かいながら、今回の失敗した任務の報告書をどう書こうか考えはじめていた。そのとき、ターミナル・ビルに斜めに射し込む陽の光のなかを小走りにやってくる彼が見えた。機内持ち込み用の簡素なバッグを肩にかけ、免税店のショッピングバッグを手に持って、煙草を忙《せわ》しなく吹かしていた。が、ゲートの前までくると、待っている職員に搭乗券を提示しようとしないでバッグを下ろし、どうしようもないという顔でカイアを見た。

カイアはゲートへ引き返した。

「どうかしたんですか？」彼女は訊いた。

「すまん」ハリーが答えた。「行けなくなった」

「どうして？」

ハリーが免税店のショッピングバッグを指さした。「いま思い出したんだが、ノルウェーは一人当たりの煙草の持ち込みが一カートンまでと決められているんだ。それなのに二カートン買ってしまったから、このままだと……」しかし、動揺している様子はなかった。

カイアは呆れてぐるりと目を回しながら天を仰いで見せ、安堵《あんど》を顔に出さないようにして手を差し出した。「一カートン預かります」

「恩に着る」ハリーがショッピングバッグを開け――カイアはたまたま気づいたのだが、瓶の類いは一本も入っていなかった――、キャメルを一カートン差し出した。が、それはすでに開封されて、一箱欠けていた。

カイアは機内に入るまで彼の前を歩きつづけたが、それは顔に浮かぶ笑みを見られないようにするためだった。

カイアは離陸して香港が眼下に消えるまで起きていた。見ていると、ハリーの目は近づいてくるカート——そこに並んでいるボトルがときどきぶつかり合って愉しげな音を立てていた——から離れなかったが、それでも何かいるかと客室乗務員に訊かれると、目をつぶり、辛うじて聞こえるほどの小さな声で答えた。「いや、結構だ」

グンナル・ハーゲンは正しいんだろうか、とカイアは訝った。隣りに坐っている男性は本当にわたしたちが必要としている人材なんだろうか？

カイアはそのうちに眠ってしまい、夢を見はじめた。彼女は閉ざされたドアの前に立っていた。森で鳥が一羽だけ、寂しげに啼《な》いていた。太陽は空高く輝いていたから、それが妙に場違いに思われた。彼女はドアを開けた……。

目が覚めると、ハリーの肩に頭を預けていた。カイアは口元の涎《よだれ》を拭った。機長の声がロンドンのヒースロー空港へ着陸態勢に入りつつあることを告げた。

5　公園

マーリット・オルセンは山スキーが好きだった。が、ジョギングはその対極にあった。たかだか百メートルでぜいぜい息が上がるのも、足が地面を打つたびに振動のようなものが感じられるのも、歩行者が浮かべる当惑したような薄い笑みも、彼らの目に映っている自分の姿を想像するのも、不愉快極まりなかった。たるんだ頬が上下し、ジョギングスーツをはち切れんばかりに伸び切らせている贅肉が揺れ、陸に揚げられた魚のようになすすべもなく口を開けて喘《あえ》いでいる、自分でも見てよく知っている姿。肥《ふと》りすぎで運動をしている人間に特有の表情。それが週に三回、夜の十時にフログネル公園を走ることにしている理由の一つでもあった。人気がないのが何よりよかった。オスロ最大のその公園は街灯がとても少なく、十文字に延びている小径は薄暗くて、息を切らせてよたよたと走る姿を見られる心配はまずないと言ってよかった。そして、万に一つ見られたとしても、それがフィンマルク県選出の社会党国会議員だとわかる恐れはもっとなかった。いや、〝わかる〟という言葉はおこがましい。そもそも、マーリット・オルセンを見たことのある者がほとんどいないのだから。彼女が口を開いたとしても——自分の選挙区の代表として話をするのが普通だった——、もっと写真写りのいい同僚議員のようには注目してもらえなかった。付け加えるなら、国会議員を二期務めているけれども、その任期中、立法府で間違った発言をしたことも、間違った何かをしたことも、一度もなかった。少なくとも、自分ではそう考えていた。〈フィンマルク・ダーグブラー〉紙は政治家として軽量だと彼女を評していたが、それは外見を揶揄《やゆ》する意地の悪い言葉遊びだった。が、いつか社会党政権が誕生したら彼女が内閣の一員になる可能性まで否定してはいなかった。なぜなら、そのための最も重要な必要条件を満たしていたからである。つまり、高等教育を受けておらず、男性でなく、オスロ出身でない、という条件を。

ともあれ、彼女の強みは巨大で入り組んだ空中楼閣のなかにはない、という点においてはその新聞の主張は正しいかもしれない。しかし、庶民的で親しみやすく、普通の男女の意見を理解でき、自己中心的で独りよがりな首都の有権者のなかで彼らの声になることができた。なぜなら、後先を考えないところがあったからだ。そして、それこそが彼女の真の取り柄だった。考えてみると、まさにその取り柄がいまの彼女を作ったのだ。持ち前の言葉を理解する能力と機知——南部人が〝北ノルウェー語〟とか〝耳障り〟とか形容したがるもの——で、数少ないとはいえいくつかの参加を認められた討論会の勝者になっていた。同僚が彼女に注目せざるを得なくなるのは時間の問題にすぎなかった。が、そのためには余分な体重を減らす必要があった。世の人々からの肥りすぎの公人への信頼度は低いという調査結果が出ていた。肥満の人間は自分を制御する能力に欠けると潜在意識下で見なされているというのである。

彼女は坂道にさしかかり、歯を食いしばった。走る速度が遅くなり、正直に認めるなら、歩いているのとさして変わらないぐらいになっていた。せいぜいが速歩き《パワー・ウォーク》というところか。そう、まさにそれだった。権力《パワー》を目指しての歩みである。体重は減りつつあり、公職に対する適性は増しつつあった。

背後で砂利の鳴る音がした。反射的に背中が強ばり、心臓の鼓動がさらに数段階速くなった。三日前、ジョギングしているときに聞いたのと同じ音だった。その二日前にも同じ音を聞いていた。二度とも、だれかがすぐ後ろを走っていて、二分後に聞こえなくなった。三日前は後ろを振り返って確認したのだが、そのときは黒いフード付きのジョギングスーツが見えた。まるで背後で奇襲部隊員が訓練をしているかのようだったが、マーリットと同じ速度でのろのろとジョギングしているのだから、何であれ意図があるとは思えなかったし、ましてや奇襲部隊員であろうはずがなかった。

そのときと同じ人物だという確信はもちろんなかったが、足音のどこかにそうだと思わせるところがあった。モノリッテンまではわずかに上り傾斜になっているけれども、そこから先は下り坂で、夫と、感じが悪くて食べさせ過ぎだけれどもいてくれると心強いロットワイラー犬が待っているスケイエンの自宅へ走り切ることができるはずだった。足音が近づいてきた。しかもあまりよろしくないことに、もう夜の十時で、公園は暗く、閑散としていた。マーリット・オルセンには怖いものがいくつかあったが、とりわけ外国人が恐ろしかった。

そう、実はそれは外国人恐怖症《ゼノフォビア》で、党の方針と相容れないものであることは自分でもわかっていた。しかし、どこであれ馴染《なじ》みのない国の人々を恐れることは、やはり、生存戦略として賢明であると思われた。いま、彼女は党が推し進める移民に好意的な法案に反対票を投じなかったことを、それで自分の評判が悪くなるとしても、後先考えずに行動しなかったことを後悔した。

身体は本当にのろのろとしか動かなかった。腿の筋肉が痛みを訴え、肺は空気を求めて悲鳴を上げていて、まったく動けなくなるのももうすぐだった。脳は恐怖と戦おうとし、おまえが強姦魔の標的になるなどまかり間違ってもあり得ないと教えようとしていた。

動くことを拒否しようとする足を、恐怖が動かしつづけた。いまや丘の上にいて、下り坂の向こうにマッツェルー・アレー通りが見えた。一台の車が車道をバックで下っていた。走り切れる、と彼女は確信した。あと百メートルもないじゃないの。滑りやすい草地へ駆け込み、坂を下った。足がもつれそうになるのを何とかこらえた。背後の足音はもう聞こえなかった。すべてが彼女の喘ぎに呑み込まれていた。さっきの車は道路へ出ていて、ギヤがバックからローに切り替わる耳障りな音がした。あとほんの数メートルで坂を下りきり、道路に出られる。ヘッドライトの明かりが伸びてきているのがありがたかった。坂を下っているあいだに決して軽いとはいえない体重のせいで身体に負荷がかかり、いまはほとんどつんのめりそうになっていて、もう足を前に運びつづけることができなくなりかけていた。そして、ついに道路へ、明かりのなかへ、前のめりに倒れ込んだ。汗に濡れたポリエステルに包まれた腹が舗道に衝突し、彼女は半ば滑り、半ば転がりながら前へ進んで、ようやく停止した。口に入った道路の砂埃《すなぼこり》が苦く、砂利の上を滑った掌に引っ掻き傷ができて痛かった。

だれかがやってきて、マーリットの両肩をつかんだ。彼女は呻きながらも自分を護ろうと身体を横にし、両手で顔をかばった。それは奇襲部隊員ではなく、帽子をかぶったただの年配の男性で、背後の車のドアが開いていた。

「大丈夫ですか、お嬢さん？」彼が訊いた。

「大丈夫だと思います？」マーリット・オルセンは訊き返した。猛然と腹が立ちはじめるのがわかった。

「待った！　どこかで見たことがあるな」

「まあ、そうだとしたら驚きですね」マーリットは手助けしようと差し出された手を拒絶し、大騒ぎをしながら何とか立ち上がった。

「あのお笑い番組に出ているとか？」

「そんなことより……」彼女は音もなく闇に閉ざされている公園の中空を睨み、悪名高い尻を揉みながら言った。「自分の心配をしたらどうなの、糞じじい」

6 帰郷

一九七〇年に生産された最後のボルボ・アマゾンが、オスロのガルデモン空港到着ターミナルの前の、横断歩道の手前で停まった。

保育園児が一列になって、レインウェアをがさがさ言わせながら車の前を通り過ぎていった。その何人かは、ボンネットにラリー・カーを思わせるストライプを描いた見たことのない古い車と、朝の雨を左右に掻き分けているワイパーの奥の二人の男に、好奇の目を向けていた。

助手席にいるのはグンナル・ハーゲン刑事部長で、彼は手をつないで歩いている子供たちを見れば口元が緩むのは当たり前であり、他人と繋がり、他人を思い遣り、だれもがみんなの面倒を見る社会を考えずにはいられないはずだと信じていた。が、実際にハーゲンが最初に連想したのは、おそらくはすでに死んでいるのではないかと思われる人物を捜している捜索隊の隊列だった。刑事部長として仕事をしていると、人はそのようになってしまうのだ。あるいは、気の利いただれかが英語でハリー・ホーレのオフィスのドアに書いているとおり、〝死んだ人が見える《アイ・シー・デッド・ピープル》〟ように。

「保育園の子供が空港でいったい何をするんですかね？」運転席の男が訊いた。彼はビョルン・ホルム。このアマゾンは彼が何よりも愛している所有物で、うるさいけれども尋常でなく効きのいいヒーター、汗の染み込んだ合成皮革、埃っぽいリアシェルフ、それらの匂いだけで心穏やかになることができた。そこに適当な速度――平坦な道で時速八十キロくらい――を生むエンジン音と、カセット・プレイヤーから流れるハンク・ウィリアムズのカントリー・ミュージックが加われば尚更だった。ブリン地区の犯罪鑑識課《クリムテクニスク》に所属しているビョルン・ホルムはスクライア村出身の丸顔の田舎者で、蛇革のカウボーイ・ブーツを履き、目は飛び出さんばかりに大きく、そのせいでいつもびっくりしているような印象を与えていた。その顔のせいでビョルン・ホルムを見損なった捜査の指揮官は一人ではすまなかった。実は彼は、引退した鑑識課員ウェーベルの栄光の日々以来の、犯行現場に関しての最も優れた才能の持ち主であった。房飾りのついたソフト・スエードのジャケットを着て、ニットのラスタ帽をかぶり、その下にはハーゲンが北海のこちら側で見た限りでは最も力強くて強烈な赤毛のもみあげが、頬を覆うほどに豊かに育っていた。

一時駐車区画に入ったアマゾンが一息喘いで停車すると、二人は外に出た。ハーゲンはコートの襟を立てたが、つるつるの頭頂部を容赦なく打つ雨を防ぐことはもちろんできるはずがなかった。周辺部に残っている黒い髪を巻きつけて事実を隠しているのだが、それがあまりに豊かで分厚いので、グンナル・ハーゲンは禿げているわけでも何でもなく、理容師が変人なだけなのではないかと思う者までいるほどだった。

「教えてくれ――そのジャケットは本当に防水なのか？」ハーゲンは二人して入口へ急ぎながら訊いた。

「違いますよ」ホルムが答えた。

彼らがまだ車を走らせているときにカイア・ソルネスから電話があり、スカンジナヴィア航空便が十分早く着陸したと知らせてから、ハリー・ホーレを失ったと告げたのだった。スウィング・ドアを通り抜けて周囲を見回すと、カイア・ソルネスがタクシー・カウンターのそばで自分のスーツケースに腰掛けていた。ハーゲンは小さくうなずいて彼女に合図してから税関の入口へと歩き出し、搭乗客を出すためにそこのドアが開いたのを好都合とばかりに、ホルムと一緒になかへ入った。警備員が制止しようと動きかけ、すぐにうなずいたが、実際にはほとんどお辞儀に近かった。ハーゲンが身分証明書をかざし、「警察だ」とぶっきらぼうに怒鳴ったからだった。

ハーゲンは右折して直進し、税関職員と彼らが連れている犬の前を通り過ぎ、病理学研究所のカートを彷彿《ほうふつ》させる金属製のカウンターの前をも通り過ぎると、奥の個室に入った。そこでいきなり足を止めたせいで、ホルムが危うく追突しそうになった。食いしばった歯のあいだから絞り出したような、喘鳴《ぜんめい》に近い、馴染みのある声が聞こえた。「やあ、ボス、申し訳ないんですが、いまは直立不動の姿勢が取れないんですよ」

ビョルン・ホルムがハーゲンの肩越しにうかがった。

この先、何年も脳裏に焼きついて悩まされそうな光景だった。

椅子の背に手をついて前屈みになっているのは、オスロ警察本部だけでなくノルウェーじゅうの警察で、良くも悪くも生ける伝説になっている男、近くで一緒に仕事をしたことのある男だった。もっとも、彼の後ろに立っている税関職員ほど近くはなかったが。何しろ彼は医療用のゴム手袋をした手で、伝説の男の青白い尻の一部をいじっているのだから。

「彼は私が預かる」ハーゲンが税関職員に身分証をかざした。「解放してやってくれ」

税関職員はハーゲンを睨んで命令に従いたくないという顔をしていたが、金のストライプの肩章を付けた年上の職員が入ってきて、目を閉じて小さくうなずいた瞬間、最後に指を一回転させてから抜いた。

「パンツを穿け、ハリー」ハーゲンはそう言って顔を背けた。

ハリーはズボンを引っ張り上げながら、ゴム手袋を脱いでいる税関職員に言った。「おまえさんもよかったか？」


カイア・ソルネスは三人の同僚がドアをくぐって戻ってくるのを見て、スーツケースから腰を上げた。ビョルン・ホルムは車を取りにいき、グンナル・ハーゲンは飲み物を買いに売店へ向かった。

「そんなに頻繁に調べられるんですか？」カイアが訊いた。

「いつも必ず、だな」ハリーが答えた。

「言っておきますけど、わたしは税関で足止めを食らったことなんかありませんからね」

「そんなことはわかってるよ」

「どうしてわかるんです？」

「連中が探してる小さな兆候は千もあるんだが、おまえさんにはそういうものが一つもないからな。ところが、おれには少なくとも五百はあるというわけだ」

「税関職員がそこまで偏見を持っていると？」

「それはともかく、おまえさん、こっそり何かを持ち込んだことはないのか？」

「ありません」カイアは笑った。「いいでしょう、ありますよ。でも、彼らがそんなに優秀なら、あなたが警察官であることもわかるはずで、黙って通してくれるんじゃないですか？」

「あいつらは見抜いたんだよ」

「やめてください、そんなの映画のなかだけですよ」

「いや、見抜いたんだ。堕落した警官は、見ればわかるんだ」

「へえ、そうですか？」

ハリーが煙草を探してポケットをまさぐった。「タクシー・カウンターのほうをそっとうかがってみろ、細い目のちょっと吊り上がった男がいるだろう。わかるか？」

カイアはうなずいた。

「おれたちがここへ出てきてから二度、あいつはベルトを引っ張り上げてる。何か重たいものが吊るされているみたいにな。まあ、手錠か警棒だろう。何年かパトカーに乗るか、留置場や拘置所で勤務していれば、手が自然とああいう動きをするようになる」

「わたし、パトカー勤務についていたことがありますが、そんなことは一度も――」

「あの男はいま薬物対策課に所属していて、税関を通過して少しほっとし過ぎているように見える男を探しているんだ。あるいは、これ以上ブツをけつの穴に押し込んだままにしていられなくてトイレへ直行するやつとか、親切で世間知らずな乗客と、その馬鹿に麻薬を隠した荷物を運ばせた密輸犯とのあいだで交換されるスーツケースとかをな」

カイアは首をかしげ、口元に薄い笑みを浮かべながら、目を細くしてハリーを見た。「あるいは、ずり落ちやすいパンツを穿いた普通の男性で、母親を待っているのかも。あなたの誤りかもしれませんね」

「確かに」ハリーが腕時計と壁の時計を見較《みくら》べた。「おれはいつも間違ってるよ。ところで、あの時間は正しいか？」


ボルボ・アマゾンがハイウェイに入ったのは街灯が灯るころだった。

前部座席ではハンドルを握るホルムと隣りに坐るカイアが、カセット・プレイヤーからタウンズ・ヴァン・ザントの抑えたすすり泣きが流れるなかで会話に没頭していた。後部座席ではグンナル・ハーゲンが膝に置いた滑らかな豚革のブリーフケースを撫でていた。

「残念ながら、元気そうで何よりだとは言えそうにないな」

「時差ぼけですよ、ボス」ハリーが答えた。坐るというよりは座席にずるりともたれているといったほうがよかった。

「顎をどうしたんだ？」

「退屈で長い物語です」

「ともあれ、よく帰ってきてくれた。悪いとは思ったが、状況が状況なんでな」

「辞表を出したはずですがね」

「そんなの今度が初めてじゃあるまい」

「だったら、あと何回出せばいいんですか？」

グンナル・ハーゲンは以前の部下の警部を見て眉を下げると、声をもっと低めて言った。

「だから、状況が状況だからと謝っているだろう。それに、きみが最後の事件のせいで疲労困憊《こんぱい》していることもわかっている。きみもきみの愛する二人もあんなふうに巻き込まれたんだからな……まあ、だれであれ違う人生を求めても不思議はない。だが、これはきみの仕事だ、ハリー。きみが得意とするところのものなんだ」

ハリーは洟《はな》をすすった。帰ってきたとたんに風邪に見舞われたかのようだった。

「二人、殺されている。殺害方法はまだはっきりしない。わかっているのは同じ手口ということだけだ。しかし、最近の高くついた経験のおかげで、何と対峙しているかはわかっている」刑事部長がそこで口をつぐんだ。

「はっきり言ってもらっても大丈夫ですよ、ボス」

「それはどうだろう」

ハリーは雪のない茶色の田園地帯に目をやった。「人は狼がきたとしょっちゅう叫んでますが、結果として連続殺人犯なんて狼は滅多にいないんですがね」

「わかっている」ハーゲンがうなずいた。「私が刑事部長になってから、この国で起きた連続殺人はスノーマン事件だけだからな。しかし、今回はかなりの確信がある。被害者は互いに関係がないし、血液から検出された鎮静剤が同じものだった」

「そりゃ凄い。頑張ってください」

「ハリー……」

「その仕事にふさわしいだれかを見つけるんですね、ボス」

「きみがそのふさわしいだれかなんだ」

「おれはもうばらばらに壊れてしまってます」

ハーゲンが深いため息をついた。「それなら、もう一度つなぎ合わせて元に戻そうじゃないか」

「修理不能です」ハリーは言った。

「連続殺人犯を相手にできる腕と経験を持っているのは、この国にはきみしかいないんだ」

「アメリカ人を連れてくればどうですか」

「そういうやり方がうまくいかないことはよくわかっているだろう」

「そりゃ残念ですね」

「残念だ？　すでに二人が死んでいるんだぞ、ハリー。どちらも若い女性で……」

ハリーはやめてくれと払いのけるように手を振ったが、ハーゲンがブリーフケースから茶色のファイルを取り出した。

「おれは本気で断わってるんです、ボス。パスポートの再入手をはじめとして色々やってもらったことには感謝しますが、血や血糊《ちのり》でいっぱいの写真にも報告書にも、もう用はないんです」

ハーゲンはがっかりした顔でハリーを見たが、ファイルはまだ膝の上に置いたままだった。

「ともかく、これに目を通してみてくれ——とりあえずはそれだけでいいから。それから、われわれがこの件に関わっていることはだれにも言わないでもらいたい」

「ほう？　なぜです？」

「一言で答えられるほど簡単な話ではないんだ。とにかく他言は無用だ、いいな？」

運転席と助手席のあいだの会話はすでに終わっていて、ハリーはカイアの後頭部に焦点を合わせた。ビョルン・ホルムのアマゾンが製造されたのは〝鞭打ち症〟という言葉が使われるようになるはるか前だったから、ヘッドレストなどなかった。それに、カイアは髪を上げてピンで留めていたから、ほっそりとした首と、白っぽい産毛を見ることができた。そして、彼女がどれほど無防備であるか、状況がどれほど早く変わってしまうか、ものの数秒でどれほど多くが破壊され得るかを思わず考えた。人生とはそういうものだ。破壊へ向かって進み、最初は完璧だったものが徐々に崩れ落ちていく。そのなかで唯一決まっていないのは、われわれが突然の一撃で破壊されるか、それともゆっくりと破壊されるか、それだけだ。悲しい考え方だが、それを捨てることはできない。しかし、イプセン・トンネル——世界のどの都市にあってもおかしくないような、灰色で無個性な交通システムの一部――をくぐり抜けた瞬間、彼はそれを感じた。ここに、オスロに、故郷にいるという、巨大で純粋な喜びを。その喜びがあまりに圧倒的だったために、ハリーは数秒のあいだ、自分が戻ってきた理由を忘れた。

アマゾンが後方へ走り去って視界から消えると、ハリーはソフィー通り五番地を凝視した。出ていったときよりも建物の正面入口の落書きが増えていたが、その下地の青い塗料は変わっていなかった。

というわけで、事件の捜査は引き受けなかった。父が入院している。それがここにいるたった一つの理由だ。ハーゲンたちには黙っていたが、父の病気について知りたいかと訊かれたら、知りたくないと答えたはずだった。なぜなら、愛がここへ戻らせたのではなくて、恥が戻らせたからだ。

三階の自分の部屋の、二つの暗い窓を見上げた。

正面入口を開けて裏庭へ行った。以前と同じ場所にごみ容器があった。その蓋を押し開けた。あの事件のファイルに目を通すとハーゲンには約束した。そうすれば上司の面子《めんつ》が潰れずにすむということが理由の大半を占めていた。考えてみれば、パスポートのために刑事部の金がかなり使われているのだ。そのファイルを、破れてコーヒーやおむつ、腐った果物とじゃがいもの皮がこぼれ出ているビニールのごみ袋の上に放った。そして、息を吸ったとたんに意外の感に打たれた――ごみの臭いというのは万国共通なんだな。

二部屋のアパートは出ていったときのままだったが、それでも、同じでないところもあった。パウダーグレイの色合いである。あたかもだれかが出ていったばかりで、彼の冷ややかな息遣いがまだそこに残っているかのようだった。寝室へ行き、荷物を置くと、開封していない一カートンの煙草を取り出した。そこは何から何まで同じで、死後二日経った死体のように灰色だった。ベッドに仰向けに倒れ込み、目を閉じた。耳に馴染んだ音が迎えてくれた。たとえば、雨樋《あまどい》に空いた穴から窓枠の雨押さえに滴が落ちる音。香港の天井からの滴りのような、気持ちを落ち着かせてくれるゆっくりとした音ではなかった。熱っぽく太鼓を叩くような、滴りから途切れなく流れる水に移行する途中のように感じられ、時は過ぎつつあり、秒は走り去り、数直線の終わりが近づきつつあることを忘れさせまいとしているかのような音だった。それを聴いているうちに、イタリアの線画アニメの「ラ・リネア」を思い出した。その主人公は四分経つと必ず線から転がり落ちて忘れられてしまうのだった。

流しの下の棚にまだ半分残っているジムビームが一本あるのはわかっていたし、このアパートのどこで最後に飲んだかも、そこから飲みはじめられることもわかっていた。まったく、何カ月か前のあの日、おれは空港行きのタクシーに乗りもしないうちに泥酔してしまった。マニラまでたどり着けなかったのも当たり前だ。

いますぐキッチンへ直行して、残った酒を流しに捨ててしまえばいいんだ。

ハリーは呻いた。

彼女がだれに似ているかを考えるのは意味がない。だれに似ているかはもうわかっている。ラケルに似ているんだ。だれもがラケルに似ている。

7　絞首門

「でも、怖いのよ、ラスムス」マーリット・オルセンは言った。「だって、わたしはそういう人なんだもの」

「わかってる」ラスムス・オルセンが応えた。二十五年以上妻とともにあって、政治的な決断をするとき、運転免許取得試験を受けるとき、腹を立てているとき、妙なパニックに襲われたとき、常に彼女を慰撫《いぶ》してきた、感じのいい抑えた声だった。「無理もないさ」そして、妻に腕を回した。「きみは一生懸命仕事をしていて、考えなくてはならないことが山ほどある。きみの脳には、そういう種類の思いを遮断するのに割く余力がないんだよ」

「そういう種類の思い？」マーリットは夫に顔を向けた。二人でソファに並んで坐ってDVD――『ラブ・アクチュアリー』――を観ていたのだが、興味はとうの昔になくなっていた。

「そういう種類の思いって、そういう種類のナンセンスってこと？　あなた、そう言ってるの？」

「大事なのはぼくが何を思っているかではなくて」ラスムスが妻の手を取ろうとしながら言った。「大事なのは――」

「きみが何を思っているかだよ」マーリットは夫の声色を真似て言った。「お願いだから、ラスムス、あの『ドクター・フィル・ショー』を観るのをやめてちょうだい」

ラスムスが絹のように滑らかな笑みを浮かべた。「ぼくが言おうとしているのは、きみは国会議員なんだから、脅威を感じているのなら、護衛をつけてほしいと要請できるということだよ。だけど、それはきみの望んでいることなのかな？」

「あん」夫がマッサージを始めてくれ、彼女は声を漏らした。彼の指は彼女が押してほしいつぼを正確に知っていた。「きみの望んでいることって、どういう意味？」

「考えてみてくれないか。きみの想像では、何が起ころうとしているのかな」

マーリット・オルセンは考えてみた。目を閉じると、夫のマッサージが身体を落ち着かせ、調和させてくれつつあるのが感じられた。ラスムスと出会ったのは、フィンマルク県アルタの〈ノルウェー雇用サービス〉で働いているときだった。そこでノルウェー公務員組合の役員に選ばれ、集団研修を受けるために南部のセールマルカ・カンファレンス・センターへ派遣されたのだ。その一日目の夜、すでに生え際が後退しつつある、活き活きとした青い目の細身の男性が近づいてきた。そして、アルタのユース・クラブで布教するクリスチャンのような懐かしげな口調で話しかけてきた。が、話題は政治で、社会党の書記局で仕事をしていて、国会議員の事務処理、旅行の手配、メディアの対応、ときにはスピーチ原稿の作成までしているとのことだった。

彼はマーリットにビールを奢り、踊ろうと誘い、徐々にスローテンポになっていくポピュラー音楽四曲のあいだに徐々に肉体的接触が増えていった結果、自分のところへくる気はないかと訊いた。自分のところとは、自宅ではなくて社会党だったが。

マーリットはアルタへ帰ると社会党の会合に出るようになり、夜には今日何をして何を考えたかを、ラスムスと延々と電話で話した。マーリットはもちろん口には出さなかったが、彼とともに過ごしていて最高なのは二千キロ離れているときだと、ときどき思うことがあった。やがて、候補者選定委員会が招集され、彼女は候補者リストに載せられ、あっという間にアルタ町議会議員になった。二年後、彼女は社会党アルタ地区副議長となり、その翌年には県議会に議席を得た。そのあとまた別の電話がかかってきた。今度は国会議員の候補者を選ぶ委員会からだった。

そしていま、彼女は立法府内に小さいとはいえオフィスを構え、スピーチを考えてくれるパートナーがいて、すべてが計画通りに運べば、大失敗をしない限り、梯子《はしご》を上っていけるという展望も開けていた。

「警察官を一人、護衛につけてもらえるでしょうね」マーリットは言った。「でも、メディアは理由を知りたがるわ。無名の女性国会議員にどうして税金でボディガードなんかつけなくちゃならないんだってね。そして、公園でだれかに尾行されていると本人が疑っているからだなんて理由だとわかったら、きっとこう書き立てるわ。そんな理由が通用するなら、オスロの全女性が国のお金で警察の保護を求めるようになるだろうってね。わたし、保護なんて願い下げよ。忘れてちょうだい」

ラスムスが声を殺して笑い、了解したことをマッサージする手で伝えた。

フログネル公園は葉を落とした木立の枝を風が鳴らし、漆黒の池の水面を一羽の家鴨《あひる》が羽毛に頭を深く埋めて漂い、水のないプールに落ち葉が溜まって腐りかけていて、まるで永遠に見捨てられた場所、忘れられた世界のようだった。風は深いプールのなかで嵐になり、単調な嘆きを唄っていて、高さ十メートルの跳び込み台がまるで絞首門のように夜空に聳《そび》えていた。

8 スノーパトロール

起きたのは午後三時だった。バッグを開け、きれいな服を一揃い出して着替えると、クローゼットのウールのコートを羽織ってアパートを出た。小雨が何とか素面《しらふ》に見えなくもない程度には酔いを覚ましてくれるなか、煙草で茶色に曇っている〈シュレーデルス〉に入った。いつものテーブルは塞がっていたので、隅のテレビの下に陣取った。

店のなかをうかがうと、初めて見る顔が二つ、ビールのグラスを前に背を丸めていたが、それ以外は時が止まったままだった。リータがやってきて、コーヒーの入ったステンレスのコーヒーポットと白いマグをテーブルに置いた。

「ハリー」彼女が言った。歓迎しているのではなく、本当に本人であるかを確認する口調だった。

ハリーはうなずいた。「やあ、リータ。いまも昔の新聞はとっておいてあるのか?」

リータが奥の部屋へ急ぎ、黄色くなりはじめている新聞の束を抱えて戻ってきた。この店がどうして過去の新聞を処分せずに溜めているのかはっきり説明されたことはなかったが、そのおかげで、ハリーは一度ならず助けられていた。

「久し振りね」リータはそう言っただけで去っていった。アパートから一番近いことを別にすれば、それがこの店を気に入っている理由であることを、ハリーは思い出した。最小限の言葉しか発せられないこと、私生活に立ち入ろうとしないこと。帰ってきたことがわかればいい、説明は要求されない。

驚くほどまずいコーヒーの二杯目に口をつけながら、ほとんど早送りと言っていい速度で新聞をめくり、過去数カ月のあいだにこの王国で何があったかを確認していった。例によってそんなに多くのことがあるわけではなく、それがこの国の一番好きな点でもあった。だれかが〈ノルウェージャン・アイドル〉の栄冠を手にした。どこかのセレブがダンス・コンテストで敗退した。国内サッカー三部リーグの選手がコカインをやって捕まった。海運王アンネルス・ガルトゥングの娘のレーネ・ガルトゥングが数百万クローネを生前贈与され、なかなかの男前だがおそらくは彼女より裕福でないトニーという投資家と婚約した。〈リベラル〉発行人のアルヴェ・ステープは、社会民主主義の見本になりたがっているノルウェーがいまだ君主制であるのは恥をさらすことになりはじめていると書いていた。何も変わっていなかった。

例の殺人事件については十二月の新聞が初出だった。犯行現場についてのカイアの説明がよみがえった。ニーダーレンで建設工事中のオフィス・ビルの地下。死因ははっきりしないが、警察は殺人の疑いを排除していない。

ハリーはページをめくっていった。家族と過ごす時間を増やしたいから辞職するつもりだと吹聴している政治家の記事を読むほうがよかった。

〈シュレーデルス〉の新聞保管システムは決して完璧ではなかったが、二週間後に二件目の殺人事件があったことを報道する新聞は残されていた。

被害者の女性は、マリダーレンのデウシェーエン湖のそばの森の外れに放置された、壊れたダットサンの陰で見つかった。警察は〝犯罪行為〟と断定してはいなかったが、死因については一切明らかにしてもいなかった。

ハリーはその記事にざっと目を通し、警察が沈黙している理由はいつものやつだと見当をつけた。手掛かりが皆無なのだ。レーダー・スクリーンに何もない海が虚しく映し出されているということだ。

わずか二件の殺人事件。それなのに、ハーゲンは確信を持ってこれを連続殺人事件と断定したらしい。では、繋がりは何なのか？　メディアは何を伏せているのか？　自分の脳が昔の勝手知ったる道をたどりはじめているのがわかった。ハリーはそれを自制できない自分を呪いながら、ページをめくりつづけた。

コーヒーポットが空になると、皺くちゃの紙幣をテーブルに置いて通りへ出た。コートの襟を掻き合わせ、灰色の空を透かし見た。

手を上げて呼んだタクシーが路肩に停まり、運転手がのけぞるようにして後部ドアを開けた。最近は滅多に見られなくなった、ハリーがチップを渡すことにしているサービスだった。それはすぐに乗り込めるだけでなく、ドアの窓にタクシーの後ろの路肩に駐まっている車の運転席の人物の顔が映るからでもあった。

「王国病院《リクスホスピタル》まで頼む」ハリーはのたくるようにして後部座席の真ん中へ移動した。

「承知しました」運転手が応えた。

ハリーは路肩を離れたタクシーのルームミラーを見て言った。「ああ、その前にまずソフィー通り五番地へ回ってもらえるかな」

ソフィー通り五番地でタクシーがディーゼル・エンジンの音を響かせながら待っているあいだに、ハリーは大股で急いで階段を上がり、脳はどういう可能性があるかを考えた。三合会か？　ヘルマン・クロイトか？　それとも、古き良き妄想か？　道具一式は国外脱出する前にしまっておいたところ、食料戸棚のなかの道具箱にそのまま残っていた。失効した警察の身分証、手首にかかった瞬間にアームが閉じてロックされるスプリング式ハイアット手錠が二組、そして、三八口径のスミス&ウェッソン制式リボルバーが一挺。

通りへ戻ると、右も左も見ないでまっすぐタクシーに飛び込んだ。

「王国病院でいいんですか？」運転手が訊いた。

「とにかく、その方向へ走ってくれ」ハリーは答え、ルームミラーで後方をうかがいつづけた。タクシーはステーンスベルグ通りからウッレヴォール通りへ入っていった。何も見えなかった。それが意味するのは二つのうちのどちらかだった。古き良き妄想か、あるいは、相手がプロか。

ハリーはためらっていたが、ついに言った。「王国病院へ頼む」

ハリーはルームミラーから目を離さず、タクシーはヴェストレ・アーケル教会とウッレヴォール大学病院の前を通り過ぎた。何があろうと、最も無防備なところへ連中を連れていくわけにはいかない。常に連中が攻撃しようとするところ、家族のところへ。

ノルウェー最大の病院はオスロの高みに位置していた。

料金を払うときにチップも渡すと、運転手が礼を言い、乗ったときと同じようにして後部ドアを開けてくれた。

ハリーの前に建物の正面入口が高く聳え、雲は屋根に覆い被さらんばかりに低く垂れ込めて流れていた。

ハリーは深呼吸をした。

病院の枕に頭を休ませたオーラヴ・ホーレの笑顔はとても穏やかで弱々しかった。それを見て、ハリーは思わず唾を呑んだ。

「香港に行っていたんだ」ハリーは応えた。「考えなくちゃならないことがあったんでね」

「で、それは片づいたのか？」

ハリーは肩をすくめた。「医者は何と言ってるんだい？」

「できるだけ教えまいとしてるな。いい兆候とはまず言えないんだろうが、そのほうが実はありがたい。おまえも知ってのとおり、生の現実と格闘するのはわが一族が一貫して苦手としてきたところだからな」

母の話題を持ち出したものかどうかハリーは迷ったが、そうしたくはなかった。

「仕事はあるのか？」

ハリーは首を横に振った。額にかかる父親の白い髪があまりにきちんと整えられていたので、髪ではなくてパジャマやスリッパと一緒に渡された装身具のようだった。

「何もないのか？」父親が訊いた。

「警察学校で講義をしないかと言われてはいるけどね」

それはほぼ事実だった。スノーマン事件が片づいたあとで、ハーゲンが提案してきていた。それならオスロ警察に出勤しなくても咎《とが》められる心配がないから、と。

「教師か？」父親が小さな笑いを用心深く漏らした。それ以上大きく笑うと死んでしまうかのようだった。「おれのしたことは何であれしないのが、おまえの主義の一つだと思っていたがな」

「そういうわけでもないよ」

「それでいいんだ。おまえは昔から自分のやり方で何でもやってきた。その警察官としての資質……いや、おまえがおれのしたことをしていないのをただ感謝すべきなんだろう。おれはだれの手本にもなれなかった。いいか、おまえのお母さんが死んだあと……」

白い病室に腰を下ろしてから二十分、早くも逃げ出したくてたまらなくなっていた。

「おまえのお母さんが死んだあと、おれはとにかく必死に理解しようとした。自分の殻に閉じこもると、人と一緒にいるのが面白くも何ともないことがわかった。孤独がおれをさらに彼女に近づけてくれたかのようだった。少なくともおれはそう思った。だが、それは誤解だったんだ、ハリー」天使のように優しい笑みが浮かんだ。「ラケルを失って辛いのはよくわかる。だが、おまえはおれの轍《てつ》を踏んではならん。隠れては駄目だ、ハリー。施錠して閉じこもったあげくに鍵を捨てるような真似をしてはいけない」

ハリーは自分の両手を見下ろしてうなずいた。全身を蟻が這い回りはじめているのがわかった。何かを、何でもいいから何かをしなくてはならない。

男性看護師が入ってきてアルトマンと名乗り、注射器をかざして、わずかに舌がもつれているような発音で言った――〝オーラヴが眠れるように手助けをします〟。おれにもその手助けをしてもらえないだろうかとハリーは頼みたかった。

父親が横向きになり、そのせいで片方の頬がくぼんだ。仰向けのときより年を取ったように見えた。生気のない虚《うつ》ろな目がハリーに向けられていた。

ハリーは思わず立ち上がった。椅子の脚が床を引っ掻いて大きな音を立てた。

「どこへ行くんだ?」父親が訊いた。

「煙草を喫《す》いにさ」ハリーは答えた。「すぐに戻るよ」

ハリーは駐車場を見ることのできる低い煉瓦の塀に腰掛け、キャメルをくわえて火をつけた。ハイウェイの向こうにオスロ大学本部があるブリンデルン地区と、父親が勉強していた大学の建物群が見えた。世の中にはこう確信している人々がいる――息子というのは程度の差こそあれ自分は父親とは違うと必ず思いたがるものであり、違う体験をしたと感じたがるものだが、それは幻想にすぎない。そして、息子はいずれその幻想から覚める。血は意志の力より強いだけでなく、それ自体が意志の力でもある。ハリーには自分という存在がそういう見方を否定する証明であるように昔から思われた。それならばなぜ、枕の上にある父親の剝き出しのままのやつれた顔を見て、鏡を見ているような気がするのか？　父親の話し方を聴いて、なぜ自分が話しているような気になるのか？　父親の考え方やその言葉が、歯科医のドリルのように寸分違わずおれの神経を見つけ出すのか？　それはおれが父親のコピーだからだ。くそ！　探るように視線を泳がせていると、駐車場の白いカローラが目に留まった。常に白――最も目立たない色――と決まっていた。〈シュレーデルス〉の前にいたカローラと同じ色、運転席にいるのも二十四時間足らず前に細く吊り上がった目でハリーを見つめていたのと同じ顔だった。

ハリーは煙草を捨てると、急いで病院のなかへ入った。父親の病室へつづく通路へ入ると足取りを緩め、通路が広くなってドアも仕切りもない待合区画として使われているところにいる人々に背を向けると、テーブルに積んである雑誌を漁《あさ》る振りをしながら、彼らを目の隅で観察していった。

あの男が〈リベラル〉誌で顔を隠していた。

ハリーはレーネ・ガルトゥングと婚約者の写真が表紙のゴシップ雑誌〈セー・オ・ヘール〉を手に取って待合区画を離れた。

父親は横になって目を閉じていた。ハリーは腰を屈め、彼の口に耳を近づけた。ほとんど聞こえないほど軽い息遣いだったが、空気の流れは頬に感じられた。

ベッドの横の椅子に坐って父親を見守った。しばらくそうしているあいだに、子供のころの記憶がよみがえってきた。それは順序もなく、ろくに編集もされておらず、はっきり思い出すことができるという以外に、さしたるテーマもなかった。

そのあと、椅子を出入口の脇へ移動させ、ドアを細く開けて待った。

三十分後、あの男が待合区画から現われて通路を下っていくのが見えた。ずんぐりして屈強そうに見えるその男はひどいがに股で、両膝のあいだにビーチボールを挟んででもいるかのような歩き方だった。男性用洗面所であることを万国共通の印が示しているドアを開ける前に、ベルトをぐいと引き上げた。何か重いものが吊るされているかのようだった。

ハリーは立ち上がると、あとを追った。

男性用洗面所の前で足を止め、息を吸い込んだ。ずいぶん久し振りだった。ドアを押し開け、そっとなかへ入った。

そこは病院のほかのすべての部分と同じだった。清潔で、上品で、新しく、大きすぎる。右側の壁に沿って六つの個室が並んでいたが、鍵の上の表示は一つも使用中になっていなかった。短いほうの壁に沿って洗面台が四つ、長いほうの壁に沿って腰の高さに陶器の小便器が四つ設置されていた。男は小便器に向かって立ち、ハリーに背を向けていた。その頭上をパイプが横に延びていた。頑丈に見えた。あれなら持ち堪えられる。ハリーはリボルバーと手錠を取り出した。用を足しているときは互いを見ない、これも万国共通のエチケットだった。目が合ったら、それがたとえたまたまであっても、殺人の原因になりかねない。というわけで、男もハリーを見ようとしなかった。そのあいだに、ハリーは細心の注意を払って洗面所の入口を施錠し、ゆっくりと男に近づいて、男の脂肪太りした首の後ろに銃口を押し当て、警察官ならだれでも職務中に少なくとも一度は使ったことがあるはずだと、ある同僚が口癖のように主張していた言葉をささやいた。「動くな《フリーズ》」

男はぴくりとも動かなかった。全身が強ばり、首の後ろに鳥肌が立つのがハリーにもわかった。

「両手を上げろ」

男が短くて力の強そうな両腕を頭上に差し上げた。ハリーは身を乗り出したが、その瞬間、へまをしたことに気づいた。男の動きは驚くほど速かった。ハリーは一対一の格闘戦についての研究を疎《おろそ》かにしていなかったから、どう殴られるかがどう殴るかと同じぐらい重要だとわかっていた。一番いいのは力を抜き、へまをした報いを受けることは避けられない、被害を減じることしかできないと覚悟することだった。というわけで、男が膝蹴りを食らわせようと回転したとき、ダンサーのようにしなやかに反応し、相手の動きに逆らうことなく、相手の蹴り出した足が向かう方向へ身体を逃がした。尻の上に蹴りが命中し、バランスを失って倒れたが、そのままタイルの床を滑って間合いの外へ逃れた。そしてそこにとどまり、ため息をついて天井を見上げると、煙草を一本口にくわえた。

「神業のような手錠の掛け方だろ」ハリーは言った。「シカゴでFBIの研修を受けたことがあるんだが、そのときにものにしたんだ。そこはカブリニ・グリーン地区っていう、治安の悪さではピカ一のところでな。最悪だったよ。白人は夜にすることがないんだ。出かけていって、ものを盗《と》られたいと思わない限りはな。それで、おれは塒《ねぐら》に籠もって二つのことを練習した。暗闇でできるだけ速く制式拳銃に弾丸《たま》を込める練習と、テーブルの脚を相手に見立てて迅速に手錠を掛ける練習だ」

ハリーは両肘を支えにして上半身を起こした。

男はいまも短い両腕を頭上に差し上げたままだった。二つの手錠のそれぞれが男の左右の手首をパイプに拘束していた。男は無表情にハリーを見つめた。

「ミスター・クロイトに送り込まれたのか？」ハリーは英語で訊いた。

男はハリーの目を見返して瞬きもしなかった。

「三合会か？　借金なら払ったぞ――聞いてないのか？」ハリーは男の無表情な顔を観察した。アジア人のようではあるが、顔つきも肌の色も中国人のものではない。もしかしてモンゴル人か？「それで、おれに何の用だ？」

答えは返ってこなかった。それは歓迎すべからざることだった。おそらくこの男は何かを請求にきたのではなく、何かをしにきたのだ。

ハリーは立ち上がると、半円を描くように歩いて男に横から近づき、こめかみに銃口を押し当てて、左手をスーツのポケットに滑り込ませた。鋼鉄製の武器の冷たい感触があり、財布が手に触れた。ハリーはその財布を取り出した。

そして、三歩後退した。

「ええと……ミスター・ユッシ・コルッカ」ハリーはアメリカン・エキスプレスのカードを明かりにかざした。「フィンランド人か？　だったら、ノルウェー語がわかるだろう」

答えはなかった。

「おまえ、警官だったんじゃないのか？　ガルデモン空港の到着ロビーで見たとき、薬物対策課の囮《おとり》捜査官だと思ったぐらいだからな。おれがあの便に乗ることをどうやって知ったんだ、ユッシ？　そう呼んでもいいよな？　ちんぽこをこれ見よがしに出してるやつはファーストネームで呼ぶのが自然なように思えるんでね」

一瞬、喉に何かが引っかかったような音がしたと思うと、痰《たん》の塊が細長くなって回転しながら宙を飛び、ハリーの胸にぶつかった。

Tシャツを見下ろすと、煙草のせいで黒い痰が二つ目の〝O〟を斜めに流れ落ちていて、いまや〝SNOW PATRØL〟と読めるようになっていた。

「おまえ、やっぱりノルウェー語がわかるんだろ」ハリーは言った。「だれのために仕事をしているんだ、ユッシ？　用は何だ？」

男の顔はぴくりとも動かなかった。外でだれかがドアの取っ手を回そうとし、悪態をついて去っていった。

ハリーはため息をつくと、リボルバーをフィンランド人の額に水平に押し当てて撃鉄を起こしはじめた。

「おれを普通の正常な人間だと思っているかもしれんが、ユッシ、生憎《あいにく》これがおれの正気のあり方でな。おれの父親はこの病院でなすすべもなく病の床に臥《ふ》せっている。おまえはここを突き止め、おれに面倒なことを持ち込んだ。それを解決する方法は一つしかない。幸いなことに、おまえは武器を持っている。だから、おれは正当防衛だったと警察に主張できる」

ハリーは撃鉄をさらに起こした。そのとき、いつもの吐き気に襲われた。

「中央捜査局《クリポス》だ」

ハリーは撃鉄を起こすのをやめた。「もう一度言え」

「おれはクリポスだ」男が歯を食いしばったささやくようなスウェーデン語で繰り返した。ノルウェーの結婚披露宴の客に受ける気の利いたスピーチに使えそうなフィンランド訛《なま》りがあった。

ハリーは男を見つめた。嘘だとは一瞬たりと疑わなかったが、それでも理解したわけではまったくなかった。

「おれの財布のなかを見ろ」フィンランド人が怒鳴ったが、怒りは声にこそ表われていたものの、目には到達していなかった。

ハリーはふたたび財布を開くとなかを検め、ラミネート加工された身分証を取り出した。そう多くの情報が記載されているわけではなかったが、十分ではあった。目の前にいる男はオスロ警察の〝対組織犯罪及び重犯罪中央捜査局《クリミナルポリティセントラーレン》〟、略して〝中央捜査局《クリポス》〟に所属していた。

全国的に影響を及ぼす可能性のある殺人事件の捜査を支援する――指揮するのが普通だったが――部局である。

「クリポスがおれにいったい何の用だ？」

「それはベルマンに訊いてくれ」

「ベルマンってだれだ？」

フィンランド人の口から短い音が漏れた。咳なのか、笑いなのか、判定が難しかった。

「ベルマン局長だ、この馬鹿野郎。おれの上司だよ。早く手錠を外せ、ただし、優しくだぞ」

「やかましい」ハリーは身分証をもう一度検めた。「くそ、くそ、くそ」そして、財布を床に放ると、洗面所の出口へと歩き出した。

「おい！」

ドアを閉めた背後でフィンランド人の怒鳴り声が小さくなっていき、ハリーは廊下を歩いて病院の出口へ向かった。父親を担当している看護師が反対方向からやってきて、十分に近づいたときに笑顔で会釈した。ハリーは手錠の小さな鍵を宙に放った。

「男子トイレに露出狂がいるぞ、アルトマン」

看護師が反射的に両手で鍵を受け止めた。ぽかんと口を開けて見送られているのを背中に感じながら、ハリーは外に出た。

9　跳躍

夜の十時四十五分、気温は摂氏九度をわずかに下回っていた。明日はもっと穏やかになるだろうと天気予報で言っていたのをマーリット・オルセンは思い出した。フログネル公園に人の姿はなかった。プールの何かが彼女に、係留された船を、家々の壁のあいだを風がささやくように吹き抜ける見捨てられた漁村を、オフ・シーズンの移動遊園地の跡を思わせた。子供のころの断片的な記憶がよみがえった。トロンホルメンで溺れ死んだ漁師たちの亡霊のように。彼らは夜、髪に海藻を絡みつかせ、口や鼻を魚に塞がれて海から現われて、息をしないけれども冷え冷えとしたしわがれ声で鷗《かもめ》のように叫ぶ。死者たちは、膨れ上がった手足が引っかかって、骨の折れる音とともに付け根のところでもぎ取られても、トロンホルメンの一軒家のほうへ進むのをやめない。トロンホルメン、祖父母が暮らしている家、彼女自身が眠れないまま子供部屋で横になって震えている家へ。マーリット・オルセンは息を吐いた。吐きつづけた。

下では風は静かだったが、ここ、十メートルの高さの跳び込み台の上では、空気が動いているのが感じられた。こめかみが、喉が、股間がどくどくと脈打つのがわかった。血液が四肢を流れ、活き活きとした命を与えてくれていた。生は、生きていることは素晴らしい。跳び込み台へ上がる階段を上りきっても息は切れていなかったし、心臓――忠実な筋肉――が早鐘を打っているのがはっきりと感じられた。眼下の水のないプールを見下ろすと、そこは月明かりの助けを借りて、非現実的な青みを帯びて輝いていた。その向こう、プールの端に、大きな時計が見えた。針は十時五分で止まり、時間も止まっていた。街の音が聞こえ、キルケ通りの車の明かりが見えた。とても近かった。それでいて、とても遠かった。遠すぎて、だれにも彼女の声は聞こえなかった。

彼女は息をしていたが、そうであるにもかかわらず、死んでいた。太さが船の係留索ほどもあるロープを首に巻かれて、鷗の啼き声が、もうすぐ仲間入りすることになる亡霊たちの叫びが聞こえた。しかし、彼女は死を考えていなかった。生を考えていた。どうしても生きていたかった。小さなことも大きなことも、一つ残らずやり遂げたかった。まだ見たことのない国を旅し、甥や姪の成長を見守り、世界が正気に戻るのをこの目で見たかった。

ナイフだった。その刃が街灯の光にきらめき、彼女の喉に当てられた。恐怖はエネルギーを解き放つそうだが、彼女の場合はそうではなかった。エネルギーをすべて抜き取り、行動する力を奪い去った。自分の身体が鋼鉄の刃に切り裂かれるという思いが、彼女をなすすべもなく震えるだけの肉の塊にしてしまった。フェンスをよじ登って越えろと言われたが、それはとてもできそうになかった。だとしたら地面に墜落するしかないのだろうと思ったとき、涙が溢《あふ》れた。これからどうなるかがわかったからだ。ナイフで切り裂かれずにすむなら何でもするつもりでいたのに、それができなかった。生きていたかったのに。あと数年でもいい、あと数分でもかまわない。それは闇雲で理性を失ってはいるけれども、だれもがそう思わずにはいられない当然の執着だった。

マーリットはフェンスをよじ登れない理由を説明しはじめた。しゃべるなと命じられたのを忘れていた。開いた口にナイフが差し込まれ、蛇のようにのたくりながら口のなかを切り裂いて引き抜かれた。一気に血が溢れた。男がマスクの奥で小声で何かを言い、彼女をフェンスに沿って前へ押した。そうやって、フェンスが破れていて抜けられる場所まで連れていかれた。

マーリット・オルセンは口のなかに溢れつづける血を呑み込み、眼下の観覧席を見た。そこも月明かりを浴びて青かった。無人で、裁判官だけで傍聴人も参審員もいない法廷。執行官だけで野次馬のいない処刑。だれも見る価値があると思わなかった最後のお目見え。生きているときもそうだったけど、死ぬときも同じように注目されないのね、と彼女はふと思った。しかも、いまは言葉を発することすらできない。

「跳べ」

目に映る公園は美しく、それは冬のいまでも変わらなかった。プールの端の時計が動いていないのが残念だった。動いていれば、いつのまにか過ぎ去っていこうとしている生を数秒でも見ることができたのに。

「跳べ」男が繰り返した。声の調子が変わったので、マスクを取ったに違いなかった。そして、マーリットはいまわかった。振り返ったとたんに衝撃を受けて目を見開いた。そのとき、男の足が背中に置かれるのが感じられた。彼女は絶叫した。足の下にはもはや何もなかった。ほんの一瞬、重力がなくなったかのように感じられた。が、地面は近づいていたし、落下速度も速くなっていた。青白いタイルで造られているプールが急速に迫ってきた。あれにぶつかってばらばらになるんだ、と彼女は理解した。

プールの底まで三メートルのところで、マーリットの首に巻かれていたロープが延びきった。それはシナノキとニレから作られた昔ながらのロープで、伸縮性は一切なかった。マーリット・オルセンのずんぐりした身体はほんのわずかの減速もしないまま落下しつづけ、首から離れて、鈍い音とともにプールの底に激突した。首から上はロープに残っていた。血の量は多くなかった。やがて頭が前に傾き、ロープを逃れてマーリット・オルセンのジョギングスーツの上衣の上に落ちると、ごろごろとタイルの上を転がった。

プールはふたたび静かになった。

第二部

10 督促

午前三時、ハリーは眠るのを諦めて起き上がった。キッチンへ行って蛇口を捻り、その下にグラスを構えて、溢れた水が手首に冷たくこぼれるのを待った。顎が痛かった。目はキッチン・カウンターの上にピンで留めてある二枚の写真から離れようとしなかった。二本の折り目がついているのが玉に瑕《きず》の一枚には、ライトブルーのサマードレス姿のラケルが写っていた。が、夏ではなかった。背景の木の葉が秋の色になっていた。ダークブラウンの髪が露わな肩まで下ろされていて、目はレンズのこちらの何かを探しているかのようだった。カメラマンだろうか。この写真を撮ったのはおれか？　妙なことだが、思い出せなかった。

もう一枚にはオレグが写っていた。去年の冬、合同練習期間中のヴァッレ・ホーヴィン・スケートリンクで、ハリーが携帯電話のカメラで撮ったものだった。あのときはまだ華奢《きゃしゃ》な少年だったが、練習をつづけていれば、すぐに赤いスキンスーツがはち切れんばかりになっているはずだ。あいつはいま、どこで何をしているんだろう？　どこにいるにせよ、ラケルは自分たちの家庭を維持できているだろうか？　かつてオスロで暮らしていたときより安全な家庭を？　彼女の人生に新しいだれかが現われただろうか？　オレグは疲れたとき、あるいは集中力をなくしたとき、いまもおれを〝お父さん〟と呼ぶだろうか？

ハリーは蛇口を閉めた。戸棚の扉が膝に当たった。その向こうで、ジムビームが彼の名前をささやいていた。

ハリーはズボンを穿いてTシャツを着ると、居間へ行ってマイルス・デイヴィスの『カインド・オブ・ブルー』をかけた。オリジナルで、スタジオの少し速度の遅いリール・テープで補正されておらず、それ故に、レコード全体がほとんどそれとわからないぐらいではあるが実際とずれていた。

しばらく聴いたあと、ボリュームを上げてキッチンからのささやきが聞こえないようにし、目をつむった。

クリポス。ベルマン。

聞いたことのない名前だった。もちろん、ハーゲンに電話して訊いてみればすむことだが、その気になれなかった。これがどういうことか、何となくわかったような気がしていたからだ。寝た子は起こさないのが一番だ。

最後の「フラメンコ・スケッチズ」までできたところで、ハリーは諦めた。腰を上げて居間を出ると、キッチンへ向かった。玄関ホールでドクターマーチンのブーツを履いて外へ出た。

それは破れたビニール袋の下にあり、そのファイルの表面は、エンドウ豆のスープのようなものに覆われていた。

居間へ引き返して緑のウィングチェアに腰を下ろし、震えながらファイルの内容に目を通していった。

最初の女性はボルグニー・ステム＝ミーレ、三十三歳、出身は北部のレヴァンゲル、独身、子供はなし、現住所はオスロのサーゲネ。職業はヘアスタイリスト、交友関係は広く、とりわけ、美容師、写真家、ファッション関係のメディアに多い。オスロに行きつけのレストランが何軒かあるが、流行の店ばかりではない。加えて、自然を好み、山小屋から山小屋へとハイキングをしたりスキーをしたりするのを好む。

警察が事情聴取した同僚の一般的な見方を短くまとめるなら、〝レヴァンゲルからあの女性を奪い取ることはできても、あの女性からレヴァンゲルを奪い取ることはできない〟というものだった。その同僚たちは自分が小さな町の出であることを消すのに成功した連中なんだろうな、とハリーは推測した。

「わたしたちはみんな彼女のことが好きでした。この業界には珍しく純粋な人でしたし」

「わたしたち、理解できないいんです。だれだか知らないけど、彼女の命を奪うなんてことがどうしてできたんでしょう」

「彼女は人がよすぎました。好きになった男の人みんなにいいように利用されて、彼らの玩具《おもちゃ》になっていました。目指すところが高すぎて――基本的にそれが問題だったんです」

ハリーは彼女の写真を見た。ファイルに収められていた、まだ生きているときの写真を。金髪だが、染めている可能性もある。容貌は十人並みで、とりたてて美人ではないけれども、ミリタリー・ジャケットを着てラスタ帽をかぶった姿はなかなか格好がいい。格好のよさと人のよさ――この二つは共存するものだろうか？

彼女は、ファッション誌〈シェネス〉の月に一度の刊行イベントで〈モノ〉というレストランへ行っていた。その日は七時から八時に開催され、同僚でもあり友人でもある一人は彼女から、自宅で明日の撮影の準備をするつもりだけど、カメラマンが〝八〇年代風のジャングルとパンクを合わせたようなヘアスタイル〟が欲しいと言っているんだと聞かされていた。

タクシーで帰宅したはずだと警察は考えて最寄りのタクシー乗り場を当たったが、その時間に周辺にいた運転手の誰一人として（ノルゲス・タクシーもオスロ・タクシーもコンピューターで運転手を管理していた）、ボルグニー・ステム＝ミーレの写真に反応しなかったし、サーゲネへ客を乗せてもいなかった。要するに、レストランを出たあとの彼女を見た者はいないということだった――仕事に出てきたポーランド人煉瓦職人の二人組が鉄の防火扉の南京錠が外れていることに気づき、なかに入るまでは。ボルグニーは床の真ん中にねじ曲がった姿勢で、衣服はすべて身につけたまま倒れていた。

ハリーは写真を調べた。同じミリタリー・ジャケットを着て、顔は白いファンデーションで化粧したかのように見えた。フラッシュのせいで地下室の壁にくっきりと影ができていた。写真撮影。いい出来だ。

検死官はボルグニーの死亡時刻を午後十時から十一時のあいだと推定していた。血液中にケタノーム――静脈ではなくて筋肉に注射しても即効性のある強力な麻酔薬――の痕跡が残っていた。しかし、直接の死因は口内にできた複数の傷からの出血が引鉄《ひきがね》になっての溺死だった。そして、そこが最も不可解な問題が生じているところでもあった。検死官は口内に二十四の、等間隔にできていて、すべて深さ七センチの、少なくとも顔面には貫通していない刺し傷を見つけていた。しかし、警察はどんな凶器あるいは道具が使われたのかがわからなくて困っていた。まったく見たことのない死に方だった。それに、鑑識的な手掛かりもなかった――指紋も、DNAも、靴やブーツの足跡すら見つかっていなかった。暖房用のケーブルを引いて床を覆うための準備として、犯行の前日にコンクリートの床がきれいに掃除されていたのである。ハリーがいなくなってから配属されたに違いない鑑識課員、キム・エーリク・ロッケルが作成した報告書のファイルに、床で見つかった犯行現場周辺の砂利道のものではない二つの灰色の小石の写真が入っていた。ロッケルはその小石について、頑丈な作業用ブーツの底の溝に挟まり、たとえばこのコンクリートの床のような硬い地面で擦れたときに外れることは往々にしてあると指摘していた。そして、こういう石は非常に珍しいから、後の捜査の際にたとえば砂利道などで見つかったら、同定できる可能性があるとも書いていた。さらにもう一つ、サインして日付を入れたあとで、こう付け加えていた――二本の臼歯に少量の鉄とコルタン（コロンバイト・タンタライト。鉱石の一種）が付着していた。

早くも結論がわかったように思い、ハリーは報告書をめくった。

もう一人の被害者女性はシャルロッテ・ロッレス、父親はフランス人、母親はノルウェー人。現住所はオスロのランベルトセーテル。二十九歳、弁護士資格あり。独身だが、ボーイフレンドがいる。名前はエーリク・フォッケスター。彼はすぐに容疑者から外された。犯行時、アメリカのワイオミング州のイエローストーン国立公園で地理学セミナーに参加していたことが確認されていた。シャルロッテも一緒に行くはずだったのだが、不動産をめぐる深刻な争いを仕事として抱えていて、そちらを優先させなくてはならなかったのである。

同僚たちが彼女を見たのは、月曜の夜九時ごろのオフィスが最後だった。おそらく彼女はうちへ帰っていなかった。書類の入ったブリーフケースが、マリダーレンに捨てられていた車のそばで見つかったのだ。加えて、不動産問題で争っている双方にはしっかりしたアリバイがあった。検死報告はシャルロッテ・ロッレスの爪のあいだから微量の塗料と錆が検出されたことを強調していて、車のトランクの鍵の周囲にあたかもそれを開けようとしたかのような引っ掻き傷があるという犯行現場報告書の記述と一致していた。トランクの鍵の周辺をさらに詳しく調べた結果、少なくとも一度はこじ開けられたことが明らかになった。が、それをやったのがシャルロッテ・ロッレスである可能性はまずなかった。ハリーは彼女がトランクに何かでつながれているところを想像し、それ――犯人が彼女を殺したあとで持ち去った何か――が、彼女が逃げようとした理由だろうと推測した。だが、それは何なのか？　どうやって持ち去ったのか？　理由は？

弁護士事務所の同僚の女性の事情聴取記録にはこういう記述があった――「シャルロッテは野心的で、よく遅くまで仕事をしていました。でも、有能だったかどうかはわかりません。いつも優しかったけど、笑顔や地中海風の外見がそう見せるほどには社交的ではありませんでした。本質的にはとても秘密主義でしたね。たとえば、ボーイフレンドの話なんて一度もしたことがありませんでした。上司はだれもが彼女をとても好いていましたけど」

ハリーには、この同僚は自分のボーイフレンドとの深い話を次々と彼女に話して、そのあげく、シャルロッテからは微笑ぐらいしか返してもらえない様子が目に浮かぶようだった。いま、捜査モードの頭脳は自動操縦状態に入っていた。シャルロッテは粘着質な女性同士の関係に尻込みしていたのかもしれない。何か隠さなくてはならないことがあったのかもしれない。あるいは……。

ハリーは写真を見た。生真面目そうだが魅力的でもある容貌だった。目は黒く、まるで……くそ！　ハリーは目をいったん閉じてふたたび開けると、検死報告書をめくり、資料に目を通していった。

シャルロッテの名前が最上段に確かに書かれてあることを再確認しなくてはならなかった。なぜなら、ボルグニーの報告書をまた読んでいるのではないかと思ったからだ。麻酔薬。口内に二十四の傷。溺死。その他の外傷なし。性的暴行の形跡なし。一件目と異なっているのは死亡推定時刻──午後十一時から零時──だけだった。が、この報告書にも、被害者の歯から鉄とコルタンが見つかったとの情報があとから加えられていた。両方の被害者から見つかったために関連性があるかもしれないと、おそらく鑑識課が後になって気づいたのだろう。コルタン。シュワルツェネッガーが演じたターミネーターはコルタンでできていたのではなかったか？

気づくとはっきり目が覚めていて、いまや椅子の端に浅く腰掛けていた。高揚、興奮、吐き気があった。最初に酒を飲んだときと同じ、胃がひっくり返り、身体が必死で拒絶するような感じだった。そして、もっと飲ませてくれとすぐに懇願するようになる。もっと、もっと、と。自分自身と周囲の全員を破壊してしまうまで。いまそうなっているのはこの二つの事件のせいだった。ハリーはいきなり立ち上がり、そのせいでくらくらしながらもファイルをひっつかんだ。十分に分厚いことはわかっていたが、それでも何とか二つに引き裂くことができた。

引き裂いた書類をふたたびごみ容器まで捨てに行き、それがごみ容器の内側を滑り落ちるに任せると、ビニールのごみ袋を持ち上げて、引き裂かれた書類を底までちゃんとたどり着かせた。ごみ収集トラックがくるのは明日か明後日のはずだった。

居間へ引き返して、緑のウィングチェアに腰を下ろした。

外が白んできて、街が起きはじめる最初の音が聞こえた。ピーレストレーデ通りの朝一番のラッシュアワーのいつもの低い唸《うな》りに混じって、警察車両の甲高いサイレンが遠くでうねるように響いていた。何でもあり得る。二つ目のサイレンが高く低く鳴りだした。何でもあり得る。そして、三つ目。もはや何でもあり得るわけがない。

固定電話が鳴った。

ハリーは受話器を取った。

「ハーゲンだ。たったいま連絡があって――」

ハリーは受話器を戻した。

また鳴りだした。ハリーは窓の向こうを見た。そう言えば、しばらくシースに電話をしていない。なぜだ？　いまのおれを妹に、だれよりも熱烈に、だれよりも無条件におれを敬愛してくれている人物に見せたくないからだ。〝自分は軽度のダウン症だと思う〟と自分のことを言っている女性、おれより計り知れないほど上手に人生と向き合っている女性に。シースは失望させることが許されない唯一の女性だった。

電話が鳴り止み、また鳴りだした。

ハリーは受話器をひったくった。「断わります、ボス。答えはノーです。仕事をしたくないんです」

一瞬の沈黙のあと、電話の向こうで聞き憶えのない声が話しだした。「オスロ・エネルギー会社ですが、ホーレさんでいらっしゃいますか？」

ハリーは自分を呪った。「何でしょう？」

「料金を納めていただいていませんし、督促状をお送りしたのですがいまだ対応していただいてもいません。これは今夜零時をもって電力供給を停止する旨をお知らせする電話です」

ハリーは応えなかった。

「未納分の料金を私どもが受け取った時点で供給が再開されます」

「未納分はいくらなんだ？」

「未納料金に督促に要した費用、供給停止に要する費用、利子を加えて、一万四千四百六十三クローネです」

沈黙。

「もしもし」

「聞いてるよ。おれはいま無一文同然なんだ」

「未納料金の回収は私どもの代理店が行ないます。それはともかくとして、気温が零下にならないことをお互いに願わなくてはならないでしょうね」

「そうだな」ハリーは電話を切った。

外ではサイレンの音が高くなったり低くなったりしていた。

ハリーは少し眠ることにした。十五分ほど横になって目をつむってみたが、眠りは訪れなかった。諦めて服を着直し、路面電車に乗るためにアパートを出た。王国病院《リクスホスピタル》へ行くつもりだった。

11　プリント

　今朝、目が覚めて、自分がまたそこにいたとわかった。夢ではいつもそんなふうだった。われわれは地面に横になっていて、血が溢れつづけている。横に目をやると、彼女がそこにいてわれわれを見ている。その目には悲しみが宿っている。私が何者かが、私の正体が、私が彼女の欲した男でないことが、いまようやくわかったかのように。

　朝食は素晴らしかった。文字多重放送のおかげだった。〝女性国会議員、フログネル公園のプールで遺体で発見される〟。ニュースサイトはその事件の記事で溢れている。プリントアウトして、スクラップしなくては。

　ウェブサイトに最初に被害者の名前が出るまでそれほどかからないはずだ。これまでは、いわゆる警察の捜査は恐ろしく間抜けな茶番で、興奮するどころか苛立たしいほどだった。だが、今回は連中も全力を投入するだろう。ボルグニーやシャルロッテのときのような捜査ではすませられない。何といってもマーリット・オルセンは国会議員なのだ。警察もいつまでももたもたしてはいられないぞ。だって、次の犠牲者が決まったのだから。

12　犯行現場

ハリーは病院の正面入口の前で煙草を喫っていた。頭上の空は淡く青く、眼下では緑の低い尾根の連なりのあいだの小さな盆地に街が横たわって霧に包まれていた。その景色を見ていると、ウップサールでの子供のころが思い出された。エイスティンと最初の授業を抜け出してノールストランのドイツ軍が造った掩蔽壕《えんぺいごう》へ行ったとき、そこから眺めたオスロのダウンタウンも霧で黄色く霞んでいた。だが、年月とともに工場が消え、木が大量に燃料として使われなくなると、朝霧は徐々にオスロを離れていった。

ハリーは煙草を踵《かかと》で踏み消した。

父親はこの前より元気なように思われた。あるいは明かりの当たり具合でそう見えるだけだろうか。彼は息子が微笑している理由を訊いた。そして、その顎は何があったのか、と。

ハリーは要領を得ない返事をしたあと、子供はいくつになったら変化が起こり、両親を現実から護りはじめるんだろうと考えて、十歳ぐらいと結論した。

「シースがきてくれたぞ」父親が言った。

「元気だった？」

「ああ。おまえが帰ってきたと教えたら、これからは自分がおまえの世話をすると言っていたよ。なぜなら、いまや自分が大きくて、おまえが小さいからだそうだ」

「ふむ。小生意気な娘だ。ところで、今日は気分はどう?」

「いいな。実際、とてもいい。そろそろ退院できないかな」

父親が微笑し、息子も笑みを返した。

「医者はどう言ってるんだい」

父親は依然として微笑《ほほえ》んでいた。「あんまりいろんなことを言ってくれるんで、一言では説明できないな。ほかの話をしないか」

「いいとも。どんな話がいいんだ?」

父親が束の間考えてから答えた。「彼女のことを話したいな」

ハリーはうなずき、ハリーの母親との出会いを、結婚を、そして、ハリーが子供のときに彼女が患った病気を語る父親の声に、黙って耳を傾けた。

「イングリはいつもおれの力になってくれた。いつもだ。だが、彼女がおれを必要とすることは滅多になかった。病気になるまではな。ときどき考えることがあるんだ、あの病気は祝福だったんじゃないかとな」

ハリーは身じろぎした。

「わかるか、あの病気が彼女にお返しをするチャンスをおれに与えてくれたんだ。そして、おれはそれをやった。彼女の頼みのすべてを聞いてやった」父親は息子を見つめていた。

「すべてだぞ、ハリー。ほとんどすべてだ」

ハリーはうなずいた。

父親は話しつづけた。シースのことを、ハリーのことを。シースが昔からどんなに優しいかを、ハリーがどんなに頑固かを。ひどく怖がりなのに決してそれを表に出さなかったことを。妻と二人でハリーの部屋のドアの前で耳を澄ませていると、泣いたかと思えば見えない怪物に悪態をつくのを繰り返すのが聞こえたことを。しかし、部屋に入って慰めたり安心させたりすべきでない、そんなことをしたら息子が激怒し、すべてが台無しになるから出ていけと叫ぶだろうと、二人ともわかっていたことを。

「おまえは昔から一人で怪物と戦いたがっていたんだ、ハリー」

父親の昔語りは、もうすぐ五歳になるというころまでハリーが言葉を話さず、ある日突然、一つの文章をまるまる口にしたことに及んだ。ゆっくりと、大人の言葉で、本格的な文章を口にした。それをどこで憶えたのか、自分もイングリも見当がつかなかった、と。

「だが、シースの言うとおりだ」父親が笑みを浮かべた。「おまえは子供に戻っている。だって、話さないからな」

「ふむ。おれに話してほしいのかな？」

父親が首を横に振った。「おまえに必要なのは聴く耳を持つことだ。だが、今日はもう十分だ。またきてくれるな」

ハリーは父親の左手を右手でしっかり握ってから立ち上がった。「何日か、ウップサールにいさせてもらってもかまわないかな」

「そうしてもらえるとありがたい。強要するつもりはないが、あの家は面倒を見る必要がある」

アパートの電気が止められることを話そうかと思ったが、やめておいた。

父親がナースコール・ボタンを押し、若い看護師が笑顔でやってきて、無邪気な、じゃれるような口調で患者をファーストネームで呼んだ。鍵を入れてあるスーツケースを息子に渡してやってくれと頼む父親の声が太くなっていることにハリーは気づき、ベッドに横たわっているこの病人が看護師に弱みを見せまいとしているのだとわかった。どういうわけか哀れには見えず、そうあるべきだとさえ思われた。

別れ際に父親が繰り返した。「彼女の頼みのすべてだ」そして、ささやいた。「だが、例外が一つある」

看護師は私物保管室へハリーを案内しながら、担当医がちょっと話をしたいと言っていると告げた。スーツケースから鍵を見つけ出したあと、ハリーは看護師に教えられたドアをノックした。

医師はうなずいて椅子を示すと、回転椅子に背中を預け、両手の指を合わせた。「お戻りになってよかったですよ。ずっと連絡を取ろうとしていたんです」

「そうだったようですね」

「癌《がん》が広がっています」

ハリーはうなずいた。昔、だれかが教えてくれた——それが癌細胞の目的なのだと。広がることが。

医師がハリーを見つめた。ハリーの次の行動を予測しようとするかのように。

「どうぞ」ハリーが促した。

「どうぞ？」

「ええ、最後まで聞く心構えはできていますから」

「普通、私たちは患者さんに余命を告げることはしないんです。その判定が間違っていることがあるし、そのあとの心理的なストレスを考えると、とてもその気になれないのでね。しかし、今回についてはこう申し上げていいと思います——お父さまはもはや辛《から》くも生き延びているという状態である、とね」

ハリーはうなずき、窓の外へ目をやった。眼下の霧はいまも深かった。

「何かあった場合に連絡できるよう、携帯電話の番号を教えていただけますか？」

ハリーは首を横に振った。霧のなかから聞こえているのはサイレンか？

「では、メッセージを取り次いでもらえる人はいらっしゃいますか？」

ハリーはまた首を横に振った。「それには及びません。私が毎日父に会いにきます。それでいいですか？」

医師がうなずき、立ち上がって大股で出ていくハリーを見送った。

フログネル公園のプールに着いたときには午前九時になっていた。公園全体は五十ヘクタールほどの広さだったが、公共プールはそのほんのわずかな一部でしかなく、さらにはフェンスで囲われていたおかげで、警察が犯行現場を封鎖するのは難しくなかった。フェンスの外側に規制テープを巡らし、チケット売り場に警備担当者を一人配置するだけでよかった。フェンスの外で大騒ぎをしながら、強欲で冷酷な犯罪担当記者の群れがわれ先にとやってきてフェンスの外で大騒ぎをしながら、死体という獲物に襲いかかるときをいまや遅しと待ちかまえていた。何しろ、被害者は正真正銘の国会議員なのだ——こんなすごい死者の写真なら一般社会が要求する権利がないはずがない。

ハリーは〈カッフェ・ピーケネ〉でアメリカーノを買うと、二月でも舗道に出ているテーブル席の一つに坐り、煙草をつけて、チケット売り場の前の群れを眺めた。

だれかが隣りに腰を下ろした。

「これはこれはハリー・ホーレその人じゃないか。どこへ行ってたんです?」

ハリーは顔を上げた。〈アフテンポステン〉紙の犯罪担当記者、ローゲル・イェンネムが煙草をつけ、フログネル公園のほうを身振りで示した。「マーリット・オルセンは欲しかったものをようやく手に入れましたね。今夜の八時には、彼女は有名人ですよ。跳び込み台から飛び降りて縊《くび》れ死んだ? なかなかの出世じゃないですか」そして、ハリーを見て顔をしかめた。「顎をどうしたんです? ひどい顔に見えますがね」

ハリーは答えなかった。コーヒーをすすり、気まずい沈黙を何とかしようともしないで口を閉ざしていた。自分が歓迎されていないことをこの新聞記者に悟ってほしかったが、虚しい願いでしかないようだった。頭上を覆っている霧の向こうから回転翼《ローター》の音が聞こえてきた。ローゲル・イェンネムが上を透かし見た。

「〈ヴェルデンス・ガング〉に違いない。ヘリをチャーターするなんて、いかにもあのタブロイド新聞がやりそうなことだ。霧よ、頼むから晴れないでくれ」

「ふむ。〈ヴェルデンス・ガング〉にしてやられるぐらいなら、写真なんか一枚もなくていいってわけか」

「まさしく。ところで、知ってることがあったら教えてくださいよ」

「知ってることならおまえさんのほうが多いと思うがね」ハリーは言った。「死体が発見されたのは夜明け前、発見者は夜間警備員の一人、彼がすぐさま警察へ通報した。おまえさんの知ってることを教えろよ」

「首がちぎれてます。首にロープを巻いて跳び込み台のてっぺんから飛び降りたと、そういうことのようです。知ってのとおり、彼女は肥ってましたからね。百キロくらいあったみたいです。

彼女が侵入する際通ったと思われるフェンスの一部に、彼女のジョギングスーツの生地と一致するかもしれない繊維が残っていたそうです。ほかに手掛かりは一切なく、したがって、警察は彼女は一人だったと考えています」

ハリーは紫煙を吸い込んだ。首がちぎれていた。新聞記者というのは記事を書くように話すんだな。やつらが言うところの逆ピラミッド、最重要な情報を真っ先に、というわけだ。

「未明のことだったんだよな？」ハリーは鎌をかけた。

「夜の可能性もありますよ。マーリット・オルセンの夫の話では、彼女はジョギングに行くと言って、九時四十五分に家を出たそうです」

「ジョギングには遅すぎないか？」

「きっと、いつもその時間だったんですよ。公園を独り占めするのが好きだったんでしょう」

「ふむ」

「それはともかく、第一発見者の夜間警備員を捕まえようとしたんです」

「なぜ？」

イェンネムが驚きを顔に浮かべてハリーを見た。「直接話を聞くために決まってるじゃないですか」

「そりゃそうだな」ハリーは煙草を吸い込んだ。

「だけど、姿をくらましてしまったみたいで、ここにも自宅にもいないんです。きっとひどいショックを受けてるでしょうね、可哀相に」

「しかし、彼がプールで死体を発見したのはこれが初めてじゃない。捜査を指揮している刑事はもう、おまえさんが見つけられずにいる夜間警備員を見つけてるんじゃないかな」

「初めてじゃないとはどういう意味です？」

ハリーは肩をすくめた。「これまでに二度か三度、おれはここへ呼び出されたことがあるんだ。夜中に忍び込んだガキどものおかげでな。一度目は自殺で、二度目は事故だった。友だち同士の四人が酔っぱらってパーティから帰る途中、お遊びでだれが跳び込み台の先端まで行けるか肝試しをしようってことになった。勝ったのは十九のガキで、最年長はそいつの兄貴だった」

「いやはや」イェンネムが義務的に言った。

ハリーは急いで行くところがあると言わんばかりの様子で時計を見た。

「ロープはかなりの強度を持っていたんでしょうね」イェンネムが訊いた。「首がちぎれても切れなかったぐらいだから。過去にそんな例がありますかね？」

「トム・ケッチャムだな」ハリーは残っていたコーヒーを一息に飲み干して立ち上がった。

「ケチャップ？」

「ケッチャムだ。一九〇一年にニューメキシコ準州で絞首刑になった、けちな悪党だよ。使われたのは標準的な絞首門だが——ロープが長すぎたんだ」

「へえ。どのぐらいあったんです？」

「二メートルほどだ」

「そんなもんですか？　だったら、すごく肥ってたんでしょうね」

「そうでもなかった。どんなに簡単に胴体と首が離れるか、わかっただろ？」

背後でイェンネムが何か叫んだが、聞き取れなかった。ハリーはプールの北側の駐車場を横断して草地を突っ切ると、左折し、正門への橋を渡った。フェンスの高さはどこも二・五メートル以上。百キロか、とハリーは考えた。マーリット・オルセンは自力で乗り越えようとはしたかもしれないが、無理だっただろうな。

橋の反対側でハリーは左へ折れた。プール区域へ裏側から近づくためだった。警察が巡らしたオレンジの規制線をまたいで越え、藪《やぶ》のそばの斜面のてっぺんで足を止めた。この何年かで驚くほど多くを忘れていたが、事件のことはみな憶えていた。跳び込み台の四人の名前はいまも思い出すことができた。ハリーの質問に抑揚のない声で答えるときの兄の虚ろな目も、忍び込んだ場所を指さすときの手も。

手掛かりになりそうなものを踏みつぶさないよう用心しながら、藪を掻き分けた。オスロの公園の保守営繕担当者はしっかりと計画を立てていた。そうだとしても、フェンスが破れたところはまだそのままになっていた。

ハリーは腰を屈め、破れた部分の不揃いになったワイヤーの先端に目を凝らした。黒い糸屑が見えた。自分でこっそり忍び込んだのではなく、彼女を無理矢理押し込んだか引っ張り込んだかした者がいるということだ。ほかの証拠を探した。破れ目の上端から黒い毛糸のような長いものが垂れ下がっていた。破れ目はずいぶん高いところにあったから、フェンスのその部分に触れるには背筋を伸ばして直立しなくてはならないはずだった。触れたのは頭だ。毛糸の帽子をかぶっていたのならつじつまは合う。マーリット・オルセンは毛糸の帽子をかぶっていたのだろうか？　ローゲル・イェンネムによれば、マーリット・オルセンは九時四十五分に、公園でジョギングをするために自宅を出ている。いつものように、推理してみた。ハリーはそれを視覚化しようとし、異常に暖かい夜の公園を想像した。汗を掻いてジョギングしている大柄な女性が見えた。毛糸の帽子は見えなかった。ほかに毛糸の帽子をかぶっている者もいなかった。いずれにせよ、寒いからではない。見られないようにするため、自分が何者か知られないようにするための用心か。黒い毛糸。目出し帽かもしれない。

ハリーは慎重に藪を出た。

聞こえていなかったが、彼らがやってきていた。

一人は拳銃――おそらくオーストリア製のセミ・オートマティック、ステアーだろう――を構え、銃口をハリーに向けていた。金髪のその男が、がっちりした顎が突き出した口を開けて笑いのような呻きを漏らしたとき、ハリーはこのクリポスの刑事――トルルス・ベルンツェン――のニックネームを思い出した。ビーバス。テレビアニメ『ビーバス・アンド・バットヘッド』の主人公に由来していた。

二人目は背が低く、並外れたがに股で、両手をコートのポケットに突っ込んでいたが、そこに拳銃とフィンランド人のような名前の身分証が隠れていることをハリーは知っていた。しかし、注意を引いたのは三人目の、上等なグレイのトレンチ・コートを着た男だった。男は連れの二人の横に立っていたが、拳銃の男とフィンランド人の、一部分はハリーに、一部分はその男に向けた身振りには何かがあった。そのトレンチ・コートの男が二人の隊長であるかのようで、実際に拳銃を持っているのがその男であるかのようだった。ハリーがまず気になったのは、女のような美貌のことではなかった。化粧しているのではないかと思わせるほどくっきり見える上下のまつげのことでも、鼻のことでも、顎のことでも、秀でた頰の形でもなかった。上品に整えられているけれども警察官の基準ではかなり長い、白いものが交じっている豊かな黒い髪でもなかった。日焼けした肌に無数に散っていて、まるで酸性雨にでもさらされたかのように見える白い小さな斑点でもなかった。気になったのは憎悪だった。穿つようにハリーを見つめている目に宿る憎悪。あまりに激しいので、白くて硬いと実際に感じられるような気さえする憎悪。

男は爪楊枝で歯をせせっていた。声はハリーが想像したよりも甲高く、口調は穏やかだった。「おまえは捜査のために立ち入りが規制されている区域へ侵入しているぞ、ホーレ」

「それについては議論の余地はないな」ハリーは周囲を見回しながら応えた。

「なぜだ？」

ハリーは相手を見たままあれこれ考えた言い訳を口にするのを拒否しているうちに、単に答えを持ち合わせていないだけだと気がついた。

「おまえさんはおれを知ってるようだが」ハリーは言った。「おれが光栄にもお目にかかっているおまえさんはだれなのかな？」

「どっちにとっても大して光栄ではないんじゃないか、ホーレ。だから提案するが、いますぐここを立ち去って、クリポスが担当している事件の犯行現場近くに二度とその顔を見せないことだ。わかったか？」

「まあ、承りはしたが、完全にわかったとは言えないな。おれがマーリット・オルセンについての情報を持っていて、警察の役に立つとしたらどうなんだろう――」

「おまえが警察の役に立ったことがあるとしたら、それは一つしかない」穏やかな声がさえぎった。「警察の顔に泥を塗ったことだ。おれの知る限り、おまえは酔っぱらいで、犯罪者で、社会の害虫だ、ホーレ。だから、以下のとおり忠告してやる――だれかに踏みつぶされる前に、出てきた石の下へ這い戻れ」

ハリーは男を見た。本能も理性も意見は一致していた――受けて立ったりするな、ここはいったん撤退するんだ。立ち向かおうにも武器がないんだから。賢くなれ。

実際、ハリーは賢くありたいと願った。その資質があると思っていた。そして、煙草を取り出した。

「そのだれかとやらはおまえだよな？　おまえ、ベルマンだろ？　サウナ風呂の好きなぼんくらにおれのあとを尾けさせた天才か？」ハリーはフィンランド系の刑事のほうへ顎をしゃくった。「あの企てから判断すると、おまえが本当におれを踏みつぶせるかどうか怪しいんじゃないか？　たとえば……ええと……」ハリーは必死で比喩を探したが、出てきそうになかった。ろくでもない時差ぼけのせいだ。

ベルマンがさえぎった。「とっとと失せろ、ホーレ」そして、親指を立てて自分の後ろを示した。「さあ、早く」

「おれは――」ハリーはなおも言い募ろうとした。

「そこまでだ」ベルマンが満面に笑みをたたえて言った。「おまえを逮捕する、ホーレ」

「何だと？」

「犯行現場からの退去を三度も命じられたにもかかわらず、おまえはそれに従わなかった。さあ、両手を後ろに回せ」

「ちょっと待て、話を聴け！」ハリーは怒鳴った。自分は実験室の迷路に放り込まれた、恐ろしく意外性に乏しい鼠《ねずみ》なんじゃないかという、下らない考えが頭をよぎった。「おれはただ――」

ベルンツェン――ビーバス――が腕を伸ばし、ハリーがくわえていた煙草を濡れた地面にはたき落とした。それを拾おうとして屈んだハリーの腰を、ユッシのブーツが押した。ハリーはつんのめり、顔から地面に突っ込んだ。土と胃液の味がした。ベルマンの穏やかな声が聞こえた。

「逮捕に抵抗するのか、ホーレ？　おれは両手を後ろに回せと言ったよな？　ここにな……」

そして、ベルマンの狙いはハリーの尻に軽く手を置いた。ハリーは鼻で荒い息をしながら、動かずにいた。警察官に対する暴行。目撃証人が二人。第一二七項。判決は五年。ゲーム終了。いくら見え見えでも、に決まっていた。しかも、遠くないうちに。というわけで、ベルマンは自分の欲しいものを手に入れるベルマンのコロンの臭いも頭から閉め出し、ほかのことに集中した。そして、彼女のことを考えた。ラケルのことを。両手を後ろに回してベルマンの手の上に置き、首を捻って周囲を見た。四人の上に垂れ込めていた霧はいまや風に吹き払われ、灰色の空を背景に、ほっそりと白い跳び込み台の輪郭が見えた。何かがその先端からぶら下がっていた。たぶん、ロープだろう。

手錠が低い音とともに閉じられた。

ベルマンはミッデルトゥーンス通りの近くの駐車場に残り、ハリーを乗せた車が走り出した。ベルマンのコートを風が優しく揺らしていた。

留置担当警察官が新聞を読んでいると、三人の男がカウンターの前に立った。

「やあ、トーレ」ハリーは言った。「眺めのいい禁煙タイプの客室を」

「やあ、ハリー。久し振りですね」トーレが背後の戸棚から鍵を取ってハリーに差し出した。

「ハネムーン・スイートです」

ビーバスが身を乗り出し、鍵を引ったくって怒鳴った。「こいつが囚人なんだ、馬鹿野郎」トーレの顔に困惑が浮かんだ。

顔をしかめてトーレに謝っているハリーの身体検査をしていたユッシが、鍵を何本かと財布を取り出した。

「グンナル・ハーゲンに電話をしてもらえないかな、トーレ？　彼なら――」

ユッシがぐいと手錠を引っ張り、ハリーの手首に食い込ませた。ハリーは後ろへよろめき、そのまま後ろ向きに留置場へと引っ張られていった。

二・五×一・五メートルの独房にハリーを収監すると、ユッシはトーレのところへ取って返して書類にサインをし、ビーバスは格子扉の前に立ってハリーをうかがった。ハリーはビーバスの胸の内に何かがわだかまっているのを見て取り、それが外へ出てくるのを待った。それはついに、圧《お》し殺した、激しい怒りに震える声になって現われた。

「気分はどうだ、ああ？　おまえは連続殺人事件を二件も解決し、テレビに出たりした、腕利き気取りの大物なんだよな？　それがいまじゃ鉄格子の内側にいるってわけだ」

「おまえ、何にそんなに腹を立ててるんだ、ビーバス？」ハリーは小さな声で訊き、目をつむった。長い航海のあとで陸に上がったばかりのような気持ちの高ぶりが感じられた。

「腹なんか立ててない。だが、善良な警察官を撃つような糞野郎どもには、我慢ならないぐらいの怒りを覚えているけどな」

「その一文には三つも間違いがあるぞ」ハリーは独房の寝台に横になりながら言った。「一つ目、〝糞野郎ども〟ではなくて〝糞野郎〟だ。二つ目、ヴォーレル警部は善良な警察官ではなかった。三つ目、おれは彼を撃ってない。腕をもぎ取ったんだ。ここ、肩のところからな」ハリーはその部分を示して見せた。

ビーバスの口が開いて閉じたが、何も出てこなかった。

ハリーはまた目をつむった。

13　オフィス

　二時間後にふたたび目を開けたときも、ハリーは独房に横になったままだった。格子の外ではグンナル・ハーゲンが扉を開けようと鍵と格闘していた。

「すまん、ハリー――会議の最中だったんだ」

「いや、ちょうどよかったですよ、ボス」ハリーは寝台の上で伸びをし、欠伸をした。「出してもらえるんですか？」

「警察の弁護士に訊いたら、かまわんということだった。勾留は留め置きであって刑罰ではないそうだ。クリポスの二人組に連行されたと聞いたが、何があったんだ？」

「あなたなら知っているんじゃないかと期待していたんですがね」

「私が知ってる？」

「オスロに着いてからずっとクリポスに尾行されているんですよ」

「クリポスに？」

　ハリーは起き上がると、ブラシの長さぐらいまで伸びた短い髪を撫でた。「王国病院まで尾行されて、正式に逮捕までされたんです。どういうことですか、ボス？」

ハーゲンが顎を突き出し、喉を撫でた。「くそ、予想しておくべきだったな」

「予想しておくべきだったって、何を？」

「きみが警察を辞めなくてすむようにしようというわれわれの工作が外へ漏れること、そして、そうはさせまいとベルマンがするだろうことをだ」

「どうしてそうなるのか、ざっとでいいですから教えてもらえませんか」

「言ったとおり、かなり複雑なんだ。すべては予算と人員の削減のせいで、そこに管轄権が絡んでいる。昔からの縄張り争いだよ、刑事部とクリポスのな。小さな国に同じような専門性を持った部局が二つあって、それぞれに不足なく人的資源を割けるかどうかだ。その話がまた持ち上がったのが、クリポスが新たに局長を迎えたときだ。そして、その局長がミカエル・ベルマンだ」

「そいつのことを教えてください」

「ベルマンか？　警察学校卒、ノルウェー国内で短期間勤務したあと、ハーグの欧州刑事《ユーロ》警察《ポール》機構へ出向。そして、際だった才能を示すワンダーボーイとして、出世の準備万端怠りなくクリポスへ復帰した。一日目から大荒れだ。ユーロポール出身の元同僚を雇いたいと言ったんだよ。外国人をな」

「もしかしてフィンランド人じゃありませんか？」

ハーゲンがうなずいた。「ユッシ・コルッカだ。警察官としての訓練をフィンランドで受けているが、ノルウェーで警察官になるための資格は持っていない。組合は激怒したよ。もちろん、手打ちは行なわれた。コルッカを交換警察官という形で臨時採用したんだ。ベルマンが次に打とうとしている一手は、特に重大な殺人事件の捜査に関しては、それを自分たちがやるか、管区警察がやるかをクリポスが決める、逆はあり得ないと、規則ではっきりさせることだ」

「それで？」

「そんなことは絶対に受け容れられない。当たり前だ。ここの警察本部はわが国最大の殺人事件捜査班を持っていて、オスロ管内で起こった殺人事件のどれをわれわれが担当するか、クリポスにどんな手助けをしてもらう必要があるか、どこでクリポスに主導権を握らせるか、それを決めるのはわれわれだ。クリポス創設の趣旨は、彼らの持っているノウハウを事件を担当している所轄警察に提供することだった。だが、ベルマンはあっという間に、クリポスに自分と同じ皇帝の地位を与えた。司法省はすでにその件に引きずり込まれていて、間もなく、われわれが長いあいだ何とか蓋をしてきたことを実行に移すチャンスと見るだろう。すなわち、本部を一つにして、殺人事件の捜査を一本化することをだ。規格化と派閥人事の危険性、現地を知っていることの重要性、技術の普及、新規採用などについてのわれわれの言い分なんか一顧だにしないだろう。そして——」

「すみませんが——それはよく知っていることです」

ハーゲンが手を上げた。「まあ、聞いてくれ。司法省はいま、役職の整理に取り組もうとしていて……」

「やつらに言わせれば、実用主義的たらんとしているんだそうだ。すべては乏しい人的資源を最も費用対効果のいい形で活用するためらしい。クリポスが管区警察の介入なしでも最良の結果を出すことを示し得れば――」

「そのときはすべての権力がブリン通りのクリポス本部へ移ることになり」ハリーは言った。「ベルマンには大きなオフィスが与えられて、刑事部はさようならとなるわけですね」

ハーゲンが肩をすくめた。「まあ、そんなところだ。シャルロッテ・ロッレスの遺体がダットサンの陰で発見され、建設中のビルの地下室で殺された女性と類似性があるとわれわれが見たとき、クリポスと真っ向から対立した。たとえ遺体が発見されたのがオスロだとしても、二重殺人はオスロ管区警察ではなくクリポスが担当すべきだと抜かして、やつらは自分たちだけで勝手に捜査を始めた。司法省を味方につけるための戦いはこの事件の成否にかかっていると認識しているんだ」

「そういうことなら、クリポスより先に刑事部が解決すればいいだけのことでしょう」

「言っただろう、複雑なんだよ。クリポスはたとえ進展がなくてもわれわれとの情報共有を拒否し、司法省へ行った。司法省としてはクリポスにこの件をやらせてみて、将来において担当範囲を決めるための参考にしたいと、うちの本部長に電話があったそうだ」

ハリーはゆっくりと首を振った。「沈没の始まりですね。だから、絶望的な……」

「その言葉は使いたくない」

「それで……？」

「絶望的な状況のなかで、かつて何度か連続殺人犯を捕まえたホーレを探し出そうと必死になった。もはや職員でも何でもない、この件を内々で捜査できる部外者を。だから、おれはだれにも、何も言えなかったわけだ」

ハーゲンがため息をついた。「とにかく、ベルマンは突き止めた。それは間違いない。そして、きみの尻尾に食いついたんだ」

「あなたが司法省の要求に従うかどうかを見たり、昔の報告書を読み、昔の証人から聞き取りをして、おれを現行犯で捕まえたりするために、ですか」

「あるいは、もっと強烈かもしれんな。きみをゲームから弾き出すために、だ。たった一つの過ちできみを停職にできることをベルマンは知っている。勤務中の一杯のビールで、服務規程への一回の抵触で十分だとな」

「ふむ。あるいは、逮捕に抵抗するとか、ですか。あいつのことだ、おれについてはこれで終わりにするつもりはないでしょうね。嫌なやつですよ」

「あいつと話してみるよ。きみがもう仕事をしたがっていないことを教えたら、さすがに手を引くだろう。意味もないのに警察官を糞溜めに落とすようなことは、われわれはしないんだ」ハーゲンがちらりと時計を見た。「まだ仕事がある。ともかく、ここを出よう」

二人は留置場を出て駐車場を横断し、警察本部——この一帯を代表するコンクリートと鋼鉄の高層建築——の入口で足を止めた。その横には、地下通路で本部とつながっている、ボーツェン——オスロ管区刑務所——の古びた灰色の壁があった。そして、グレンランがフィヨルドと港へと広がっていた。建物のファサードは冬のように寒々とした淡い色合いで、汚れていて、まるで灰が流れ落ちたかのようだった。港のクレーンが空を背景に絞首門のように見えた。

「なかなかの景色じゃないか?」

「そうでもありませんよ」ハリーは息を吸った。

「しかし、それでもこの街には何かがあるだろう」

ハリーはうなずいた。「まあね」

二人はしばらく踵を揺らしながら、ポケットに手を入れて立っていた。

「寒いですね」ハリーは言った。

「それほどでもあるまい」

「そうかもしれませんが、おれのサーモスタットはまだ香港の気温に合わせたままなんです」

「なるほどな」

「コーヒーが上であなたを待ってるんでしょ?」ハリーは身振りで六階を示した。「それとも、仕事ですか? マーリット・オルセン事件の?」

ハーゲンは答えなかった。

「ふむ」ハリーは言った。「ということは、ベルマンとクリポスが、それも持っていったということですね」

六階のレッド・ゾーンの廊下を歩いていると、ハリーは中途半端で控えめな会釈に迎えられた。この建物のなかでは伝説かもしれなかったが、人気があったことは一度もなかった。

二人は〝死んだ人が見える《アイ・シー・デッド・ピープル》〟と書いた紙が糊で貼りつけられたドアの前を通り過ぎた。

ハーゲンが咳払いをした。「きみのオフィスをマグヌス・スカッレに使わせてやっているんだ。ほかは超満員なんでね」

「かまいませんよ」ハリーは言った。

二人はキチネットへ行き、パーコレーターで淹《い》れた悪名高いコーヒーをそれぞれの紙コップに注いだ。

ハーゲンのオフィスに戻ると、ハリーは刑事部長の机の向かいの、何回坐ったかわからない椅子に腰を落ち着けた。

「そうか、まだあるのか」ハリーは机の上の記念品へ首を傾けた。一見したところでは白い感嘆符のように見えるのだが、実は小指の骨のレプリカだった。ハリーは知っていたが、それは第二次世界大戦時の日本軍の大隊長の指だった。撤退するとき、その大隊長は死んだ部下の遺体を回収しに戻れないことを詫びるために、部下の前で小指を切り落とした。中間管理職にリーダーシップを教えるとき、ハーゲンはこの話を好んで使った。

「そして、きみはいまもないんだな」ハーゲンが中指のない、ハリーが紙コップを持っているほうの手へ顎をしゃくった。

ハリーは指摘を認め、コーヒーに口をつけた。コーヒーも変わっていなかった。アスファルトを液体にしたような味がした。

ハリーは顔をしかめた。「三人でチームを組みたいですね」

ハーゲンがゆっくりとコーヒーを飲み、紙コップを置いた。「それだけでいいのか?」

「あなたはいつもそう言われますが、おれが大人数の刑事と仕事をするのがうまくないのは知ってるでしょう」

「いや、それならそれでいいんだ。文句を言うつもりはない。人数が少なければ少ないほど、われわれが二重殺人の捜査をしていることをクリポスや司法省に感づかれる可能性が低くなるからな」

「三重殺人ですよ」ハリーは欠伸をした。

「早まるな。マーリット・オルセンが殺されたのかどうかはまだわからない——」

「夜、独りでいた女性が拉致され、普通ではあり得ないようなやり方で殺された。狭くて古いオスロで三度目です。三件とも同一犯ですよ。信じてください。しかし、何人でチームを組むにせよ、十分に用心して、クリポスとは絶対に出くわさないようにします。おれが言うんだから確かです」

「そうだな」ハーゲンが答えた。「それはもちろんわかっているよ。だからこそ、捜査をしていることが明るみに出たとしても刑事部は一切無関係だという条件がついてくるんだ」

ハリーは目をつむった。

ハーゲンがつづけた。「当然、われわれは職員のなかに捜査に関わった者がいることに遺憾の意を表明するが、一方では、これは悪名高い一匹狼、ハリー・ホーレが勝手に、刑事部長の知らないところでやったことだと明らかにする。そして、きみはそれを追認する」

ハリーは目を開けてハーゲンを見つめた。

ハーゲンは目を逸らさなかった。「質問はあるか？」

「あります」

「言ってみたまえ」

「情報はどこから漏れているんです？」

「何だって？」

「ベルマンに情報を流しているのはだれですか？」

ハーゲンが肩を回した。「ベルマンがわれわれのやっていることに何であれ組織的に近づく術を持っているとは、私には思えない。きみが戻ってくることについては、色々なところで嗅ぎつけることができただろうしな」

「マグヌス・スカッレはどこだろうと何だろうとしゃべる癖がありますよね」

「これ以上の質問はやめてくれないか、ハリー」

「いいでしょう。で、店はどこに開きますか？」

「ああ、そうだな」ハーゲンがすでに話し合ったことだというように何度かうなずいた。

「オフィスに関しては……」

「関しては……？」

「言ったとおり、どこも超満員なんだ。だから、どこか外の、しかしあまり遠くないところに作るしかない」

「結構です。で、どこなんです？」

ハーゲンが窓の向こうへ目をやった。その先には、ボーツェンの灰色の壁があった。

「冗談でしょう」ハリーは言った。

14　人員補充

ビョルン・ホルムはオスロのブリン地区にある犯罪鑑識課の会議室に入った。窓の外では太陽が家々の正面をとらえるのを諦め、街に午後の薄暗さをもたらしはじめていた。駐車場は混んでいて、道の反対側のクリポスの入口の前には、屋根に衛星アンテナを据え、胴体にノルウェー放送会社のロゴが入った白いミニバンが駐《と》まっていた。

部屋には彼の上司のベアーテ・レン——並外れて色白で、小柄で、無口な女性——しかいなかった。何も知らない人間なら、経験豊かで自意識過剰で、必ず一癖も二癖もあり、対立を回避しようとすることなど滅多にない、鑑識課というプロフェッショナル集団を彼女のような人物が率いるのは、少なからず問題があるのではないかと思うかもしれなかった。よく知っていれば、そういう連中を相手にできるのは彼女しかいないとわかるはずだった。その主たる理由は、彼女がまず自分の父親を、次いで自分の子供の父親を永遠に失う悲劇に見舞われたにもかかわらず、毅然《きぜん》として誇り高いことを、連中が尊敬しているからではなかった。この集団のなかで一番優秀であり、あまりに非の打ち所がなく、高潔で、厳粛だからだった。そのせいで、彼女がひとたび頬を染めて伏し目がちに小声で指示を出せば、それはすぐさま実行された。というわけで、ビョルン・ホルムも、連絡があるやすぐに駆けつけたのだった。

彼女はテレビ・モニターに引き寄せた椅子に坐っていた。

「記者会見が生中継されているの」ベアーテがホルムを見ようともしないで言った。「坐って」

そこに映っている者たちがだれなのか、ホルムはすぐにわかった。それにしてもおかしなことだよな、と彼は思った。数万キロもの旅をして宇宙へ出ていき、また地球へ戻ってくる電波信号を画像に変換したものを見て、通りの向かいでいま何が起きているかを知るなんてな。

ベアーテ・レンが音量を上げた。

「あなたは正確に理解しておられる」ミカエル・ベルマンが自分の前のテーブルに置かれたマイクに身を乗り出すようにして言った。「現時点では、手掛かりも容疑者も見つかっていません。それから、もう一度繰り返しますが、われわれは自殺の可能性を排除していません」

「しかし、あなたはさっき——」出席しているメディアのだれかが口を開いた。

ベルマンがその女性をさえぎった。「〝われわれはこれを不審死と見なしている〟と、私は確かに言いました。あなたもこの分野の用語はもちろんご存じでしょう。そうでないのならば……」そして最後まで言わずに、カメラの向こうにいる人物を指さした。

「〈スタヴァンゲル・アフテンブラー〉の記者ですが」ローガラン地方の訛りがある、ゆっくりとした羊の鳴き声のような声が言った。「警察は今度の事件とその前の二つの事件とのあいだに関連があると見ているんでしょうか――」

「ちがう！　最初からここにいたのなら、〝関連を排除しない〟と私が言ったのを聞いておられたはずでしょう」

「それは聞いていましたが」ゆっくりとした訛りの声が、動じるふうもなくつづけた。「ここにいる私たちが関心を持っているのは、あなたが何を排除しないかではなくて、あなたがどう考えているかです」

ベルマンが苛立った様子で口元を強ばらせ、悪魔のような目を質問者に向けるのがビョン・ホルムにはわかった。ベルマンの隣りにいる女性制服警官がマイクを手で塞ぎ、彼のほうへ乗り出すようにして何事かをささやいた。ベルマンの顔が曇った。

「ミカエル・ベルマンはメディア対応のための短期集中講座を受けているようですね」ホルムは言った。「レッスン・ワン、メディアと摩擦を生じさせないこと、とりわけ地方紙には気をつけること」

「あの人、こういう仕事は初めてでしょう」ベアーテ・レンが言った。「そのうち慣れるわよ」

「そうですかね？」

「そうよ。ベルマンは学習するタイプだもの」

「謙虚さは学習できないと聞いてますがね」

「本当の謙虚さについてはそのとおりだけど、差し支えないときに下手《したて》に出るのは現代のコミュニケーションの基本よ。ニンニはそれを教えているんじゃないかしら。ベルマンだってそれを受け容れられないほど狭量ではないんじゃないの？」

画面ではベルマンが咳払いをし、ほとんど少年のような笑顔を作ってマイクへ身を乗り出した。「ぞんざいに聞こえたのならお詫びします。しかし、今日はわれわれにとって長い一日でした。この悲劇的な事件の捜査へ一刻も早く戻りたいと気持ちが逸《はや》っていることを理解してもらえるとありがたく思います。この記者会見はそろそろ終わりにしなくてはなりませんが、さらに質問があるようでしたら、ニンニにお願いします。今夜もう一度、朝刊記事の締切りの前に記者会見を開くとお約束しましょう。それでよろしいですか？」

「ほらね、わたし、何て言った？」ベアーテが勝ち誇ったように笑った。

「スター誕生ってわけですか」ホルムは言った。

映像が切り換わり、ベアーテ・レンがホルムに向き直った。「ハリーから電話があって、あなたを貸してほしいと言ってきたの」

「おれを？」ホルムは訝った。「何をさせたいんですかね？」

「それはよくわかってるんじゃないの？　ハリーが戻ってきたとき、あなた、グンナル・ハーゲンと一緒に空港にいたんでしょ？」

「まいりましたね」ホルムは上下の前歯を露わにして苦笑した。

「あなたは一緒に仕事をしてもいいとハリーが思っている数少ない一人だもの。ハーゲンはそれを知って、ハリーを説得してもらおうとしたんじゃないかしら」

「おれとハリーはそこまでしっくりいっているわけじゃありませんよ。それに、彼は仕事を断わったはずです」

「でも、ここへきて考えが変わったようね」

「ほんとですか？　もしそうだとしたら、何があったんでしょう？」

「それは教えてくれなかったわ。言ってたのは、わたしを通すのが筋だと思ったということだけよ」

「そりゃそうだな。ここではあなたがボスですからね」

「何であれハリーが関わっているとなったら、それを軽く見ては駄目よ。わたしは彼をよく知っているの、あなたも気づいているでしょうけどね」

ホルムはうなずいた。気づいていたし、ベアーテのパートナーであり、もうすぐ彼女との子供の父親になるはずだったヤック・ハルヴォルセンが、ハリーと仕事をしているときに殺されたのも知っていた。凍てつくように寒い冬の日の真っ昼間、グルーネルレッカで胸を刺されたのだ。ホルムが直後に現場に到着してみると、熱い血が青い氷の上へ流れ出していた。警察官が死んだ。だれもハリーを責めなかった。少なくともハリーを別にすれば。

ホルムはもみあげを掻いた。「それで、どう答えたんです？」

ベアーテが深く息をし、新聞記者やカメラマンが慌ただしくクリポスの建物を出てくるのを眺めた。「これからあなたに話すのと同じことを答えとして返したわ。司法省はクリポスに優先権があることを明らかにしているから、そうであるならば、この件に関してはベルマン以外のだれにも鑑識課員を貸し出すことはできない、ってね」

「しかし？」

ベアーテ・レンがビックのボールペンの先で強く机を叩きはじめた。「しかし、この二重殺人以外にも事件はあるわよね」

「三重殺人ですよ」ホルムは訂正し、ベアーテの鋭い視線を浴びると付け加えた。「本当です」

「ホーレ警部が何の捜査をしているのかよくは知らないけど、彼はこの二重殺人だか三重殺人だかのいずれでもないと確言し、わたしはそれを認めました」ベアーテが言った。「というわけなので、あなたにはその件あるいはそれらの件――どういう件だか、わたしは一切知りません――へ移ってもらいます。これからは週に一度、何であれあなたのしたことを報告書にして、わたしの机に届けてください。わかりましたね？」

カイア・ソルネスの心の内は太陽のように明るく輝き、回転椅子でぐるぐる回りたいという、ほとんど抵抗不能な欲望が突き上げた。

「ハーゲン刑事部長がいいと言われるなら、わたしに否やはありません」自制しようとしたものの、歓喜の声になっているのが自分でもわかった。

「ハーゲンはいいと言っている」男は斜め上方に伸ばした腕で身体を支え、対角線を描くような姿勢でドア枠に寄りかかっていた。「では、これで決まりだな。おまえさんと、ホルムと、おれの三人だ。われわれの捜査は秘密裡に行なわれる。開始は明日だ。七時にオフィスで待ってる」

「ええと……七時ですか？」

「ジーベン。セブン。〇七〇〇」

「わかりました。どのオフィスでしょう？」

男がにやりと笑みを浮かべて説明した。

彼女は信じられないという顔で男を見た。「刑務所にオフィスがあるんですか？」

ドア枠の対角線が力を抜いた。「待ってるぞ、準備は完了してるからな。質問は？」

いくつかあったが、ハリーはもう立ち去っていた。


いまや夢は昼間にも現われはじめている。遠いところでバンドが演奏している「ラヴ・ハーツ」がいまも聞こえる。気づくと少年が何人か、私を取り巻くようにして立っている。だが、近づいてはこない。私は彼女を見ている。おまえがしたことを見ろ、と私は言おうとする。さあ、彼を見ろ。よし。いまも彼が欲しいか？　悲しいかな、私は彼女を忌み嫌っている。口にくわえたナイフで、彼女を引き裂きたい。何度も何度も。そして、その傷口から溢れ出させたい。血を、腸《はらわた》を、嘘を、愚かさを、下らない独善性を。自分の内側がどれほど醜いかを、だれかが彼女に見せてやるべきなのだ。

テレビで記者会見を観た。何という無能な連中だ！　手掛かりも容疑者も見つかっていないだと！　最初の四十八時間は黄金の四十八時間だろ？　時間の経過とともに解決の可能性は低くなるんだ。急げ、慌てろ。私にどうしてほしいんだ？　それを壁に血で書いてほしいのか？

私に殺人をつづけさせているのはおまえたちだ。

手紙は終わりだ。

急げ。

15　ストロボ・ライト

　スティーネはたったいま話しかけてきた少年を見た。頰から顎にかけて髭《ひげ》を蓄え、金髪で、毛糸の帽子をかぶっている。屋内なのに。それに、帽子は屋内用というわけでもなく、厚手で耳を寒さから防ぐことができるようになってもいる。スノーボーダーだろうか？　ところが、もっとよく見てみると、少年ではなく、大人だとわかった。三十は超えている。いずれにせよ、褐色の肌に白い皺が刻まれている。

「何？」彼女は〈クラッペ〉の音響システムから吐き出される大音量の音楽に負けじと叫んだ。最近オープンしたこのレストランは、スタヴァンゲルの若手の前衛音楽家、映画製作者、作家の新しい溜まり場を標榜していた。ほかの点ではビジネス優先でドルを当てにしているこの石油の町で、彼らはとても稀少な存在だった。〈クラッペ〉が自分たちにふさわしい店かどうか、最先端を行く人々がそれを判断するには、もう少し時間がかかるかと思われた。そしてスティーネも、少年のように見えなくもないこの男性が自分にふさわしいかどうかを、実はまだ判断しかねていた。

「それをあなたに伝えておくべきじゃないかと考えているだけなんです」彼が自信に満ちた

笑顔で言った。わたしを見ている青い目の色が淡すぎるように感じられるけど、それはここの照明のせいだろうか？ 点滅するストロボ・ライトの？ これが最近の流行《はやり》なのか？ まあ、そのうちわかるだろう。彼はビールのグラスを手のなかで回しながらカウンターに寄りかかっていて、言葉を聞き取ろうとしたら身を乗り出さなくてはならなかったが、スティーネはその気になれなかった。彼は厚手のダウンジャケットを着ているのに、場違いな帽子の下の顔にはまだ汗の一滴も見えなかった。これも最近の流行だろうか？

「ビルマのデルタ地帯をバイクで走り、そのときのことを色々話せるぐらい十分な経験をして戻ってきた者はほとんどいないんです」彼は言った。

十分な経験。そして、語り手。満更悪くないかもしれない。だれかに似ている。八〇年代の映画かテレビで観たアメリカのアクション・スター。

「それで、スタヴァンゲルへ帰ったら、飲みに出て、見た限りで一番魅力的な女性に声をかけ、いま話していることを聞かせると自分に約束したんですよ」彼が無邪気な笑みを満面に浮かべて両腕を差し伸ばした。「ぼくが思うに、あなたは仏塔《パゴダ》の少女だ」

「何ですって？」

「ラドヤード・キプリングですよ、お嬢さん。あなたはモーラミャインの古いパゴダでイギリス軍兵士を待っているんです。そして、あなたは何と言うと思います？ わたしと一緒にシュウェダゴン・パゴダの大理石の上を裸足で歩きませんか？ バゴでコブラの肉を食べませんか？ ラングーンでイスラム教の祈りの合図が聞こえるまで寝て、マンダレーで仏教徒の祈りの声で目を覚ましませんか？」

彼が息を継ぎ、彼女は身を乗り出した。「じゃ、わたしがここで一番魅力的な女性なの？」

彼が周囲を見回した。「いや、そうじゃありません。胸は一番豊かですけどね。あなたは美人だけど、一番を勝ち得るには競争相手が多すぎます。外へ出ませんか？」

彼女は笑って首を横に振った。面白いのか、頭がどうかしているだけなのか、よくわからなかった。

「連れが何人かいるんだけど、いまの悪戯《いたずら》をだれかに仕掛けてもいいわよ」

「エリアスです」

「え？」

「あなたはぼくの名前を知りたがっていた。また会ったときのためにね。だから、エリアスがぼくの名前です。スコーグじゃ忘れられるだろうけど、エリアスなら憶えていてもらえるでしょう。ぼくたち、もう一度会いますよ。実際、あなたがそれを想像する前にね」

彼女は首をかしげた。「あら、そうなの？」

彼はビールを飲み干すとグラスをカウンターに戻し、彼女に笑顔を見せてから離れていった。

「いまの、だれ？」

マティルデだった。

「さあね」スティーネは答えた。「でも、なかなかよかったわよ。なんか変だったけどね。

ノルウェーの東のほうの出身みたいな話し方だったわ」

「変って？」

「目がどこか普通じゃなかった。それに、歯も。ここって、ストロボ・ライトがある？」

「ストロボ・ライト？」

スティーネは笑った。「違うわね、あれは日焼けサロンの練り歯磨き色のUVライトで脱色したんだわ。あれをやると、ゾンビみたいな顔色になるの」

マティルデが首を振った。「あなた、飲み足りないんじゃないの？　さあ、行きましょう」

スティーネはマティルデのあとにつづいて出口へ向かった。窓に顔が映っているのを見たような気がしたが、そこにはだれもいなかった。

16　スピード・キング

夜の九時、ハリーはオスロの繁華街を歩いていた。午前中は椅子やテーブルを新しいオフィスへ運び込むのに費やし、午後は王国病院へ面会に行ったが、父親は何かの検査を受けている最中だった。それでもう一度オフィスへ戻り、報告書をコピーし、電話を何本かかけ、ベルゲン行きの航空チケットを予約し、何軒かの店に立ち寄り、煙草の先ほどのサイズのSIMカードを買った。

足取りは軽やかだった。このコンパクトな街を東から西へ歩いて、緩やかながら確実に変化している人々、ファッション、民族性、建物、商店、カフェ、バーを見るのは、いつも面白かった。マクドナルドでハンバーガーを食べ、ストローを三本、コートのポケットに突っ込んで、徒歩の旅を再開した。

グレンランのゲットーのようなパキスタン人街に立ってから三十分後、気がついてみると、こぎれいで、少し無機質で、丸っきり温かみに欠ける西側の地区にいた。カイア・ソルネスの住まいはそこのリーデル・サーゲンス通りに建ち並んでいる、古くて大きな木造の民家の一つだった。それらの民家の一軒が稀に売りに出されると、オスロ大好き人間が押し寄せるのが常だった。買うためではなく――そんな余裕のある者はまずいない――見るために。それが自分のものになることを夢想し、ファーゲルボルグが実際に噂どおりの地区であることを確かめるために。金持ちが金持ちすぎない界隈であり、昔からそこに住んでいる者ばかりで、プールのある家も、ガレージのシャッターが電動式の家も、そのほかの悪趣味な現代的発明を備えている家も一軒もないことを確認するために。ファーゲルボルグに住んでいる人たち、まったく文字どおりの〝善良な市民〟は、昔ながらのやり方で暮らしているにすぎなかった。夏は大きな影ができる庭の林檎の木立の下で過ごす。庭に置いてあるテーブルや椅子は家ができたときからそこにあって、古くて使い勝手が悪いほどに大きく、黒ずんでいる。そして、日が短くなり、庭のテーブルや椅子がしまわれると、鉛枠の窓の向こうに蠟燭が灯る。十月から三月までずっと、リーデル・サーゲンス通りはクリスマスのような雰囲気になる。

正面の門が大きな音を立てて軋んだ。余分な仕事を犬にさせずにすませたかった。ブーツの下で砂利が呻いた。そのブーツをクローゼットで見つけたときには子供のように再会を喜んだのだが、いまはすっかり水が染み込んでいた。

ポーチの階段を上がってベルを押した。表札は出ていなかった。

ドアの前にはかわいらしい女物の靴が一足、男物の靴が一足、並んでいた。男物のサイズは三十センチか。カイアの夫は大男だと、その靴が示唆しているように思われた。夫がいても何の不思議もない。なぜおれはそこに思い至らなかったのか？　たぶん、いないと思っていたからだろう。どっちにしても、どうでもいいことだ。ドアが開いた。

「ハリー？」彼女は前の開いた、ずいぶん大きなウールの上衣に色の褪《あ》せたジーンズという格好で、老人斑ができているに違いないと言い切ってもいいとハリーが思うほど古いフェルトのスリッパを履いていた。化粧っ気はなく、驚きの笑顔だけがあった。にもかかわらず、期待して待っていたようにも見えた。ハリーがこんなふうに自分に会いたがっていると期待して。もちろん、彼女の目に、多くの女性が評判――いいものであろうとよくないものであろうと――の男に抱く興味が宿っているのは、香港で見てわかっていた。しかし、自分がなぜここにきたのか、その理由について、ハリーは納得のいく分析をしていなかったし、しようとも思わなかった。サイズ三十、あるいは三十・五の靴のせいか。

「ハーゲンに住所を教えてもらったんだが」ハリーは言った。「おれのアパートから歩ける距離だったから、電話じゃなくて直接話そうと思ってね」

彼女が訳知り顔で笑みを浮かべた。「携帯電話は持ってないんですか？」

「ハーゲンに渡されたから、あるにはあるんだが」ハリーは赤い携帯電話をポケットから出した。「早くも暗証番号を忘れてしまったというわけだ。迷惑だったかな？」

「とんでもない」彼女がドアを大きく開け、ハリーはなかに入った。

情けなかったが、彼女を待っているあいだ、心臓の鼓動がいつもより少し速くなっていった。十五年前ならそんな自分に腹を立てただろうが、いまは諦めて、女性の美というささやかな力には決して抗えないという陳腐な事実を受け容れていた。

「コーヒーを淹れているんですけど、いかがです？」

二人は居間に移動した。壁は写真に覆われ、棚には本当に全部読むことができたのだろうかと怪しんでしまうほど大量の本が並んでいた。はっきりと男性的な部屋だった。大きくて角張っている家具、地球儀、水煙管《みずぎせる》、別の棚にはレコード、壁には地図と雪に覆われた高い山々の写真。彼女の夫は彼女よりずいぶん年上なんだな、とハリーは結論した。テレビはついていたが、音は消してあった。

「今日のニュースはどの局もマーリット・オルセンですね」カイアがリモコンを取ってテレビを消した。「別の党の党首二人が立ち上がり、早急に解決するよう要求しました。その二人が言うには、政府は警察を計画的に解体しつつあるんだそうです。これから何日か、クリポスはあまりのんびりはしていられないでしょうね」

「コーヒー、もらおうか」ハリーが言うと、カイアはキッチンへ急いだ。

ハリーはソファに腰を下ろした。ジョン・ファンテの本が一冊、コーヒー・テーブルに伏せて置かれ、その横に女物の読書眼鏡があった。その隣りに、フログネル公園のプールの写真があった。犯行現場そのものではなく、規制線の手前に群れる野次馬を撮影したものだった。ハリーは満足して鼻を鳴らした。彼女が自宅でも仕事をしているというだけでなく、犯行現場の担当者がこれらの写真を撮りつづけているからでもあった。常に野次馬の写真を撮るべきだと主張したのはハリーで、それは連続殺人に関するＦＢＩの研修で学んだことだった——犯人は犯行現場へ戻ってくるというのは神話ではない。サンアントニオのキング兄弟と K マートの男が逮捕されたのはまさに、自分の仕事に見とれたい、自分が作り出した騒ぎを目の当たりにしたい、自分がいかに不死身かを感じたいという欲望を抑えられず、現場へ戻ったからにほかならなかった。犯罪鑑識課のカメラマンはそれを〝ホーレの第六戒〟と呼んでいた。もちろん、あと九つの戒めも存在した。ハリーは写真を検めていった。

「ミルクはいらないんでしたよね？」カイアがキッチンから訊いた。

「いや」

「そうですか？　ヒースローでは――」

「〝いや〟というのは、〝いや、いらない〟という意味だ。おまえさんの言うとおり、おれはミルクは入れないんだ」

「なるほどね。広東語の語法がすっかり身についたんですね」

「何だって？」

「二重否定を使わなくなってるじゃないですか。広東語のほうが合理的なんです。あなたは合理的なのが好きなんですね」

「そうなのか？　広東語のことだが？」

「わたしが知るわけないでしょう」彼女がキッチンで笑った。「賢く見せようとしているだけですよ」

　カメラマンは目立たないように仕事をしているらしく、腰の高さから、フラッシュを使わずに撮影していた。野次馬は跳び込み台のほうを見ていた。ぼんやりした目で、口を半開きにして。恐ろしい何か、自分たちのアルバムに加えられる何か、近隣の人々を震え上がらせることができるような何かを、一瞬でも目の当たりにするのを待ちくたびれているかのようだった。一人の男が携帯電話を高くかざしていた。写真を撮っているに違いなかった。ハリーは積み上げられた報告書の上にあった拡大鏡を手に取り、そこに写っている顔を一つずつ検めていった。何を探しているのかはわからなかった。頭は空っぽにしてあった。何であれそこにあるかもしれないものを見逃さないためには、それが一番だった。

「何か見つかりました？」カイアが背後にやってきて、写真を見ようと腰を屈めた。石鹸《せっけん》のラベンダーの匂い、機内でハリーの肩に頭を預けて眠っているときと同じ匂いが、かすかに鼻をくすぐった。

「ふむ。何か見るべきものがここにあると思うか？」ハリーはコーヒーのマグを受け取りながら訊いた。

「思いません」

「それなら、どうしてこんな写真を持って帰ってるんだ？」

「警察の仕事の九十五パーセントは見当違いの場所を探すことだからです」

彼女がハリーの第三の戒めを引用した。

「そして、その九十五パーセントを愉しむことを覚えなくてはならない。さもないと、頭が変になってしまう」

第四の戒め。

「報告書は？」ハリーは訊いた。

「あるのはボルグニーとシャルロッテ殺しに関するものだけで、しかも、実質的な情報は皆無です。鑑識的な手掛かりも、異常な行動についての記述も、敵、嫉妬深い恋人、強欲な相続人、錯乱したストーカー、短気なドラッグ・ディーラー、債権者などについての垂れ込み情報もありません。要するに——」

「手掛かりなし、それらしい動機もなし、凶器もなしというわけだな。おれとしてはマーリット・オルセン事件の事情聴取から始めたかったんだが、知ってのとおり、おれたちはあの件と関わりがないことになってるからな」

カイアが微笑した。「わかってます。ところで、今日、〈ヴェルデンス・ガング〉の政治部の記者と話したんですけど、マーリット・オルセンが鬱状態だったとか、個人的な問題を抱えていたとか、自殺を考えていたとか、何であれそういう感触を得ていた立法府担当記者はいないそうなんです。それに、仕事でもプライベートでも、敵はいなかったということです」

「ふむ」

ハリーはそこに並んでいる野次馬の顔をざっと見ていった。夢遊病者のような目をした女性が腕に子供を抱いていた。

「ここに写っている連中は何が望みなんだ？」その人々の後方で、一人の男が立ち去ろうとしていた。ダウンジャケットに毛糸の帽子。「ショックを受けること、ぞっとして震えること、面白がること、浄化されること……」

「信じられない」

「ふむ。それで、おまえさんはジョン・ファンテを読んでいるわけだ。古いものが好きなんだな？」ハリーは部屋を、家庭を顎で示した。ここは部屋でもあり、家庭でもあると、ハリーは思っていた。夫のほうがずいぶん年が上だとしても、カイアがそれについて特に何かを言うことはないだろう。しかし、おそらくそうに違いない。

彼女が勢い込んでハリーを見た。「ファンテを読んだことがあるんですか？」

「若いとき、チャールズ・ブコウスキーを好きだった時代に一冊読んだことがある。タイトルは忘れてしまった。それを買った主たる理由はブコウスキーが彼の熱烈なファンだったからだ」ハリーは大袈裟に時計を見た。「しまった、そろそろ失礼しないと」

カイアがびっくりした顔でハリーを、そして、手つかずのままのコーヒーを見た。

「時差ぼけなんだ」ハリーは笑顔を作って腰を上げた。「話なら明日の会議でもできる」

「そうですね」

ハリーはズボンのポケットを叩いた。「ところで、煙草を切らしてしまったんだが、空港で通関するために、おまえさんに一カートン預けた免税のキャメルが……」

「ちょっと待っていてください」カイアが微笑した。

彼女が煙草を持って戻ってきたとき、ハリーはすでに玄関ホールにいて、上衣を着て、ブーツを履いていた。

「ありがとう」ハリーは一箱取り出し、封を切った。

ハリーが玄関を出て階段に立つと、彼女はドア枠に寄りかかった。「言わずもがなのことかもしれないけど、わたし、これが何かの試験のような気がしているんですけど」

「試験？」ハリーは煙草に火をつけた。

「何の試験かを訊くつもりはないけど、合格したんでしょうか？」

ハリーはにやりと笑った。「たったいまな」そして、煙草のカートンを振りながら階段を下りた。「〇七〇〇だぞ」

ハリーは自宅アパートに入ると、明かりをつけ――電気はまだ止められていなかった――、コートを脱いで居間へ入った。そして、〝頭がおかしくならずにはいられないけれども、とにかく素晴らしい〟のカテゴリーに含まれるお気に入りのバンド、ディープ・パープルをかけた。「スピード・キング」。ドラムスはイアン・ペイス。ソファに坐り、額に手を当てる。犬が鎖を引っ張っている。遠吠えをし、唸り、吼《ほ》え、その歯がハリーの腸を食い破ろうとする。犬どもを解き放てば、もう後戻りはできない。今度ばかりは。以前なら、飲酒の再開を止めるに十分な理由が常にあった。ラケル、オレグ、仕事。もしかすると父親もそこに含まれた。いまはそのどれ一つとして残っていない。そうだとしても、酒は駄目だ。アルコールで酔うわけにはいかない。であれば、別の何かで酔うしかない。酔いをコントロールできる何かで。ありがとう、カイア。おれは恥じているのか？　もちろんんだ。だが、誇りなんて贅沢なものを持つ余裕があった例《ため》しは、おれにはない。

煙草のカートンの一番底の一箱を取り出した。ほとんどわからないように封が破られていた。カイアのような女性が税関でチェックされないというのは本当だ。ハリーは箱を開け、アルミ箔で包まれた何かを取り出すと、包みを開けて茶色の球状のものを確認してから、甘い匂いを吸い込んだ。

そして、準備にかかった。

阿片に類するものを吸飲する方法なら一つ残らず知っていた。阿片窟での中国の茶を飲むときの作法を思わせるような、複雑で儀式的な、あらゆる種類の煙管を使うやり方から、阿片を丸めた玉を炙り、そこから文字どおり煙となって立ち昇る阿片をストローで力いっぱい吸い込むという一番手っ取り早いやり方まで。どの方法を選ぼうと目的は同じで、モルヒネ、テバイン、コデインといった物質と、それに随伴している化学的な友人たちを、すべて血流に取り込むことだ。ハリーの方法は簡単だった。テーブルの端に柄の部分をテープで留めた鉄のスプーンにせいぜいマッチ棒の先端ほどの小さな塊を載せ、ライターの炎で熱する。阿片が燃えはじめると普通のグラスを上からかぶせて煙を集め、自在に曲がるストローをグラスの下から差し込んで煙を吸い込む。気がつくと、準備をしている指はまったく震えていなかった。香港では定期的に依存度をチェックしていて、それに関しては、知る限りで最も訓練された薬物依存者だった。アルコールについてはあらかじめ量を決めて、どんなに酔っていてもそこでやめることができた。香港では阿片を一週間か二週間断ち、その間は鎮痛剤を二錠だけ使うことにしていた。いずれにせよ、それで禁断症状が抑えられるはずはなかったが、そうだとしても、少量ながらモルヒネが含まれていることを知っていたから、心理的な効果はあったかもしれない。というわけで、依存症になってはいなかった。薬物全般についてはともかく、こと阿片に関してはそうではなかった。もちろん、それは時と場合によりけりで、なぜなら、スプーンをテーブルに固定している最中、犬どもが早くも大人しくなりはじめているのが感じられたからだ。やつらはもうすぐ餌をもらえることがわかったのだ。

そして、安らぎを得られることを。次の機会までは。

熱く焼けたライターがすでに指を焦がしはじめていた。テーブルにはマクドナルドから失敬してきたストローがあった。

一分後、ハリーは最初の一服を吸った。

効果はてきめんだった。痛みが、あるとは自分でも気づいていなかった痛みが消え、連想が幻想となって現われた。今夜は眠れそうだった。

ビョルン・ホルムは眠れなかった。

エスコットの『ハンク・ウィリアムズ：伝記』――カントリー・ミュージックの伝説の短い生と永遠の死を描いた作品――を読みながら、オースティンでのルシンダ・ウィリアムズのコンサートの海賊版CDを聴いてテキサスのロングホーン牛を数えてみたが、無駄だった。

板挟み、まさにそれにほかならなかった。適切な解決策のない問題、鑑識課員のホルムはそのタイプの問題が大嫌いだった。

彼はスクライア村から持ってきた、少し寸の足りないソファベッドで縮こまっていた。エルヴィス、セックス・ピストルズ、ジェイソン＆ザ・スコーチャーズのレコード、ナッシュヴィルで誂えたスーツ三着、アメリカ聖書、ホルム家三世代を生き延びた食器類一式も一緒にいてくれたが、考えに集中できなかった。

その板挟みは、マーリット・オルセンが首を吊る——もっと正確に言えば、首を引きちぎる——のに使ったロープを調べているとき、興味深い発見をしたことによって生じたものだった。必ずしも事件解決につながる手掛かりとは言えなかったが、その板挟みはそこにとどまったままだった。その情報をクリポスに提供するのが正しいか、それとも、ハリーに提供するのが正しいか？　まだクリポスと連携して仕事をしているとき、ロープに小さな貝が複数付着しているのを発見して、オスロ大学生物学研究所の淡水生物学者に相談したのだった。だが、そのあとに、ベアーテ・レンに命じられてハリーのチームに異動することになった。その時点では報告書は完成しておらず、明日出勤してからコンピューターの前に坐って書くつもりでいたのだが、明日の朝はハリーのオフィスへ出向いて会議に出席することになってしまった。

いいだろう、規則を考えるなら、これは板挟みではないかもしれない。この情報はクリポスのものであるはずだ。クリポス以外のだれかに渡したら、職務怠慢と見なされるだろう。実際、おれはハリー・ホーレにどんな恩がある？　腹の立つようなことしかしてくれていないじゃないか。仕事では癖があって、思い遣りがない。酒を飲むと断然危険になる。だが、素面のときは誠実だ。約束は守るし、嘘もつかない、それに、恩着せがましくもない。うんざりするような敵でありながら、いい味方でもある。いい男だ。実にいい男だ。事実、ちょっとハンクに似ている。

ビョルン・ホルムは呻き、壁に向かって寝返りを打った。

スティーネはぎょっとして目を覚ました。闇のなかで、何かを研磨するような音がしていた。寝返りを打って横向きになった。天井がぼんやりと明るかった。ベッドの横の床からの明かりだった。何時だろう？ 夜中の三時？ 彼女は手を伸ばして携帯電話をつかんだ。

「もしもし？」彼女は実際よりも眠たそうに聞こえる声で応えた。

「デルタ地帯で蛇と蚊に悩まされたあと、ビルマの海岸をアラカンへとバイクで北上したんだ」

だれの声かはすぐにわかった。

「シーチャン島を目指してね」彼がつづけた。「あそこの泥火山が噴火しそうだと聞いたんだよ。そうしたら、着いて三日目の夜、本当に噴火した。泥だけだろうと思ったら、とんでもない、古き良き昔と同じように溶岩も噴出した。分厚い溶岩が町を流れていったんだけど、その速度はみんなが徒歩で悠々と避難できるぐらい遅かった」

「ねえ、夜の夜中よ」スティーネは欠伸をした。

「だけど、噴火はいまもつづいてる。とても粘りけが強いんで、冷たい溶岩と呼ばれているらしい。でも、冷たいと言ったって、通り道にあるものは一つ残らず焼き尽くしてしまい、鮮やかな緑の葉をつけている木々が四秒間でクリスマス・ツリーのようになり、ついには灰になってなくなってしまうんだ。みんな車に家財道具を積んで逃げようとしたんだけど、運び出しと積み込みに時間をかけすぎた。考えてみればわかることだが、いくらゆっくりだと言ったって、溶岩は待っていてはくれないからね。彼らがテレビを持って家から出てきたときには、溶岩はすでに家の前までやってきていた。みんな、慌てて車に乗り込んだんだが、タイヤが熱ですでにパンクしていた。やがて車の燃料に火がつき、彼らは人間松明《たいまつ》のようになって転がり出てきた。ぼくの名前を憶えてくれてるかな?」

「ねえ、エリアス――」

「ほら、言ったとおりだ。憶えてくれてるじゃないか」

「わたし、眠らなくちゃならないの。明日は授業なのよ」

「ぼくの噴火は凄いよ、スティーネ。それに、冷たい溶岩でもある。ゆっくりとしか動かないけど、絶対に止まらない。きみのいるところへ行くんだ」

わたし、彼に名前を教えたかしら? スティーネは思い出そうとした。そして、反射的に窓のほうを見た。窓は開いていた。外では風が低く、穏やかに、安心させるように歌っていた。

彼の声はささやくように低かった。「有刺鉄線に引っかかった犬が逃げようともがいているのが見えた。そこは溶岩の通り道だった。だけど、流れが左へ向きを変え、犬のいるところをぎりぎり迂回《うかい》するかに見えた。神の慈悲だとぼくは思ったよ。ところが、溶岩は有刺鉄線を避けきれず、犬の半分があっという間に蒸発して消えてしまった。残りの半分は燃えて灰になった。まあ、すべては灰になるんだけどね」

「気持ち悪いからやめて——切るわよ」

「外を見てごらん。ほら、ぼくはすぐそこにいるよ」

「やめて！」

「落ち着いて——冗談だよ」大きな笑い声がスティーネの耳に轟《とどろ》いた。

スティーネは身震いした。きっと酔っているんだ。それとも、頭がおかしいのか。あるいは、両方か。

「しっかり眠るんだよ、スティーネ。じゃあ、また」

通話が切れ、スティーネは携帯電話を凝視したあと、ベッドの足のほうへ放った。そして、呪詛《じゅそ》の言葉を吐き捨てた。すでにわかっていた——今夜はもう眠れない。

17 繊維

六時五十八分、ハリー・ホーレ、カイア・ソルネス、そして、ビョルン・ホルムは、警察本部とオスロ管区刑務所をつないでいる長さ三百メートルの地下通路を歩いていた。その通路は囚人を本部へ移送するためのものなのだが、冬場には彼らを運動させるために使われることがあり、かつての悪い時代には、とりわけ手に負えない囚人に言うことを聞かせるために、絶対に表沙汰にならない形で暴力を振るう場として利用されてもいた。

コンクリートの床へ濡れたキスをする天井からの滴りの音が、薄暗い通路に谺《こだま》していた。

「ここだ」突き当たりにたどり着くと、ハリーは言った。

「ここ？」ビョルン・ホルムが信じられないという口調で鸚鵡《おうむ》返しに訊いた。

二人を連れ、監房へつづく階段の下を頭を低くしてくぐると、ハリーは鍵を回して鉄の扉を開けた。むっと湿った黴《かび》臭さが鼻を打った。

照明のスイッチを入れると、蛍光灯の青い冷ややかな明かりが四角いコンクリートの部屋を包んだ。床は灰青色のリノリウムで、壁は剝き出しのままだった。

窓も、暖房用のラジエーターも、三人の人間がオフィスとして使う空間に当然あるべき設備もなく、あるのは三人分の机、三人分の椅子、三人分のコンピューターだけだった。茶色の染みがついたコーヒーメーカーと冷水器が床に置いてあった。

「隣りが刑務所全体を暖房しているボイラー室でな」ハリーは言った。「ここがこんなに暑いのはそのせいなんだ」

「そもそも居心地よく造られているわけではないんですものね」カイアが言い、机の一つに着いた。

「そういうことだ――どっちかというと地獄を思わせるように造られているわけだから」ホルムが言い、スエードのジャケットを脱いで、シャツのボタンを外した。「携帯電話は通じるんですか？」

「何とかな」ハリーは答えた。「インターネットもだ。必要なものは全部揃ってる」

「コーヒー・カップを別にすればね」ホルムが言った。

ハリーは首を横に振り、ジャケットのポケットから白いコーヒー・カップを三つ取り出すと、三つの机に一つずつ置いた。そのあと、内ポケットからコーヒーの袋を出し、コーヒーメーカーのところへ行った。

「カフェテリアから失敬してきたんですね」ホルムが自分の前に置かれたカップを手に取った。「ハンク・ウィリアムズ？」

「フェルト・ペンで書いただけだからな、気をつけてくれよ」ハリーは言い、コーヒーの袋を歯で開けた。

「ジョン・ファンテ?」カイアが自分のカップの文字を読んだ。「あなたのカップには何て書いてあるんです?」

「いまのところは何も書いてない」ハリーは答えた。

「なぜですか?」

「その時点での第一容疑者の名前を書くことになるからだ」

二人は何も言わなかった。コーヒーメーカーが水を吸い上げはじめた。

「コーヒーが入るころには、おれが書くべき名前が欲しいな」ハリーは言った。


二杯目のコーヒーを飲み終え、六つ目の仮説に入ったとき、ハリーがさえぎった。

「よし、ここまではウォーミングアップだ。灰色の脳細胞を稼働させるのはこれからだぞ」

カイアはこれらの殺人が性的な動機によるものであり、犯人は過去に類似の犯罪を犯した前科者で、自分のDNAを警察に知られていることがわかっているから現場に体液を残すことはしていないけれども、そこを立ち去る前にコンドームとかそういうもののなかに射精しているはずだという仮説を立てていた。そして、こう付け加えた――したがって、まずはそういう前科者を洗い出し、性犯罪対策課に相談すべきだと考える。

「だけど、もうすぐ何かが出てくるとは信じていないんですか?」彼女が訊いた。

「おれは何も信じていない」ハリーは答えた。「自分の頭脳を明晰《めいせき》かつオープンな状態に保とうとはしているがな」

「でも、きっと何かを信じてはいるんじゃないですか？」

「もちろんだ。この三件の殺人事件の犯人は同一の単独犯か、同一の複数犯だと信じているし、関連性を見つけることができると信じている。動機へと導いてくれて、犯人あるいは犯人たちへ――非常な幸運に恵まれれば――導いてくれるかもしれない関連性をな」

「〝非常な幸運〟、ですか。あんまり見込みのありそうな言い方じゃありませんね」

「そうだな」ハリーは椅子の背にもたれ、頭の後ろで両手を組んだ。「連続殺人犯の特徴について書いた本は何冊もある。映画では、心理学者を頼りにし、その心理学者は何件かの報告書を読んだあとで、必ず一致する人物像を提供する。世間は連続殺人鬼の映画『ヘンリー』（一九八六年製作のアメリカ映画）を正確に描かれたものと信じている。しかし、こう言わなくてはならないのは残念だが、現実には連続殺人犯はほかのみんなと同様、それぞれに異なっているんだ。あいつらがほかの犯罪者と違っている点は一つしかない」

「何ですか……？」

「捕まらないところだ」

　ホルムが思わず笑い、不適切だったと気づいて口を閉じた。

「それは事実じゃありませんよね？」カイアが言った。「だって……」

「おまえさんが考えているのはパターンが見つかり、それで犯人を捕まえることができた事件のことだろう。だが、いいか、繋がりが見つからずに、一回限りのものだといまでもわれわれが考えている未解決事件が、何千もあるんだよ」

カイアがちらりと見ると、ホルムが意味ありげにうなずいていた。

「繋がりがあると信じているんですか？」彼女は訊いた。

「信じている」ハリーは答えた。「おれたちは事情聴取することなしに繋がりを見つけなくてはならない。事情聴取をやると、おれたちが何をしているか、ばれる恐れがある」

「では、どうするんです？」

「おれが公安警察局にいたときの話だ。あそこでは何か潜在的な脅威を探知すると、まずありうべき繋がりを探すことから始めるんだ。ヤフーだのグーグルだのを世の中が知るはるか以前から、公安警察局はＮＡＴＯが作った検索エンジンを持っていたんだ。それを使えば、どこにでも忍び込み、ネットにつながっているものすべてを調べることができる」ハリーは時計を見た。「そしてそれが、おれが一時間半後にベルゲン行きの便に乗る理由だ。三時間後には、われわれを助けてくれるかもしれない元同僚と話をすることになっている。だから、ここでやるべきことをさっさとやってしまおう。カイアからは多少話を聞いたが、ビョルン、おまえはどうだ？　何がわかった？」

ビョルン・ホルムがまるで眠っていたかのように、はっとした様子で椅子の上で坐り直した。

「おれですか？　いや……残念ながら、わかったことがあるとは言えませんね」

ハリーは用心深く顎を掻いた。「でも、何もないわけじゃないだろう」

「ないんです。鑑識も、あの事件を担当している捜査員たちも、ほとんど成果を手にできていないんです。マーリット・オルセンの件だけでなく、ほかの二つの件に関してもね」

「二カ月だぞ」ハリーは言った。「どういうことだ」

「かいつまんだ話でよければできますが」ビョルン・ホルムが言った。「この二カ月というもの、われわれ鑑識は現場の写真、採取した血液、毛髪、爪、すべてを分析し、X線を当て、忌々《いまいま》しくも自分の目で睨んできました。そして、最初の二件に関して、犯人はすべてが同じ中心点へ向かっている刺し傷をどうやって口のなかに二十四カ所も作ったのか、なぜそんなことをしたのかについて、二十四の仮説を検証しました。結論は出ませんでした。マーリット・オルセンも口に複数の傷がありましたが、それはナイフでつけられた、いい加減で乱暴なものでした。要するに、何もなしなんです」

「ボルグニーが発見された地下室で採取された小石についてはどうなんだ？」

「そちらは分析結果が出ています。大半が二酸化珪素《けいそ》で、アルミニウムと鉄とマグネシウムがそこに混じっていました。いわゆる玄武岩、多孔性の黒い石、以上、ということです」

「ボルグニーの臼歯にもシャルロッテの臼歯にも、内側に鉄とコルタンが付着していただろう。何がわかった？」

「同じ種類の凶器が使われたことがわかりました。しかし、その凶器が具体的に何だったのかはまったくわかっていません」

　沈黙。

　ハリーは咳払いをした。「よし、ビョルン、言ってみろ」

「言ってみろって、何をです？」

「ここへきてから、おまえがずっと気にしつづけていることをだよ」

ホルムがもみあげを搔きながらハリーを睨むように見つめて咳払いをし、もう一度咳払いをしてから、助けを求めるような目をカイアに向けた。口を開け、そして閉じた。

「いいだろう」ハリーは言った。「では、次へ――」

「ロープです」

二人がホルムを見た。

「ロープに貝が付着していたんです」

「それで？」ハリーは促した。

「しかし、塩分は検出されませんでした」

ハリーもカイアも、ホルムを見つめつづけた。

「淡水に棲息する貝は珍しいんです」ホルムはつづけた。

「それで？」

「それで、淡水生物学者に調べてもらったんです。その結果、ユトランド青石貝だとわかりました。水溜まりに棲息する最小の貝で、ノルウェーでは二つの湖でしか見つかっていないとのことでした」

「その二つの湖はどことどこだ？」

「エイエレンとリーセレンです」

「エストフォル県ね」カイアが言った。「近接している、大きな湖です」

「そして、人口が多い地域でもある」ハリーは付け加えた。

「残念ながら」ホルムが認めた。

「ふむ。そのロープだが、購入先がわかりそうな手掛かりはなかったか？」

「いや、それが問題なんです」ホルムが答えた。「そういうものは一切なかったし、おれが初めて見るようなロープでした。繊維が百パーセント有機物で、ナイロンそのほかの合成繊維はまったく含まれていないんです」

「麻だな」ハリーは言った。

「はい？」

「麻、だよ。ロープもマリファナも材料は同じだ。マリファナを吸いたくなったら、港へ行って、デンマークのフェリーの舫《もや》い綱に火をつければいい」

「麻じゃないんです」笑い出したカイアの声に負けじとホルムが言った。「ニレとシナノキ、大半がニレでした」

「ノルウェーで手作りされたロープですね」カイアが言った。「大昔に農場で使われていました」

「農場で？」ハリーは訊き返した。

カイアがうなずいた。「村に少なくとも一軒は製縄所《せいじょうしょ》がなくてはならないという決まりがあったんです。材木をひと月のあいだ水に浸けておいて、それから外皮を剝ぎ、その下の繊維を取り出して、それを綯《な》い合わせてロープにするんです」

ハリーとホルムが椅子を回してカイアに向き直った。

「どうしたんです？」彼女がためらいがちに訊いた。

「いや」ハリーは言った。「それはだれもが知っているような一般的な知識なのか？」

「ああ、そういうことですか」カイアが言った。「祖父がロープを作っていたんです」

「なるほどな。ロープを作るにはニレとシナノキが必要なのか？」

「どんな木の繊維でもたいていは大丈夫です」

「何種類もの木の繊維を交ぜて使うのか？」

カイアが肩をすくめた。「わたしは専門家ではありませんが、一本のロープに何種類もの木の繊維を交ぜて使うことは、普通はしないと思います。兄のエーヴェンが言っていましたが、祖父は水分を吸収しにくいという理由でシナノキしか使わなかったそうです。ですから、祖父のロープはタールで防水する必要がなかったんです」

「ふむ。おまえはどう思う、ビョルン？」

「交ぜ合わせて使うことが滅多にないのなら、どこで作られたかを追跡するのはもちろん易しくなるでしょうね」

ハリーは立ち上がると、部屋を往《い》ったり復《き》たりしはじめた。靴のゴム底が、リノリウムの床から離れるたびに深いため息を漏らした。「では、製造者は限定され、販売は現地でなされたと仮定する。筋が通っていると思うか、カイア？」

「ええ、そう思います」

「さらに、作られる場所と使われる場所は極めて近接していると仮定してもいいだろうな。そういう手作りのものなら、それほど遠くへは出回らないだろう」

「それもそう仮定してかまわないと思いますが、でも……」

「では、これをわれわれの出発点としよう。二人はエイエレンとリーセレンの近くの製縄所をリストアップするところから始めてくれ」

「でも、そういうロープを造っているところはもうないんですけど」カイアが抵抗した。

「最善を尽くせ」ハリーは時計を見ると、椅子の背に掛けていたコートをつかんで出口へ向かった。「ロープがどこで作られたかを突き止めろ。ベルマンはこのユトランド青石貝のことを知らないだろうな、ビョルン？」

ホルムは無理矢理に笑顔を作って答えの代わりにした。

「わたしとしては性的な動機による殺人の線を追いたいんですが、駄目でしょうか？」カイアが言った。「性犯罪対策課に知り合いがいるんで相談できるんですけど」

「駄目だ」ハリーは断言した。「われわれが何をしているかについて秘密を厳守すべしという命令は、警察本部の同僚に対しても適用される。本部とクリポスのあいだに情報漏洩ルートが存在する疑いがある。だから、われわれが話していいのはグンナル・ハーゲンただ一人だ」

カイアはすでに口を開いていたが、ホルムからの一瞥《いちべつ》に気づいて、不承不承その口を閉ざした。

「だが」ハリーは言った。「火山の専門家を捕まえてもらうぶんには問題はない。例の小石の検査結果をそいつに送ってくれ」

ビョルン・ホルムの眉がぐいと、額まで上がった。

「多孔性の黒い石、玄武岩ということなら」ハリーは言った。「おれの見立てではたぶん溶岩だ。ベルゲンから戻るのは四時ごろになると思う」

「では、ベルゲン警察本部の皆々様によろしくお伝えください」ホルムが羊の鳴くような声で言い、コーヒー・カップを挙げた。

「警察本部へは行かないぞ」ハリーは言った。

「そうなんですか？　だったら、どこへ行くんです？」

「サンヴィーケン病院だ」

「サン――」

ハリーが出ていき、ドアが音を立てて閉まった。カイアが見たビョルン・ホルムの顔に、はっきりと驚きの色が表われていた。

「ベルゲンへ何をしに行くのかしら？」彼女は訊いた。「検死医に会いに？」

ホルムが首を横に振った。「あそこは精神科病院なんだ」

「ほんと？　だったら、目的は連続殺人犯を専門にしている精神科医かしら」

「断わるべきだとわかっていたんだ」ホルムが依然として出口を見つめたまま、小声で言った。「あのおっさんは完全に頭がどうかしてる」

「あのおっさん？」

「おれたちのオフィスは刑務所にある」ホルムが言った。「仕事ときたら、上司に知られたら首が飛びかねない。そして、ベルゲンにいる元同僚は……」

「何？」

「ひどく心を病んでいる」

「それはつまり……？」

「入院が必要な患者だということだ」

18　ザ・ペイシェント

長身の警察官が一歩踏み出すたびに、ヒェルスティ・レースモーエンは二歩踏み出さなくてはならなかった。それでも、サンヴィーケン病院の廊下を遅れないでついていくのは難しかった。フィヨルドに面した細長い高窓の外は篠突《しのつ》く雨で、木々は緑が深かったから、冬を飛ばして春がきたかと錯覚しそうだった。

昨日、レースモーエンは声を聞いたとたんにあの警察官だとわかった。まるで彼から電話がかかってくるのが、そして、まさにその要求をするのがわかっていたかのようだった。〝患者《ザ・ペイシェント》〟と話をさせろという要求を。ザ・ペイシェントとは、警察官として関わった直近の殺人事件のストレスのせいですぐさま精神状態が振り出しに戻り、再入院を余儀なくされた女性警察官に、最大の匿名性を与えるためにつけられた呼称だった。実は驚くべき速度で回復して退院し、自宅へ戻ったのだが、スノーマン事件解決後も執拗《しつよう》かつヒステリックに事件を追いかけているメディアが平穏を許してくれなかった。そして、数カ月前のある夕刻、ザ・ペイシェントからレースモーエンに電話があり、病院へ戻れないだろうかと訊いてきたのだった。

「それで、彼女は話ができる状態にあるのかな？」警察官が訊いた。「投薬治療を受けているのか？」

「最初の質問の答えは、〝はい〟です」ヒェルスティ・レースモーエンは言った。「二つ目の質問の答えは〝ノーコメント〟です」実のところ、状態はとてもよく、もう治療も入院も必要なかった。しかし、この警察官を彼女に会わせていいものかどうか、レースモーエンはすぐに答えを出せなかった。この警察官もスノーマン事件の捜査に関わっていて、昔の話を蒸し返す可能性があるからだった。ヒェルスティ・レースモーエンは精神科医としての経験を積むうちに、抑え込むこと、物事を閉じ込めてしまうこと、忘れてしまうことが大事だと、ますます信じるようになっていた。それはこの職業では時代遅れの考え方であった。一方で、あの事件に関わっていただれかと会わせるのは、ザ・ペイシェントがどれだけ快復してきたかを確かめる、いい機会になるかもしれなかった。

「面会時間は三十分です」レースモーエンはそう釘を刺してから、談話室のドアを開けた。

「それから、彼女の精神が壊れやすい状態にあることをお忘れなく」

　前回見たときのカトリーネ・ブラットは、それがあの彼女だとはとても信じられなかった。黒髪と張りのある肌と明るい目の魅力的な若い女性は姿を消し、儚《はかな》げで、繊細で、弱々しく、まるでドライフラワーのように生気を失って、その手を簡単に握りつぶせるのではないかと思われるほどだった。

だから、ハリーは今日の彼女を見て安堵した。老けたような気もした——あるいは疲れているだけなのかもしれなかった——が、目に輝きが戻っていた。その彼女が笑みを浮かべて立ち上がった。

「ハリー・H」そして、抱擁した。「元気でしたか？」

「まずまずといったところかな」ハリーは答えた。「おまえさんはどうなんだい」

「ひどいものでしたよ」彼女が答えた。「でも、ずいぶんよくなりました」

彼女が笑うのを見て、ハリーは元に戻ったと確信した。あるいは、ほとんど元に戻ったと言うべきか。

「顎をどうしたんです？　痛むんですか？」

「話したり食べたりするときだけな」ハリーは言った。「それと、起きているときもか」

「あなたらしい物言いですね。記憶にあるよりひどい顔だけど、ともかく会えて嬉しいです」

「おれもだよ」

「おれもだよっていうなかに、ひどい顔という部分は入ってませんよね？」

ハリーは微笑した。「当たり前だ」そして、部屋を見回した。そこにいる患者はみな、窓の向こうを、自分の膝を、壁を見つめているばかりで、ハリーやカトリーネに興味を示す者はいなかった。

ハリーはこの前会ってからのことを話して聞かせた。ラケルとオレグのこと、二人が外国のどこかへ移り住んでしまったこと。香港のこと、父親の病気のこと、いま取りかかっている仕事のこと。口外は無用だと釘を刺すハリーを見て、彼女は笑顔さえ見せた。

「おまえさんはどうなんだ？」ハリーは訊いた。

「実は、病院はわたしを退院させたがっているんです。もうよくなっているのに、入院が必要な人のベッドを塞いでいると考えているんですよ。でも、わたし、ここにいたいんです。ルームサービスはお粗末だけど、安全ですからね。テレビもあるし、出入り自由だし。まあ、ひと月かふた月のうちには自宅に帰ることになるかも——だれにもわかりませんけどね」

「だれにもわからないのか？」

「ええ、だれにも。狂気は気紛れですから。で、何をお望みなんでしょう？」

「おまえさんのほうはおれに望みはないのか？」

彼女が真面目な顔でしばらくハリーを見つめてから答えた。「わたしとやりたいっていう燃えるような欲望を持ってほしいということを別にすれば、わたしを必要としてほしいということかしら」

「おれの望みはまさにそれだよ」

「わたしとやりたいってことですか？」

「おまえさんを必要としているってことだ」

「それは残念。でも、まあいいでしょう。で、何をすればいいんです？」

「ここに、インターネットにアクセスできるコンピューターはあるか？」

「娯楽室に共用コンピューターがあるけど、ネットにはつながっていません。病院がそんな危険を冒すわけがないでしょう。ソリティアができるだけです。でも、病室にはわたしのコンピューターがありますが」

「共用のほうを使ってくれ」ハリーはポケットからドングル（コンピューター用の小型外付け機器）を取り出してテーブル越しに放った。「店員の言葉を借りるなら、それは移動オフィスだ。そいつを――」

「USBポートに挿し込むだけでいいんですよね」カトリーネがそれをポケットにしまった。

「料金はだれが払うんです？」

「おれだよ。ということは、ハーゲンだけどな」

「嬉しいな――早速今夜、ネット・サーフィンをしてみます。知っておくべきポルノ・サイトなんかありますか？　新設で人気のあるやつ？」

「たぶんな」ハリーはテーブルに置いたファイルを押しやった。「報告書だ。殺人事件が三件、被害者が三人。名前もわかっている。スノーマンのときにおまえさんがやってくれたのと同じことをしてもらいたいんだ。われわれが見落としている繋がりを見つけてくれ。今度の件に関するメディアの報道は見聞きしてるか？」

「ええ」カトリーネ・ブラットがファイルを見ようともしないで答えた。「被害者は全員女性、それが繋がりですね」

「新聞を読むのか……」

「たまにですけど。その三人が行き当たりばったりに殺されたのでないと信じる理由は何ですか?」

「おれは何も信じちゃいない。見てるんだ」

「でも、何を見ればいいかがわからない?」

「そういうことだ」

「だけど、マーリット・オルセン殺しの犯人はその前の二件の犯人と同一人物だと確信しているんでしょ? 手口がまったく違っていることは承知していますけど」

ハリーは微笑した。隅々までしっかり新聞に目を通しているくせに、カトリーネがそれを隠そうとしているのがおかしかった。「いや、確信はしていない。だが、カトリーネ、その話しぶりだと、おれと同じ結論を引き出しているように思えるんだがな」

「当たり前でしょう。忘れたんですか、わたしたちは仲間なんですよ」

彼女が笑い、聡明で風変わりな刑事の骸骨ではない、肉がついて血が通っている本物のカトリーネにあっという間に戻った。あのときは知り合ったばかりで、そのあとすべてが壊れてしまった。ハリーは自分でも驚いたことに、こみ上げるものがあった。ろくでもない時差ぼけのせいだ。

「力になってもらえるかな? どうだろう?」

「クリポスが二カ月かけても見つけられずにいる何かを見つけるための力に、ですか? 精神科病院の娯楽室の時代遅れのコンピューターを使って? そもそもどうしてわたしなんです? 警察本部にはわたしなんかよりはるかにコンピューターに通じている連中がたくさんいるでしょうに」

「それはわかってるが、おれはあいつらが持ってないものを持っているんだ。あいつらに渡すわけにいかないもの、すなわち、秘密のパスワードだ」

カトリーネが何のことだかわからないという目でハリーを見つめた。ハリーは声の届く範囲にだれもいないことを確認した。

「POTすなわち公安警察局で例の〝コマドリ〟の一件の捜査をしていたとき、おれは連中がテロリストを追跡するのに使っている検索エンジンへアクセスする方法を手に入れた。連中はミルネットのようなネットの秘密の裏口を使っていた。ミルネットというのはアメリカが軍事目的で作り、八〇年代にアーパネットを通じて商業目的のネットに解放したものだ。おまえさんも知ってのとおり、アーパネットはインターネットになったが、裏口はいまもそこにある。それらの検索エンジンはトロイの木馬を使い、最初の進入地点でパスワードやコードを書き換えてしまう。航空券の予約、ホテルの予約、道路料金、インターネット・バンキング、そういった情報を何だろうと見ることができるんだ」

「そういう検索エンジンは噂では聞いたことがあるけど、正直言って、実際に存在するとは思っていませんでした」カトリーネが言った。

「ところが、存在するんだ。一九八四年に作られたんだよ。ジョージ・オーウェルの悪夢が現実になったというわけだ。そして、何よりなのはおれのパスワードがいまも生きてるってことだ。それは確認済みだ」

「だったら、何のためにわたしが必要なんです？　あなたが自分でできるじゃないですか、そうでしょ？」

「このシステムを使っていいのは公安警察局だけで、しかも緊急時だけだ。グーグルを使ったときと同じように、検索経路を逆走して、検索者を特定できる。おれであれだれであれ警察本部の人間がそういう検索エンジンを使っていることがばれたら、刑務所送りになる恐れがある。だが、仮に逆探知が行なわれたとしても、たどり着いた先が精神科病院の共用コンピューターなら……」

　カトリーネ・ブラットが笑った。彼女のもう一つの、邪悪な魔法使いのような笑いだった。

「なるほど、そういうことでしたか。この場合のわたしの最大の強みは優秀な刑事のカトリーネ・ブラットではなくて」そして、大袈裟に肩をすくめて見せた。「精神科病院に入院しているカトリーネ・ブラットなんですね。なぜなら、彼女は責任能力がないので訴追の対象になり得ないから」

「ご明察だ」ハリーはにやりと笑みを浮かべた。「そして、口を閉ざしていてくれると信用できる数少ない仲間の一人でもある。さらに言えば、天才ではないかもしれないが、平均的な刑事よりはるかに頭が切れる」

「あなた、ほんとにくそったれですね」

「われわれが何を企んでいるかを突き止められることは絶対にないが、いまのところわれわれがブルース・ブラザーズであるのは間違いない」

「〝神の使命を帯びている〟ってことですか？」彼女が引用した。

「パスワードはドングルのなかのＳＩＭカードに書いてある」

「わたしがそういう検索エンジンの使い方を知っていると、どうして思うんです？」

「グーグルを使うのと同じだからさ。おれですら公安警察局にいるときにやってたんだ」ハリーは微笑した。「そもそもは警察のために作られた検索エンジンだしな」

彼女が深いため息をついた。

「ありがとう」ハリーは言った。

「わたし、何も言ってませんよ」

「情報をもらえるのはいつごろになると思う？」

「いい加減にしてください！」カトリーネがテーブルを叩いた。ハリーは看護師の一人が自分たちのほうを見ているのに気づき、カトリーネの怒りの視線を受け止めて待った。

「わかりません」彼女がささやいた。「言えるとすれば、真っ昼間に娯楽室で違法な検索エンジンを使うべきじゃないと思うということです」

ハリーは腰を上げた。「わかった。三日後にまた連絡する」

「何か忘れてませんか？」

「何を？」

「わたしにとってどんないいことがあるかですよ、それを教えてください」

「そうだな」ハリーはコートのボタンを留めた。「おまえさんの望みがようやくわかったことかな」

「わたしの望み……」その意味がわかるにつれて表情が驚きから当惑に変わり、彼女はすでに出口へ向かっているハリーの背中に向かって罵声を浴びせた。「無礼で厚かましいろくでなし！」

ハリーはタクシーに乗って行き先を告げた。「空港まで頼む」そして、携帯電話を見た。二人しかいない部下の一人から三回かかっていた。よし——何かが出てきたということだ。

電話をかけ直した。

「リーセレン湖ですが」カイアが応えた。「そこの製縄業者は十五年前に営業をやめています。今日の午後なら、イトレ・エーネバック郡管区の警察官にそこを案内してもらえます。彼が担当している地域にはなかなか改心しない犯罪者が二人いて、どちらも小物なんですが、不法侵入と車の窃盗を繰り返しているんだそうです。それからもう一人、一度は刑務所へ入るはめになったのに、懲りずに妻に暴力を振るう男がいるそうです。その三人の記録を送ってもらったんで、これから犯罪記録と照合しようとしていたところです」

「よし。リーセレンへ行く途中でガルデモン空港へ寄ってくれ。そこで待ってるから」

「途中じゃありませんよ」

「そのとおりだが、とにかくそこで待ってるから拾ってくれ」

19　純白の花嫁

ゆっくりと走っているにもかかわらず、ビョルン・ホルムのボルボ・アマゾンは、エストフォルの草地と畑のあいだを蛇行する細い道路を縦にも横にも揺れつづけた。

ハリーは後部座席で眠っていた。

「では、リーセレン湖周辺に性犯罪者はいないわけだ」ホルムが言った。

「捕まった者がいないということよ」カイアは訂正した。「〈ヴェルデンス・ガング〉の調査を読んでないの？　二十人に一人が、性的虐待と定義されるかもしれないことをした経験があると言っているんですからね」

「だれであれ果たしてそういう調査に正直に答えるかな？　若い女性に無理強いしてしまったとしても、その場合、あとで頭がそれを正当化するんじゃないか？」

「あなた、そんなことをしたの？」

「おれが？」ホルムがハンドルを切ってトラクターを追い越した。「まさか。おれは十九人のうちの一人だよ。イトレ・エーネバックだって？　まったく、このあたりを舞台にしたあのコメディは何てタイトルだったっけ？　割れた眼鏡をかけた野暮天が主人公の。イトレ・

エーネバックって出身ってことになってる何とかってやつ。くだらんパロディだよな」

カイアが肩をすくめた。ホルムはルームミラーを覗いたが、ぽかんと開いたハリーの口を見ている自分に気がついた。

手筈どおり、イトレ・エーネバック郡管区の警察官がヴェイエンタンゲン半島の浄水場の前で待ってくれていた。ボルボが停まると、彼はスカイ——ビョルン・ホルムが高く評価しているらしい人工皮革メーカーと同じ名前——だと自己紹介をし、三人を桟橋へ案内した。そこでは一ダースほどのボートが穏やかな水面に浮かんでゆったりと上下していた。

「湖にボートを出すには早すぎません？」カイアは訊いた。

「今年は氷が張らなかったんですよ——これからも張らないでしょうが」スカイが答えた。

「私が生まれてから初めてのことです」

四人は幅の広い平底のボートに——ホルムはだれよりも慎重に——乗り込んだ。

「緑なんですね」スカイが竿で桟橋を押してボートを出すと、カイアが言った。

「そうですね」スカイが船外機を始動させようとコードを引きながら、水面を見て答えた。

「製縄所は向こうの奥のほうです。細い道があるんですが、とても急なんで、ボートで行くのが一番いいんです」そして、船外機の横のハンドルを前方に倒した。種類のわからない鳥が一羽、葉を落とした森の木のどこからか飛び立ち、甲高く啼いて警告した。

「おれは海が大の苦手なんです」ホルムがハリーにこぼした。ツー・ストロークの船外機の轟きに邪魔されて、ハリーは部下の言葉を聞き逃すところだった。ボートは午後の灰色の光のなか、二メートルの高さまで生い茂るイグサのあいだの水路を滑るように進んでいった。おそらくはビーバーの塒《ねぐら》だったのだろうと思われる木の枝の塊の脇を通り過ぎ、左右に並ぶマングローブに似た木々のあいだを通り抜けた。

「これは湖だ」ハリーは言った。「海じゃない」

「ろくでもないのは同じですよ」ホルムがボートの中央へじりじりと移動しながら言った。「陸地がいいです。牛の糞と岩が剝き出しの山脈があるところがね」

水路の幅が広くなり、目の前にリーセレン湖が横たわっていた。ボートは大小の島のあいだを音高く通り抜けていった。そこに建つ、冬のあいだは見捨てられている小屋の暗い窓の向こうから、用心深い目に見られているような気がした。

「ごくごく一般的な小屋ですよ」スカイが言った。「ここは高級住宅地のストレスと無縁でいられるんです。隣人と競って一番大きな船を持つ必要もないし、一番魅力的な小屋にすべく改装を重ねる必要もありませんからね」そして、水面に唾を吐いた。

「イトレ・エーネバックを舞台にしたテレビドラマのタイトルは何だったかな？」ホルムが船外機の轟きに負けじと叫んだ。「割れた眼鏡をかけた野暮天が主人公の」

スカイが何を言ってるんだという顔でホルムを見て、ゆっくりと首を横に振った。

「製縄所です」彼は言った。

舳先《へさき》の前方、湖をすぐ前に望む形で、古い木造の長方形の建物が、急斜面の下に一軒だけ建っていた。左右は樹木の密生した森で、建物の横から鉄の線路が延び、丘の脇を通って黒い水のなかへ消えていた。赤い壁の塗りが剝がれはじめていて、窓やドアには隙間ができていた。ハリーは目を凝らした。弱くなっていく光のなかで、白い服を着ただれかが窓のところに立って自分たちを見つめているようだった。

「なんてことだ、究極の幽霊屋敷じゃないか」ホルムが笑った。

「みんながそう言っていますよ」スカイが船外機を止めた。

不意に訪れた静寂のなか、ホルムの笑い声が湖の対岸から谺になって戻ってきて、湖の向こう、遠くから一頭の羊の鈴の音が聞こえた。

カイアがロープを握って岸へ飛び降り、そのロープを睡蓮《すいれん》のあいだから突き出している緑色の腐った杭に、まるで船乗りのような手つきでハーフヒッチに結わえた。

残っていた三人も大きな石がごろごろしている岸に下りた。船着き場として使われているところだった。そのあと、四人は建物に入った。そこは荒れ果てた、幅の狭い長方形の部屋で、タールと小便の臭いがした。建物の両端が鬱蒼とした森に呑み込まれていたので外からはわかりにくかったが、部屋の幅は二メートルあるかないかなのに、奥行きは端から端まで六十メートル以上はあるだろうと思われた。

「建物の両端に立って、ロープを綯《な》うんです」ハリーが質問するより早く、カイアが説明した。

一方の隅に空のボトルが三本転がっていて、火をおこそうとした形跡があった。その向かいの壁は板が二枚緩んでいて、それを隠すように網が掛けてあった。

「シモンセンの後継者がいなくて」スカイが言った。「以来、この状態です」

「建物の横の線路は何のためのものなのかな？」ハリーは訊いた。

「用途は二つです。木材を集めるのに使っていたボートを湖に降ろしたり引き上げたりするためと、その木材を湖に浸けて水面下に保っておくためです。木材は台車——きっとボートハウスにあったんでしょう——に載せられて固定され、そのあと、巻き上げ機を使ってそのまま水面下へ降ろされる。そして数週間後、外皮を剝いでも大丈夫な頃合いを見計らって引き上げられるんです。シモンセンは実用性を重んじる人物だったんです」

不意に建物の近くの森で音がし、四人はぎょっとした。

「羊でしょう」スカイが言った。「あるいは鹿か」

彼らは木造の狭い階段を二階へ上がった。巨大な長テーブルが部屋の中央に居坐り、隅のほうは闇に沈んでいた。ぎざぎざに割れたガラスが残っている窓から風が吹き込んで低い口笛を吹き鳴らし、花嫁のベールをはためかせていた。彼女は湖を見下ろしていたが、顔と胴の下は黒い鉄の骨組みが車輪の上に載っているだけだった。

「シモンセンが威嚇用の案山子《かかし》として使っていたんですよ」スカイがマネキンを顎で示した。

「何だか気味が悪いわ」カイアがスカイの横へ行き、コートの下で身震いした。

スカイは横目でカイアを見ると、歪んだ笑みを浮かべた。「このあたりの子供たちは彼女を怖がっていました。満月の夜には彼女が下りてきて一帯を歩きまわり、結婚式の日に自分を捨ててしまった男を探すんだと、大人たちが言うんです。彼女が近づいてくると錆びた車輪の音が聞こえるとね。いいですか、私はここのすぐ奥のハーガで育ったんです」

「そうなの？」カイアが訊き、ハリーはにやりと頬が緩むのをこらえた。

「そうなんです」スカイが答えた。「ところで、彼女はシモンセンの人生で唯一の女性だと言われています。いささか世捨て人めいたところがありましてね。でも、ロープを作る腕は確かでした」

彼らの後ろで、ビョルン・ホルムが輪になって釘に掛かっているロープを手に取った。

「触っていいと言いましたか？」スカイが振り向きもせずに咎めた。

ホルムが慌ててロープを元に戻した。

「了解、ボス」ハリーはだれにも悟られないようスカイに笑みを送った。「何かに触ってもよろしいですか？」

スカイがハリーの顔をうかがった。「これがどういう事件なのか、まだ教えてもらっていないんですがね」

「秘密の案件でしてね」ハリーは応えた。「申し訳ない。詐欺がらみではありますがね。これで勘弁してもらえますか」

「ほんとですか？　あなたが私の思っているとおりのハリー・ホーレなら、以前は殺人事件を担当していたはずだが」

「いや」ハリーは言った。「いまはインサイダー取引、脱税、詐欺を扱っているんですよ。生まれてから死ぬまで、人は上へ向かって動くんです」

スカイが信じられないという顔をし、甲高い声で鳥が啼いた。

「もちろん、あなたは正しいわ、スカイ」カイアがため息をついた。「わたしは官僚的形式主義と付き合わなくちゃならない立場です。本来なら検察官から捜索令状を取って持ってくるのが筋なんでしょうけど、見てのとおり、人手が足りないでしょ？　だから、ずいぶん時間の節約になるんですよ、あなたがちょっとだけ……」そして、小さな尖った歯を見せて微笑し、輪になったロープのほうを身振りで示した。

スカイが彼女を見て、ゴム底の踵を二度ほど前後に揺らしてからうなずいた。

「ボートで待っています」彼は言った。

ホルムがすぐさま仕事にかかった。長テーブルにロープを置くと、持ってきた小さなナップサックを開け、一方の先端がフックになっているコードをつけた懐中電灯のスイッチを入れ、天井の二枚の板のあいだに固定した。そして、ラップトップ・コンピューターとハンマーのような形の携帯顕微鏡を取り出し、顕微鏡をコンピューターのＵＳＢポートにつなぐと、それがモニターに画像を送っているかどうかを確認してから、ここへくる前にコンピューターへ送っておいた画像をクリックした。

ハリーは花嫁の隣りで湖を見つめていた。ボートで煙草の火先が赤く光っていた。そのあと、水中へ、深いほうへ下っている線路へ目を移した。ハリーはずっと淡水で泳ぐのが好きではなかった。エイステインと一緒に授業を抜け出し、エストマルカのハウクヒェルン湖へ行って、高さが十メートル以上もあると言われている〈悪魔の先端〉から飛び込んだあとは特に。あのとき、水面に到達する数秒前、眼下の水中深くをぐねぐねと泳ぐ蛇が見えた。間もなく凍るように冷たい暗緑色の水に包まれ、パニックになり、湖の半分を呑み込んで、陽の光を見ることも、空気を吸うことも、二度とないだろうと確信したのだった。

香水の匂いが、カイアが背後にやってきたことを教えてくれた。

「大当たりです」ホルムのささやきが聞こえた。

ハリーは振り返った。「同じタイプのロープか？」

「間違いありません」ホルムが顕微鏡をロープの先端に向けてかざし、キイを叩いて、解像度を上昇させた。「シナノキとニレです。繊維の太さと長さも同じです。だけど、〝大当たり〟なのは、ロープの切断面がまだ新しいことなんです」

「何だって？」

ホルムがモニターを指さした。「左の写真はおれが持ってきたものです。フログネル公園のプールに残されたロープで、二十五倍に拡大してあります。このロープは完璧に……」

ハリーは目を閉じ、やってきつつあるとわかる言葉を十分に味わった。

「……一致しています」

彼は目をつぶったままでいた。マーリット・オルセンが吊るされたロープはここで造られただけでなく、ここのロープから切断されたものだった。しかも、最近。やつはそれほど遠くない過去に、おれがいま立っているところに立っていたんだ。ハリーは空気の匂いを嗅いだ。

いまやすべてが闇に包まれていた。そこを出たときには、窓際の白いものはほとんど見えなくなっていた。

カイアはハリーと並んで舳先に腰を下ろした。船外機が喧しくて、ハリーに聞こえるように話すには身体を寄せなくてはならなかった。

「あのロープを取りにきた人物は、このあたりに土地鑑があったはずです。だとすれば、犯人はその人物である可能性が高い……」

「可能性どころか、断定してもいいとおれは思ってる」ハリーが言った。「ロープが切断されたのは最近だ。それに、ロープが持ち主を変える理由は多くないからな」

「このあたりを知っている人物――近くに住んでいるか、小屋を持っているか」カイアは考えを声に出した。「あるいは、ここで育ったか」

「だが、たかだか数メートルのロープを手に入れるために、もはや打ち捨てられている製縄所までわざわざやってくる理由は何だろうな？」ハリーが訝った。「ロープ一巻きを店で買ったらいくらする？　数百クローネか？」

「たまたまこのあたりにくることがあって、あそこにロープがあるのを知っていたとか」

「いいだろう、だが、このあたりにくるというのは、近くの小屋に泊まらなくちゃならんということでもあるはずだ。それに、結構大きなボートを使わなくちゃならんだろう。おまえさん……」

「ええ、このあたりの住人のリストを作ります。ところで、頼まれていた火山の専門家を捕まえました。地質学研究所のおたくで、フェリクス・レストという人物です。世界じゅうを巡って火山とか噴火とか、そういうものを観測しているようです」

「話したのか？」

「妹さんと話しました。一緒に住んでいるんです。連絡はメールにしてくれと彼女に言われました。それでしか意思の疎通を図らないんだそうです。いずれにせよ、本人はチェスをしにお出かけでしたけどね。それで、小石と情報を彼に送っておきました」

ボートは浅い水路をのろのろと縫って桟橋を目指した。ホルムが懐中電灯をランタンのようにかざして、水面から立ち昇る霧に霞む進路を照らした。スカイが船外機を止めた。

「見て！」カイアがささやき、さらにハリーに身体を寄せた。彼女の匂いを鼻に感じながら、ハリーは人差し指が示す方向へ視線を向けた。桟橋の奥に密生するイグサの陰から大きな白鳥が一羽姿を現わし、霧のベールを切り裂きながら懐中電灯の明かりのなかへ入ってきた。

「ほんとに……何て美しいのかしら」カイアがささやき、うっとりと見とれていたが、やがて笑い出したかと思うと、一瞬、ハリーの手を握り締めた。

三人はスカイに浄水場まで送ってもらい、ボルボ・アマゾンに乗り込んだ。車を出そうとしたホルムがいきなり、急いでサイド・ウィンドウを開けて、スカイに向かって叫んだ。

「フリチョフだ！」

スカイが足を止めてゆっくり振り返った。街灯の明かりが彼のもったりと無表情な顔を照らした。

「テレビの面白い主人公だよ」ホルムがまた叫んだ。「イトレ・エーネバックのフリチョフだ」

「フリチョフ?」スカイが唾を吐いた。「聞いたことがないな」

二十五分後、アマゾンがグレンモーの焼却炉の近くで高速道路に乗ったとき、ハリーは決めた。

「この情報をクリポスに漏らしてやろう」彼は言った。

「何ですって?」ホルムとカイアが同時に訊き返した。

「ベアーテに意図を教えて、彼女からメッセージを流してもらうんだ。ロープのことを発見したのは犯罪鑑識課の彼女の部下で、われわれではないと見せるためのメッセージをな」

「どうしてそんなことをするんですか?」カイアが訊いた。

「もし犯人がリーセレン湖の近くに住んでいるとしたら一軒一軒虱潰《しらみつぶ》しに調べなくちゃならないが、おれたちにはそれをする手段も人手もないからだ」

ホルムがハンドルを殴りつけた。

「気持ちはわかる」ハリーは言った。「だが、何より大事なのは、犯人が捕まることで、だれが捕まえるかじゃないからな」

その言葉が本心なのかどうかわからないまま宙ぶらりんになり、車内に沈黙が落ちた。

20　エイステイン

電気は止められていた。暗い玄関ホールで照明のスイッチを何度か試してみたが、徒労に終わった。居間も同じだった。

やむなくウィングチェアに腰を落とし、黒い虚空を見つめた。

しばらくそうしていると、携帯電話が鳴った。

「ホーレだ」

「フェリクス・レストです」

「ふむ？」ハリーは言った。ほっそりとした小柄な女性を思わせるような声だった。

「妹のフリーダ・ラルセンです。兄に言われて電話をしているんですが、あなたが見つけた石は苦鉄質の玄武岩の溶岩だと伝えてくれとのことです。よろしいですか？」

「ちょっと待って。それはどういう意味でしょう？　苦鉄質というのは？」

「摂氏千度を超える熱い溶岩で、粘度が低いため薄くなって、噴火のときに広範囲に広がるものです」

「オスロ由来の可能性はありますか？」

「ありません」

「なぜですか？オスロの街は溶岩の上にできているんですよ？」

「それは古い溶岩でしょう。これは最近の溶岩です」

「最近というとどのぐらい？」

彼女がだれかと話すのが手で押さえられた受話器越しに聞こえたが、相手の声は聞き取れなかった。しかし、答えは教えてもらえたに違いなく、その証拠にすぐに電話に戻ってきた。

「五年から五十年のあいだだろうとのことです。でも、どの火山から出てきたかをはっきりさせたいと考えておられるなら、大仕事になるそうです。世界には千五百を超す活火山がありますからね。しかも、わたしたちがまだ知らない火山もたくさんあるんです。ほかにお訊きになりたいことがおありなら、フェリクスにメールで連絡してください。アドレスならあなたの部下の方に教えてありますから」

「しかし……」

電話は切れてしまっていた。

かけ直そうかとも考えたが、思い直して別の番号を打ち込んだ。

「オスロ・タクシー」

「やあ、エイステイン、ハリー・Hだ」

「からかわないでくれ。ハリー・Hは死んだんだ」

「ところがそうじゃないんだな」

「そうかい、いいだろう。だったら、おれは死んでるに違いない」

「ソフィー通りからおれが子供のころに住んでいた家まで連れていく気分じゃないか？」

「ないな。だけど、いずれにしてもやることになるんだろ？　だって、やらなくちゃならないんだから」エイステインの笑いが咳に変わった。「ハリー・H！　くそ……そっちへ着いたら電話する」

ハリーは電話を切ると寝室へ行き、窓から射し込む街灯の明かりを頼りにバッグに必要なものを入れ、居間へ移動すると、今度は携帯電話の明かりを頼りにCDを数枚選んだ。煙草を一カートン、手錠、制式拳銃も。

ウィングチェアに沈み込み、闇を利用して、リボルバーに装填《そうてん》する練習を繰り返した。腕時計のストップウォッチをスタートさせ、スミス&ウェッソンのシリンダーを振り出し、弾薬を抜き取り、ふたたび装填する。四発を抜き取り、四発を込める。スピードローダーなしで、指を素速く動かして。そして、最初の弾薬が引鉄を引いた瞬間に飛び出すように装填し、シリンダーを元に戻して、ストップウォッチを止める。九秒六六。自己記録より三秒近く遅い。もう一度シリンダーを開いてうろたえたことに、発射準備が整っているはずの最初の薬室が、二つの空の薬室のうちの一つだった。これじゃ相手にやられてしまう。ハリーは練習を繰り返した。九秒五〇。またもやられるはめになった。二十分後、エイステインから電話がかかってきたときには八秒まで時間を短縮し、六度やられていた。

「いま行く」ハリーは応えた。

キッチンへ行き、流しの下の戸棚を見た。ためらったあと、ラケルとオレグの写真を内ポケットに入れた。

「香港だ？」エイスティン・エイケランが鼻を鳴らした。そして、巨大な鼻とだらりと垂れた髭が特徴的な酒でむくんだ顔を、隣りに坐っているハリーに向けた。「あんなところにいったい何の用があるんだ？」

「おれのことはよくわかってるだろう」ハリーは答え、エイスティンがラディソンSASホテルの前の赤信号でタクシーを停めた。

「馬鹿言え」エイスティンが煙草を巻きながら言った。「わかってるわけがない」

「だけど、ガキのころからの仲じゃないか。忘れたのか？」

「そうだったかな？　あの当時から、おまえはずいぶんと謎めいてたんだぞ、ハリー」

後部ドアがいきなり開いて、コートを着た男が乗り込んできた。「エアポート・エクスプレスの中央駅、急いでくれ」

「もう塞がってるんですがね」エイスティンが後ろを見ようともしないで言った。

「何を言ってるんだ――屋根の表示灯が光ってるじゃないか」

「香港とは洒落《しゃれ》てるじゃないか。実際、なぜ帰ってきたんだ？」

「何だって？」後部座席の男が言った。

エイスティンが煙草をくわえて火をつけた。「トレスコーから電話があって、今夜パーティにこないかと誘ってきたんだがな」

「あいつに友だちなんかいないだろう」ハリーは応じた。

「そうだよな。だから、訊いてやったんだよ、『おまえの友だちってだれだ？』ってな。そしたら『おまえだよ』と抜かして、『おまえの友だちはだれなんだ、エイステイン？』ときやがった。『おまえだよ』と、おれは答えた。『じゃ、おれたち二人だけだな』ってな。二人とも、おまえのことを忘れていたよ、ハリー。そんなところへ行ってりゃ、忘れられてもしようがないけどな」エイステインが口を尖らせ、一語一語区切るようにして言った。「香港なんてところへな！」

「おい！」後部座席の男が怒鳴った。「話がすんだんなら……」

信号が青に変わり、エイステインがアクセルを踏み込んだ。

「で、くるのか？　トレスコーのところだけど」

「あいつのところは臭いだろう、エイステイン」

「だけど、冷蔵庫は満杯だぞ」

「悪いが――パーティをする気分じゃないんだ」

「パーティをする気分？」エイステインがハンドルを叩いて鼻で嗤《わら》った。「パーティをする気分がどんな気分か、おまえにわかるはずがないだろう、ハリー。昔からパーティに出てきた例しなんかないんだから。憶えてるか？　ビールを買って、女どもが山ほどいるノールストランの素敵なところへ繰り出すつもりでいたのに、おまえときたら掩蔽壕へ行こう、おれとトレスコーとおまえの三人だけで飲もうなんて提案をしてくれたことがあったよな」

「おい、これはエアポート・エクスプレスへ行く道じゃないぞ！」後部座席の男が苦情を申し立てた。

エイステインが赤信号でブレーキを踏み、心許なくなった肩までの髪を横へ振りながら後ろを向いて言った。「ここがわれわれの終着地点でしてね。酔っぱらって、このダチ公が『ノー・サレンダー』を歌うんです。トレスコーが空のボトルをこいつに投げつけるまでね」

「頼むよ」男がタグ・ホイヤーの腕時計の文字盤を人差し指で叩きながら叫んだ。「どうしてもストックホルム行きの最終便に乗らなくちゃならないんだ」

「あの掩蔽壕はすごいよな」ハリーは言った。「オスロで一番見晴らしがいいところだ」

「そうだな」エイステインが認めた。「連合軍があそこを攻撃していたら、ドイツ軍に皆殺しにされてただろうよ」

「確かにな」ハリーはにやりと笑みを浮かべた。

「いいですか、このダチ公とトレスコーとおれの三人で、未来永劫変わることのない協定を結んだんですよ」エイステインが言ったが、スーツの男は必死で雨の向こうを透かし見て、空車のタクシーを探していた。「もしろくでもない連合軍がやってきたら、そいつらの死体の山を築いてやるんだってね。こんなふうにして」そして、想像上のマシンガンをスーツの男に向けて撃ちまくった。男が頭のおかしいタクシー運転手を恐怖の目で見つめた。発射音を口で真似ているせいで唾が小さな白い泡になって飛び出し、男のプレスしたての黒いズボンに散った。男は小さく喘ぐとドアを開け、雨のなかへと転がり出た。

エイステインがしわがれた声で、心底おかしそうに笑った。

「おまえは帰るところをなくしていて」エイステインが言った。「また、〈エーケベルグ・レストラン〉でキラー・クイーンと踊りたがっていた」

ハリーは薄く笑って頭を振った。サイドミラーを見ると、スーツの男が国立劇場駅のほうへ闇雲に突進していた。「父親のことがあるから今日は無理なんだ。病気で、そんなには時間が残されていないんだ」

「なんてこった」エイステインがまたアクセルを踏んだ。「親父さんもいい人なのにな」

「ありがとう。おまえに教えておいたほうがいいと思ったんだ」

「当たり前だ。おれの親父にも教えなくちゃな」


「着いたぞ」エイステインがウップサールの黄色い木造の小さな家とガレージの前でタクシーを停めた。

「ああ」ハリーは応えた。

エイステインが燃え上がるのではないかと思われるほど強く煙草を喫い、煙をしばらく肺に留めておいてから、喉に絡まるような喘鳴とともにゆっくりと吐き出した。そして、わずかに首を傾け、灰を灰皿にはたいた。ハリーは胸に甘い痛みを感じた。これとまったく同じエイステインの動きをこれまで何度見たことだろう。あたかも煙草が重たすぎてバランスを失うとでも言わんばかりに身体を傾けるところを。首を傾けるところを。学校の隠れ喫煙小屋の床に落とされる灰を。招待されてもいないパーティのビールの空き瓶に、掩蔽壕の冷たく濡れたコンクリートの床に落とされる灰を。

「人生はずいぶんと不公平だよな」エイスティンが言った。「おまえの親父さんは酒を飲まないし、日曜には散歩に出るし、教師として働いていた。一方、おれの親父は酒飲みで、従業員全員が喘息にかかって気味の悪い吹き出物ができるというカドックの工場で働いて、いったん家のソファに坐ったらぴくとも動かなかった。それなのに、いまでもぴんぴんしてやがる」

カドックの工場はハリーも憶えていた。逆から読めばコダックだ。スンメーレ出身のそこの経営者が、イーストマンが自分のカメラをコダックと名付けたのは全世界に憶えてもらって発音してもらえると考えたからだということを何かで読んだからだったが、カドックは忘れ去られて、数年前に廃業していた。

「すべては去りゆくんだ」ハリーは言った。

エイスティンがうなずいた。友人が何を考えているかをわかっているかのようだった。

「何だろうと用があったら電話をくれ、ハリー」

「わかった」

背後でタイヤが砂利を噛《か》む音が聞こえ、タクシーが走り去るのを待って、ハリーは鍵を開けてなかに入った。明かりをつけて立ち尽くしていると、かちんと音がしてドアが閉まった。

匂い、静けさ、コート掛けの上からやってくる明かり。すべてが話しかけてきた。まるで記憶というプールの底へと沈んでいっているかのようだった。どれもがハリーを抱擁し、温もりを与え、喉を締めつけた。コートを脱ぎ、靴を脱いで、歩き出した。部屋から部屋へ。年から年へ。母親と父親から妹のシースへ。そして、自分自身へ。子供部屋へ。ザ・クラッシュのポスター。ギターが床に叩きつけられようとしている。ベッドに横になり、マットレスの匂いを嗅いだ。涙が出てきた。

21　白雪姫

午後七時五十八分、ミカエル・ベルマンは世界でも地味な部類に入る通りの一つ、カール・ヨハン通りを歩いていた。彼がいまいるのはノルウェー王国の真ん中、駆動軸の中心点で、左は大学と知識、右は国立劇場と文化。後方の高みには王宮庭園と王宮。そして、目の前には権力があった。あと三百歩、八時きっかりに石造りの階段を上がって立法府の正面入口に立つ。そこはオスロの大半がそうであるように、とりわけ大きくもなく、目を引いてもいなかった。それに警備も最低限に抑えられて、グロールー産出の花崗岩《かこうがん》を彫刻して生まれた二頭の獅子が、入口へつづくスロープの左右にいるだけだった。

入口まで上ると、ドアが押すまでもなく静かに開いた。受付の前に立って周囲を見回す。警備員が現われ、友好的に、しかし、はっきりと、X線検査装置のほうへ顎をしゃくった。十秒後、その装置がミカエル・ベルマンが丸腰であることを証明した。金属製のものはベルトのバックルだけだった。

受付のデスクに寄りかかって、ラスムス・オルセンが待っていた。マーリット・オルセンの痩せた寡夫はベルマンと握手をし、先に立って歩き出しながら、自動的にガイドの声になって説明を始めた。

「立法府は三百八十人の職員と百六十九人の議員によって構成されています。この議事堂が建てられたのは一八六六年、設計したのはエミール・ヴィクトル・ラングレット、因《ちな》みにスウェーデン人です。ここはトラッペハッレンと呼ばれているホールで、石のモザイクは〝社会〟とタイトルがついています。一九五〇年代にエルセ・ハーゲンが制作しました。国王の肖像が描かれたのは……」

　ベルマンもテレビで観て知っているヴァンドレハッレンに入った。馴染みのない二つの顔と擦れ違った。たったいま委員会が終わったところだ、とラスムスが説明したが、ベルマンの耳には届かなかった。頭にあるのはここが権力の回廊だということで、実はがっかりしていた。すべてが金と赤なのはいいとして、荘厳さは、威厳はどこにあるのか？　それこそが支配する者たちの足元に恐れを染み込ませるものだろう。このろくでもない、卑屈と言ってもいいほどの慎ましさは、弱点にも見える。この小さな、さほど歴史が長いわけでもない、貧しい北欧の民主主義国は、自らそれを排除できないでいる。だが、おれは戻ってきた。ユーロポールの狼たちのなかで頂点に立つのは叶わなかったが、ここでは間違いない。競争相手は二流で小物の刑事なのだから。

「戦争中は、この部屋全体がテアボーフェン国家弁務官《ライヒスコミッサール》のオフィスでした。昨今では、こんな広いオフィスを持つ者はいません」

「あなたの結婚生活はどうだったんでしょう？」

「はい？」

「あなたと奥さまのですよ。喧嘩《けんか》をしたりはしませんでしたか？」

「いや……そういうことはありませんでした」ラスムス・オルセンが身震いしたかのように見え、足取りが速くなった。警察官を後ろへ置き去りにしようとしているか、少なくとも、だれにも声を聞かれずにすむところまで移動しようとしているらしかった。団体担当秘書課のオフィスへ戻り、ドアを閉めて腰を下ろしてから、彼はようやく震える息を吐いた。「もちろん、いいことも悪いこともありました。あなたは結婚しておられますか、ベルマンさん」

ミカエル・ベルマンはうなずいた。

「それなら、私の言っている意味はおわかりですね」

「奥さまは浮気は？」

「いや、それに関しては排除してもいいと思います」

ひどく肥っていたからですか、とベルマンは危うく訊きそうになって思いとどまった。見落としてはならないものがあった。ためらい、目の端の細かい痙攣《けいれん》、ほとんどそれとわからないほど微妙な瞳孔の収縮。

「では、オルセンさん、あなた自身が浮気をしたとかは？」

反応は同じだった。加えて、薄くなりはじめている生え際の下の額が赤くなった。答えは短く、きっぱりしていた。「ありませんね、一度も」

ベルマンは首をかしげた。ラスムス・オルセンを容疑者と見なしてはいなかった。それなら、なぜこんな質問をしてこの男を悩ませるのか。答えは腹が立つほど簡単だった。ほかに訊くべき相手がいない、追うべき手掛かりがないからだ。この可哀相な男を使って自分の欲求不満を晴らしているにすぎない。

「あなたはどうなんです？」

「私がどうなのかとは？」ベルマンは欠伸を嚙み殺した。

「浮気をしたことはないんですか？」

ベルマンは笑みを作って見せた。「妻が美人過ぎるんですよ。それに、子供が三人いますからね。あなたたちご夫妻は子供がいなかったから……それがお楽しみを少し助長していたとか？　実は情報が入っていましてね、どうやらお二人はしばらく前から問題を抱えておられたそうじゃないですか」

「その情報源はたぶんお隣りさんでしょう。ええ、マーリットは彼女とよく話していましたからね。何カ月か前、焼き餅を焼かれたことはあります。組合の研修で会った、ある若い女性を党に雇い入れたんです。私とマーリットの出会いもそれでしたから、彼女は……」

ラスムス・オルセンの声が詰まり、目に涙が浮かんだ。

「もちろん何でもなかったんですが、マーリットは少し考える時間が欲しいと言って山に籠もってしまいました。でも、二日ほどで下りてきて、何事もなかったかのように元に戻りました」

携帯電話が鳴った。ベルマンはディスプレイを見て発信者の名前を確認し、ぶっきらぼうに応えた。「何だ？」相手の声を聞いているうちに、心臓の鼓動が速くなり、怒りが募るのが自分でもわかった。

「ロープ？」彼は繰り返した。「リーセレン？ それは……イトレ・エーネバック？ よし、ご苦労だった」

ベルマンは携帯電話をコートのポケットにしまって言った。「そろそろ失礼します、オルセンさん。ご協力に感謝します」

引き返す途中、ベルマンはちらりと足を止めて、ドイツ人のナチ、テアボーフェンが占拠していた部屋を見回した。


夜中の一時、ハリーは居間でマーサ・ウェインライトが歌う「ファー・アウェイ」を聴いていた。

疲れ切っていた。目の前のコーヒー・テーブルには、携帯電話、ライター、茶色の塊を包んだアルミ箔があった。まだ手を触れていなかったが、すぐにも眠り、リズムを取り戻し、休まなくてはならなかった。手にはラケルの写真があった。青い服を着ていた。ハリーは目を閉じた。彼女の匂いがし、声が聞こえた。「ほら、見て！」彼女の手が軽くハリーの手を握る。二人の周囲の水は黒くて深く、彼女は水面を漂っている。白く、音もなく、重さもなく。風が彼女のベールをめくると、その下の白い羽毛が露わになる。ほっそりと長い首が疑問符のような曲線を描いていた。どこだ？　彼女が岸へ足を踏み出す。黒い鉄の骨組みが車輪と擦れて泣いている。彼女は家のなかへ入り、見えなくなる。そして、ふたたび二階に姿を現わす。首にロープが巻かれている。横に、襟に白い花をつけた黒いスーツの男がいる。その二人の前に、彼らに背中を向けて、白い僧衣の聖職者が立っている。彼はゆっくりと読み上げている。やがて、こちらを向く。顔も手も白い。雪でできている。

ハリーはぎょっとして目を覚ました。

闇のなかで瞬きをする。音が聞こえている。だが、マーサ・ウェインライトではない。コーヒー・テーブルの上で明かりを発しながら振動している携帯電話をひっつかむ。

「もしもし」声が濁った。

「わかりましたよ」

ハリーは坐り直した。「何がわかったんだ？」

「繋がりです。それに、死者は三人じゃありません。四人です」

22 検索エンジン

「まず、あなたに教えてもらった三つの名前を試してみました」カトリーネ・ブラットが言った。「ボルグニー・ステム＝ミーレ、シャルロッテ・ロッレス、そして、マーリット・オルセン。でも、その三人の繋がりは見つかりませんでした。それで、過去一年のノルウェーの行方不明者全員を調べてみました。すると、さらに調べる価値のありそうな対象に遭遇したんです」

「ちょっと待ってくれ」ハリーはいまや完全に覚醒していた。「行方不明者全員って、いったいどこで調べたんだ?」

「オスロ管区警察失踪人課のイントラネットです。何だと思ったんですか?」

ハリーが唸るのを尻目に、カトリーネはつづけた。

「被害者三人と実際につながる名前が、一つ出てきたんです。準備はいいですか?」

「ああ……」

「その行方不明の女性の名前はアデーレ・ヴェトレセン、二十三歳、ドラムメン在住。十一月に彼女のパートナーから捜索願いが出されています。ノルウェー国営鉄道の乗車券発行システムを調べたら、繋がりが出てきました。十一月七日、アデーレ・ヴェトレセンはドラムメンからウスタオーセまでの乗車券をオンラインで購入しています。同日、ボルグニー・ステム＝ミーレがコングスベルグからウスタオーセまでの乗車券を買っています」

「ウスタオーセなんて、そんなに人が集まる人気の観光地じゃないだろう」ハリーは言った。

「観光地じゃなくて、山の奥です。ベルゲンの代々の富裕層が山小屋を持ち、観光協会がそれぞれの頂上に小屋を建てて、ノルウェー国民がアムンゼンやナンセンの伝統を絶やすことがないよう、スキーを履き、二十キロの荷物を背負って、心の奥に潜んでいる恐怖を味わい、生きていることを実感しながら、苦労して小屋から小屋へたどれるようにしているんです」

「まるで行ったことがあるような口振りじゃないか」

「別れた夫の家族がそこに小屋を持っているんですよ。とても金持ちで彼らを尊敬しているんで、電気も水道も引かれてないんです。サウナやジャグジーを持っているのは社交界の階級を登りたい連中だけです」

「ほかの繋がりは？」

「マーリット・オルセンの名前は、乗車券発行システムからは出てきませんでした。でも、前日の十一月六日、同じ列車の食堂車のキャッシュ・ディスペンサーから現金を引き出した記録が残っていました。時間は午後二時十三分です。鉄道時刻表によれば、オールとヤイロのあいだのどこか、つまり、ウスタオーセの手前ということになります」

「説得力に乏しくないか」ハリーは言った。「その列車はベルゲンまで直通だろう、彼女はそこへ行こうとしていたのかもしれん」

「あの……」カトリーネ・ブラットが一瞬言いよどみ、ためらったあとで低い声でつづけた。「……わたしを馬鹿だと思ってます？　ウスタオーセのホテルにダブルルームで一泊の予約記録が残っていました。予約したのはラスムス・オルセンという人物で、住民登録システムで調べたところ、住所がマーリット・オルセンと同じでした。だとしたら、そのラスムス・オルセンは――」

「そう、彼女の夫だ。だけど、どうしてそんなに小声で話すんだ？」

「いま、夜間の見回りが通り過ぎたんです、おわかりですよね？　いいですか、殺人事件の被害者が二人と行方不明者が一人、同じ日にウスタオーセにいたんです。どう思います？」

「まあ、意味のありそうな一致ではあるが、まったくの偶然という可能性も排除できないだろうな」

「同感です。というわけで、続きがあります。シャルロッテ・ロッレスにウスタオーセを加えて検索したところ、何も出てきませんでした。それで、ほかの三人がウスタオーセにいた日に彼女がどこにいたかを集中的に調べてみました。すると、二日前に、ヘーネフォスの外れのガソリンスタンドでディーゼル燃料の支払いをしていたことがわかりました」

「ウスタオーセからは遠いな」

「でも、オスロからは見当違いの方向じゃありません。それで、彼女本人か、パートナーの可能性がありそうな人物の名義で車が登録されていないかどうか当たりました。彼女あるいは彼がオートパスを使って何カ所かの料金所を通過していれば、足取りを追うことができますからね」

「ふむ」

「残念ながら、彼女は車を持っていなかったし、一緒に住んでいるようなパートナーもいませんでした」

「ボーイフレンドがいたぞ」

「それはあり得ますが、検索エンジンがヤイロのユーロパークの駐車場で一台の車を見つけてくれました。支払いをしたのはイスカ・ペッレルなる人物です」

「ウスタオーセから一、二キロだな。だが、その……イスカ・ペッレルか……そいつは何者だ？」

「クレジットカードの情報によれば、彼女はオーストラリアはシドニーのブリストルの住人です。シャルロッテ・ロッレスの関連検索で高い頻度で現われるんですよ」

「関連検索？」

「そういうふうにできてるんです、わかります？　過去の数年間で、たとえば同じ時間に同じレストランで食事をしてカードで支払いをした人々の名前が出てくるんですよ。それは彼らが一緒に食事をして、割り勘で支払いをしたことを示唆しているんです。あるいは、同じ日に同じジムに入会登録をした人たちとか、飛行機に二回以上隣り合わせて坐った人たちの名前なんかもそうですね。どうです、この説明でわかりました？」

「よくわかった」ハリーはベルゲンっ子の抑揚を真似て答えた。「おまえさんのことだから、車の仕様も調べて、使っているのが――」

「もちろん調べて、使っているのがディーゼル燃料だということも突き止めてあります」ブラットがぴしゃりと答えた。「どうします、最後まで聞きますか？」

「是非とも頼む」

「観光協会の小屋はベッドを事前予約できないんです。着いたときにベッドが全部埋まっていたら、床にマットレスを敷くか、寝袋で床にじかに寝るかしかありません。それだと、一晩たったの百七十クローネで、小屋の支払い箱に現金を入れるか、口座引き落としを認める旨を書き記して封筒に入れ、小屋に置いてくればいいんです」

「要するに、だれが、いつ、どの小屋に泊まったかを知る術はないわけだ」

「現金払いの場合には、確かにお手上げです。でも、封筒を置いてきた場合には、あとで観光協会と彼らのあいだで、どの小屋をいつ使ったかを明記した銀行取引があるはずです」

「銀行取引を調べるのはかなり難しかったような記憶があるんだがな」

「検索エンジンに、鋭い人間の頭脳によって正しい判断基準が与えられれば、そうでもありませんよ」

「その言い方は、難しくなかったということなんだな？」

「まあ、普通はそう考えますよね。イスカ・ペッレルの口座から、観光協会の四つの小屋でベッドを二つずつ使った分の料金が引き落とされていました。四日連続で、それぞれ別の小屋です」

「四日間のスキー旅行か」

「そういうことです。最後に泊まったのがホーヴァス小屋で、十一月七日です。ウスタオーセから徒歩でわずか半日の距離ですね」

「面白い」

「本当に面白いのは、十一月七日にホーヴァス小屋に一泊した料金が、別の二つの口座からも引き落とされていることです。だれの口座だと思います?」

「まあ、マーリット・オルセンやボルグニー・ステム＝ミーレでないことはまず間違いないな。殺人事件の被害者の二人が、最近、同じ場所で同じ日の夜に泊まっていたとしたら、クリポスが突き止めていないはずがないからな。だとすると、きっと行方不明の女性だろう。何という名前だったかな?」

「アデーレ・ヴェトレセンです。正解ですよ。彼女が二人分の料金を払っています。でも、もう一人がだれなのかは、知る方法がありません」

「口座引き落としの方法で支払いをしたもう一人はだれだ?」

「それほど面白くはありませんよ。スタヴァンゲルのだれかです」

それでも、ハリーはペンを取り、その人物とシドニーのイスカ・ペッレルの名前と住所を書き留めた。「検索エンジンの使い方に自信がある口振りだな」

「ありますよ」ブラットが応えた。「旧式の爆撃機を飛ばすようなものですから。少し錆びついていて速度も遅いけど、いったん宙に浮いたら……あら、いやだ。で、結果はどうだったんでしょう？　どういう評価ですか？」

ハリーは思案した。

「おまえさんがやってくれたのは」彼は口を開いた。「行方不明になっている女性一人と、同じ時間に同じ場所にいたけれども今度の件とはおそらく関係がないと思われる女性一人を見つけ出したことだ。それ自体は、大喜びすることではない。だが、殺人事件の被害者の一人——シャルロッテ・ロッレス——が、後者の女性と一緒だったという可能性を高くしてくれた。それに、殺人事件の被害者二人——ボルグニー・ステム゠ミーレとマーリット・オルセン——が、ウスタオーセの近辺にいたことを突き止めてくれた。というわけで……」

「というわけで？」

「というわけで、おめでとう。おまえさんは約束を守ってくれた。今度は、おれが約束を守る番だな……」

「無駄口を叩くのをやめて、顔に浮かんでいるにやにや笑いを消しなさいよ。あんなこと、本気で言うわけがないでしょう。わたしには責任能力はないんです——わかってなかったんですか？」

彼女が受話器を叩きつけた。

23　乗客

バスの乗客は彼女一人だった。そこに映る自分の顔を見ないようにするために、スティーネは窓に額を預けて、人気のまったくない、真っ暗なバスの停留所を見つめていた。だれかにきてほしかったし、だれもきてほしくなかった。

彼は〈クラッベ〉の窓際に坐り、ビールを前に置いて、身じろぎもせずに彼女を見つめていた。毛糸の帽子、金髪、野性的な青い目。その目が笑い、貫き、探り、彼女の名前を呼んだ。彼女はついに、うちへ帰りたいとマティルデに訴えた。が、マティルデはアメリカの石油会社の男と話しはじめたばかりで、もう少し残っていたがった。それで、スティーネはコートをつかんで〈クラッベ〉を飛び出し、駅まで走ってヴォーラン行きのバスに乗ったのだった。

運転席の上のデジタル時計に浮かんでいる赤い数字を見た。早くドアを閉めて走り出してほしかった。あと一分。

目が上がることはなかった。走ってくる足音が聞こえたときも、前のほうで息を切らして運転手に切符を要求する声を聞いたときも、彼が彼女の隣りに腰を下ろしたときでさえ。

「やあ、スティーネ」彼が言った。「ぼくを避けてるのかな?」

「あら、どうも、エリアス」彼女は雨に濡れた舗道に目を向けたまま答えた。どうしてこんなに後ろの席に、こんなに運転手から遠いところに坐ってしまったのか?

「こんな夜に一人で外にいるべきじゃないな、そうだろ?」

「そうかしら?」彼女はつぶやくように言った。だれかにきてほしかった。だれでもいいから。

「新聞を読んでないのか? オスロで女性が二人も殺されたんだぞ。それに、別の日には国会議員まで。何て名前だったかな?」

「さあ、知らないけど」スティーネは嘘をついた。心臓が早鐘を打ちはじめていた。

「マーリット・オルセンだ」エリアスが言った。「社会党の議員だよ。あとの二人はボルグニーとシャルロッテだ。本当に聞いたことがないのかい、スティーネ?」

「新聞は読まないの」スティーネは言った。お願いだから、だれか早くきて。だれでもいいから。

「三人とも偉大な女性だよ」彼が言った。

「あなたはその三人をもちろん知っていたのよね?」スティーネはとたんに後悔した。皮肉な口調になってしまった。恐怖のせいだった。

「よく知っていたわけじゃないけどね」エリアスが言った。「でも、第一印象はよかったな。ぼくは——きみも知ってのとおり——第一印象に大いに重きを置くタイプなんだ」

スティーネは彼が慎重に彼女の膝に置いた手を見つめた。

「あなた……」その一言にさえ懇願の色があるのが自分でもわかった。

「何だい、スティーネ？」

スティーネはエリアスを見た。彼の顔は子供のようにあけっぴろげで、目にある好奇心は純粋だった。絶叫し、跳び上がりたかった。そのとき、足音がして、運転席のそばで声が聞こえた。男が後部座席のほうへ歩き出していた。スティーネは男の目をとらえようとしたが、顔の上半分が帽子の鍔《つば》に隠れていて、お釣りを数え、切符を財布にしまうのに忙しそうだった。男がすぐ後ろの席に坐ってくれて、スティーネの呼吸は楽になった。

「警察があの事件の繋がりを見つけられずにいるなんて信じられないよ」エリアスが言った。「そんなに難しくはないはずなんだ。被害者の女性が三人とも山でのクロスカントリー・スキーを好んでいたことを警察は知っているに違いないし、三人とも同じ日の夜にホーヴァスの山小屋に泊まってるんだ。警察に教えたほうがいいかな、どう思う？」

「そうかもしれないわね」スティーネが小声で答えた。素速く動けば、エリアスの前を擦り抜けてバスを飛び出せるかもしれない。しかし、その考えが頭のなかではっきりと形になる前に、空気の抜けるような低い音とともにドアが閉まり、バスが動き出した。彼女は目をつぶった。

「関わり合いになりたくないんだよ。わかってもらえるといいんだけど、スティーネ」

彼女はゆっくりうなずいた。目は閉じたままだった。

「よかった。だったら、あそこにいた人の話をきみにしてもいいだろう。きっときみも知っている人だ」

第三部

24 スタヴァンゲル

「この臭いは……」カイアが言った。

「糞だ」ハリーは答えた。「いろんな牛のな。イェーレン地区へようこそと歓迎してくれてるってわけだ」

雲のあいだから、夜明けの光が芽を出したばかりの草地に射し込んでいた。石垣の向こうで、牛たちが二人の乗っているタクシーを黙って見つめていた。スタヴァンゲルのソーラ空港からダウンタウンへ向かっている途中だった。

ハリーは運転席と助手席のあいだから前に身を乗り出し、警察の身分証をかざした。「急いでもらえないか」運転手は喜んでアクセルを踏み込み、車はハイウェイを目指して加速した。

「手後れになることを心配しているんですか？」ふたたび後部座席に背中を預けたハリーに、カイアが訊いた。

「電話に出なかったし、出勤もしていないからな」ハリーは答えた。推理を完成させる必要はなかった。

　昨夜、カトリーネ・ブラットと電話で話したあと、ハリーはノートに書き留めた内容に目を通してみた。十一月に、殺された三人と同じ山小屋におそらく泊まっていた、いまも生きている二人の名前、電話番号、そして、住所。時計を見るとシドニーは昼ごろのはずだったから、イスカ・ペッレルに電話をした。電話に出た彼女がひどく驚いた声になったのは、ハリーがホーヴァス小屋のことを切り出したときだった。あの晩について大した話はできない、と彼女は言った。なぜなら、高熱を出して寝室に閉じこもっていたから。あまりに長時間、汗と雪で濡れた服を着ていたせいかもしれないし、小屋から小屋へのスキー移動は、自分のようにクロスカントリーの経験のない者には初めての試練だったのかもしれない。あるいは、たまたまウィルスに攻撃されただけかもしれない。ともかく、何とかホーヴァス小屋までたどり着き、寝室に直行するよう同伴者——シャルロッテ・ロッレス——に命じられた。そして、うつらうつらしながら夢をたくさん見て、身体の痛みを感じ、汗を掻き、寒くなり、を交互に繰り返した。小屋にいたほかの人たちのあいだに何があったのか、どういう人たちだったのかは、残念ながら知るよしもない。なぜなら、一番先にそこに着いたのが自分とシャルロッテで、翌日はほかの人たちが出発してしまうまで寝室にとどまり、自分たちはシャルロッテが何とか連絡を取った現地警察にスノーモービルで迎えにきてもらったから。その警察官はわたしたちを自分の家へ連れていってくれ、一軒しかないホテルは満室だから、ここに泊まっていけばいいと言ってくれた。わたしたちはありがたくその申し出を受けることにしたけれども、夜になって思い直し、遅い列車でヤイロへ戻って、そこのホテルに泊まった。

ホーヴァス小屋の夜について、シャルロッテはとりたてて何かを話してはくれなかった。特に大したことはなかったのだろう。

スキー旅行から五日後、まだ熱はあったけれども、わたしはオスロを発《た》ってシドニーへ帰った。シャルロッテとは定期的にメールで連絡を取り合っていて、何か普通でないことがあるようには思えなかった。少なくとも、あのショッキングなニュースを受け取るまでは。無秩序に広がるオスロ近郊にあるデウシェーエン湖のそばの森の外れで、壊れて放置された車の陰で遺体で発見されたと知るまでは。

ハリーはそれなりに慎重に、しかし、婉曲にではなく、十一月七日の夜に小屋にいた人々についての懸念を説明し、この電話を終えたらシドニー警察のニール・マコーマックに連絡を取るつもりでいることを告げた。マコーマックとは一度仕事をしたことがあり、彼はさらに詳しい情報の提供をあなたに要求し、たとえオーストラリアとオスロが遠く離れていても、こちらから更なる知らせがあるまで警察の保護下に入るよう勧めるはずだ、と。イスカ・ペッレルはハリーの話を冷静に受け容れたようだった。

そのあと、ハリーは教えられた二つ目の、スタヴァンゲルの電話番号にかけた。四度かけ直したが、四度とも応答がなかった。それ自体は何も意味しないことは、もちろんわかっていた。みんなが携帯電話の電源を入れたままでベッドサイドに置いて眠るわけではない。しかし、カイア・ソルネスは間違いなくそうしていた。二度目の呼出し音で応答し、始発便でスタヴァンゲルへ飛ぶから、遅くとも六時五分のエアポート・エクスプレスに乗るよう指示されると、一言こう答えた。「了解」

二人は六時三十分にオスロのガルデモン空港へ着き、ハリーは再度さっきの番号にかけてみた。が、無駄だった。一時間後、スタヴァンゲルのソーラ空港に着くと、そこでもう一度かけてみたが、結果は変わらなかった。タクシー乗り場へ向かう途中でカイアが何とか雇い主に接触すると、探している人物はいつもどおりの時間に出勤していないとの答えが返ってきた。カイアからそのことを知らされたハリーは、彼女のほっそりとした背中をそっと押して順番待ちの列を追い越し、抗議の声をものともせずにタクシーに乗り込むと、彼らにこう言った。「ありがとう、諸君、素晴らしい一日でありますように」


八時十六分きっかりにその住所に着いた。ヴォーランの白い木造家屋。ハリーはカイアに支払いを任せるとタクシーを降り、ドアを開けたままにしてその家の正面を観察した。が、特にわかったことはなかった。湿って新鮮な、しかし、いまだ穏やかな西部の空気を吸い込んだ。そして、覚悟を決めた。なぜなら、すでにわかっていたからだ。もちろん、間違っている可能性はある。だが、領収書を受け取ったカイアが「ありがとう」と言うとわかっているのと同じぐらいの確信があった。

「ありがとう」タクシーのドアが閉まった。

正面入口の横、三つ並びの真ん中のボタンの横にその名前はあった。

ハリーはボタンを押した。家の奥のほうのどこかでベルの鳴る音がした。

一分後、三度目のベルを鳴らしたあとで、一番下のボタンを押した。

老婦人がドアを開け、笑顔で二人を見た。

どっちが話をすべきかをカイアが本能的に知っていることに、ハリーは気づいた。「こんにちは、カイア・ソルネスと申します。警察の者です。上の階なんですけど、ボタンを押しても返事がないんです。ご在宅かどうか、ご存じありませんか?」

「たぶん、いると思いますよ。もっとも、今日は朝から静まり返っているけれどね」老婦人が言い、ハリーの眉が吊り上がるのを見て急いで付け加えた。「ここでは何だって聞こえるんです。昨夜は複数の声が聞こえました。ここの大家はわたしですからね、常に耳を開いておくべきだと考えているんです」

「耳を開いているんですか?」ハリーは敢《あ》えて訊いた。

「ええ。でも、聴き耳を立てているわけではないわ……」老婦人の頬が赤くなった。「悪いことをしているわけではないでしょ? だって、これまでここに住んでいる人たちとそれで揉めたことはないんですもの――」

「それはわれわれにはわかりませんがね」ハリーは言った。

「確認するのが一番いいんですが」カイアが言った。「鍵をお持ちなら……」ハリーはいまやカイアの頭のなかで色々な台詞の組み合わせが渦を巻いているのを知り、続きが出てくるのを興味津々で待った。「そうすることで、まったく何も問題ないんだとあなたが確認する手助けをしたいんです」

カイア・ソルネスは頭のいい女だ。この家の持ち主が提案に同意すれば、自分たちが何かを見つけても、きてくれと頼まれたのだと報告書に書くことができる。そこへ行ったのも、令状なしで家宅捜索したのも、自分たちの意志ではないのだということに疑問の入り込む余地がなくなる。

老婦人がためらった。

「でも、わたしたちはこのまま引き上げ、そのあとであなた自身に上階を確かめてもらって」カイアは微笑した。「警察へ通報したり、救急車を呼んだり、あるいは……」

「一緒にきていただくのがいいんじゃないかしら」老婦人が深い懸念の皺を額に刻んだあとで言った。「ここで待っていてくださるかしら、鍵を取ってくるから」

一分後に入った部屋は清潔で、きちんと片づいていて、家具調度の類いがまったくと言っていいぐらいなかった。ハリーはとたんに気づいたのだが、殺風景なアパートの静寂に存在を誇示して重苦しく、平日の朝の慌ただしくも忙しい時間だというのに、外の音はほとんど聞こえなかった。が、彼は臭いにも気づいていた。糊だ。靴が一足見つかったが、外で着る服はなかった。

キチネットへ行くと、大きなティーカップが流しに置いてあり、その上の棚に並んでいる缶はラベルからするとお茶の葉が入っているようだったが、産地はわからなかった。〝ウーロン、アンジ・バイ・チャ〟。三人はアパートのなかを進んでいった。居間の壁に、ハリーにはK2に見える写真が貼ってあった。パキスタンはカラコルム山脈のやたらに人気があって人を殺す山。

「あそこを見てみましょうか?」ハリーはハートマークのついた、おそらく寝室へつづいているはずのドアへ顎をしゃくると、その前に立って深呼吸を一つしてから、取っ手を下げて押し開けた。

ベッドは使われた様子がなく、部屋も片づいていた。窓がわずかに開いていて、糊の臭いはせず、空気は子供の息のように新鮮だった。背後の入口に大家の老婦人がやってきたのが音でわかった。

「ずいぶん妙なんです」彼女が言った。「昨夜、確かに複数の声が聞こえたんですよ。でも、一人の足音しかしなかった」

「複数ですか?」ハリーは訊いた。「一人以上の人間がいたことに間違いはありませんか?」

「ええ、複数の声を聞いたんですもの」

「何人でした?」

「三人、だったと思います」

ハリーはクローゼットを覗いた。「男でしたか? それとも、女ですか?」

「残念だけど、人はすべてを完璧に聞けるわけじゃありませんからね」

衣類。寝袋とナップサック。さらに衣類。

「三人と思った根拠は何でしょう?」

「一人が出ていったあと、ここで音がしたんです」

「どんな音でした？」

老婦人の頬がまた赤くなった。「殴るような音でした。まるで……あの、おわかりでしょ？」

「しかし、声はしなかった？」

老婦人が考えてから答えた。「ええ、声はしませんでした」

ハリーは寝室を出た。すると、驚いたことに、カイアがバスルームの脇のホールにいまも立っていた。その立ち方に何かがあった――まるで強い向かい風に逆らっているかのようだった。

「何かあったか？」

「何も」カイアが即座に、軽く答えた。軽すぎる。

ハリーは彼女の横に立った。

「どうした？」

「わたし……閉じたドアが苦手なんです」

「そうなのか」ハリーは言った。

「ええ……わたし、そうなんです」

ハリーはうなずいた。そのとき、音が聞こえた。時間を区切る音、直線が途切れる音、何秒間か消えている音、完全な流れでもなく完全な滴りでもない、せわしげな水の音。ドアの向こう側で何かを叩いているような音。ハリーは自分が間違っていなかったことを知った。

「ここで待ってろ」ハリーは言い、ドアを押し開けた。

まず気づいたのは、そこでは糊の臭いが強く感じられることだった。

二つ目に気づいたのは、ジャケット、ジーンズ、パンツ、Tシャツ、靴下、帽子、薄手の毛糸のセーターが床に散らばっていたこと。

三つ目は、水が蛇口からほとんど間断なく、一本の線のようになって浴槽に滴り、それが縁から溢れていること。

四つ目は、浴槽の水が赤いこと——ハリーにわかる限りでは、血の赤であること。

五つ目は、死体のように白い裸体が口をテープで塞がれた顔を横に向け、浴槽の底に横たわっていること。虚ろに開いた目は見えにくいところにある何かを、やってくるのが見えなかった何かを、何とかとらえようとしているかのようだった。

六つ目は、暴力を振るわれた形跡がまったくないこと。これほどの血が流れ出ている説明になるような外傷が、現状見当たらないこと。

ハリーは咳払いをし、大家の老婦人に対して最も思い遣り深い方法は何だろうと思案した。彼女をここへ呼んで、店子《たなこ》の確認をしてもらうためには、どう声をかければいいだろうか。

だが、声をかける必要はなかった。彼女はすでにそこにいた。

「何てこと！」彼女が呻いた。そして、一語一語を区切るように強調した。「何て、こと、なの！」最後に、泣き叫ぶような口調でさらに衝撃を強調した。「一体全体どういうことなの……」

「これは……」ハリーは訊こうとした。

「そうです」老婦人が涙に声を詰まらせながら答えた。「彼です。エリアスです。エリアス・スコーグに間違いありません」

25 縄張り

大家の老婦人は口の前で両手を握り合わせ、指のあいだから聞き取りにくい声でつぶやいた。「あなたはいったい何をしたの、愛するエリアス？　気の迷い？」

「彼が何をしたかはまだはっきりわかりません」ハリーは彼女をバスルームからアパートの玄関まで誘導しながら言った。「スタヴァンゲルの警察に電話をして、鑑識課をここへ寄越すよう要請してもらえませんか？　犯罪の現場がここにあるからと伝えて」

「犯罪の現場？」彼女の目がショックで大きく、黒くなった。

「ええ、そう言ってください。緊急通報番号の１‐１‐２にかけてもらっても結構です。よろしいですか？」

「え、ええ」

老婦人は重たそうな足取りで階段を下り、自分の住まいへ戻っていった。

「連中が到着するまで十五分ほどはあるだろう」ハリーは言った。そして、カイアと二人で靴を脱ぎ、それを玄関ホールに置いて、靴下を穿いた足でバスルームへ入った。周囲を見回すと、洗面台は長い金髪でいっぱいで、ベンチの上のチューブは中身が絞り出されて平たくなっていた。

「練り歯磨きのようだな」ハリーはチューブを覗き込んだが、触ろうとはしなかった。

カイアが近づいてきた。「〈スーパー・グルー〉ですよ」彼女が言った。「最強の接着剤です」

「自分の指につけたりすべきじゃない代物だろ?」

「一瞬にして固まりますからね。指をくっつけていると離れなくなりますよ。そうなったら、切り離すか、皮膚が剝がれるまで引っ張るか、二つに一つしかありません」

ハリーはまずカイアを見つめ、それから浴槽の死体を見た。

「何てことだ」彼はゆっくりと吐き捨てた。「こんなことが本当にあり得るのか……」


グンナル・ハーゲン刑事部長は自分を疑っていた。あれは警察本部へ赴任して以降にしでかした、最も愚かなことだったのかもしれない。省の命令に背いて捜査を行なうべくチームを編成したのだから、面倒なことになる恐れがあった。チームのリーダーにハリーを任じるに至っては、その面倒なことを招き寄せるに等しかった。そしていま、その面倒なことがドアをノックして入ってきて、ミカエル・ベルマンの姿で目の前に立っていた。聞いているうちに、クリポスの局長の顔に見慣れない斑点がいくつもあることに気がついた。普段よりも白くきらめいて、内側にある赤くて熱い何かに照らされ、原子炉のなかで核分裂を起こしそうになっていていて、いまにも爆発するかもしれないけれども、とりあえずは抑え込まれているかのようだった。

「リーセレン湖畔にある古い製縄所の周辺を一軒一軒虱潰しにするよう、鑑識課のベアーテ・レンがわれわれに要請してきた。私の部下の一人が聞いたところでは、マーリット・オルセンの首に巻かれていたロープがそこで作られたものだと判明したとのことだった。そこまでは問題はない……」

ミカエル・ベルマンが背を反り返らせた。丈が床まであるトレンチコートを脱いでもいなかった。ハーゲンは来るべき攻撃に備えて覚悟を固めた。それはうんざりするほど長たらしく、わかりにくい語調でやってきた。

「しかし、イトレ・エーネバックの警察官がわれわれに話してくれたところでは、その捜査に関わっていた三人の警察官の一人は、名を売るためならどんな犠牲も厭《いと》わないあのハリー・ホーレだったそうだ。だとすれば、きみの部下の一人だろう、ハーゲン」

ハーゲンは答えなかった。

「司法省の命令を無視すれば自分がどういう立場に立つことになり、どういう結果になるかは、ハーゲン、きみならわかっているはずだ」

ハーゲンはやはり答えず、しかし、相手の視線を迎え撃った。

「いいか」ベルマンがコートのボタンを外して、結局腰を下ろした。「私はきみが好きだ、ハーゲン。優秀な警察官だと考えている。そして、私は優秀な部下を必要としている」

「クリポスが全面的かつ包括的な力を持ったら、か？」

「そのとおりだ。きみのような人材に重要な地位にいてもらえば、私にとっても利益になるからな。きみは陸軍大学で教えたこともあり、戦術的に考えること、負け戦を避けること、後退が勝利への近道であると判断することの重要性をわかっている……」

ハーゲンはゆっくりとうなずいた。

「いいだろう」ベルマンが腰を上げた。「では、こういうことにしよう。ハリー・ホーレがリーセレン湖へ行ったのは何らかの意図があったわけではなく、偶然で、マーリット・オルセンとは何の関係もなかった。そういう偶然がふたたび起こることはあり得ない。どうだろう、同意してもらえるかな……グンナル？」

ベルマンにファーストネームで呼ばれて、ハーゲンは思わずたじろいだ。かつて前任者と話したとき、友好的な雰囲気を作り出そうとして、心にもないのにファーストネームで彼を呼んだことがあった。そのときのしっぺ返しを食らったような気がした。だが、そんなことにかまってはいられなかった。なぜなら、これがベルマンの言っていた種類の戦いで、自分がその戦いに負けそうで、ベルマンが提示した降伏の条件がはるかに不利なものになっていた可能性だってあるとわかっていたからである。

「ハリーと話してみよう」ハーゲンは言い、ベルマンが差し出した手を握った。まるで大理石のようで、硬く、冷たく、血が通っているとは思えなかった。

ハリーは一息にコーヒーを飲み干すと、大家の老婦人の半透明のカップの取っ手から人差し指の最後の関節を外した。

「では、きみがオスロ管区警察のハリー・ホーレ警部か」老婦人宅のコーヒー・テーブルの向かいに坐っている男が言った。男は〝C〟のほうのコルビョルンセン警部だと自己紹介をして、いま一度、ハリーの肩書、名前、所属警察の〝オスロ〟を強調して繰り返したところだった。「それで、オスロ警察が何用でスタヴァンゲルへ、ホーレ警部?」

「いつものことだよ」ハリーは答えた。「新鮮な空気、美しい山々」

「ほう、そうなのか?」

「時間があれば、フィヨルド、〝説教壇の岩〟からのジャンプ」

「では、オスロがわれわれに送ったのはコメディアンか? そうだとしたら三流もいいところだ——そのぐらいはおれにだってわかる。スタヴァンゲルへくることをわれわれに知らせなかった理由は何なんだ?」

コルビョルンセン警部は彼の口髭のように薄く笑い、超年寄りや超自意識過剰な新しもの好きしかもっていない、おかしな形の小さな帽子をこれ見よがしにかぶっていた。ハリーは『フレンチ・コネクション』の〝ポパイ〟ことドイル刑事を思い出し、この男はコジャックのようにロリポップをくわえるのも、コロンボのように帰りがけに足を止めて「最後に、もう一つだけ」と言うのも恥ずかしくないいんだろうなと推測した。

「到着書類入れの底のファクスが見落とされているんじゃないかな」ハリーは言い、入ってきた白いつなぎの作業服の男を見上げた。その鑑識課員はかさかさ音をさせながら白いフードを脱ぐと、椅子にどすんと腰を落とし、コルビョルンセンをまっすぐに見て、現地の言葉で悪態をついた。

「どうだ？」コルビョルンセンが訊いた。

「彼の言うとおり」犯行現場担当の鑑識課員はハリーのほうへ顎をしゃくったが、目を合わせようとはしなかった。「あのガキは浴槽の底にスーパー・グルーでくっつけられていました」

「〝られていました〟？」コルビョルンセンが部下を見て、訝しげに片眉を上げた。「受動態だな。エリアス・スコーグが自分でやったという可能性を排除するのはまだ早いんじゃないのか？」

「それに、これ以上は無理なほどゆっくり溺れて、考え得る最も苦しい死に方となるために蛇口を開いた可能性と」ハリーは示唆した。「その前に、叫ぶことができないよう口をテープで塞いだ可能性もだ」

コルビョルンセンがまたもや剃刀《かみそり》のように薄い笑みを浮かべた。「おれがいいと言うまで、口出しはしないでもらおうか、オスロ」

「頭のてっぺんから足の先までくっついています」鑑識課員がつづけた。「後頭部が剃り上げられて、糊が塗りつけられていました。両肩も、背中も、尻も、腕も、両脚もです。要するに――」

「要するに」ハリーは口を出した。「犯人が糊付け作業を完了したとき、エリアスはすでにしばらく前からそこに横たわっていて、糊は固まりはじめていた。犯人はわずかに蛇口を開いて、エリアス・スコーグを放置し、ゆっくりと溺死するようにした。エリアスは時間と死に抗いはじめた。水がゆっくりと溜まっていき、一方、彼の体力は消耗していった。それでも、死の恐怖に捕らえられ、それが力を与えてくれて、糊を引き剝がそうと最後まで必死の抵抗をつづけた。そして、成功した。手足のなかで最も力の強い部位、すなわち右脚を、力ずくで浴槽から引き剝がした。その結果、浴槽の底に皮膚が貼りついたまま残った。皮膚の剝がれた右脚から流れ出る血が水に混じるなか、エリアスは何とか階下の大家を起こそうと右脚で浴槽を打ちつづけた。そして、彼女はその音を聞いた」

ハリーはキッチンのほうへ顎をしゃくった。そこではカイアが老婦人を慰め、落ち着かせようとしていた。痛切なすすり泣きが聞こえた。

「だが、彼女は誤解していた。店子が連れ込んだ女の子に暴力を振るっていると思ったんだ」

コルビョルンセンを見ると、顔から血の気が失せて、ハリーの話をさえぎろうとする気ももはやなくなっているようだった。

「そのあいだずっと、エリアスは血を失いつづけていた。大量にだ。右脚の皮膚はすっかり剝がれてしまっていた。彼は徐々に弱っていき、徐々に疲れていった。ついに、諦めが勝ちはじめた。そして、とうとう膝を屈した。鼻のところまで水が溜まったときには、失血のせいですでに意識がなかったかもしれない」ハリーはコルビョルンセンを見つめた。「あるいは、まだあったかもしれない」

　コルビョルンセンの喉仏が上下運動を繰り返していた。

　ハリーはコーヒー・カップのなかの澱《おり》を見た。「ソルネス刑事とおれはきみたちの親切な対応に感謝して、そろそろオスロへ帰るべきだろう。何か訊きたいことがあったら、ここへ連絡してくれ」そして、新聞の端に数字を走り書きし、それを破り取ってテーブル越しに渡した。

「しかし……」と言いながら、コルビョルンセンも腰を上げた。ハリーのほうが二十センチ背が高かった。「あんたはエリアス・スコーグにそもそも何の用があったんだ？」

「彼を助けるという用だ」ハリーはコートのボタンを留めた。

「助ける？　彼は何かよくないことに関わっていたのか？　待てよ、ホーレ――最後までちゃんと教えろ」しかし、コルビョルンセンの声にさっきまでの権威はもはやなかった。

「スタヴァンゲルの警察官は優秀だから、自力で解明する能力を完璧に備えているはずだ」ハリーはキッチンの入口へ行き、引き上げるぞとカイアを手招きした。「そうでないなら、クリポスを推薦してもいいぞ。もし必要なら、おれがよろしく言っていたとミカエル・ベルマンに伝えるんだな」

「エリアスを何から助けるんだ？」

「われわれが彼を助けることができなかったものからだよ」ハリーは答えた。

　ソーラ空港へのタクシーのなかで、ハリーは窓の外を凝視しつづけた。土砂降りの雨が時季外れの緑の畑を激しく打っていた。カイアは一言も発しなかった。それがハリーにはありがたかった。

26
針

ハリーがカイアと一緒に室温も湿度も高いオフィスに戻ると、グンナル・ハーゲンがハリーの椅子に坐っていた。

ハーゲンの背後に坐っているビョルン・ホルムが肩をすくめ、刑事部長の用向きを知らないことを身振りでハリーに知らせた。

「スタヴァンゲルへ行ったそうだな」ハーゲンが立ち上がろうとした。

「ええ」ハリーは答えた。「そのままでいいですよ、ボス」

「きみの椅子だろう。それに、すぐに帰るから」

「そうですか？」

悪い知らせだな、とハリーは直感した。重大な悪い知らせに決まっている。出張旅費の精算請求書に間違いがあると知らせるために、ボスがわざわざ地下通路を急いでボーツェン刑務所へ足を運ぶわけがない。

ハーゲンが立ったので、坐っているのはホルムだけになった。

「残念だが、悪い知らせだ。きみたちが今度の殺人事件の捜査をしていることを、早くもクリポスに知られてしまった。私としては捜査を打ち切るほかない」

それにつづく沈黙のなかで、隣りの部屋からボイラーの唸りが聞こえた。ハーゲンが三人をそれぞれに見ていき、最後にハリーのところで目を止めた。「それに、名誉ある責任解除だとも言えない。これは秘密の作戦だと、私ははっきり指示しておいたはずだぞ、ハリー」

「実は」ハリーは応えた。「ベアーテ・レンに頼んで、ある製縄所の情報をクリポスに流してもらったんです。そのとき彼女は、情報源が鑑識課だと見えるようにすると約束してくれたんですがね」

「その約束は守られたんじゃないかな」ハーゲンが言った。「きみのことをばらしたのは、ハリー、イトレ・エーネバックの警察官だ」

ハリーはやれやれというように天を仰いでぐるりと目を回し、小声で悪態をついた。

ハーゲンが手を叩き、その乾いた音がコンクリートの壁に反響した。「というわけだから、残念だが、すべての捜査活動を即座に停止するよう命令しなくてはならない。このオフィスを四十八時間以内に片づけて引き払うように。デハ・シッケイ」

鉄の扉が閉まり、ハーゲンの足音が遠ざかって聞こえなくなると、ハリー、カイア、ホルムは互いに顔を見合わせた。

「四十八時間ですか」ホルムがようやく口を開いた。「みなさん、淹れたてのコーヒーはどうですか？」

ハリーは机の横のごみ箱を蹴飛ばした。それは壁にぶつかってけたたましい悲鳴を上げ、そこそこ溜まっていた中身をまき散らしながら転がり戻ってきた。
「王国病院《リクスホスピタル》に行ってくる」ハリーは荒い足取りで出口へ向かった。

ハリーは硬い木の椅子に坐り、父親の規則正しい息遣いを聴きながら新聞をめくっていた。結婚式と葬式が隣り合っていた。左側にはマーリット・オルセンの葬儀の写真が載っていて、ノルウェー首相の同情的な硬い顔、黒いスーツ姿の党の同僚議員たち、大きくて不似合いなサングラスをかけた夫のラスムス・オルセンが写っていた。右側には海運王の娘のレーネが春にトニーと結婚し、ハネムーンを南フランスのサントロペで過ごすという記事が、主賓たち（彼らもみなサントロペへ同行する）のリストの写真とともに載せられていた。裏面はオスロの今日の日没は五時十五分きっかりだと教えてくれていた。ハリーは腕時計を見て、いま、雨にも雪にもなりそうにない低い雲の向こう側で実際にそれが進行中であることを確認した。かつては火山だった場所の山腹に連なる家々のすべてを光が照らしていた。その火山がいつかまた口を開き、その家々を残らず呑み込んで、それまでは満ち足りて整った、少し寂しい街だったものを跡形もなくしてしまうことを考えると、ある意味で気持ちが解放されるところがあった。

四十八時間。なぜだ？　あのオフィスと呼ぶのもおこがましいような部屋を片づけるには二時間もあれば足りるのに？

ハリーは目を閉じると、この一件のことを考え、頭のなかで報告書を書いて、頭のなかの記録保管庫にしまった。

二人の女性がケタノームを含んだ自分の血で溺死させるという、同じ手口で殺された。一人の女性が古い製縄所で作られたロープで跳び込み台から吊るされた。一人の男性が自分のアパートの浴槽で溺死させられた。四人の被害者全員が、おそらく、同じときに同じ山小屋にいた。そこにほかにだれがいたかも、この殺人の動機が何であるかも、その日かその日の夜にホーヴァス小屋で何があったかも、まだわかっていない。殺人が行なわれたという事実があるだけで、理由は明らかではない。そして、捜査は中止された。

「ハリー……」

目を覚ましたことに気づかなかったハリーは、その声を聞いて父親を見た。

オーラヴ・ホーレは生気を取り戻しているように見えたが、それは頰の色と、熱っぽい目の輝きのせいだった。ハリーは立ち上がると、椅子を持ってベッドサイドへ移動した。

「ずいぶん前からいたのか？」

「十分ほどだよ」ハリーは嘘をついた。

「よく眠った」父親が言った。「素晴らしい夢を見たぞ」

「そうだったんだろうな。まるでいまにも起き上がって退院しそうじゃないか」

それが必要ないことは互いにわかっていたが、息子は枕を膨らませ、父親は息子のするがままに任せた。

「家はどうだ？」

「問題ない」ハリーは答えた。「永久にあそこに建ってるんじゃないか」

「よかった。おまえに話しておきたいことがあるんだ、ハリー」

「何だろう？」

「おまえはもう大人だ。おまえがおれを失うのは自然の道理だし、それが本来のあり方だ。お母さんを失ったときとは違う。あのときのおまえはいまにもおかしくなりそうだった」

「そうだったかな？」ハリーは枕カバーの皺を伸ばした。

「自分の部屋を滅茶苦茶にして、医者たちを、お母さんに病気を伝染《うつ》した連中を、そして、おれまでも殺したがった。どうしてかというと……おれが……もっと早くそれに気づかなかったからだ……と思う。おまえはそれはそれは愛に満ちていたんだ」

「憎しみに、じゃないのか？」

「いや、愛だ。それは同じもので、例外なく愛から始まる。愛と憎悪は同じ硬貨の裏と表にすぎないんだ。おれは昔から、お母さんの死がおまえを酒に駆り立てたんだと思っている。あるいは、お母さんへのおまえの愛がと言うべきかな」

「愛は人を殺す」ハリーはつぶやいた。

「何だって？」

「昔、だれかがおれに言ったんだよ」

「してほしいとお母さんに頼まれたことを、おれは全部してやった。ただ、例外が一つだけある。そのときがきたら手を貸してほしいと頼まれたんだが……」

ハリーは氷のように冷たい水を胸に注入されたような気がした。

「それだけはできなかった。どういうことかわかるか？　それで、おれは悪夢を見るようになった。彼女の願いを聞いてやれなかったことを思わない日は一日もなかった。この世に存在する何よりも愛した、たった一人の女性の願いを聞いてやれなかったことをな」

ハリーはいきなり立ち上がった。華奢な木の椅子が軋んだ。窓際へ行くと、父親が息を深く吸う震える音が二度、背後で聞こえた。そして、恐れていた言葉が発せられた。

「これが息子のおまえに重い荷物を背負わせることになるのはわかっている。だが、おまえがおれに似ていることもわかっている――それをしなかったら、おまえは終生それから逃れられなくなるだろう。だから、説明させてくれ、おれがおまえにしてほしい……」

「父さん」ハリーは言った。

「この点滴の針が見えるか？」

「父さん！　やめてくれ！」

背後ですべてが静かになった。父親の喘鳴を除いては。外を見ると街は白黒映画のようで、顔のような形の雲が鉛色のぼんやりとした容貌を屋根に押しつけていた。

「おれが死んだらオンダルスネスに埋めてほしいんだ」父親が言った。

埋める。その言葉はレッシャで両親と妹と一緒に過ごしたイースターのそれの谺《なだれ》のように聞こえた。あのとき、親父はおれとシースに向かって恐ろしく熱心に、もし雪崩に埋められたらどうすべきかを説明してくれた。譬えれば、収縮性心膜炎、つまり硬い嚢で覆われ、そのせいで拍動しない心臓。〝胸部圧迫〟のせいで、心臓が鎧に包まれたようになってしまうんだ、と。あのときおれたちの周囲にあるのは、平らな田園地帯と傾斜のなだらかな尾根だけだった。だから、父親の話は海のない内モンゴルの国内航空の客室乗務員がライフジャケットの着用の仕方を説明するのに似ていた。つまり、馬鹿げているのだが、それでも安心感を与えてくれ、きちんと正しいことをすればみんな生き延びられるという感覚を与えてくれた。そしていま、親父は結局のところ、それは事実ではなかったと白状しようとしている。

ハリーは咳払いをした。「オンダルスネスで……母さんと一緒にいたいと……？」

そして、沈黙した。

「それに、仲間だった村人と一緒に眠りたいんだ」

「父さんは彼らを知らないじゃないか」

「そもそも、人を知るなんてことがあるのか？　少なくとも彼らとおれは同じところで生まれた。結局はそれが一番大事なんじゃないのか？　部族がな。われわれは自分の部族と一緒にいたいものなんだ」

「われわれ？」

「そうとも、われわれだ。自分で気づいていようといまいと、それがわれわれの望んでいることなんだ」

看護師のアルトマンが入ってきて、ハリーに向かってちらりと笑みを浮かべると、自分の腕時計を指でつついて見せた。

階下《した》へ向かう途中で二人の制服警官が上がってくるところに出くわし、ハリーは反射的にうなずいた。しきたりとしての動作だったが、二人のほうは黙ってハリーを見ただけで、丸っきり知らないと言わんばかりだった。

普段のハリーは孤独を切望し、それにともなう恩恵のすべてを欲した。平安、落ち着き、自由。だが、路面電車の停留所に立っているとき、どこへ行くべきか、あるいは、何をすべきか、突然わからなくなった。わかっているのはただ一つ、いまはウップサールの実家に独りでいるのは耐えられないということだった。

それで、エイステインに電話をかけた。

エイステインはファーゲルネスへ長距離客を乗せていく途中だったが、夜半ごろに〈ロンパ〉でビールをどうだと提案してきた。そうやって、今日もまたエイステイン・エイケランの一日が比較的満足できる形で完了したことを祝おうじゃないか、と。おれはアルコール依存症だぞとハリーが言うと、アルコール依存症だって、ときには大酒を飲まなくちゃ駄目だと返ってきた。

ハリーは無事の旅を祈ると言って電話を切り、時計に目を走らせた。あの疑問がふたたび頭をもたげた。四十八時間。なぜだ？

路面電車が停まり、音を立ててドアが開いた。ハリーは温かさと明かりが手招きしている車内をうかがい、そのあと踵を返して街のほうへ歩き出した。

27　優しくて、手癖の悪い、吝嗇家《けち》

「近くまできたんだが」ハリーは言った。「出かけるところなんじゃないか?」

「全然」分厚いダウンジャケットを着たカイアが入口で微笑んだ。「ベランダにいたんです。どうぞ入ってください。スリッパはそこにあります」

ハリーは靴を脱ぎ、彼女のあとにつづいて居間を通り過ぎると、屋根付きのベランダへ出て、大きな木の椅子に彼女と向かい合って腰を下ろした。リーデル・サーゲンス通りは静かで人気がなく、車が一台駐まっているだけだったが、通りの向かいの家の二階の明かりのついた窓に男の輪郭が見えた。

「グレーゲルです」カイアが言った。「もう八十なんですけど、たぶん戦争以来ずっと、あやって坐って、通りで起こるすべてを追いかけているんです。わたしを気にかけてくれているんだと思いたいんですけどね」

「そうだな、われわれにはそれが必要だ」ハリーは煙草の箱を取り出しながら言った。「気にかけてくれているだれかがいると信じることがな」

「あなたにもグレーゲルがいるんですか?」

「いや」ハリーは答えた。

「一本、いいですか？」

「喫うのか？」

彼女が笑った。「ときどきですけどね。落ち着かせてくれる……ような気がするんです」

「ふむ。ところで、どうするつもりでいるんだ？　例の四十八時間のあとだが？」

カイアが首を横に振った。「刑事部に戻って、デスクに脚を放り出し、クリポスがわたしたちの鼻先でかっさらっていくほどでもないちっぽけな殺人事件を待ちましょうかね」

ハリーは煙草を二本出してくわえると、両方に火をつけて、一本を彼女に渡した。

「『情熱の航路』」彼女が言った。「ヘン……ヘン……あれを演《や》った男優の名前は何でしたっけ？」

「ヘンリード」ハリーは答えた。「ポール・ヘンリードだ」

「彼に煙草をつけてもらった女優は？」

「ベティ・デイヴィス」

「傑作ですよね。もっと分厚いジャケットを貸しましょうか？」

「いや、結構だ。ところで、どうしてベランダにいるんだ？　どう考えても熱帯夜じゃないぞ？」

彼女が本を掲げて見せた。「寒いところのほうが頭がよく働くんですよ」

ハリーは表紙のタイトルを読んだ。『唯物論的一元論』。ふむ。長く忘れていた哲学の講義の断片が頭によみがえってきたぞ」

「そうなんです。唯物論はすべての現象を物質とエネルギーでとらえます。すべての現象はより大きな計算、連鎖反応、すでに起こっていることの結果の一部なんです」

「そして、自由意志は錯覚にすぎない？」

「ええ。わたしたちの活動は脳の化学組成によって決定され、脳の化学組成はだれがだれと子供を持つことを選んだかによって決定され、その選択もまた脳の化学的性質によって決定される。そして、それはつながっていく。すべては、たとえばビッグ・バンまで遡行することができ、さらに遡行することができる。この本が書かれるということも、あなたがいま考えていることも含めて」

「その部分は憶えているぞ」ハリーはうなずき、冬の夜へと勢いよく紫煙を吐いた。「関連性のある気流をすべて知っていたら、将来の気象をすべて予測することができる、と言った気象学者がいたな」

「そして、わたしたちは殺人を未然に防ぐことができますね」

「そして、煙草をたかる女性警察官が高価な哲学書を手に、寒いベランダに坐っていることも予測できるというわけだ」

カイアが笑った。「この本、自分で買ったんじゃないんです。ここの棚にあったんですよ」吸ったり吹かしたりされていた煙草の煙が彼女の目を襲った。「わたし、一度も本を買ったことがないんです。借りることしかしないんですよ——あるいは、盗むか」

「盗人だったとは夢にも思わなかったな」

「だれも思わないわ——だから、捕まったことがないんです」カイアが言い、吸いさしを灰皿に置いた。

ハリーは咳払いをした。「こそ泥を働く理由は何なんだ?」

「わたしが盗むのは、知っている人と、余裕がある人からだけです。強欲だからではなくて、ちゃちな吝嗇家《けち》だからですよ。学生時代なんて学校のトイレットペーパー窃盗の常習犯でしたからね。ところで、ファンテの本で、すごくいいと思ったタイトルってありません?」

「ないな」

「思い出したら、ショートメッセージをください」

ハリーはにやりと笑った。「ショートメッセージはしないんだ」

「どうして?」

ハリーは肩をすくめた。「わからない。そもそもの考え方が好きじゃないんでね。魂を抜かれると考えて、写真を撮られるのを嫌う先住民みたいなものかな」

「わかった!」彼女が勢い込んで声を上げた。「足跡を残すのが嫌なんだ。追跡されるのを避けたいんでしょう。送信者があなただという、反駁《はんばく》の余地のない証拠になりますからね。自分が完全かつ全面的に消えていることを確信したいんですよ」

「図星だな」ハリーはあっさりと認め、煙を吸い込んだ。「なかへ戻るか?」そして、太腿と椅子のあいだに差し込まれている彼女の両手へ顎をしゃくった。

「いえ、冷たいのは手だけで」彼女が微笑した。「心は温かいんです。あなたはどうです?」

ハリーは中庭のフェンスの向こう、道路のほうへ目をやった。車はまだそこにいた。「おれがどうって?」

「あなたもわたしみたいなんですか? 優しくて、手癖が悪くて、吝嗇家なのかしら?」

「いや、おれは邪悪で、誠実で、吝嗇家なんだ。おまえさんの亭主はどうなんだい」

意図したよりも強い口調になった。立ち入りすぎだと彼女をたしなめようとしているかのようだった。なぜなら、彼女が……何だ? なぜなら、彼女がここにいて、美しくて、おれと同じものが好きで、彼女が存在しない振りをしている男のスリッパをおれに貸してくれたからだ。

「彼はどうなんでしょう?」彼女が小さな笑みを浮かべて訊いた。

「まあ、足はでかいな」ハリーはそう答える自分の声を聞き、とたんにテーブルに頭をぶつけたいという切迫した衝動に駆られた。

カイアが声を立てて笑った。その声が暗いファーゲルボルグの静寂をリズミカルに震わせた。家々の、芝生の、ガレージの上を覆っている静寂を。そう、ガレージだ。ガレージを持っていない者はいない。通りに駐車しているのは一台だけだった。

あの車がそこにいる理由は、もちろん無数に考えられる。

「わたしに夫はいませんよ」彼女が言った。

「つまり……」

「つまり、いまあなたが履いているスリッパはわたしの兄のものなんです」

「階段にあった靴は……？」

「あれも兄の靴です。どうしてあれをあそこに置いたかというと、三十・五センチの男物の靴を見たら、よからぬことを考える不埒《ふらち》な男どもを怖じ気づかせる効果があるんじゃないかと考えたからなんです」

カイアが意味ありげにハリーを見た。その表情はどちらにも解釈できたが、それが意図されたものでないと信じるほうをハリーは選んだ。

「では、お兄さんはここに住んでいるのか？」

彼女が首を横に振った。「兄は死にました。十年前です。ここは父の家なんです。死ぬまでの何年か、兄のエーヴェンはオスロ大学で勉強していて、父とここに住んでいたんです」

「お父さんは？」

「間もなくエーヴェンのあとを追いました。わたしもそのときはもうここに住んでいたんで、そのままこの家を引き継いだというわけです」

カイアが両脚を胸に引き寄せ、その膝に額を乗せた。ハリーはほっそりした首筋を見つめた。ピンで留めた髪が引っ張られた首のくぼみには、後れ毛が何本か肌へ落ちかかっていた。

「二人のことはよく思い出すのか？」ハリーは訊いた。

彼女が膝から頭を上げた。

「ほとんどエーヴェンのことですけどね」彼女が言った。「父はわたしが小さいころに家を出てしまい、母は自分だけの世界に住んでいましたから、ある意味で、エーヴェンがわたしにとっての父でもあり、母でもあったんです。わたしのお手本で、わたしの見る限りでは悪いことのできない人でした。世話をしてくれ、励ましてくれて、育ててくれました。エーヴェンとわたしぐらいお互いの関係が親密になれば、その親密さが消えることはないんです。絶対に」

　ハリーはうなずいた。

　控えめに咳払いをしてから、カイアが訊いた。「お父さまの具合はどうなんですか？」

　ハリーは煙草の火先を見つめた。

「妙だと思わないか？」彼は言った。「ハーゲンは四十八時間の猶予をくれたが、あんなオフィス、二時間もあれば簡単に片づけられるんだぞ」

「そうなんでしょうね――あなたがそう言うんですから」

「われわれなら最後の二日を何か役に立つことに使えるんじゃないかと、そう考えたのかもしれん」

　カイアがハリーを見た。

「もちろん、いまの殺人事件を捜査するということじゃないぞ。あれはクリポスに任せるしかないんだ。だが、聞いたところでは、失踪人課が助けを必要としているらしい」

「どういう意味ですか？」

「アデーレ・ヴェトレセンは若い女性で、おれの知る限り、どの殺人とも関連性がない」

「では、あなたはわたしたちがそれを……？」

「明日の朝七時に会議を開いて」ハリーは言った。「何か役に立つことができるかどうかを検討する」

カイアがふたたび煙草を強く喫い、ハリーは自分の煙草を消した。

「そろそろ失礼しよう」彼は言った。「おまえさんの歯の根が合わなくなってきてるしな」

外へ出ながら、駐まっている車のなかにだれかいるのか確かめようとしたが、もっと近づかなくては無理だった。ハリーは近づかないほうを選んだ。

ウップサールでは、家が彼を待っていた。大きな、だれもいない、谺に満ちた家が。

ハリーは子供部屋へ行ってベッドに横になり、目を閉じた。

そして、いつも見ると言ってもいい夢を見た。シドニーのマリーナに立っている。鎖が引き上げられ、毒のあるクラゲが水面に姿を現わす。それはクラゲではなく、白い顔とその周りに漂う赤い髪の毛だ。そして、二つ目の、新しい夢がやってきた。最初の舞台はクリスマス直前の香港。ハリーは仰向けに寝て、壁から突き出ている釘を見つめている——その釘で打ちつけられているのは顔だ。顔、口髭をきちんと整えた繊細に見える顔。夢のなかのハリーの口には何かが入っている。首から上を木《こ》っ端《ぱ》微塵《みじん》に吹っ飛ばそうとしているように感じられる何かだ。それは何なのか？　その正体は？　それは前兆だった。ハリーはぴくりと動いた。三度。そして、眠りに落ちた。

28　ドラムメン

「では、アデーレ・ヴェトレセンの行方不明を届け出たのはあなたですね？」カイアは確認した。

「そうです」〈ピープル&コーヒー〉で彼女の前に坐っている若者が答えた。「彼女と一緒に住んでいるんですが、帰ってこなかったんですよ。何もしないわけにはいかないでしょう」

「もちろんです」カイアはハリーに目を走らせた。八時半。オスロからドラムメンまで車で三十分、その前に三人での朝の会議、そこでハリーはビョルン・ホルムを解放した。ホルムはほとんど何も言わずに深いため息をつくと、自分のコーヒー・カップを洗い、本来の職務に戻るべくブリンの犯罪鑑識課へ帰っていった。

「アデーレから何か連絡は？」若者が尋ね、カイアを見、ハリーを見た。

「いや」ハリーは答えた。「あなたにはあったんですか？」

　若者が肩越しにカウンターをうかがい、待っている客がいないことを確かめた。三人は窓際の脚の長いバー・ストゥールに腰掛けていて、窓の向こうはドラムメンに多くある広場の一つ、言い換えるなら、駐車場として使われている空き地だった。〈ピープル&コーヒー〉

はコーヒーとケーキを空港の値段で売り、アメリカのチェーン店だという印象を与えようとしていて、もしかすると本当にそうかもしれなかった。アデーレ・ヴェトレセンと一緒に住んでいたという男、ゲイル・ブルーンは三十歳前後だろうか、尋常でなく色が白く、頭のてっぺんは汗のせいできらきら光り、青い目は常に落ち着きなく動いていた。彼はこの店の〝バリスタ〟で、コーヒー・チェーンが初めてオスロに侵攻してきた九〇年代、その肩書は大いに尊敬されたものだった。そしてまた、ハリーの見るところでは、コーヒーを淹れることを含む、わかりやすい間違いをうっかり犯さないことを第一の目的とする芸術形式でもあった。ハリーは警察官として人を見極めるのに、その人物の語調、言い回し、語彙、文法の間違いを利用していた。ゲイル・ブルーンは服装も髪型も仕草も同性愛者を思わせるところはなかったが、いったん口を開くや、それ以外の何かだとは考えられなくなった。母音の発音が丸みを帯び、ささやかながら語彙が余分に装飾され、わざとらしい舌のもつれがあった。根っからの異性愛者だという可能性を完全に排除することはできないが、アデーレ・ヴェトレセンとゲイル・ブルーンが一緒に住んでいると言ったときのカトリーネ・ブラットは、早まった結論に飛びついたのだろう。この二人は経済的な理由でダウンタウンのアパートを共同使用しているにすぎない。

ゲイル・ブルーンが言った。「彼女は秋になると山小屋のようなところへ行っていましたが」まるで、相容れないとでも思っているような口振りだった。「姿を消したのはそこではありませんでした」

「それはわれわれも知っています」カイアが言った。「そこへ行ったとき、彼女は連れがいたんでしょうか？　いたとすれば、だれだったか、ご存じですか？」

「わかりません。そういう話はしたことがないんです――バスルームを共有するだけで十分でしたからね、わかりますか？　彼女には彼女のプライベートがあり、私には私のプライベートがある。でも、こういう言い方をしてもいいとすれば、彼女が独りで自然のなかへ入っていったってことがあったんでしょうか」

「というと？」

「アデーレは独りでいることがほとんどなかったんです。男なしで山小屋へ行くとは考えにくいんですよ。でも、その男がだれなのかは、私にはわかりませんけどね。彼女は――率直に言わせてもらうなら――やや男関係が乱れていました。女の友だちはいなかったけれども、男の友だちはそれを埋め合わせて余りあったぐらいです。しかも、一人一人別々に、同時進行で付き合っていました。二股どころか四股とか、まあそんなところです」

「それは、彼女が不誠実だったということかしら？」

「いや、必ずしもそうではなかったと思います。誠実な別れ方について助言してもらったことがあるんですが、ときどき後ろからされているとき、自分の肩越しに携帯電話で写真を撮り、その男の名前を書き留めておいて写真を送りつけて、連絡先を削除するんだと言っていました。それ一回で後腐れなく片がつくんだとね」ゲイル・ブルーンの顔には表情がなかった。

「うまいやり方だな」ハリーは言った。「彼女は山で二人分の宿泊料金を払っています。その男友だちの名前を教えてもらえれば、そこから調べを始められるんですがね？」

「申し訳ないけど、知らないんです」ゲイル・ブルーンが答えた。「でも、彼女が行方不明だと私が届け出たとき、彼女がだれと電話で話していたかを、担当の人が数週間前まで遡って確かめましたよ」

「その担当者がだれか、正確にわかりますか？」

「名前までは憶えていませんね。地元の警察の人です」

「ありがとうございました——すみません、これから署で会議なもので」ハリーは腕時計を見て、ストゥールを下りた。

「なぜ」カイアは動かなかった。「警察は彼女の捜索をやめたんでしょう？　新聞でその記事を読んだ記憶もないんですけど？」

「知らないんですか？」ゲイル・ブルーンがベビーカーを押して入ってきた二人の女性客に、すぐに応対に行くからと身振りで示した。「彼女から葉書が届いたんですよ」

「葉書？」ハリーは訝った。

「ええ。ルワンダから。アフリカの南のほうです」

「内容は？」

「とても短いものでした。自分が夢見ていた男性と出会った、三月には帰るから、それまではあなたに家賃を全額払ってもらわなくちゃならない、とそれだけです。まったくひどい女ですよ」

ドラムメン署までは歩いていける距離だった。首から上がごろっとした南瓜《かぼちゃ》のようで、聞いたとたんにハリーが名前を忘れてしまった警部が煙草の煙が充満したオフィスへ迎え入れ、手を火傷《やけど》しそうなほど熱いコーヒーをプラスティックのカップに入れて持ってくると、自分が見られていないと思うたびにカイアへ目をやり、その目をしばらく離そうとしなかった。

ノルウェーでは常時五百人から千人の行方不明者がいるが、と彼は講義を始めた。遅かれ早かれすべてが判明する。事件の疑いなり事故の疑いなりがあるたびに警察が捜査をすることになれば、ほかの事件を捜査する時間がまったくなくなってしまう。ハリーは欠伸を嚙み殺した。

アデーレ・ヴェトレセンの場合、彼女は生きている形跡があり、それを示すものがここのどこかに保管されている。警部は腰を上げると、ファイルを吊るす形で収めた引き出しに南瓜頭を突っ込み、その頭がふたたび現われたときには一枚の葉書を手にしていて、それをハリーとカイアの前に置いた。頂きを雲が取り巻いている円錐形の山の写真の絵葉書だったが、山の名前についても所在地についても、一言の説明もされていなかった。文字は走り書きで恐ろしく読み取りにくく、ハリーは〝アデーレ〟という差出人の名前を辛うじて判読することができた。切手には〝ルワンダ〟と国名が記され、消印は〝キガリ〟となっていた。ハリーのおぼつかない記憶では、そこが首都のはずだった。

「娘の文字に間違いないことを母親が確認した」警部の説明によると、母親がどうしてもと訴えるものだから調べたところ、十一月二十五日のブリュッセル航空のウガンダのエンテベ空港経由キガリ行きの便の塔乗客リストにアデーレ・ヴェトレセンの名前が見つかった。さらに、インターポール経由でホテルを調べてみると、キガリのホテル――〝ホテル・ゴリラ！〟と警部はノートを読み上げた――に、彼女の搭乗便が到着したその日の夜、客として滞在したことがわかった。アデーレ・ヴェトレセンがいまも行方不明者リストに載ったままになっている理由は、彼女がいまどこにいるかが正確にわかっていない、外国からの葉書一枚でリストから名前を削除することは手続き的にできない、というその二つだけだった。

「それに、おれたちがいま話してるのは必ずしも文明社会でのことじゃない」警部が大袈裟に両手を広げて見せた。「フツ人だかツチ人だか、何と呼ばれてるのか知らないが、そいつらの武器は鉈で、二百万人が死んでるところだ。わかるか？」

ハリーはカイアが目を閉じるのに気づいたが、警部はおかまいなしに、校長先生のような口調でもって説明をつづけた――アフリカでは人の命が恐ろしく軽んじられている。人身売買はほとんど公然の秘密だ。そういう状況だから、アデーレが拉致され、無理矢理葉書を書かされたという可能性も、理屈の上では考えられる。そうだろ？

ハリーは葉書を検め、南瓜頭の男の声を遮断しようとした。頂きを雲に取り巻かれた円錐形の山。忘れられやすい名前の警部が咳払いをし、ハリーは顔を上げた。

「まあ、ときどき連中の気持ちがわかるときもあるがね、そうだろ？」警部が意味ありげな笑みを浮かべてハリーを見た。

ハリーは立ち上がり、オスロで仕事が待っているんだと言った。ドラムメン警察には手間をかけさせて申し訳ないが、この葉書をスキャンして、メールでオスロ警察へ送ってもらえないだろうか？　と。

「筆跡鑑定の専門家へか？」警部がはっきりと不快を顔に表わして訊き、カイアに渡されたアドレスを見た。

「火山の専門家だ」ハリーは言った。「この葉書の山の写真を彼に送って、山を特定できるかどうか訊いてもらいたい」

「山を特定する？」

「彼は専門家なんだ。世界じゅうを回って調べてる」

警部は肩をすくめたが、それでもうなずくと、二人を正面出口まで見送った。行方不明になって以降のアデーレの携帯電話の通信記録は調べたのか、とハリーは訊いた。

「おれたちだって自分の仕事は知ってるよ、ホーレ」警部が言った。「発信はない。だが、あんたも想像できるだろうが、ルワンダのような国の携帯電話網は……」

「いや、実は想像できないんだ」ハリーは言った。「残念ながら、行ったことがないんでね」

「葉書！」カイアが呻いた。二人は広場で、警察本部に正式に請求して使用許可を得た覆面パトカーのそばに立っていた。「飛行機の搭乗客リスト、ルワンダのホテルの記録！　ベルゲンにいるあなたのコンピューター・フリークはどうしてそれを見つけられなかったんでしょうね？　見つけてくれていたら、ドラムメンなんてろくでもないところで半日も無駄にせずにすんだのに」

「おまえさんをご機嫌にしてやれると思ったんだがな」ハリーは覆面パトカーのロックを解除した。「新しい友だちができたし、結局のところ、アデーレは死んでないかもしれないんだから」

「あなたはご機嫌なんですか？」カイアが訊いた。

ハリーは車のキイを見た。「ドライブしたいか？」

「はい！」

おかしなことに速度違反監視カメラは一度も閃光を発することがなく、二人はきっかり二十分でオスロへ帰り着いた。

大きなものや重たいものは明日に回し、まずは簡単なもの、オフィス用具や机の引き出しを警察本部へ運ぶことにして、このオフィスを設置するときに使った台車にそれらを載せた。

「あなた、まだオフィスがあるんですか？」地下通路を半分行ったところでカイアが訊き、その声がしばらく谺していた。

ハリーは首を横に振った。「とりあえずはおまえさんのオフィスで預かってもらおう」

「とりあえずって、オフィスの申請はしてあるんですか？」

ハリーは足を動かしつづけた。

「ハリー！」

ハリーが足を止めた。

「おまえさん、おれの親父のことを訊いたよな」彼は言った。

「あれは……」

「ああ、もちろんわかってるさ。だが、時間はあんまり残されていないんだ、いいか？　そのあと、おれはまた休暇に入る。ただ……」

「ただ、何ですか？」

「〝殉職警察官共同体《デッド・ポリスマンズ・ソサエティ》〟というのを聞いたことはないか？」

「それは何ですか？」

「刑事部にいて、おれが気にかけていた連中だ。あいつらに借りがあるかどうかはわからないが、同じ部族なんだ」

「何ですって？」

「大したものじゃないが、カイア、おれにはそれしかない。おれが誠実でありたいと思う唯一の対象なんだ」

「警察の一つの班みたいですね？」

ハリーはふたたび足を動かしはじめた。「そうだな、たぶん、その班はいずれなくなるだろう。世界は動いているからな。だけど、再構築されるだけだ、違うか？　物語は壁のなかにあり、いまやその壁が取り払われようとしている。そして、おまえさんたちが新しい物語を作らなくちゃならなくなる」

「酔ってるんですか？」

ハリーは笑った。「疲れ果ててるだけだ。終わったんだ。そして、それでいい。全然かまわない」

ハリーの携帯電話が鳴った。ホルムだった。

「ハンクの伝記を忘れました。机の上にあるはずです」

「その本なら、いまここにあるぞ」ハリーは言った。

「声が響きますね。教会かどこかにいるんですか？」

「地下通路《クルヴェルト》だ」

「何ですって？　そこで電波が入るんですか？」

「この国の電波網はルワンダより悪くはないかもしれんが、いい勝負のようだな。本は受付に預けておいてやるよ」

「ルワンダと携帯電話のことを聞くのは今日二度目ですよ。明日取りに行くと、受付にそう言っておいてください」

「ルワンダのことを聞くのは二度目って、一度目はだれからどんな話を聞いたんだ？」

「ベアーテがコルタン——口のなかを刺されていた二人の歯から見つかった、あの金属——のことを話しているときです」

「ターミネーターだな」

「は？」

「何でもない。コルタンとルワンダとどんな関係があるんだ？」

「コルタンは携帯電話にも使われているレアメタルで、コンゴ民主共和国がほぼ全世界へ供給しているんです。ただ障害があって、その集積地は戦闘地帯のど真ん中で、監視の目がまるで行き届かず、混乱の極みにあります。で、抜け目のない作業員がそれを盗み、ルワンダへ密輸して売りさばいているというわけです」

「ふむ」

「失礼します」

ハリーは携帯電話をポケットにしまおうとして未読のショートメッセージがあることに気づき、それを開いた。


ニーラゴンゴ山。最後の噴火は二〇〇二年、火口に溶岩湖がある数少ない火山の一つ。

コンゴ民主共和国のゴマ近郊。フェリクス。


ゴマ。ハリーは天井の配管からの滴りを見上げた。そこはクロイトの拷問器具発祥の地だった。

「どうしました？」カイアが訊いた。

「ウスタオーセ」ハリーは言った。「そして、コンゴ」

「それはどういう意味なんですか?」

「わからん」ハリーは言った。「だが、おれは偶然の一致ってやつは信じないんだ」そして、台車の向きを一気に変えた。

「何をしているんですか?」カイアが訊いた。

「Uターンだ」ハリーは言った。「まだ二十四時間以上残ってる」

29　クロイト

香港では珍しく穏やかな夕方だった。高層建築群はヴィクトリア・ピークに長い影を投げ、そのなかには、遠くヘルマン・クロイトがテラスに坐っている家まで届きそうなものもあった。クロイトはいま、片手に血のように赤いシンガポール・スリングのグラスを持ち、もう一方の手に握った携帯電話に耳を澄ませながら、眼下の百足《むかで》がのたくるように蛇行している車の列を眺めていた。

彼はハリー・ホーレのことが好きだった。長身で引き締まった身体つきの、しかし明らかにアルコール依存症とわかるノルウェー人が跑馬地馬場《ハッピーバレー》にやってきて、最後の金を賭けるべきでない馬に賭けるのをたまたま見かけた。その瞬間から好きになった。喧嘩っ早そうな顔つき、尊大な態度、隙のない身のこなしが、アフリカで傭兵をしていた若いときの自分を思い出させた。ヘルマン・クロイトは至るところで、どちらの側であろうとおかまいなしに、金を払ってくれるほうのために働いた。アンゴラで、ザンビアで、ジンバブエで、シエラレオネで、リベリアで。過去は暗く、未来はもっと暗い国ばかりだった。

しかし、ハリーが訊いてきた国より暗いところはなかった。コンゴ。クロイトたちはそこで、ついに金のなる木を見つけた。ダイヤモンド、コバルト、そして、コルタンという金のなる木を。村の長《おさ》は武装勢力のマイマイに属していて、水が自分たちを不死身にしてくれると考えていたが、それを除けば賢い男だった。アフリカでは何であれ札束か、やむを得ない場合はカラシニコフで片をつけられると決まっていた。

ヘルマン・クロイトは一年で金持ちになり、三年でだれの夢をもはるかに上回る富を手に入れた。月に一度、みんなで最寄りの町のゴマへ行き、ジャングルの地べたではなくてベッドで寝た。ジャングルの地べたには毎晩穴から出てくる謎の吸血蠅がうようよいて、クロイトたちが目を覚ましたときには、半分食われた死体のようになっている有様《ありさま》だった。ゴマ。黒い溶岩。黒い金。黒い美人。黒い罪。ジャングルにいる男たちの半数はマラリアにやられていたが、それ以外の病気は白人の医者が知らない、〝ジャングル熱〟とひとまとめに呼ばれているものばかりだった。ヘルマン・クロイトも同じ病気に悩まされていた。それは長いあいだ大人しくしてくれていたが、完全に解放してくれたわけではなかった。

ヘルマン・クロイトが知っている唯一の薬がシンガポール・スリングだった。その飲み物はゴマで知ったのだが、教えてくれたベルギー人は素晴らしい家を所有していた。家はこの国がコンゴ自由国として知られていたときにレオポルド王が建てたものだと伝えられていた。それは王専用の遊び場であり、宝箱であり、キヴ湖畔に位置していて、女性と夕陽があまりに美しいので、人はジャングル、マイマイ、吸血蠅をしばらくのあいだ忘れることができた。王のささやかな宝物を地下室で見せてくれたのがそのベルギー人だった。彼はそこに世界じゅうの最先端の時計、稀少な武器、想像力に富んだ拷問器具から金塊、ダイヤモンドの原石、人間の干し首まで、ありとあらゆるものを集めていた。

ヘルマン・クロイトが〝レオポルドの林檎〟と呼ばれているものと初めて対面したのがそこだった。それは王が抱えていたベルギー人技師が、ダイヤモンドを発見した場所を教えようとしない反抗的な族長に対して使うために開発したのだと、だれに訊いても同じ答えが返ってきた。初期には水牛が使われた。全身に蜂蜜を塗った族長を木に縛りつけ、捕獲した赤水牛を連れてきて、蜂蜜を舐《な》め取らせるのだ。このやり方の眼目は、水牛の舌の肌理《きめ》が非常に粗いせいで、蜂蜜と一緒に皮膚と肉まで剝ぎ取ってしまうところにあった。しかし、水牛を捕獲するのに時間がかかるのと、いったん始めたらやめられないのが難点だった。というわけで、レオポルドの林檎である。それは拷問という観点からするととりたてて効果的とは言えなかった——結局のところ、囚人がしゃべるのを林檎が邪魔するわけだから——が、尋問者が二度目にワイヤーを引っ張ったときに何が起こるかを目の当たりにした現地人への効果は覿面《てきめん》だった。次に口を大きく開けるよう言われた男は、ほとんどまともに話すことができなくなっていた。

ヘルマン・クロイトは空になったグラスへ顎をしゃくり、片づけろとフィリピン人のハウスメイドに無言で命じた。

「きみはなかなかの記憶力の持ち主だな、ハリー」ヘルマン・クロイトは言った。「あれならいまも私の家のマントルピースの上にある。それが使われたことがあるかどうかは、幸いにもわからない。観光土産だからな。あれは〝闇の奥〟に何があるかを思い出させてくれて、いつも役に立つんだ、ハリー……。いや、私自身はあれが使われているのを見たこともないし、どこかで使われていると聞いたこともない。いいか、レオポルドの林檎は作るのに技術がいる複雑なもので、あれだけの発条《ばね》と針と、特殊な鉱石を必要とするんだ……確か、コルタンと言ったかな……ああ、そうだ、コルタンだ。とても稀少な鉱石で、私にあれを売ったのはエディ・ファン・ブールストという男だが、そいつによれば、あの林檎は二十四個しか作られなかった。そのうちの二十二個を彼が所有していて、そのなかの一個は二十四金で、使われている針も二十四本だそうだ。きみはどうしてわかったんだ？　どうやら二十四という数字は製作者の妹と関係があるらしい——どういう関係かは思い出せないがね。だが、ファン・ブールストが値を吊り上げるために言ったことだという可能性もある。所詮はベルギー人だからな」

クロイトは笑ったが、やがてそれは咳に変わった。忌々しいジャングル熱のせいだ。

「だが、彼ならレオポルドの林檎の所在について何か知っているんじゃないかな。ゴマの豪勢な家に住んでいるんだ。ルワンダ国境に近い、キヴ湖の北だ……住所か？」クロイトはふたたび咳き込んだ。「ゴマは毎日新しい通りが生まれているし、ときどき町の半分が溶岩の下に埋もれてしまうから、住所というものは存在しないんだよ、ハリー。だが、郵便局が白人全員のリストを所持している……いや、いまもゴマに住んでいるかどうかは知らない。さらに言えば、彼がいまも生きているかどうかも保証の限りではない。コンゴの平均寿命は三十いくつで、ハリー、それは白人も同じなんだ。それに、あの町は包囲されているも同然で……正確には……いや、もちろん戦争をしているという話は聞こえてきていない。だれも聞いたことはないはずだ」

グンナル・ハーゲンが唖然《あぜん》としてハリーを見つめ、机から身を乗り出した。

「ルワンダへ行きたいだと？」彼は訊いた。

「ちょっと一飛びするだけですよ」ハリーは答えた。「往復の機中を含めて二日です」

「そんなところで何を捜査するんだ？」

「言ったでしょう。失踪人の件ですよ。アデーレ・ヴェトレセンです。カイアにはウスタオーセへ行ってもらって、アデーレが行方不明になる前にだれと一緒に旅行していたかを調べてもらいます」

「そこへ電話をして、宿帳を調べてくれるよう頼めばすむことじゃないのか？」

「ホーヴァスの山小屋はセルフサービスなんです」ハリーの隣りでカイアが答えた。「でも、観光協会の小屋に泊まるのであれば、宿帳に名前と、彼なり彼女なりの目的地を記入しなくてはなりません。それが義務づけられているんです。そうしておけば、山中で行方不明者が出たと知らせがあったとき、捜索隊がどこを集中的に探せばいいかがわかりますからね。アデーレと同行者がフルネームと住所を書いていてくれるといいんですけど」

グンナル・ハーゲンが禿頭に巻きついている髪を両手で掻いた。「この捜査は例の殺人事件と無関係なんだな?」

ハリーは下唇を突き出した。「おれに見える限りでは無関係ですね、ボス。あなたには何か見えるんですか?」

「ふむ。それで、そんな法外な出張旅費を予算から出さなくてはならない理由は何なんだ?」

「人身売買事件が最優先されるからです」カイアが答えた。「今週初めの司法省のメディア向けの声明でそう言っています」

「ともかく」ハリーは伸びをし、頭の後ろで手を組んだ。「その過程で何か手掛かりが出てきて、それが例の殺人事件を解決に向かわせてくれる可能性は十分にあるんじゃないですか」

グンナル・ハーゲンが考える様子で部下の警部を観察した。

「ボス」ハリーは付け加えた。

30　宿帳

　地味な黄色い駅舎の標識が、列車がウスタオーセに到着したことを教えてくれた。カイアは時計を見た。十時四十四分、定刻だった。外を見ると、太陽が雪に覆われた平原と山々を白磁のように輝かせていた。一塊になっている家々と一軒しかない二階建てのホテルを別にすれば、ウスタオーセは剝き出しの岩だった。本当のところは小屋と妙に場違いな低木の茂みがあたりに点在していたが、それでも未開拓の土地に変わりはなかった。駅舎――と言っても、ほとんどプラットホームだけだったが――の横に、一台のＳＵＶがエンジンをアイドリングさせながら駐まっていた。列車のなかからは風がないように思われたが、それは着ているもの――特殊保温下着、アノラック、スキーブーツ――を貫かんばかりに強いことが外へ出たとたんにわかった。

　ＳＵＶから一人の男が飛び出し、カイアのところへやってきた。その後ろから冬の低い陽が射していて、カイアは目を細めた。軽やかな自信に満ちた足取り、明るい笑顔、差し出された手。カイアの身体が強ばった。まるでエーヴェンだわ。

「ヤイロ警察のアスラク・クロングリーです」男が名乗り、カイアの手を力強く握った。

「カイア・ソルネスです」

「低地と違って寒いでしょ？」

「ほんとに」カイアは笑みを返した。

「今日、私はあなたに同行できないんですよ。雪崩が起きてトンネルが塞がれ、車で山小屋へ行く道が使えなくなってしまったんです」彼は許可も得ずにカイアのスキーを肩に担ぎ、SUVへと歩き出した。「ですが、山小屋に目を配っていて、あなたを案内できる人物を確保してあります。オッド・ウトモーという男ですが、それでかまいませんか？」

「かまいません」カイアは言った。むしろありがたかった。そういうことなら、オスロ警察がドラムメンの失踪人の件にいきなり興味を持った理由について、質問攻めにされずにすむかもしれない。

SUVは四百メートルほど走ってホテルに着いた。正面入口の前の凍った広場に黄色いスノーモービルがいて、赤のスノーウェアに耳当てのついた革の帽子、口元をマフラーで覆って大きなゴーグルをかけた男が坐っていた。

男がゴーグルを上げてぼそぼそと自己紹介をしたとき、片方の目にうっすらと白い透明な膜が、まるでミルクが流れ出たかのように張っているのがわかった。もう片方の目は、カイアの全身を遠慮会釈もなしに品定めしていた。背筋の伸びた姿は元気な中年で通用するかもしれなかったが、顔は老人そのものだった。

「カイアです。急なお願いを引き受けてくださってありがとうございます」彼女は言った。

「金をもらってるからな」オッド・ウトモーはそう言うと、時計を見てマフラーを下げ、唾を吐いた。そのとき、嚙み煙草のせいで黄褐色になった歯のあいだで歯列矯正器がきらめくのが見えた。嚙み煙草の小さな塊が氷の上に黒い星形を作った。「胃のなかのものが逆流したり、小便をちびったりしないことを祈ってるぞ」

カイアは笑ったが、ウトモーはすでにスノーモービルにまたがり、彼女に背中を向けていた。

クロングリーを見ると、カイアのスキーとストックをスノーモービルの前後に差し渡す形で、ウトモーのスキーとダイナマイトとおぼしき赤い筒状のもの一束、そして、望遠照準器付きのライフル一挺と一緒に、紐でしっかり固定し終えたところだった。

クロングリーが肩をすくめ、ふたたび少年のような笑みを閃かせた。「幸運を祈ります。見つかるといい……」

そのあとの言葉はスノーモービルのエンジン音に呑み込まれた。カイアは急いで後ろの座席にまたがった。ほっとしたことに、身体を支えるための後部席専用の取っ手がついていた。白い目の老人にしがみつかずにすむということだった。排気煙に包まれたと思うと、スノーモービルがいきなり前に飛び出した。

ウトモーは立った状態でハンドルを握り、両方の膝で衝撃を吸収して、体重を移動させながらスノーモービルのバランスを保っていた。二人はホテルの横を通り過ぎ、雪の吹きだまりを越えて柔らかな雪のなかへ入ると、最初の緩やかな坂道を斜めに上っていった。てっぺんに着くと、北へ向かって白い広がりが果てしなく延びていた。ウトモーが物問いたげにカイアを見て、カイアが大丈夫だとうなずきを返すと、スノーモービルが加速した。走行ベルトが噴水のように雪を舞い上げ、建物がその向こうへ消えていった。

雪の平原は砂漠を思わせると色々な人からよく聞いていたが、カイアの場合はレース用ヨットでエーヴェンと過ごした日々が思い出された。

スノーモービルは広大で何もない景色を切り裂いていった。やがて雪と風の組み合わせが消え、穏やかになり、起伏がなくなって、威圧的で巨大な波のように聳える高山――ハッリングスカルヴェ――を望む、広大な海についにたどり着いた。意表を突く動きがなくなった。スノーモービルの重さと雪の柔らかさが衝撃を吸収して、滑らかに走らせてくれるようになったのだ。カイアは血の巡りを確保しようと、鼻と頰を慎重に擦った。比較的軽度な凍傷でも顔をどんな目にあわせるか、過去に目の当たりにしてわかっていた。エンジンの単調な轟きと危険を感じさせない均一な地形に誘われてうとうとしそうになったとき、エンジン音が消えてスノーモービルが停止した。カイアははっと目を覚まして時計を見た。最初に頭に浮かんだのは、エンストして、少なくとも四十五分は文明から遠ざかってしまったことだった。スキーだとどのぐらいかかるのだろう？　三時間か、五時間か？　見当がつかなかった。ウトモーは早くもスノーモービルを飛び降り、積んであるスキーを外そうとしていた。

「何かあったんですか……？」彼女は訊いて口をつぐんだ。ウトモーが腰を伸ばして、前方の小さな谷を指さした。

「ホーヴァス小屋だ」彼は言った。カイアはサングラス越しに目を凝らした。山肌の下のほうに、小さな黒い小屋が確かに見えた。

「どうしてスノーモービルで行かないんです――」

「人というのは愚かだからな、小屋へはそっと近づかなくちゃならないんだ」

「そっと？」カイアは訝りながらも、急いでスキーを履いた。ウトモーはすでに準備を整えていた。

彼が山腹をストックで指し示した。「あんな狭い谷へスノーモービルを乗り入れてエンジンの音を響かせてみろ、四方に反響して、そのせいで新雪が緩み……」

「雪崩が起きる」アルプスへ旅したときの父親の言葉が思い出された。第一次大戦のとき、六万を超える兵士が雪崩で死んでいるが、その雪崩の大半は砲声から生じる音波が原因で引き起こされたのだった。

ウトモーが束の間足を止め、カイアに向かって言った。「自然が好きだなどと抜かして街からやってくる酔狂な連中は、安全なところに小屋を建てて、自分たちは賢いと思ってる。だが、そいつらも雪に埋もれてしまうんだ。そして、それは時間の問題でしかない」

「そ、そいつらも？」

「ホーヴァス小屋は建ってから三年にしかならない。本格的に雪が積もったのは今年が初めてだ。もうすぐもっと降りはじめるだろう」

ウトモーが西を指さした。カイアは手で庇《ひさし》を作ってその方向を見た。雪に覆われた地平線の上に、彼が示したものを見ることができた。いくつもの灰白色の分厚い積雲が、青を背景にして巨大なマッシュルームの形に成長しつつあった。

「丸々一週間、雪になるぞ」ウトモーが言い、ライフルをスノーモービルから取り外して肩に担いだ。「おれがあんたなら、急ぐだろうな。それから、大声を出さないでくれよ」

二人は言葉を発することなく、静かに谷へ下りていった。陰に入るたびに気温が下がるように感じられ、地面のくぼみには寒さが満ちているように思われた。

木造の黒い小屋に着くとスキーを脱ぎ、壁に立てかけた。ウトモーがポケットから鍵を取り出し、鍵穴に挿し込んだ。

「泊まり客はどうやって小屋に入るんです？」カイアは訊いた。

「合鍵を買うのさ。観光協会の小屋は全国に四百五十あって、そのすべてに対応しているんだ」ウトモーが鍵を回し、取っ手を下げてドアを押した。開かなかった。彼は小声で悪態をつくと、ドアに肩を当てて、いきなり力を込めた。ドアは甲高い悲鳴とともに開いた。

「寒さのせいで小屋が縮んでるんだな」ウトモーがつぶやいた。

小屋のなかは真っ暗で、蠟と薪《まき》ストーブの臭いがした。カイアは小屋を見回した。宿泊手続きが簡単なことはわかっていた。やってきて、宿帳に必要事項を記入し、ベッドを手に入れる。混んでいたらマットレスを使う。火をおこし、焜炉《こんろ》があって調理道具も揃っているキッチンで自炊する。戸棚に備蓄してある食料を使った場合は、いくらかの金を缶に入れる。

宿泊料——銀行口座からの引き落としを希望する場合は、それを許可する旨を記した紙——も、同じ缶に入れる。支払いについてはすべて個人の良心に委ねられている。

小屋には北に面して四つの寝室があり、それぞれに二段ベッドが四つ備えられている。居間は南向きで、室内は伝統的に設《しつら》えられ、家具調度は無垢の松材で造られている。大きく口を開けた煖炉《だんろ》が家庭的な雰囲気を醸し、薪ストーブもあって、温かさをさらに効率的にしている。カイアの計算では、テーブルを囲めるのは十二人から十五人、床とマットレスを使って肩を寄せ合うようにすれば、その倍の人数が泊まれるはずだった。蠟燭と煖炉の明かりが揺らめくなか、知っている顔や知らない顔同士がビールやワインを手に、今日のスキーの旅の様子や明日の予定を語り合う様子が、カイアの目に浮かんだ。エーヴェンの赤銅色の顔が暗い隅で彼女に向かって微笑み、乾杯のグラスを挙げた。

「宿帳はキッチンにある」ウトモーがドアの一つを指し示した。手袋を脱がず、帽子もかぶったまま正面入口に立っている様子から、焦れているらしいとわかった。ドアの取っ手をつかんで力を入れようとした瞬間、ある人物の顔が頭のなかで閃いた。地元の警察官のクロングリー。エーヴェンそっくりの男。その想いがふたたび現われるだろうとわかってはいたが、いまここで現われるとは予想していなかった。

「ドアを開けてもらえますか？」

「何だって？」

「動かないんですよ」カイアは言った。「寒さのせいだと思うんですけど」

カイアは目を閉じて耳を澄ませた。彼が近づいてきてほとんど音もなくドアを開け、びっくりした顔で自分を見るのが感じられた。彼女は目を開けると、ドアの向こうへ足を踏み入れた。

キッチンには変質した脂の臭いがかすかに漂っていた。心臓の鼓動が速くなるなか、作業台の上や戸棚に目を走らせた。窓の下の調理台の上に黒革の帳簿があって、青いナイロンの紐で壁に結びつけられていた。

カイアは息を吸い、帳簿に歩み寄ってページをめくっていった。

どのページも宿泊者が走り書きした名前が並び、大半は規則を守って次の目的地が記入されていた。

「実は今週末におれがここにきて、あんたの代わりに宿帳を確認することになっていたんだが」背後からウトモーの声が聞こえた。「警察はそれまで待てなかったんだな?」

「そうなんです」と答えながら、カイアは指で日付をたどった。十一月。十一月六日。十一月八日。いったん後ろへ戻り、また前に進む。それはなかった。

十一月七日がなくなっていた。宿帳を開いたまま置いてみた。破り取られたページの残った部分がぎざぎざになって立っていた。だれかが破って持ち去ったのだ。

31　キガリ

ルワンダのキガリにある空港はこぢんまりしていて、現代的で、驚くほど手際がよかった。しかしハリーの経験では、国際空港がその国や国民が置かれている状況を教えてくれることはほとんど、あるいはまったくなかった。インドのムンバイ空港はとても落ち着いていて効率的だった。ニューヨークのジョン・F・ケネディ空港は根拠のない恐れと混乱の極みにあった。入国審査の列がいきなり小さく動き、ハリーはそれに従った。快適と言っていい気温であるにもかかわらず、薄手のコットンシャツの下の背筋を汗が伝い落ちるのがわかった。アムステルダムのスキポール空港で見たある女性のことがまた思い出された。あのとき、オスロ発の便が遅れてようやく着陸し、ハリーは汗まみれになってアルファベットをたどりながら、ゲートの番号を示して大きくなりつづける数字を追いかけて通路を走った。ウガンダのカンパラ行きの便に乗り換えなくてはならなかった。通路が交差しているところで、何かが目の端に引っかかった。何となく見たことがある人のような気がして、明るいところへ出て確認しようとしたが、遠すぎて顔まではわからなかった。ウガンダ行きの便に最後の搭乗客として乗り込むと、どう考えてもあり得ないことだと結論した。彼女であるわけがない。

そんなことが起こる確率がどのぐらいあると思ってるんだ。彼女の隣りにいた少年がオレグであるはずはそもそもない。あんなに大きくなっていることなどあり得ないのだから。

「次の方」

ハリーは一歩前に進むと、パスポート、入国カード、ネットからプリントアウトしておいたビザ申請書のコピー、そして、ビザの発給にかかる費用としての六十ドルを手の切れるような紙幣で窓口に差し出した。

「仕事ですか？」入国管理官が訊き、ハリーは彼と目を合わせた。その男は痩軀長身で、肌は照明を反射するほど黒かった。たぶんツチ人だな、とハリーは推測した。いまは彼らが国境を管理しているんだ。

「そうです」

「どちらへ？」

「コンゴです」ハリーは答え、そのあと、二つのコンゴを区別するために現地の呼び名を使った。

「コンゴ・キンシャサです」入国管理官が訂正した。

そして、ハリーが機内で書き込んだ入国カードを指さした。「これによると、滞在はキガリのホテル・ゴリラですね」

「一晩だけです」ハリーは言った。「明日はコンゴへ行き、ゴマで一泊して、明後日はここへ戻ってきて帰国します。ゴマはキンシャサから行くよりもここから行くほうが近いのでね」

「コンゴでの滞在が快適であることを祈っていますよ、ずいぶん忙しそうですがね」制服の管理官が心から笑い、パスポートにスタンプを捺して返してくれた。

三十分後、ハリーはホテル・ゴリラで宿泊カードの記入を終え、サインをして、木製のゴリラがついたキイを受け取った。ベッドに入ったときには、ウップサールの実家を出発してから十八時間が経っていた。ベッドの足元で大きな音を立てている扇風機を見つめた。羽根はヒステリックなスピードで回転していたけれども、空気はほとんど動いていなかった。眠れそうもなかった。


ジョーと呼んでくれと運転手がハリーに言った。コンゴ人で、流暢《りゅうちょう》なフランス語と、かなりたどたどしい英語を話した。彼を雇っているのはゴマに本拠を置くノルウェーの援助機関だった。

「八十万ですよ」ジョーが言った。彼の操るランドローバーは穴だらけだったが、走行にはまったく問題のない舗装道路をうねうねと蛇行していった。左右には緑の草原とてっぺんから麓まで耕作されている山の傾斜地が広がっていた。ジョーはまったく慈悲の心を持ち合わせていないわけではないらしく、歩行者、自転車、荷車、道の端で何かを運んでいる人々を轢《ひ》かないようブレーキを踏むことがないではなかったが、たいていの場合、彼らはすんでのところで飛び退いて難を逃れなくてはならなかった。

「一九九四年、あいつらはほんの数カ月で八十万人を殺したんです。フツのやつらときたら、昔から知り合いの優しい隣人を襲い、彼らがツチ人だというだけで鉈で斬り殺したんですよ。ラジオではこんなプロパガンダが流されるんです――夫がツチ人なら、彼を殺すのがフツ人としての義務だ、〝高い木を切り倒せ〟とね。多くの人々がこの道路を逃げていき……」ジョーが窓の向こうを指さした。「死体の山ができました。通過できないところが何カ所もあったんです。禿鷲にはいい時代だったでしょうね」

車内に沈黙が落ちた。

大きな猫科の動物の前脚と後ろ脚を竿にくくりつけ、それを前後で担いで運んでいる二人組を追い越した。横で子供たちが踊ったり歓声を上げたりしながら、死んだその動物――黄色で黒い斑模様の毛――にピンを刺していた。

「猟師か？」ハリーは訊いた。

ジョーが首を横に振り、ルームミラーで後部座席をうかがいながら、英語とフランス語を交えて答えた。「たぶん車とぶつかったんでしょう《ヒット・バイ・カー・ジュ・クロワ》。あいつを狩りで仕留めるのはほぼ無理ですからね。希少種で縄張りも広く、狩るにしても夜に限られるんです。昼は隠れて環境に溶け込んでしまっているんですよ。とても孤独な動物なんじゃないですかね、ハリー」

ハリーは畑で働いている男女を眺めていた。いくつかの場所では重機が入っていて、男たちが道路を補修していた。谷の下に目をやると、建設中の高速道路が見えた。原っぱでは、学校の青い制服を着た子供たちが、歓声を上げながらサッカーボールを蹴っていた。

「ルワンダはいいですよ」ジョーが言った。

二時間半後、ジョーがフロントガラスの向こうを指し示した。「キヴ湖です。とても素敵で、とても深いんです」

広大な水面は千もの太陽の光を照り返しているかのようだった。その向こうの国はコンゴ民主共和国。四方に山が聳え、その山の一つの頂きを白い雲が取り巻いていた。

「雲は多くないんです」ハリーの考えていることを見透かしたかのようにジョーが言った。「人殺しの山、ニーラゴンゴです」

ハリーはうなずいた。

一時間後、ランドローバーは国境を越えてゴマに入った。破れたジャケットを着て痩せ細っている男が一人、道端にうずくまって、絶望で思いつめたような目で前方を見つめていた。ジョーは慎重にハンドルを操り、ぬかるんだ道の穴ぼこを回避しつづけた。前に一台の軍用ジープがいた。機関銃座の兵士が身体を捻り、冷ややかな疲れた目でハリーたちを見た。頭上では航空機の爆音が轟いていた。

「国連軍です」ジョーが言った。「更なる銃と手榴弾ということですよ。ヌクンダがこの町に接近しつつあって、あいつらはとても強いんです。いまや大勢の人が逃げてしまいました。難民です。もしかしてムッシュ・ファン・ブールストもそうかもしれませんよ。長いこと見かけていませんからね」

「彼を知ってるのか？」

「あの人のことならだれでも知ってますよ。だけど、彼の内にはバ・マグジェがいるんです」

「バ、何だって？」

「悪霊《モーヴェ・エスプリ》です。酒が飲みたくてたまらなくなり、すべての感情を奪い去ってしまうんです」

エアコンは冷気を噴き出していた。が、ハリーの肩胛骨のあいだには汗が流れ落ちていた。


ランドローバーは左右に掘っ立て小屋が並ぶ道の途中で停まった。ゴマの繁華街に当たるところなのだとハリーは気がついた。商店のあいだのほとんど通れない道を、人々が忙しそうに往き来していた。掘っ立て小屋の並びに沿って黒い大きな岩が積み上げられていて、それが基礎の役目をしていた。地面は黒い粉砂糖を振りかけて固まらせたかのようで、灰色の埃が腐った魚の悪臭を含んだ空気に舞い上げられていた。

「そこです」ジョーがその並びで唯一煉瓦《ラ》造りの家のドアを指さした。「私は車のなかで待ってます」

通りに降り立ったハリーは、二人の男が足を止めたことに気がついた。ハリーを見る目つきは、警告を感じさせるわけでもなく曖昧《あいまい》でありながら、しかし険呑だった。攻撃するときは警告なしでのほうが効果的だと知っている連中だった。ハリーは左右を見ることなく、まっすぐそのドアへ向かった。そうすることで、ここへははっきりした目的があってやってきたのだということ、行き先もちゃんとあるのだということをわからせるつもりだった。ハリーはドアをノックした。一度。二度。三度。くそ！　はるばるこんなろくでもないところまできたというのに、結局は無駄足――

そのとき、ドアがわずかに開いた。

皺の寄った白い顔の、不審を宿した目がハリーを見つめた。

「エディ・ファン・ブールストさんですか？」ハリーは訊いた。

「イ・レ・モール」男がしわがれた声で言った。臨終の際の喘鳴のようだった。

学校で習って、いまも憶えている程度のフランス語でも、〝彼は死んだ〟と言っているのだとわかった。ハリーは英語で言ってみた。「私はハリー・ホーレと言います。ファン・ブールストの名前は香港にいるヘルマン・クロイトに教えてもらいました。実は、レオポルドの林檎に興味があるんです」

男は二度瞬きし、ドアから顔を覗かせて左右を確かめたあとで、ドアをもう少し広く開けると、身振りを交えて言った。「入って《アントレ》」

ハリーは頭がぶつかりそうなドア枠を背中を丸めてくぐり、空足を踏みそうになるのを辛うじて膝を曲げてこらえた。床が十五センチほども低くなっていた。

香の匂いがした。それ以外にも、馴染みのある何か――何日も酒を飲んでいる老人の甘酸っぱい臭い――が感じられた。

暗さに目が慣れると、華奢で小柄な老人が上品な赤ワイン色の絹のドレッシングガウンを着ていることがわかった。

「スカンジナヴィアの訛りだな」ファン・ブールストがエルキュール・ポワロの英語で言い、黄ばんだホルダーに挿した煙草を薄い唇にくわえた。「当ててみようか。デンマークでないことは確かだ。スウェーデンの可能性もある。だが、ノルウェーだ、そうだろ？」

彼の背後の壁のひびのあいだからゴキブリの触角が現われた。

「ふむ。訛りの専門家ですか？」

「ほんのお遊びだよ」ファン・ブールストが気をよくしたのか、嬉しそうに言った。「ベルギーのような小さな国では、内でなくて外へ目を向けることを学ばなくちゃならないんだ。ところで、ヘルマンは元気かな？」

「元気ですよ」ハリーがそう答えながら右を見ると、退屈そうな二対の目が見返していた。一つは隅にあるベッドの上の額入りの写真で、写っている人物は灰色の顎鬚《あごひげ》を長く伸ばし、力強い鼻を持っていて、髪は短く、肩章の付いた軍服に鎖を下げて剣を吊るしていた。レオポルド王にほぼ間違いないと思われた。もう一つの目はベッドに横向きに寝そべり、腰を上掛けで覆っているだけの女性のものだった。彼女の上から射し込んでいる光が、若い娘の小さくて柔らかそうな胸を照らしていた。ハリーが会釈をすると、儚い笑みが返ってきた。白い歯のなかに一本だけある金歯が露わになった。せいぜい二十歳というところか。ほっそりとした腰の後ろの壁のひび割れた漆喰に釘が打たれていて、その釘からピンクの手錠がぶら下がっているのがちらりと目に留まった。

「妻だ」小男のベルギー人が言った。「というか、その一人だ」

「ミストレス・ファン・ブールストということですか？」

「まあ、そんなところだな。買いにきたのか？　金は持ってるか？」

「まずは見せてもらえますか」ハリーは言った。

エディ・ファン・ブールストが玄関へ戻ってもう一度ドアを細く開け、左右を確かめてから、ドアを閉めて鍵をかけた。「一緒にきたのは運転手だけだな？」

「そうです」

ファン・ブールストは煙草を吹かしながら、目を細くしたときにできる皺のあいだからハリーを観察した。

そのあと、部屋の隅へ行くと敷物を蹴飛ばし、腰を屈めて鉄の輪を引っ張って跳ね上げ戸を開けると、先に地下室へ下りるよう手振りで指示した。経験に基づいた用心だろうと思いながら、ハリーは指示に従った。梯子が真っ暗闇へつづいていた。七段下りたところで、しっかりした地面に足が触れた。明かりが灯った。

ハリーは部屋を見回した。天井は十分に高く、床は平らなセメント仕上げだった。壁の三方には棚と戸棚が配置されていて、棚には日用品が並んでいた——使い込まれたグロック拳銃が何挺か、スミス&ウェッソン三八口径が一挺、弾薬箱がいくつか、カラシニコフが一挺。正式にはＡＫ‐47と呼ばれる有名なロシア製のオートマティック・ライフル。ハリーはそれを手にしたことがなかったから、木製の台尻を撫でてみた。

「生産が開始された最初の年、一九四七年に造られたオリジナルだ」ファン・ブールストが言った。

「ここではだれもが持っているようですね」ハリーは言った。「アフリカで最も多い死因だと聞いています」

ファン・ブールストがうなずいた。「その理由は二つ、しかも簡単なものだ。一つ目は冷戦後に社会主義諸国がカラシニコフをここへ輸出して、平時には肥った鶏一羽分の値段で買えたことだ。まあ、戦時だって百ドルそこそこなんだがね。二つ目はどうやってもいいぐらい扱いが簡単で、アフリカではそれが大事だということだ。モザンビークなんか、国旗にカラシニコフをあしらってるぐらいなんだからな」

ハリーは黒いケースに控えめに捺されている文字に目を留めた。

「あれはもしかしてあれですか？」ハリーは訊いた。

「メルクリンだ」ファン・ブールストが答えた。「稀少なライフルだよ。本当に限られた数しか造られていない。失敗作だったんだよ。重すぎたし、口径が大きすぎた。象を撃つのに使われたんだ」

「そして、人間を撃つのにも使われた」ハリーは小声で言った。

「こいつを知ってるのか？」

「世界最高の望遠照準器が付いているんです。百メートル先の象に命中させるには必ずしも必要じゃありませんが、暗殺用の武器としては完璧です」ケースを撫でていると、記憶が流れるようによみがえってきた。「ええ、知っていますよ」

「安くしとくぞ。三万ユーロでどうだ？」

「今回はライフルが目的じゃないんです」ハリーは部屋の中央に固まっている複数の棚へ目をやった。そこから、グロテスクな木製の仮面が苦い顔でハリーを見返していた。

「マイマイの霊の仮面だ」ファン・ブールストが言った。「聖なる水に浸かれば敵の銃弾に当たっても無事でいられるとあいつらは信じているんだ。銃弾もH_2Oに変わるからだそうだ。マイマイのゲリラは政府軍との戦いに出るとき、弓矢はもちろんのこと、お守りとしてシャワーハットをかぶり、浴槽の栓を携えていくんだ。あんたをからかってるんじゃないぞ、ムッシュ。当然のことながら、あいつらは簡単にやられてしまう。だが、あいつら、マイマイは水が好きなんだよ。それに、白い仮面だ。それから、敵の心臓と腎臓もな。すりつぶしたとうもろこしと一緒に軽く焼くんだ」

「ふむ」ハリーは言った。「こんな普通の家にこんな立派な地下室があるとは予想していませんでしたよ」

ファン・ブールストが小さく笑った。「地下室？　ここは一階だよ。いや、〝だった〟と言うべきかな。三年前の噴火まではそうだった」

ハリーはすべてが腑に落ちた。黒い大きな岩も、黒くて粗い膜が張ったような地表面も、上階の床が外の通りより低いことも。

「溶岩ですね」ハリーは言った。

ファン・ブールストがうなずいた。「あのときの溶岩は町の真ん中を流れていって、キヴ湖のそばの私の家まで呑み込んだ。このあたりの木造の家は一軒残らず焼けてなくなり、唯一残ったのがこの煉瓦造りの家だった。もっとも、半分は溶岩に埋もれてしまったがね」そして、壁を指さした。「三年前まではあそこが玄関で、通りと同じ高さだった。ここを買ったときに、あんたが入ってきたところにドアを新たにつけたのさ」

ハリーはうなずいた。「溶岩がドアを燃やさなかったのが不幸中の幸いでしたね。そうなったら、この階も埋もれていたでしょうからね」

「見てのとおり、窓もドアもニーラゴンゴの反対側にしかないようにしてある。あれが初めてじゃないからな。あのろくでもない火山ときたら、十年か二十年ごとに溶岩を噴き上げてこの町に流れ込ませてくれるんでね」

ハリーは片眉を上げた。「それでも人は戻ってくる？」

ファン・ブールストが肩をすくめた。「アフリカへようこそ。だが、溶岩はずいぶん役に立ってもくれるんだよ。面倒な死体を処理したかったら――ゴマでは結構日常的にそういうことがあるんだ――もちろん、キヴ湖へ沈めてしまえばいい。だが、死体は依然として湖の底にある。一方で、ニーラゴンゴを使ったらどうだ……火山というのは火口に真っ赤に焼けて泡立つ溶岩湖を持っていると思われているが、ほとんどはそうじゃない。ほぼ皆無なんだが――ニーラゴンゴは例外でね。何せ摂氏千度近いんだ。何だろうとそこへ放り込んだら、しゅうという音とともにあっという間になくなってしまう。そして、ガスになって戻ってくる。だれであれゴマにいる者が天国へ行くには、方法はそれしかないだろうな」そして、短く笑った。「以前、実際にこの目で見た話だが、コルタンに目が眩《くら》んで頭に血が昇った男が、ある部族長の娘を鎖につないでニーラゴンゴの火口に吊るしたんだ。その部族長はだれに対してても、自分の縄張りにあるコルタン鉱脈の採掘を認めなかったんだな。それで、その娘だが、溶岩まで二十メートルというところで髪の毛に火がついた。十メートルで蠟燭のように燃えだした。五メートルで滴のように滴りはじめた。決して大袈裟に言っているんじゃないぞ。皮膚も、肉も、骨から離れて流れ落ちていった……で、あんたが興味があるのはこれか？」ファン・ブールストが戸棚を開け、金属の球体を取り出した。きらきら輝いている表面に小さな孔が穿たれ、テニスボールより少し小さかった。一カ所、ほかより少し大きな孔があり、そこから先端が輪になったワイヤーが垂れていた。ヘルマン・クロイトの家で見たのと同じものだった。

「使えるんですか？」ハリーは訊いた。

ファン・ブールストがため息をつき、輪になった部分に小指を入れて引っ張った。大きな破裂音がしたと思うと、ベルギー人の手のなかで球体が跳ねた。ハリーはそれを凝視した。球体の孔から触角のように見えるものが突き出ていた。

「ちょっといいですか？」ハリーは手を差し出した。ファン・ブールストがそれを渡して、ハリーが触角の数を数えるのをとても用心深く見守った。

ハリーはうなずいた。「二十四本」

「作られた林檎の数と同じだ」ファン・ブールストが応じた。「その数字はこれを設計して作った技師にとって象徴的な意味があった。妹が自殺したときの年齢なんだ」

「この戸棚に、あといくつあるんですか？」

「八つだけだ。この純金の目玉商品《ピエス・ド・レジスタンス》ともいうべき一つを含めてな」ファン・ブールストがその球体を取り出して電球の明かりにかざしてきらめかせたあと、また戸棚にしまった。「だが、これだけは売り物じゃない。あんたがどうしても自分のものにしたければ、私を殺すしかない」

「では、クロイトが買って以降、十三個を売ったわけですか？」

「そして、そのたびに売値が上がっていったよ。これは絶対の保証付きの投資なんだ、ムッシュ・ホーレ。大昔の拷問器具《クロワイエ・モア》に金を払いたくて仕方がない、忠実な信奉者がいるのさ。本当だぞ」

「そうなんでしょうね」ハリーは触角の一本を押し戻そうとした。

「発条《ばね》仕掛けなんだ」ファン・ブールストが言った。「いったんワイヤーが引かれたら、犠牲者は林檎を口から取り除けなくなる。さらに言えば、本人だけでなく、だれをもってしてもだ。孔の縁の盛り上がった部分を引っ込めたかったら、第二段階に進んでは駄目だ。ワイヤーを引くなよ」

「第二段階？」

「貸してみなさい」

ハリーは球体をファン・ブールストに渡した。ベルギー人はペンを慎重に輪に通すと、それが球体と同じ高さになるようにワイヤーを水平に伸ばし、球体から手を離した。ワイヤーがふたたびぴんと伸び切り、またもや破裂音がした。レオポルドの林檎はペンの十五センチ下で小刻みに揺れ、それぞれの触角から鋭い針が突き出してぎらぎら光っていた。

「ちくしょう」ハリーは思わずノルウェー語で悪態《オー・ファーエン》をついた。

ベルギー人が笑みを浮かべた。「マイマイはこれを〝太陽の血〟と呼んだ。この可愛い子にはいくつかの名前があるんだ」そして、林檎をテーブルに置き、ワイヤーが出ている孔にペンを差し込んで強く押した。すると、針と触角が破裂音とともに引っ込み、王の林檎は滑らかな球形を取り戻した。

「気に入った」ハリーは言った。「いくらです？」

「六千ドル」ファン・ブールストが言った。「いくらか値上げをするのが普通なんだが、あんたの場合はこの前に売った値段と同じでいいとしよう」

「どうしてです？」ハリーは滑らかな金属を人差し指で撫でながら訊いた。

「遠路はるばるきてくれたからさ」ファン・ブールストが答え、煙草の煙を天井へ吹き上げた。「それに、あんたの訛りが気に入った」

「ふむ。最後にこれを買ったのはだれですか？」

ファン・ブールストが含み笑いを漏らした。「あんたがここへきたことがだれにも知られないのと同じく、ほかの顧客についても教えられないんだ。これで納得してもらえないかな、ムッシュ……？　ほら、もうあんたの名前を忘れてるだろ」

ハリーはうなずいた。「六百」

「もう一度言ってくれるかな？」

「六百ドル」

ファン・ブールストがまた含み笑いを漏らした。「馬鹿も休み休み言ってもらいたいもんだな。あんたが提示した金額は、マウンテン・ゴリラがいる自然公園のガイド付き三時間ツアーの料金と同じだ。そっちのほうがいいんじゃないか、ムッシュ・ホーレ？」

「王の林檎を買おうというわけじゃないんだ」ハリーは尻のポケットから二十ドル札の薄い束を取り出した。「六百ドルはあんたから林檎を買った客に関しての情報提供謝礼金です」

そして、ファン・ブールストの前のテーブルに紙幣を置き、その上に身分証を載せた。

「ノルウェー警察です」ハリーは言った。「少なくとも二人の女性が、あんたが独占しているその道具で殺されているんですよ」

ファン・ブールストが紙幣へと身を乗り出し、その上の身分証を検めた。どちらにも手を触れることはなかった。

「それが事実なら、実に残念なことだ」さらにざらざらと粗くなったかのように感じられる声だった。「信じてもらいたいんだが、私にはたぶん六百ドル以上の価値がある。ここで買い物をした客全員についておおっぴらに口を開いたら、私の余命は――」

「コンゴの刑務所での余命の心配をすべきだと思いますがね」ハリーは言った。

ファン・ブールストがまた笑った。「いい線は行ってるが、ホーレ、ゴマの警察署長とはたまたま個人的な知り合いでね。それに、いずれにせよ――」そして、大仰に両腕を広げて見せた。「そもそも私が何をしたと言うんだ？」

「あんたが何をしたかは私の最大の関心事ではないんです」ハリーは胸のポケットから写真を出した。「実はノルウェーはコンゴへの最大の援助国の一つでしてね。ノルウェー当局がキンシャサへ電話をし、あんたの名前を出して、ノルウェーで起こった二重殺人事件の凶器の供給源であり、捜査に非協力的だと言ったらどうなると思います？」

ファン・ブールストの顔にもはや笑みはなかった。

「何についてであれ有罪判決は下されません――ありがたいことに、あり得ないんです」ハリーは言った。「勾留されるだけで、刑罰と混同してはいけませんよ。案件が捜査中で、証拠隠滅の恐れがある場合の賢明な隔離処置というわけです。しかし、そうは言っても、刑務所は刑務所ですからね。それに、この捜査は長びく可能性があります。コンゴの刑務所のなかを見たことがありますか、ファン・ブールスト？　いや、見たことのある白人は少ないでしょうね」

ファン・ブールストがドレッシングガウンの前をしっかりと掻き合わせ、シガレットホルダーを嚙みながらハリーを見た。「いいだろう、千ドルだ」

「五百」ハリーは言った。

「五百？　さっきは六百と――」

「四百」ハリーはさらに金額を下げた。

「いいだろう!」ファン・ブールストが叫び、派手に肩をすくめた。「何を知りたいんだ?」

「全部です」ハリーは壁に寄りかかり、煙草を取り出した。


三十分後、ファン・ブールストの家をあとにしてジョーのランドローバーへ戻ったとき、あたりはすでに暗くなっていた。

「ホテルへ」ハリーは言った。

ホテルは湖のすぐそばだが、泳ぐのはやめたほうがいいとジョーが忠告してくれた。それはギニア虫——ある日、皮膚の下を這い回りはじめるまで見つけるのが難しい細い寄生虫——がいるからではなく、湖底から大きな泡になって湧いてくるメタンガスのせいで意識を失い、突然溺れる恐れがあるからだった。

ハリーはバルコニーにいて、イルミネーションで輝く芝生の上を長い脚を持つ生き物二匹が竹馬のような歩き方で移動していくのを見下ろしていた。まるでクジャクの衣装をまとったフラミンゴのようだった。投光照明に照らされたテニスコートで、黒人の若者が二人、ゲームを楽しんでいた。ボールは二つしかなく、どちらも使い古されて、半ば破れたネットの上を丸めた靴下が往き来しているように見えた。ときどき、飛行機が爆音を轟かせながら空を横切っていった。

ボトルがぶつかり合う音がバー・カウンターから聞こえた。いまハリーが坐っているところから六十八歩。入ってきたときに数えてあった。ハリーは携帯電話を出した。かける相手はカイアだった。

彼の声を聞いて、彼女は嬉しそうだった。何はともあれ、喜んでくれているらしい。

「ウスタオーセで雪に降りこめられて立ち往生しているんです」彼女が言った。「それは凄まじい大雪なんですから。でも、少なくともディナーには招待してもらっていますけどね。それから、宿帳に気になるところがありました」

「なんだ？」

「わたしたちが関心を持っている日付のページがなくなっているんです」

「やっぱりな。で、指紋――」

「もちろんです、指紋の有無も調べたし、次のページまでつづいている記入事項がないかどうかも調べました」カイアがおかしそうに笑った。ワインを少々楽しんだな、とハリーは推測した。

「ふむ。更なる調べをしてくれている――」

「それももちろんです。前後の日付の書き込みも調べました。でも、あんな簡素な施設ですからね、一泊だけというのが大半でした。もっとも、雪に降りこめられれば別ですけど。それから、十一月七日は晴天でした。だけど、周辺の山小屋の十一月七日前後の宿帳を調べて、トレッキングの途中でホーヴァス小屋に泊まった可能性のある客がいないかどうか確認してくれると、ここの担当者が約束してくれました」

「よし。満更見込みがないわけでもなさそうじゃないか」

「そうかもしれません。あなたのほうはどうなんです？」

「残念ながら、こっちはそうでもないんだ。ファン・ブールストは見つかったが、十四人の買い手のなかにスカンジナヴィア人はいなかった。やっこさん、それについてはかなり自信がありそうだったよ。六人の名前と住所はわかったが、有名なコレクターばかりだ。それ以外の客については、何人かの顔と名前をいい加減に憶えているだけだった。林檎はあと二つあって、ファン・ブールストがたまたま知っていたんだが、それはいまもカラカスのコレクターが持っているそうだ。アデーレと彼女のビザは調べたか？」

「スウェーデンのルワンダ領事館に電話してみました。埒があかないだろうと予想していたんですが、意外にも、何から何まで恐ろしくてきぱきしていました」

「コンゴの小さいけれども率直な兄貴分だからな」

「アデーレのビザ申請書のコピーが残っていて、その日付が一致しました。とうの昔に失効しているんですが、当然のことながら、いまどこにいるかはわかりませんでした。キガリの入国管理当局に当たってみたらどうかと電話番号を教えてくれたんで、そこへ連絡してみました。そうしたら、あちこちたらい回しにされたあげく、ようやく英語を話す人につながったんです。その知ったかぶりはルワンダとは相互協力協定を結んでいないと言い、したがって要請には応じられないと慇懃《いんぎん》に残念がってくれて、わたしとわたしの家族の長い幸せな人生を祈ってくれました。あなたのほうも何もなしですか？」

「そうだな。ファン・ブールストにアデーレの写真を見せたんだが、やっこさんが言うには、買い手のなかに女性は一人しかおらず、その女性は赤錆色の髪が大きくカールしていて、東ドイツの訛りがあったそうだ」

「東ドイツの訛り？　そんなものがあるんですか？」

「さあ、どうなんだろうな。あの男はドレッシングガウンを着て歩きまわり、シガレットホルダーを使い、アルコール依存症で、訛りの専門家なんだ。こっちは何とか彼が本題から気を逸らさないよう、終始努力を強いられる有様だったよ」

カイアがまた笑った。ハリーは白ワインに賭けた。赤ワインならこんなには笑わない。

「だが、思いついたことがある」彼は言った。「入国カードだ」

「入国カード？」

「あれには最初の晩に泊まる予定の場所の住所を記入しなくちゃならない。キガリの当局がまだそれを保管していて、たとえば郵便物の転送先といったような追加情報がそこに補われていたら、アデーレの行き先を突き止められるかもしれん。それが手掛かりになる可能性がある。おれたちが知る限りでは、あの晩ホーヴァス小屋にだれがいたかを知っているかもしれない、唯一生存しているはずの人物なんだ」

「幸運を祈ってます、ハリー」

「おまえさんもな」

ハリーは電話を切った。もちろん、ディナーの相手がだれなのかを訊くことはできたが、捜査に関係があるならば、訊くまでもなくカイアのほうから教えてくれるはずだった。

そのままそこに坐っていると、バーが閉まり、ボトルがぶつかり合う音が止んで、上の窓から愛を交わす音が聞こえはじめた。喉に絡みつくような単調な叫び。オンダルスネスの鷗の啼き声が思い出された。夜明けに起きて祖父と釣りに行ったときのことだ。父とは一度も一緒に行かなかった。なぜだろう？　どうしてそれを一度も考えたことがないのか？　父が釣り船では寛《くつろ》げないことをなぜ本能的にわからなかったのか？　父親が勉学を選択して農場を出ていったのはまさに釣り船に乗らずにすむからだということは、五歳のときにすでにわかっていたのではなかったか？　それなのに、いまの父はそこへ戻りたがっている。永遠にそこで過ごしたがっている。人生は奇妙だ。どのみち死が待っているのだ。

ハリーは煙草に火をつけた。空は星もなく黒かった。高みにあるニーラゴンゴの火口だけが赤くくすぶっていた。虫に刺されたような痛みが走った。マラリア。メタンガス。キヴ湖が遠くきらめいていた。とても素敵で、とても深い。

山が轟き、その音が反響して湖を渡ってきた。火山の噴火か、それともただの雷か？　ハリーは顔を上げた。また轟いた。その谺が山のあいだで鳴り響いた。そして、遠くでもう一度谺し、同時にハリーのところへ届いた。

とても深い。

ハリーは、天が開き猛然と雨が降り注いで、鷗の啼き声を呑み込んでいることにほとんど気づくことなく、目を見開いて闇を見つめた。

32　警察

「こいつが襲ってくる前にホーヴァス小屋から戻ってこられたのは何よりでした」クロングリー巡査が言った。「さもないと、何日もあそこに足止めされたかもしれません」そして、ホテルのレストランの見晴らしのいい窓へ顎をしゃくった。「まあ、見ているぶんには素晴らしいんですけどね。そう思いませんか？」

カイアは窓の向こうで降りしきる雪を見た。エーヴェンもそんなふうだった。彼は自然の力に興奮し、それが味方となるのか、敵となるのかには関心がなかった。

「最終的にわたしの乗る列車が動いてくれるといいんですけど」彼女は言った。

「ああ、それはもちろんです」クロングリーが言った。グラスをいじる様子がワインつきのディナーに慣れていないことをほのめかしていた。「必ず走りますよ。それに、ほかの小屋の宿帳の調べも必ずやります」

「ありがとう」カイアは言った。

クロングリーが言うことを聞かない巻き毛を撫でながら苦笑いをした。ラウドスピーカーからクリス・デ・バーの「ザ・レディ・イン・レッド」がシロップのように滲み出ていた。

ほかに客は二人だけで、どちらも三十代の男性、各々白いクロスの掛かったテーブルで、ビールを前に置き、雪を見つめて、起こりそうにないことが起こるのを待っていた。

「ここにいて孤独を感じることはありませんか？」カイアは訊いた。

「事情によりけりですね」カイアの視線を追いながら地方警察官が言った。「妻も子もいなければ、人はこういうところに集まる傾向があるってことです」

「ともに孤独を感じるために？」

「そうです」クロングリーが二つのグラスにまたワインを注いだ。「でも、オスロでもそれは同じじゃないんですか？」

「そうね」カイアは答えた。「そのとおりかもしれません。あなた、家族は？」

クロングリーが肩をすくめた。「以前は女性と一緒に住んでいたんですが、ここはあまりに何もないと思ったらしくて、あなたが住んでいるところへ移っていってしまいました。彼女の気持ちはわかりますよ。こういうところでは、興味を持てる仕事が必要なんです」

「あなたの仕事はそうなの？」

「たぶんね。私はここのみんなを知っているし、みんなは私を知っている。お互いに助け合っている。私は彼らを必要としているし、彼らは……まあ、その……」クロングリーがグラスを回した。

「……あなたを必要としている」カイアは言った。

「ええ、そう信じています」

「それが大事なのよ」

「そのとおりです」クロングリーがきっぱりと言ってカイアを見た。エーヴェンの目だった。そこには笑いの名残り、いまあったことを常に面白がっているような、あるいは喜んでいるような何かがあった。たとえ何もなくても、いや、何もなかったからこそ、そうであるかのようだった。

「オッド・ウトモーはどうなのかしら？」カイアは訊いた。

「どうとは？」

「わたしを降ろすとすぐに帰ってしまったけど、今日のような日の夜はどうしているのかしら？」

「家で奥さんや子供たちと一緒にいるのかもしれませんよ」

「もしかして世を捨てた人じゃないかと思って、クロングリー巡査――」

「アスラクと呼んでもらえませんか」クロングリーが笑ってグラスを傾けた。「あなたは本物の刑事に間違いなさそうだけど、ウトモーは昔はあんなふうじゃなかったんです」

「そうなの？」

「息子さんがいなくなる前は、かなり親しみやすく見えました。実際、愛想がよすぎるときだってたまにありましたからね。でも、本当のところは気難しいんじゃないのかな」

「ウトモーのような男性はてっきり独身だと思っていたんだけど」

「加えて奥さんは美人でもあったんです。彼がずいぶんな醜男だということを考慮するとね。

彼の歯を見ましたか？」

「ええ、歯列矯正器をつけていたわね」

「そうしておかないと歯並びが歪むからだと本人は言ってるけど」アスラク・クロングリーが首を振った。目には笑いが宿っていたが、声は笑っていなかった。「本当のところは、あしておかないと歯が抜け落ちてしまうからなんです」

「教えてほしいんだけど、スノーモービルに積んであったのは本物のダイナマイトなの？」

「見たんですね」クロングリーが言った。「私は見てないけど」

「それはどういう意味？」

「ここには、山の湖で何時間も釣り糸を垂らす愉しさを理解せず、そこにいる魚を自分だけのものと見なして晩飯のテーブルに載せたがる住人が大勢いるんですよ」

「それで、ダイナマイトを湖に投げ込むの？」

「氷が溶けたらすぐにね」

「それって違法でしょ？」

クロングリーが身を護るように両手を前に出した。「言ったでしょ、私は何も見なかったんです」

「なるほどね――あなたはここで暮らしていくわけだものね。ところで、あなた自身はダイナマイトを持っているの？」

「車庫用にですけどね。これから建てるんです」

「そうなの。ウトモーの銃についてはどう？　望遠照準器なんかがついていて新しいもののように見えたけど」

「実際、新しいですよ。ウトモーは熊を撃つのが上手だったんです。片方の目が見えなくなるまでだけど」

「ああ、目も見たわ。あれは何があったの？」

「息子に酸をかけられたらしいんです」

「らしい？」

　クロングリーが肩をすくめた。「何があったのかを実際に知っているのはウトモーだけです。息子は十五のときにいなくなったし、それから間もなくして奥さんもいなくなったから。しかも、それは十八年も前のことで、私はまだここにいなかった。以来、ウトモーは山で独りで暮らしているんです。テレビもラジオもなしで、新聞も読まずにね」

「息子さんと奥さんはどうしていなくなったの？」

「わかりません。ウトモーの農場の周辺には、人が落ちてしまいそうな険しい崖がたくさんあるんです。それに、雪もね。雪崩のあとで息子の靴の片方が見つかったけど、その年、雪が溶けても彼は見つからなかった。それに、靴の片方だけがあんなふうに雪のなかで見つかるのも妙だった。熊にやられたと考える人たちもいた。だけど、私の知る限りでは、十八年前はここに熊はいなかった。それで、ウトモーがやったんじゃないかと推測する人たちが出てきた」

「そうなの？　でも、なぜ？」

「それが……」クロングリーは気が進まない様子だった。「息子の胸にひどい傷の痕があったんです。人々は父親にやられたんだと考えました。母親のカレンが関係していたんです」

「関係していたって、どういうこと？」

「父親と息子で彼女を取り合っていたんですよ」

　カイアの目に疑問が浮かんだのを見て、クロングリーが首を振った。「私がここへくる前のことです。大昔からここの警察官だったロイ・スティッレがウトモーの家に行ってみると、オッドとカレンしかいなくて、二人とも同じことを言ったんだそうです。息子は狩りに行って帰ってこなかった、とね。だけど、もう四月だったんですよ」

「四月は狩猟シーズンじゃない？」

　違う、とクロングリーが首を振った。「以来、息子を見た者はいない。翌年、カレンが姿を消した。悲しみに打ちひしがれるあまり崖からの片道切符を選んだんだと、ここの人たちは信じていますけどね」

　かすかではあるがクロングリーの声が震えていたが、きっとワインのせいだろうとカイアは結論した。

「あなたはどう信じているの？」彼女は訊いた。

「それが事実だと信じていますよ。息子は雪崩に巻き込まれ、雪の下で窒息した。雪が溶け、彼は湖へ運ばれて、いまもそこにいる。母親と一緒に――であってほしいんだけどね」

「いずれにせよ、熊犯人説よりはましね」

「いや、そうでもないんじゃないかな」

カイアは顔を上げてクロングリーを見た。もう目に笑いはなかった。

「雪崩に生き埋めにされると」彼が言い、窓の向こう、舞い落ちる雪へと目を彷徨《さまよ》わせた。「真っ暗で、孤独で、身動きできない。がっちりと雪に押さえ込まれて、逃れ出ようとする必死の試みを嗤われるだけだ。そして、死は必至だ。息ができなくなったときのパニックと、死から逃れられないという恐怖。最悪です」

カイアは呷《あお》るようにワインを飲んでグラスを置いた。「あなた、どのぐらい雪の下に閉じ込められていたの？」

「三時間か、もしかしたら四時間ぐらいかと思ったんだけど、救出されたときに訊いたら十五分だった。あと五分遅かったら死んでいたと言われましたよ」

ウェイターがやってきて、あと十分でラストオーダーだが、ほかに注文はあるかと尋ねた。カイアがないと答えると、クロングリーの前に請求書が置かれた。

「ウトモーが銃を持ち歩いている理由は何？」カイアは訊いた。「わたしの知る限りでは、もう狩猟シーズンではないはずだけど」

「危険な動物がいるから護身のためだそうです」

「そんな動物がいるの？　狼とか？」

「どういう種類の動物を言っているのか、はっきり教えてもらったことは一度もありません。

ところで、夜になると息子の亡霊が雪原をうろついているという噂があって、彼を見たら、近くに険しい斜面があるか、雪崩が起きる恐れがあるから用心しなくちゃならないと言われているんですよ」

カイアはワインを飲み干した。

「あなたさえよかったら、もう少し飲んでいてもいいんだけど」

「ありがとう、アスラク。でも、明日は早起きしなくちゃならないから」

「いや」彼が目で笑い、頭を掻いた。「そういうつもりで言ったんじゃないんだけど……」

そして、言いよどんだ。

「そういうつもりって？」カイアは促した。

「何でもありません。南にはご主人かボーイフレンドがいるんでしょうね」

カイアは微笑しただけで答えなかった。

クロングリーがテーブルを見つめて小さな声で言った。「いや、まいったな。田舎警官が飲みつけない酒を飲んで下らない長話をしてしまいました」

「いいのよ」カイアは言った。「わたしにボーイフレンドはいないし、あなたのことも好きよ。兄を思い出したわ」

「でも？」

「でも、何？」

「忘れないでほしいんだけど、私も本物の刑事なんです。だから、あなたが世を捨てていないことぐらいはわかる。だれかいるでしょう?」

　カイアは笑った。普段ならそんなことはしないはずだった。ワインのせいかもしれず、アスラク・クロングリーを好ましく思っているからかもしれない。あるいは、エーヴェンが死んで以降、こういう話をする相手がいなかったからかもしれず、アスラクがオスロから遠く離れたところに住む知り合ったばかりの人物で、自分の知人に出くわす心配がないからかもしれない。

「わたし、恋をしてるの」カイアは思わず口走っていた。「ある警察官にね」そして、いきなり招き寄せた困惑を隠そうと水を飲む振りをした。奇妙なことに、そのことを言葉にする自分の声を耳にしたとたん、それが真実だと悟った。

　クロングリーが彼女のグラスに向かって自分のグラスを挙げた。「運のいい男に乾杯《スコール》。そして、運のいい女性にも、そうであることを願って乾杯《スコール》」

　カイアは首を横に振った。「乾杯《スコール》するようなことじゃないわよ。いまはまだだし、永久にそうかもしれないし。いやだ、わたしの話を……」

「ほかにすることなんかないでしょ?　さあ、話して」

「ことは複雑で、彼も複雑なの。それに、彼がわたしを欲しているかどうかもわからない。実は、その部分はかなりはっきりしているの」

「当ててみましょうか。彼にはだれかがいて、その人を諦められないでいるんだ」

　カイアはため息をついた。「そうかもしれない。正直、わからないの。あなたの手助けには感謝するけど、アスラク、わたし──」

「そろそろ寝《やす》まなくちゃ」クロングリーが立ち上がった。「お友だちとのことがうまくいかず、あなたが傷心を捨て去りたい、街から逃れたいと思うようになって、これをチャンスととらえられるようになるのを祈っていますよ」そして、ホル警察署のレターヘッドのついた一枚の紙を差し出した。

カイアはそれを読み、声を上げて笑った。「僻地《へきち》の職場?」

「ロイ・スティッレはこの秋に定年退職するんですが、優秀な警官はなかなか見つからないんです」クロングリーが言った。「それはわれわれの求人広告で、先週作ったんですよ。本部はヤイロにあります。休みは隔週末、歯医者も無料です」

ベッドに入ると、遠くで雷鳴が聞こえた。雪と雷が一緒にくることは滅多になかった。

ハリーに電話をすると、留守番電話の声が返ってきた。というわけで、歯が悪くて歯列矯正器をつけている現地ガイドのオッド・ウトモーのささやかな亡霊物語と、十八年も前から出没しているのだから父親より醜いに違いない息子の話を留守番電話に残した。彼女は笑い、自分が酔っていることに気がついて、最後に送話口に向かっておやすみと言った。

そして、雪崩の夢を見た。

ハリーとジョーは朝の七時にゴマを発ち、何事もなく国境を通過してルワンダへ入った。いまは午前十一時、ハリーはキガリ空港のターミナル・ビル二階にあるオフィスにいて、二人の入国管理官に審査をされていた。非友好的ではなかったが、それでも本当に本人が主張しているとおりのノルウェー人警察官かどうか、ざっとではあるにせよ確かめなくてはならないとのことだった。身分証をジャケットのポケットに戻すと、そこに入れてあるコーヒー色の封筒の滑らかな手触りが感じられた。問題は相手が二人いることだった。二人の公務員をどうやって一度に買収するか？　封筒の中身を山分けしてくれるよう頼み、くれぐれも互いを出し抜かないよう丁重にお願いするか？

二日前にハリーのパスポートを検めた入国管理官が、ベレー帽を目深にかぶり直した。

「それで、だれの入国カードのコピーが欲しいんです？　日付と名前をもう一度教えてもらえますか？」

「アデーレ・ヴェトレセン。十一月二十五日に彼女がこの空港に到着したことはわかっています。礼金なら払います」

二人がちらりと目を交わし、一方の合図でもう一方が部屋を出ていった。残ったほうは窓のところへ行き、滑走路をうかがった。そこにはすでに着陸し、五十五分後には帰国の第一段階としてハリーを乗せて飛び立つはずの小型機――ＤＨ８――が待機していた。

「礼金ですが」上席入国管理官が小声で繰り返した。「たぶんご存じとは思いますが、公務員の買収を試みるのは法に触れますよ、ミスター・ホーレ。ここはアフリカだからと、残念ながら、たかをくくっておられたんでしょうね」

ハリーはシャツが背中に貼りつくのを感じた。着替えていなかった。ナイロビの空港で新しいシャツを売っているかもしれない。もっとも、そこまでたどり着ければ、だが。

「まあね」ハリーは認めた。

入国管理官が笑ってハリーに向き直った。「いや、したたかなお人だ！　厳しい性格なんでしょうな。この前到着されたあなたを見たときに、警察官だとわかりましたよ」

「そうですか？」

「私があなたを品定めするのと同じ慎重さで、私を品定めしておられましたからね」

ハリーは肩をすくめた。

そのときドアが開き、さっき出ていった管理官が戻ってきた。踵が硬い音を立てる靴を履き、鼻の先に眼鏡を載せた、秘書のような服装の女性をともなっていた。

「お気の毒ですが」その女性が非の打ち所のない英語でハリーに言った。「日付で調べたのですが、その便にアデーレ・ヴェトレセンという名前はありませんでした」

「ふむ。何かの間違いという可能性はありませんか？」

「まずあり得ないと思います。入国カードは日付でファイルしてありますから。あなたがおっしゃっている便はエンテベ空港発のＤＨ８で、三十七人乗りですから、調べるのに時間はかかりません」

「ふむ。そうであるなら、もう一つ、調べてもらいたいことがあるんですがね」

「もちろんです、どんなことでしょう？」

「その便で到着した外国人女性がほかにいなかったか、わかりますか？」

「それを調べる理由を教えていただけますか？」

「アデーレ・ヴェトレセンがその便を予約していたからです。だとすれば、彼女が偽造パスポートを使ったか――」

「それは非常に疑わしいと思いますよ」上席入国管理官が言った。「われわれはすべてのパスポートの写真を慎重の上にも慎重を期して検め、そのあと、パスポート・ナンバーが国際民間航空機関に登録されているものと合致するかどうかを機械で照合していますからね」

「あるいは、だれか別の人間がアデーレ・ヴェトレセン名義で出発し、そのあと自分自身の本物のパスポートでここを通り抜けたのかもしれません。可能性としてはそのほうが高いでしょう。乗客が搭乗する前にパスポート・ナンバーが調べられることはないわけだから」

「確かに」上席入国管理官が認め、ベレー帽をさらに深くかぶった。「航空会社は名前と写真が一致しているかどうかを確かめるだけだし、そのための偽造パスポートなんて、五十ドルも出せば世界じゅうどこでも作れますからね。それに、パスポート・ナンバーが照合されて偽造パスポートであることが露見するのは、最終目的地で飛行機を降りて入国審査を受けるときだけですから。ですが、疑問が消えたわけじゃありませんよ、ミスター・ホーレ。われわれがあなたに協力しなくてはならない理由は何なんでしょう。あなたは正式な任務でここにおられるんですか？　それを証明する書類は持っておられますか？」

「私の正式な任務はコンゴにあったんですが」ハリーは嘘をついた。「そこで何も見つからなかったんです。アデーレ・ヴェトレセンが行方不明になっていて、彼女が連続殺人犯に殺されたのではないかとの疑いがあるんです。その犯人はすでに少なくとも三人の女性を殺害していて、被害者の一人は国会議員なんですよ。その国会議員はマーリット・オルセンという名前で、ネットで検索すれば確認できます。いま私がやるべきは帰国して公式なチャンネルを通すことだとわかっていますが、それをすると何日かが無駄に失われ、連続殺人犯に先を越される恐れがあるんです。また犯行を重ねる頃合いなんですよ」

その言葉には何らかの効果があったようだった。秘書風の女性と上席入国管理官が相談し、女性が足早に部屋を出ていった。

ハリーは二人の入国管理官と一緒に待った。だれも口を開かなかった。

ハリーは時計を見た。まだ搭乗便のチェックインがすんでいなかった。

六分が経ったとき、踵が床を打つ硬い音が近づいてきた。

「エヴァ・ローゼンベリ、ユリアナ・フェルニ、ベロニカ・ラウル・グエーニョ、そして、クレア・ホッブズ」入ってきた彼女が、ドアがまだ閉まりもしないうちに一気に名前を連ね、眼鏡を直して、四通の入国カードをハリーの前のテーブルに置いた。「ここへくるヨーロッパの女性は多くありませんからね」

ハリーは入国カードに目を走らせた。四人ともキガリのホテルを宿泊先にしていたが、ホテル・ゴリラはなかった。四人の自国の住所を検めると、エヴァ・ローゼンベリがストックホルムに住んでいた。

「感謝します」ハリーは四人の名前、住所、パスポート・ナンバーを、ジャケットのポケットに入っていたタクシーの領収書の裏に書き留めた。

「これ以上のお手伝いができなくて申し訳ありません」女性がふたたび眼鏡を押し上げながら言った。

「とんでもない」ハリーは応えた。「とても助かりました。本当です」

「では、そろそろ、ミスター・ポリスマン」長身痩軀の入国管理官の夜のように黒い顔に笑みが輝いた。

「何でしょう？」ハリーはおいでなすったなと思いながら、コーヒー色の封筒を取り出す準備をした。

「ナイロビ行きの便の搭乗手続きをしましょうか」

「ふむ」ハリーは時計を見た。「実は次の便にしなくてはならないかもしれません」

「次の便？」

「ホテル・ゴリラへ戻らなくてはならないんですよ」


カイアはノルウェーの鉄道のいわゆる〝快適《コンフオート》二等車〟に坐っていた。それは新聞が無料で提供され、コーヒーが無料で二杯飲めて、ラップトップ・コンピューター用のコンセントがついてはいるものの——普通の二等車はがらがらなのに——缶詰のイワシのように詰め込まれて坐っていなくてはならないということだった。そのとき、携帯電話が鳴った。ハリーからで、カイアはいま、彼がいるはずのところへ急いでいるのだった。

「いまどこだ?」ハリーが訊いた。

「列車に乗っています。いままさにコングスベルグを通過しているところです。あなたは?」

「キガリのホテル・ゴリラだ。アデーレ・ヴェトレセンの宿泊カードを見ることができたぞ。こっちを発つのは午後の便になってしまったが、明日の早い時間には帰る。おまえさんの友だちのドラムメン警察の南瓜頭に電話をして、アデーレの書いた葉書を借りたいと頼んで、駅まで持ってきてもらえ。その列車はドラムメンに停まるんだよな?」

「あなたって本当に厚かましいですね。それはともかく、やってみます。で、その葉書をどうするんですか?」

「筆跡を較べるんだ。いまは退職しているが、その前はクリポスにいた、ジーン・フーという筆跡鑑定の専門家がいる。明日の朝七時にオフィスへきてもらってくれ」

「そんなに早い時間にですか? でも、その人――」

「ああ、わかってる。これからアデーレの宿泊カードをスキャンして、おまえさんにメールで送る。そうすれば、それと葉書の両方を持って、今夜のうちにフーのところへ行けるだろ?」

「今夜ですか?」

「喜んで会ってくれるさ。というわけだから、予定があるんだったらキャンセルしろ」

「素晴らしい。ところで、昨夜は遅くに電話をしてすみませんでした」

「かまわんさ。なかなか面白い物語だったしな」

コーヒー色の封筒はようやく新しい持ち主を見つけていた。

フロント係が笑顔で応えた。

「ありがとう、協力に感謝する」彼は言った。

ハリーは電話を切った。

「そうらしいな」

「ちょっと酔ってたんです」


ヒェルスティ・レースモーエンは談話室に入ると、窓の向こう、サンヴィーケンの木造の家々に降る雨を見ている女性に歩み寄った。彼女の前には小さな蠟燭の灯ったケーキが一切れ、手つかずのまま置かれていた。

「この電話があなたの部屋で見つかったんだけど、カトリーネ」レースモーエンは穏やかに言った。「病棟看護師が持ってきてくれたの。禁止されているのは知ってるわよね？」

カトリーネがうなずいた。

「それはともかく」レースモーエンは携帯電話を差し出した。「かかってきてるのよ」

カトリーネ・ブラットが振動している携帯電話を受け取り、通話ボタンを押した。

「おれだよ」電話の向こうの声が言った。「四人の女性の名前を手に入れた。そのなかのだれが十一月二十五日のキガリ行きブリティッシュ・エアウェイズ一〇一便の搭乗予約をしていないかを知りたい。それから、同じ日の夜、その女性がルワンダのホテルのどこにも宿泊予約をしていないことも確認したい」

「元気です、ありがとう、おばさま」

一瞬の沈黙。

「なるほど。都合のいいときに電話をくれ」

ブラットは携帯電話をレースモーエンに返した。「おばからの誕生日のお祝いの電話よ」

ヒェルスティ・レースモーエンが首を横に振った。「規則が禁じているのは電話の使用よね。だとしたら、持っていていけない理由はないわ。使わない限りはね。ただし、病棟看護師に絶対に見つからないようにするのよ、わかった？」

カトリーネがうなずくと、レースモーエンは出ていった。

カトリーネはしばらく雨を眺めてから腰を上げ、娯楽室へ向かった。入口の敷居をまたごうとしたとき、病棟看護師の声が聞こえた。

「何をするの、カトリーネ？」

カトリーネは振り向かずに答えた。「ソリティアよ」

33　ライプツィヒ

グンナル・ハーゲンはエレベーターで地下階へ下りた。下へ。もっと下へ。踏みにじられて、規模を縮小されて。

エレベーターを降りて地下通路を歩き出した。

しかし、ベルマンは約束を守り、余計なお喋りをしていなかった。それに、ハーゲンを冷遇することなく、新しく拡大されたクリポスの上級管理職の地位を与えてもいた。ハリーの報告は簡にして要を得ていた——成果なし。そろそろ救命ブイのほうへ泳ぎ出すときだと、どんな馬鹿でもわかるはずだった。

ハーゲンは地下通路の突き当たりの部屋をノックもせずに開けた。

カイア・ソルネスが愛想よく微笑し、一方ハリーは受話器を耳に当ててコンピューターの前に坐ったまま、向き直ろうともしないで歌うように言った。「坐ってください、ボス、まずいコーヒーでも、いかがです？」ハーゲンがもう一人いて、分身がやってくることをあらかじめ知らせていたかのようだった。

ハーゲンは入口に立ったまま言った。「アデーレ・ヴェトレセンを見つけられなかったそうだな。ここを片づける潮時だ。そもそもとうの昔に時間切れだったわけだし、別の仕事で必要とされているんだ。少なくともきみはそうだ、カイア・ソルネス」

「ありがとう《ダンケ・シエーン》、ギュンター」ハリーが言い、電話を切ってハーゲンに向き直った。

「ダンケ・シエーン？」ハーゲンは繰り返した。

「ライプツィヒ警察です」ハリーが答えた。「ところで、カトリーネ・ブラットがあなたによろしくと言ってましたよ、ボス。彼女を憶えてますか？」

ハーゲンが不審げに部下の警部を見た。「ブラットは精神科施設にいると思っていたが」

「それは間違いありません」ハリーは言い、立ち上がってコーヒーメーカーのところへ行った。「しかし、彼女はネットで探しものをする天才なんですよ。探しものと言えば……」

「探しもの？」

「ボス、われわれがそのために無限の資金を使えるような方策を見つけてもらえませんか」

ハーゲンの目が危うく飛び出さんばかりに丸くなり、吹き出した。「きみというやつは本当に度しがたい男だな、ハリー。出張費の年間予算の半分をコンゴでの大失態で無駄にしたくせに、今度は警察を挙げて探しものをしろと言うのか？　この捜査班はたったいま解散するんだぞ、わかってるのか？」

「わかってます……」ハリーは二つのカップにコーヒーを注ぎ、一つをハーゲンに渡した。「……もっとずっと多くのことをね。そして、あなたももうすぐわかりますよ、ボス。まあ、おれの椅子に坐って、話を聞いてください」

ハーゲンはハリーを見、カイアを見て、疑わしげにコーヒーに目を落としたあと、腰を下ろした。「二分だけだぞ」

「すぐに終わります」ハリーは言った。「ブリュッセル航空の塔乗客リストに基づけば、アデーレ・ヴェトレセンは十一月二十五日にキガリへ行っています。しかし、そこの入国管理局によれば、その名前の人物はあの国に入国していません。一方、アデーレ名義の偽造パスポートを持った女性がオスロから出発しています。そのパスポートは途中何一つ咎められることなく通用していて、偽造であることが露見するとすれば、最終目的地のキガリへ着いたときであるはずなんです。なぜなら、そこでコンピューターによる確認とパスポート・ナンバーの照合が行なわれるからです。だとすると、この謎の女性はそこで自分自身の、本物のパスポートを使わなくてはなりません。入国管理官は搭乗券——そこには名前が記載されているんですが——を見せろと要求しないから、パスポートと搭乗券の記載に不一致があったとしても、それが露見することはないんです。もちろん、だれも見なければ、ですがね」

「しかし、きみは見たんだな？」

「そういうことです」

「単に手続き処理上の見落としという可能性はないのか？　アデーレの到着を記録し忘れたとか？」

「もちろん、その可能性はあるでしょう。しかし、葉書があるんです……」

ハリーがうなずくと、カイアがその葉書をかざした。ハーゲンが見たのは、噴煙を上げている火山のように見える写真だった。

「これはアデーレが到着したはずの日にキガリで投函されています」ハリーは言った。「しかし、まず指摘しておくべきは、これはルワンダではなくてコンゴにあるニーラゴンゴ山の写真だということです。次に、ジーン・フーに頼んでこの葉書とアデーレ・ヴェトレセンを名乗る女性がホテル・ゴリラで記入した宿泊カードの筆跡を較べてもらいました」

「その結果、絶対に同一人物のものではないとの確認が取れました」カイアが言った。「まあ、わたしでもわかることですけどね」

「なるほど、なるほど」ハーゲンが言った。「だが、きみたちはこれを持ってどこを目指しているんだ?」

「これほどの手間をかけてまで、アデーレ・ヴェトレセンがアフリカへ行ったと偽装しようとしただれかがいるんです」ハリーは言った。「以下はおれの推測です。アデーレはノルウェーで、この葉書を無理矢理書かされた。そして、二人目のだれかがその葉書をアフリカへ持っていって、ノルウェーへ送り返した。すべてはアデーレ・ヴェトレセンがアフリカへ行き、夢見る男性についてのことを故郷へ書き送った、そして、三月までは戻ってこない、と思わせるためだった」

「アデーレに扮した女性に心当たりはあるのか?」

「あります」

「ある?」

「キガリ空港の入国管理事務所に、ユリアナ・フェルニ名義の入国カードが残っていました。しかし、ベルゲンのわれらが友好的な変人が調べてくれたところでは、当該の日付に関して、その名前はルワンダ行きのどの航空会社のどの便の乗客リストにも載っていないし、現代的かつ電子的な予約システムを導入しているどのホテルにも記録がありません。そしてこの女性はキガリ発の三日後のルワンダ航空便の乗客リストに名前があります」

「その情報をどうやって手に入れたのか、教えてもらってもいいかな？」

「それはできません、ボス。が、ユリアナ・フェルニが何者でどこにいるか、知りたくありませんか？」

「何者で、どこにいるんだ？」

ハリーは時計を見た。「入国カードの情報によれば、彼女はドイツのライプツィヒに住んでいます。ライプツィヒへは行ったことがありますか、ボス？」

「ないな」

「おれもです。でも、ゲーテ、バッハ、そして、ワルツの王様の一人のゆかりの地として有名だってことは知っています。ワルツの王様の名前は何といったかな？」

「それが事件とどういう関係が……？」

「いや、それはともかく、あそこは旧東ドイツの町で、あの国の秘密警察シュタージの文書が保管されていることでも有名なんです。東ドイツが存在していた四十年のあいだに、そこで話されるドイツ語が少しずつ変化していき、聴覚が鋭い者なら聞き分けられるような微妙な違いが東ドイツと西ドイツで生じたことをご存じですか？」

「ハリー……」

「すみません、ボス。要点はこうです――十一月後半、東ドイツ訛りのある女性がコンゴのゴマという町にいた。キガリから車でちょうど三時間ぐらいのところです。おれが睨んだところでは、彼女はそこにいるあいだにボルグニー・ステム＝ミーレとシャルロッテ・ロッレス殺害の凶器を購入したはずです」

「パスポート発給時に警察に届け出られた書類のコピーを送ってもらいました」カイアが一枚の紙をハーゲンに渡した。

「ファン・ブールストが言っていた買い手の人相と一致しました」ハリーは言った。「ユリアナ・フェルニは大きくカールした赤錆色の髪でした」

「赤煉瓦色です」カイアが訂正した。

「もう一度言ってくれないか？」

カイアが書類を指さした。「彼女が持っていたパスポートは旧《ふる》い形式のもので、髪の色まで記載されているんです。彼らの言い方だと、〝赤煉瓦色〟なんですよ。ご存じでしょうけど、ドイツ人は徹底しているんです」

「おれのほうもライプツィヒの警察に電話して、彼女のパスポートを押収し、キガリを発ったことを証明する当該の日付のスタンプが捺されているかどうか調べてほしいと依頼してあります」

グンナル・ハーゲンが虚ろな目でプリントアウトを見つめた。ハリーとカイアの言ったことを理解しようとしてできないでいるようだったが、ようやく茂った片眉を上げた。「つまり……きみたちが言おうとしているのは……われわれが追跡していた人物を見つけたということなのか……」刑事部長は唾を呑み込み、直截的な言い方を何とか避けようとして言いよどんだ。それを声に出してしまうと、この奇跡が、この蜃気楼《しんきろう》が消えてしまうのではないかと恐れているかのようだった。「……連続殺人犯を？」

「いま言っている以上のことを言うつもりはありません」ハリーは答えた。「当面はね。いま、ライプツィヒの同業者がユリアナ・フェルニの個人データと犯罪記録を調べてくれています。ですから、間もなく、フェルニ嬢についてもう少し詳しいことがわかるはずです」

「しかし、素晴らしい知らせじゃないか」ハーゲンが笑みを浮かべてハリーを見、カイアを見た。彼女からはやる気満々のうなずきが返ってきた。

「そうとも言えないんじゃないですか」ハリーはごくりとコーヒーを飲んだ。「アデーレ・ヴェトレセンの家族にとってはね」

ハーゲンの顔から笑みが消えた。「確かにそうだな。それでも、何らかの希望が……？」

ハリーは首を横に振った。「彼女は死んだんです、ボス」

「しかし……」

そのとき、電話が鳴った。

ハリーは受話器を取った。「もしも《ヤ》し《ー》、ギュンター！」そして、緊張した笑みを浮かべてつづけた。「そうだ、ダー《ャー》ティ・ハリーだ。早いな」

グンナル・ハーゲンとカイアが観察していると、ハリーは黙って耳を澄ませていたが、やがて「ありがとう」と言って会話を終え、受話器を戻した。そして、咳払いをした。

「彼女は死にました」

「ああ、きみがそう教えてくれたじゃないか」ハーゲンが言った。

「いや、アデーレ・ヴェトレセンじゃなくて、ユリアナ・フェルニです。十二月二日にエルスター川で発見されました」

ハーゲンが小声で悪態をついた。

「死因は何ですか？」カイアが訊いた。

ハリーは遠くを見つめて答えた。「溺死だ」

「事故かもしれませんよ」

ハリーはゆっくりと首を横に振った。「川で溺れたんじゃないんだ」

沈黙が落ち、隣室のボイラーの音が聞こえた。

「口のなかに傷があったんですか？」カイアが訊いた。

ハリーはうなずいた。「きっちり二十四カ所だ。彼女は自分を殺す道具を持って帰るためにアフリカへ行かされたんだ」

34　中ぐらいの大きさ

「では、ユリアナ・フェルニがライプツィヒで死体で発見されたのは、キガリから帰って三日後ですね」カイアは言った。「その前、彼女はアデーレ・ヴェトレセンとしてそこへ行き、アデーレ・ヴェトレセンとしてホテル・ゴリラにチェックインし、本物のアデーレ・ヴェトレセンが書いた、というか、おそらく書かされた葉書を送ったわけですか」

「まあ、そんなところだ」ハリーが新しくコーヒーを淹れながら答えた。

「そして、彼女はそれをだれかと共謀してやったに違いないと、きみはそう睨んでいる」ハーゲンが言った。「その共謀者が痕跡を消すために彼女を殺した、と」

「そうです」ハリーは答えた。

「だとすると、ユリアナ・フェルニとその共謀者の繋がりを見つけなくてはならないだろうが、それはそんなに難しくないはずだ。この類いの犯罪を組んでやるとしたら、その関係はかなり近いはずだからな」

「そうだとしても、繋がりを見つけるのはかなり難しいと思いますよ」

「なぜだ？」

「なぜなら」ハリーはコーヒーメーカーの蓋を閉じてスイッチを入れた。「ユリアナ・フェルニに前科があるからです。薬物《ドラッグ》、売春、浮浪。要するに、こういう仕事のために雇うのが簡単なタイプなんです。金さえ出せばね。それに、現時点ですべてが示唆しているのは、この共謀者というか、背後にいる人物は一切の手掛かりを残すつもりがなく、それが最も重要だと考えているということです。カトリーネが見つけてくれたところでは、ユリアナ・フェルニはライプツィヒからオスロにきています。そして、オスロからキガリまで、アデーレ・ヴェトレセンの名前を使いつづけています。にもかかわらず、フェルニの携帯電話からノルウェーへ、ノルウェーからフェルニの携帯電話への通話記録は、カトリーネによれば一本もありません。背後にいるこの人物はそれほど用心深く、周到にやっているんです」

「ほとんど手が届いたと思ったんだが……」ハーゲンが肩を落とした。

ハリーは机に腰を下ろした。「もう一つ、解決しなくてはならない問題があります。あの夜、ホーヴァス小屋に一泊した客たちです」

「その客たちがどうしたんだ？」

「宿帳の破り取られているページに載っていた客全員が標的だという可能性を排除できません。ですから、彼らに警告する必要があります」

「どうやって？　彼らの名前もわからないんだぞ？」

「メディアを使うんですよ。その結果、われわれが痕跡を見つけたと犯人に教えてやることになるとしても、やるしかないでしょう」

ハーゲンがゆっくりと首を振った。「破られたページに載っていた客全員が標的というのは、きみがたったいまたどり着いた仮説にすぎないんだろう？」

「いいですか、ボス」ハリーはハーゲンの目を見た。「われわれがホーヴァス小屋にぶち当たったとき、すぐにメディアを通して警告を発していれば、エリアス・スコーグの命は救われたかもしれないんです」

室内が静まり返った。

「メディアは駄目だ」ハーゲンが拒否した。

「なぜですか？」ハリーは訊いた。

「われわれの警告に反応する者が出てくれれば、あの小屋にいたほかの客を突き止め、実際は何があったかを知ることができるかもしれませんよ」カイアがつづいた。

「メディアは駄目だ」ハーゲンが繰り返し、腰を上げた。「われわれが捜査していたのは失踪人に関してであり、その過程で殺人事件との関連がわかったということだ。そして、この殺人事件はクリポスの担当だ。われわれはその情報を渡さなくてはならないし、そこから先は彼らに任せるしかない。ベルマンに電話する」

「待ってください！」ハリーは制止した。「あいつはおれたちの手柄を横取りするんじゃないですか？」

「教えてくれ、横取りされるどんな手柄がわれわれにあるんだ？」ハーゲンは出口へ歩き出した。「もう片づけを始めてもいいぞ」

「ちょっと性急すぎませんか？」カイアが言った。

二人が彼女を見た。

「だって、失踪人の件はまだ落着していないんですよ。彼女の所在を突き止める努力をしてからでも、ここを片づけるのは遅くないんじゃありませんか？」

「どうやってやるつもりなんだ？」ハーゲンが訊いた。

「さっきハリーが言ったとおり、調べるんです」

「いったいどこを調べればいいかもわかっていないじゃないか」

「ハリーが知っています」

二人はハリーを見た。片手でコーヒーメーカーからサーバーを外し、もう一方の手に持ったカップに泥褐色の液体を注いでいるところだった。

「そうなのか？」ハーゲンがようやく訊いた。

「もちろんです」

「どこだ？」

「あなたにとって面倒なことになりますよ」ハリーは言った。

「うるさい、とっとと教えろ」ハーゲンは本心とは裏腹なことを口走りながら思った。おれはいま、また同じことを繰り返そうとしているぞ。この長身で金髪の警察官は何なのだ？向こう見ずで危険な博奕を打つとき、必ず他人を引きずり込みやがる。

オーラヴ・ホーレがハリーと息子の隣りにいる女性を見上げた。

彼女は自己紹介するとき、膝を曲げ、身体を屈めてお辞儀をした。それを見て、ハリーは父親がそれを好きだったことを思い出した。女性がそういうやり方をしなくなったと、いつも文句を言っていたっけ。

「では、あなたはハリーの同僚なんだ」オーラヴが言った。「息子は行儀よくしているかな？」

「仕事で出てきたんで」ハリーは言った。「ちょっとご機嫌うかがいに寄ってみただけだよ」

父親が弱々しく微笑み、息子を手招きした。ハリーは近寄ると身を乗り出して耳を澄ませ、そして、たじろいだ。

「大丈夫だよ」ハリーは言ったが、声が突然掠《かす》れてしまった。「夕方またくるから、いいね？」そして、立ち上がった。

廊下で看護師のアルトマンと出くわし、彼を呼び止めて、カイアには先に行っていてくれと身振りで示した。

「実は頼みがあるんだが、どうだろう、やってもらえないかな」カイアに聞かれる心配がなくなると、ハリーは看護師に言った。「様子を見にきて帰るところなんだが、父が痛みを訴えているんだ。きみには絶対にそれを認めないと思う。というのは、鎮痛剤を増やされて……その……薬物依存……になるのを異常に恐れているんだ。いま、家族のなかにそれに類する問題があるんでね、わかってもらえるかな」

アルトマンが曖昧な発音で何か言い、ハリーは聞き取れなくて一瞬まごついたが、〝わかった〟と答えたのだと最終的には気がついた。「ただ、いまは病棟の巡回をしているところで、お父さんの病室へは行かないんですよ」

「きみを見込んで、無理を承知で頼んでるんだ。恩に着るから」

アルトマンが眼鏡の奥で片目をつむり、自分とハリーのあいだの一点を思案げに見つめた。

「やってみましょう」

「ありがとう」


カイアにハンドルを握ってもらい、ハリーはブリスケビー消防署の隊長と電話で話した。

「お父さま、いい人みたいですね」ハリーが電話を切ると、カイアが言った。

ハリーはそれを認めた。「母のおかげだよ。母が生きているあいだは、父はよかった。母が最善の状態を保たせてくれていたんだ」

「あなた自身にも当てはまる話のように聞こえますけど」

「何だって?」

「最善を保たせてくれるだれかがいたんでしょ?」

ハリーは窓の向こうへ目をやり、そして、うなずいた。

「ラケルですか?」

「ラケルとオレグだ」ハリーは答えた。

「ごめんなさい、そんなつもりでは――」

「かまわんさ」

「刑事部へ配属になったとき、スノーマン事件の話で持ちきりだったんです。犯人があの二人を、そして、あなたを殺そうとしたんですよね。でも、二人とは事件が起こる前に終わっていたんですよね？」

「ある意味ではな」ハリーは言った。

「連絡を取ったことはあるんですか？」

ハリーは首を振った。「おれたちは事件をなかったことにする努力をしなくちゃならなかった。オレグに忘れてもらうためだ。あの子の年齢なら、まだそれが可能だからな」

「常にそうとは限りませんよ」カイアが悲しげな笑みを浮かべて言った。

ハリーは彼女に目を走らせた。「おまえさんをよくしてくれたのはだれなんだ？」

「エーヴェンです」カイアが即答した。

「大恋愛はなかったのか？」

彼女が首を横に振った。「特大のものはありません。小さなものがいくつかあっただけです。それと、中ぐらいの大きさのものが一つ」

「自分のほうから男の尻を追いかけたことは？」

カイアがおかしそうに小さく笑った。「尻を追いかける？」

ハリーは苦笑した。「その領域に関しておれが持ち合わせている語彙はちょっと古いんだ」

カイアがためらった。「わたし、ある男性が気になっているみたいなんです」

「で、先行きは……？」

「明るくはないでしょうね」

「当ててみようか」ハリーは窓を開けて煙草に火を点けた。「そいつは結婚していて、おまえさんのために妻子と別れると言っている。だが、実行しそうにない」

カイアが笑った。「当ててみましょうか。あなたって、当たったときのことしか憶えていなくて、自分は他人の心を読むのがとてもうまいと思ってるタイプなんじゃないですか？」

「そして、そいつはもう少し時間をくれと言ってるんだろ？」

「それも外れです」彼女が言った。「彼は何も言っていません」

ハリーはうなずいた。さらに聞こうとして、はたと気がついた――知りたくない。

35　潜水

　リーセレン湖のきらきら輝く黒い水面を霧が流れていた。岸に沿って立ち並ぶ樹木は肩を丸めた陰気で無口な証人のようだった。その静謐《せいひつ》を、指示を叫ぶ声、無線通信、ダイバーが後ろ向きにゴムボートから湖に飛び込む音が破った。活動は製縄所の最寄りの岸から開始された。捜索回収チームのそれぞれの班長は部下を扇形に展開させ、自分たちは陸地にとどまって、格子状に区切った地図の、捜索を終えた部分の升目を×印で潰しながら、止まってほしいダイバーや引き返してほしいダイバーに命綱を引っ張って合図を送っていた。その命綱には通信ケーブルが埋め込まれ、ヤルレ・アンドレアセンのようなプロのダイバーたちのフルフェイスのマスクのなかまで伸びて、言葉によるやりとりもできるようになっていた。

　ヤルレは救難ダイバーの訓練を受けて資格を得てからまだ半年しか経っておらず、こうやって潜水しているときの心拍数がまだ多かった。心拍数が多いということは酸素の消費が早いということであり、ブリスケビー消防署の経験豊かなダイバーたちは彼を〝うき〟と呼んでいた。たびたび水面へ浮き上がって酸素ボンベを交換しなくてはならなかったからである。

　水の上はまだ十分に明るかったが、水の下は夜のように暗かった。決まりどおり、湖底から一メートル五十センチのところを泳ぎつづけようとしたが、それでも泥を巻き上げてしまい、水中ライトの光がその泥を照らす結果になって、ところどころで視界がさえぎられた。左右数メートルのところに仲間のダイバーがいるとわかっていても、自分しかいないように思われた。孤独で、骨の髄まで凍るように冷たかった。たぶん、まだ数時間は潜らなくてはならないはずだった。酸素の残量が仲間より少ないことはわかっていて、自分に腹が立った。消防署のダイバーのなかで最初に酸素ボンベを交換することになるのはまあいいとしよう。しかし、ボランティアのダイバーより先に水面に上がることにもなるのではないか。改めて前方に目を凝らし、息を止めた。酸素の消費を抑えようと意識したからではなく、前方へ伸びているライトの光の中間地点、陸に近い泥床に根を張ってゆらゆら揺れて茂っている水草のなかに、漂っている何かが見えたからだった。それはこの水底にいるべきものではなく、そもそも棲息できないはずの、未知の生物だった。だからこそとても魅惑的であり、同時に、とても恐ろしくもあるのだろう。それとも、ライトがその黒い目を照らして、そのせいで生きているように見せているからか。

「大丈夫か、ヤルレ?」

班長が訊いた。部下のダイバーの息遣いに耳を澄ませているのも任務の一つだった。彼らが息をしていることを確認するためだけでなく、心配すべき兆候がそこに表われていないかどうかを聞き取るためである。あるいは、過度の静寂を。血液は水深二十メートルで窒素を蓄え出して、いわゆる〝深海の狂喜〟が表われる恐れが生じてくる。その〝窒素酔い〟状態になると、物事を忘れはじめ、簡単な作業が難しくなる。さらに深いところでは、目眩《めまい》や視野狭窄《きょうさく》が生じたり、まったく不合理な行動を取ったりするようになる。大袈裟な作り話にすぎないのかどうかはわからなかったが、水深四十メートルで笑いながらマスクを外したダイバーが一人ならずいることは、ヤルレも聞いて知っていた。いまのところ、彼が経験したことのある〝酔い〟状態は、土曜の夜の遅い時間にパートナーと楽しむ、赤ワインに導かれての心地いい静謐だけだった。

「大丈夫です」ヤルレは答え、呼吸を再開した。酸素と窒素の混合ガスを吸い込んで吐き出すと、無数の泡になって水中へ放出された呼気が必死に水面を目指して耳元を通り過ぎていく音が聞こえた。

それは大きな赤い鹿で、頭が下、尻が上になった形で直立し、巨大な枝角が岩の表面に引っかかっているように見えた。岸で餌を探していて転落したのだろう。それとも、何かに、あるいはだれかに追われて湖に入ってしまったのか。それ以外、鹿がこんなところにいる理由はないはずだ。たぶんイグサや睡蓮の長い茎に絡まり、逃れようと暴れてみたものの、したたかな緑の触手にさらにしっかりとからめ捕られる結果に終わったのだ。そして、沈んでいきながらもがきつづけてついに溺死してしまい、湖底にとどまった。バクテリアと化学反応によって体内に発生したガスのせいでふたたび水面へ浮かび上がるはずだったのが、枝角が水底に生育している緑の植物の格子に引っかかってしまい、数日のうちに体内に溜まっていたガスが抜け、そのままとどまることになったのだろう。溺死した人間も同じだ。いま探している人物にも同じことが起こったのではないか。だから、見つかっていないのだ。水面に浮かび上がってこなかったということだ。そうだとすれば、いまも湖底のどこかに沈んでいるはずだ。泥に覆われているのかもしれない。その泥は接近すれば必ず上へと渦を巻いて舞い上がるから、今回のように捜索範囲を小さく区切ったとしても、永遠に秘められたままでありつづけることもあり得なくはないだろう。

ヤルレ・アンドレアセンはダイバー用の大型ナイフを握り、鹿のほうへ泳いでいって、枝角に絡んでいる茎を切断した。班長がそれを評価してくれないことは薄々わかっていたが、この美しい生き物が水のなかに囚われたままでいるのが耐えられなかった。死体は数十センチ浮き上がったが、更なる茎がそれ以上の上昇を妨げていた。命綱が葦《あし》の茂みにもつれないように注意しながら、手早くナイフを振るった。そのとき、命綱が引っ張られた。苛立っているのがわかるほどの、そして、ヤルレの集中力が一瞬途切れたほどの強さだった。ナイフが手から滑り落ちた。水中ライトの光を下に向けると、ちらりと何かがきらめき、泥のせいで見えなくなった。ヤルレは慎重にそこを目指し、手を差し込んだ。泥が灰のように舞い上がってきた。泥のなかをまさぐると、石と枝の手触りがあった。緑色で、腐って、ぬらぬらしていた。そして、何か硬いもの。鎖だった。たぶんボートのものだろう。また鎖。そして、鎖以外の何か。硬くてしっかりしている。何かの輪郭。穴、開口部。いきなり泡の低い音が聞こえ、直後に脳が考えを形にした——おれは怖がっている。

「大丈夫か、ヤルレ？　ヤルレ？」

大丈夫でなんかあるものか。厚い手袋をしていても、脳が十分な空気を取り入れられないでいるとしても、自分の手がどこを彷徨っているかは疑いの余地がなかった。それは人間の死体の開いた口のなかだった。

第四部

36　ヘリコプター

　ミカエル・ベルマンはヘリコプターで湖にやってきた。綿菓子をからめ捕ろうとするかのように回転翼《ローター》が霧を掻き回すなか、クリポスの局長は後部座席から身体を折り曲げて出てくると、そのままの姿勢で製縄所へと草むらを突っ切ってきた。その後ろに、コルッカとビーバスが小走りにつづいていた。反対側から、四人の男がストレッチャーを押してきた。ベルマンは彼らを止め、毛布をめくった。ストレッチャー係の四人が顔を背けるのを尻目に、ベルマンは身を乗り出し、膨張した白い裸の死体をしげしげと検めた。

「もういいぞ」彼は言い、四人をストレッチャーとともにヘリコプターへと向かわせた。

　そして、斜面のてっぺんで足を止めると、建物と湖のあいだにいる関係者を見下ろした。潜水用具を外したドライスーツ姿のダイバーたちのなかに、ベアーテ・レンとカイア・ソルネスの姿があった。その向こうでは、ハリー・ホーレが一人の男——ベルマンの推測では、スカイという現地の警察官だった——と話していた。

　クリポスの局長はコルッカとビーバスに待っているよう合図し、滑るようなしなやかな足取りで坂を下っていった。

「やあ、スカイ」ベルマンはロングコートにくっついている枝を払いながら言った。「クリポスのミカエル・ベルマンだ。電話で話したと思うが」

「はい」スカイが答え、背後にいるハリーのほうへ親指を立てた。「あの人の部下がここでロープを見つけた夜でしたね」

「今日もお出ましのようだな」ベルマンは言った。「疑問はもちろん、私の犯罪現場で彼が何をしているのかということだ」

「いや」ハリーは咳払いをした。「まず、ここは犯罪現場とは言いがたい。次に、おれは行方不明者を捜している。そして、われわれは捜していたものを見つけたようだ。ところで、三重殺人のほうはどうなんだ？　何か見つかったか？　ホーヴァス小屋に関するおれたちの情報は届いているんだろ？」

スカイはベルマンの一瞥の意味を理解し、さりげなく、しかし、足早に立ち去った。

ベルマンが湖を見渡しながら、人差し指で下唇を撫でた。軟膏でも塗っているような手つきだった。「いいだろう、ホーレ、わかってるんだろうな？　おまえはたったいま、おまえ自身とおまえの上司のグンナル・ハーゲンが職を失うだけでなく、職務怠慢容疑で告発されるのを確実にしたんだぞ？」

「ふむ。おれたちに任された仕事をおれたちがやったという理由でか？」

「おれが思うに、マーリット・オルセン殺しに使われたロープを作った製縄所のすぐそばでおまえが失踪人の捜索を行なった理由について、司法大臣からかなり詳細な説明を要求されるはずだ。私は一度はおまえたち刑事部にチャンスを与えてやった。二度目はないんだ。ゲーム・オーバーなんだよ、ホーレ」

「そのときには、おれたちは司法大臣にかなり詳細な説明をしなくちゃならんだろうな、ベルマン。そこには当然、ロープの出所をおれたちがどうやって突き止めたか、エリアス・スコーグとホーヴァス小屋という手掛かりにどうやってたどり着いたか、アデーレ・ヴェトレセンという四人目の被害者がいることをどうやって知ったか、そして、今日ここで彼女をどうやって発見したかについての情報も含まれるはずだ。クリポスが人的資源やら何やらを総動員し、そのあげく、二カ月以上も何の結果も出せなかった仕事だよな。そうだろ、ベルマン？」

ベルマンは答えなかった。

「司法大臣がこの国の殺人事件捜査にだれが一番ふさわしいかを決めるんだよな？　その判断に影響を与えるかもしれないぞ？」

「自分を過信するのはやめるんだな、ホーレ。おまえなんかこんなふうに潰してやるさ」ベルマンが指を鳴らした。

「いいだろう」ハリーは言った。「どっちも決め手を持っていないわけだ。だとしたら、おれが降りるというのはどうだ？」

「それはいったいどういう意味だ？」

「おまえがすべてを手にする。おれたちが持ってるすべてをな。おれたちは一切手柄を要求しない」

ベルマンが猜疑《さいぎ》の目でハリーを見た。「われわれに協力する理由は何だ?」

「簡単だよ」ハリーは煙草の最後の一本を取り出した。「それが仕事だからだ。おれは殺人犯を捕まえるのを助けることで給料をもらってるんだ」

ベルマンが顔をしかめ、肩から上を揺らした。まるで笑っているかのようだったが、声は外へ漏れてこなかった。「心にもないことを言うな、ホーレ。何が望みだ?」

ハリーは煙草に火を点けた。「グンナル・ハーゲン、カイア・ソルネス、それから、ビョルン・ホルムをこのことで咎めないでもらいたい。たかがその程度のことが警察内でのおまえの将来に影響することはないだろう」

ベルマンが親指と人差し指で下唇全体をつまんだ。「やってみてもいいかもしれんな」

「それから、おれをこの件に加えてもらいたい。おまえたちが持ってる材料、情報、捜査のための情報源、すべてに接触したい」

「いい加減にしろ!」ベルマンが手を挙げた。「おまえ、耳が聞こえないのか、ホーレ?この件に首を突っ込むなと言ったはずだ」

「おれたちなら犯人を捕まえられる、そうだろう、ベルマン。いまはそっちのほうがはるかに重要で、どっちが指揮を執るかは二の次なんじゃないのか?」

「おまえ……!」ベルマンが怒鳴ろうとし、いくつかの顔が自分たちのほうへ向けられたことに気づいて口を閉じると、ハリーに一歩近づいて声を落とした。「おまえ、おれを馬鹿だとでも思ってるのか、ホーレ？ そういう言い方はやめろ」

ハリーの煙草の煙を、風がベルマンの顔へ運んだが、彼は瞬きもしなかった。ハリーは肩をすくめた。

「教えてやろうか、ベルマン？ おれはこれを権力や政治がらみでは考えていない。おまえは手柄を立てて英雄になりたがっているガキだ。単純極まりない話だ。そして、その手柄をおれが台無しにするのを恐れている。だが、そんなのはもっと簡単に解決できるんだ。どっちがあのダイバーのゴムボートまで小便を飛ばせるか勝負するってのはどうだ？」

ミカエル・ベルマンが今度は本気で笑った。声の大きさも何もかもが本物だった。「おまえ、注意書きを読んだほうがいいぞ、ハリー」

そして、不意に右手を突き出したと思うと、ハリーが反応する間もなく、彼がくわえていた煙草をはたき落とした。煙草は水に落ち、じゅっと音を立てて消えた。

「〝煙草は人を殺す〟だ。じゃあな、いい一日になることを祈ってやろう」

ハリーはヘリコプターの離陸音を聞きながら、水に浮かんでいる最後の一本を見た。紙が濡れて灰色に変わり、火の消えた先端が黒くなっていた。


暗くなりはじめたころ、ハリーとカイア、そしてベアーテは駐車場に近い岸で潜水班のボートを降りた。木々のあいだでいきなり何かが動き、そのあとにいくつものカメラのフラッシュがつづいた。ハリーがそれをさえぎろうと本能的に腕を上げたとき、闇のなかからローゲル・イェンネムの声が聞こえた。

「ハリー・ホーレ、あなたが若い女性の死体を発見したという噂が飛び交ってるんですがね。被害者の身元はわかってるんですか？　これまでの三件の殺人事件との関連はどうなんでしょう？」

「ノー・コメントだ」ハリーは手探りで歩きつづけた。半ば目が眩んでいた。「現時点では、これは行方不明者の捜査で、言えるのは発見されたのが当該行方不明者であるかもしれないということだけだ。おまえさんが言ってるらしい殺人事件に関してはクリポスに訊いてくれ」

「被害者の名前は？」

「身元を特定して、近親者に知らせるのが先だ」

「しかし、これまでの殺人事件と関連している可能性は排除されない――」

「いつものとおり、おれはどんな可能性も排除してないよ、イェンネム。あとで記者会見が開かれるはずだ」

ハリーは車に乗り込んだ。すでにカイアがエンジンをかけ、ベアーテは後部座席にいた。三人はカメラのフラッシュを背に、悪路に揺られながら幹線道路へと向かった。

「そろそろ教えてもらえませんか」ベアーテ・レンが運転席と助手席のあいだから身を乗り出した。「アデーレ・ヴェトレセンの捜査がどうしてこれにつながったんですか？」

「純然たる論理的推理だ」ハリーは言った。

「そんなことは言われなくてもわかっています」ベアーテがため息をついた。

「実は、恥ずかしながら最近まで考えつかなかったんだ」ハリーは言った。「犯人がどうしてあれっぽっちのロープを手に入れるためにはるばる廃製縄所まで行ったのか、ずっとその理由がわからずに引っかかっていた。ロープの出所がここだと突き止められる可能性はあるし、ロープなんてそこらで買おうと思えば買えるんだからな。もちろん、答えは明白だった。にもかかわらず、アフリカの奥地にある湖を見ているときにようやく気づいたという体《てい》たらくだ。犯人はロープ欲しさにここへきたんじゃない。ここでほかのことにロープを使う必要があって――ロープはここにごろごろある――、それから家へ持って帰って、のちにマーリット・オルセンを殺すのに使ったんだ。犯人がここへきたのは、捨てなくてはならない死体がすでにあったからだ。アデーレ・ヴェトレセンの死体がな。おれたちが最初にここへきたとき、地元警官のスカイが教えてくれたじゃないか、ここが湖の一番深い部分だとな。犯人は彼女のズボンに石を詰め、腰と脚をロープで縛って、ボートから湖へ放り込んだんだ」

「彼女がここへくる前に死んでいたとどうしてわかるんです？　溺死させられたのかもしれませんよ？」

「彼女の首が大きく切られている。司法解剖すればわかるだろうが、彼女の肺に水は溜まっていないはずだ」

「そして、血液にケタノームが含まれていたら、シャルロッテやボルグニーと同じですね」ベアーテが言った。

「ケタノームは即効性の麻酔薬なんだそうだ」ハリーは言った。「おかしなことだが、初耳だったよ」

「そんなにおかしくはありませんよ」ベアーテが言った。「ケタノームはケタラール以前に使われていたもので、質が劣るんです。ケタラールは患者が自発呼吸できる形で麻酔状態に入ることができるという利点があるんですよ。ＥＵとノルウェーでは、ケタノームは副作用があるという理由で九〇年代に使用が禁止されています。発展途上国ではいまも普通に手に入りますけどね。クリポスはしばらくのあいだそれを重要な手掛かりと見ていたけど、結局どうにもなりませんでした」

四十分後、ベアーテはブリン地区の犯罪鑑識課の前で車を降りた。ハリーは待っていてくれとカイアに頼んで、ベアーテのあとを追った。

「もう一つ、訊きたいことがあった」ハリーは言った。

「あら、何でしょう？」ベアーテが寒さに震えて手を擦りながら訊き返した。

「おまえさん、犯行現場の可能性のあるところで何をしていたんだ？　なぜビョルンがそこにいなかったんだ？」

「ビョルンに関しては、ベルマンが特別な任務を与えたんです」

「特別な任務って何なんだ？　便所掃除か？」

「違います。鑑識と戦略立案課のあいだの調整です」

「何だって？」ハリーが不審げに眉を上げた。「そりゃ出世ってことだろう？」

ベアーテが肩をすくめた。「ビョルンは優秀です。早すぎはしませんよ。ほかに何か？」

「いや」

「じゃ、失礼します」

「じゃあな。ああ、いや、ちょっと待ってくれ。おれたちがどこでロープを見つけたかをベルマンに教えるよう頼んだあの件だが、教えてやったのはいつだ？」

「いいですか、あなたが電話をしてきたのは夜だったんですよ。だとすれば、次の日の午前中まで待つしかないじゃないですか。どうしてそんなことを訊くんです？」

「いや、特に理由はないんだ」ハリーは言った。

車へ戻ると、カイアが急いで携帯電話をポケットにしまった。

「あの死体のニュースが、早くも〈アフテンポステン〉のウェブサイトに載っているそうです」彼女が言った。

「ほんとか？」

「あなたの顔写真とフルネームがでかでかと出ていて、〝捜査を指揮している〟ことになっているんですって。それにもちろん、この件はこれまでの三件の殺人事件と結びつけられています」

「それがあいつらの仕事だからな。ふむ。腹は減ってるか？」

「とても」

「予定はあるのか？　ないんだったら、ご馳走するぞ」

「嬉しい。お店はどこですか？」

「〈エーケベルグ・レストラン〉だ」

「すごい。素敵。そこを選ぶなんて、何か特別な理由でも？」

「いや、友だちの一人が昔話を並べ立てているときに頭に浮かんだんだ」

「どんな昔話なんですか、教えてください」

「教えるほどのことじゃない。変わりばえのしない若気の至りの――」

「若気の至り！　いいじゃないですか！」

　ハリーは小さく笑うと、繁華街が近くなり、エーケベルグの尾根の頂きに雪が降りはじめるなか、キラー・クイーンの話を聞かせてやった。彼女は〈エーケベルグ・レストラン〉の愛情を一身に集めた女性であり、そのレストランはかつてのオスロで最も魅力的な機能主義の建築物であり、いまは修復を施されて往時の姿を取り戻していることを。

「だが、八〇年代にはひどく荒廃していて、みんなに見切りをつけられていた。酔っぱらった客がグラスを倒さないようにしながらテーブルを経巡ってパートナーを探し、身体を預け合うようにしてフロアをゆらゆらと動き回る、ただのダンス・レストランに成り下がってしまっていたんだ」

「なるほど」

「おれはエイステインとトレスコーと連れだってよくノールストラン海岸のドイツ軍の掩蔽壕へ行き、その上でビールを飲みながら、年頃の女の子が通りかかるのを待ったもんだ。十七のとき、おれたちは勇をふるってあのレストランへ行き、年齢を偽って店に入った。実は嘘をつく必要はなかった。店はすでに、だれからだろうと手に入れられる金はすべて手に入れなくちゃならない状態にあったんだ。ダンス・バンドは恐ろしく下手糞だったが、少なくとも演奏はしていた。『サテンの夜』だ。そして、ほぼ毎晩出演するスター・ゲストがいた。われわれは彼女を〝キラー・クイーン〟と呼んでいた。女軍艦だったよ」

「女軍艦？」カイアが笑った。「その女軍艦は男性の尻を追いかけていたんですか？」

「ああ」ハリーは答えた。「完全艤装《ぎそう》したガレオン船のように、つまり、恐ろしくおっかなくもセクシーに迫るんだ。移動遊園地のように何でもありで、彼女の曲線はジェットコースターのようだった」

カイアがさらに大きな声で笑った。「田舎の遊園地を想像すればいいのかしら？」

「ある意味ではな」ハリーは言った。「だが、彼女があのレストランへやってくる最大の目的は、見られて憧れられることにあったんじゃないかな。それから、色褪せたダンスフロアの王たちから無料で飲ませてもらうことももちろんそうだ。キラー・クイーンがそのなかのだれかと一緒に帰っていくのを見た者はいない。もしかすると、それがわれわれを魅了したのかもしれない。自分に憧れてくれる男のレベルを一段階か二段階下げなくてはならないけれど、それでも品格は保っている女性、というわけだ」

「それから？」

「エイスティンとトレスコーが、彼女をダンスに誘ったらウィスキーを一杯ずつ奢ると挑発してきた」

車は路面電車の軌道を渡り、レストランへつづく急な坂道を上った。

「それで？」カイアが訊いた。

「挑発に乗ってやったよ」

「それで？」

「彼女と踊った。そのうちに、足を踏まれつづけて気分が悪くなるくらいなら外へ出て歩くほうがいいと彼女が言って、先に立って店を出ていった。八月で暑かったし、見てのとおり、このあたりは林しかない。茂みは深いし、人目につかないところへ行ける小径もたくさんあるから、隠れるにはうってつけだ。おれは酔っていたが、それでもずいぶん興奮していたから、何か言ったら声が震えているのを悟られるぐらいのことはわかっていた。だから、一言もしゃべらなかった。それがよかったんだろう、しゃべるのは彼女が一手に引き受けてくれた。それ以外のこともだ。そのあと、家へこないかと誘ってきた」

カイアがにやにや笑いながら訊いた。「それはそれは。で、どうなったんです？」

「その話は飯を食いながらでいいだろう。着いたぞ」

二人は駐車場に入れた車を降りて、レストランへの階段を上がった。ヘッドウェイターが入口で出迎え、名前を訊いた。予約はしていないんだが、とハリーは答えた。

呆れたと言わんばかりに天を仰いで目を回したくなる衝動を、ウェイターは辛うじてこらえた。

「ふた月先まで満席だとさ」バーで煙草を買って店を出ながら、ハリーが小馬鹿にするように吐き捨てた。「水漏れがして、便所の陰で鼠が鳴いているようなレストランにすべきだったかな。少なくともそこなら入れただろうからな」

「わたしにも煙草を一本もらえますか」カイアが言った。

二人は低い煉瓦の塀へと歩いていった。そこから、森がなだらかにオスロへと下っていた。西の空にある雲がオレンジと赤に染まり、ハイウェイの車の列が街の暗さを背景に燐光のようにぎらついていた。まるでそこに俯《うつぶ》せ、目を光らせて待ち受けている、保護色の猛獣みたいだ、とハリーは思った。そして、煙草を二本取り出し、両方に火をつけて、一本をカイアに渡した。

「話の続きをお願いします」彼女が言い、煙を吸い込んだ。

「どこまで話したかな？」

「キラー・クイーンに自宅へ連れていかれたところまでです」

「そうじゃない、誘われただけだ。そして、おれは丁重に断わった」

「断わったんですか？　嘘でしょう。なぜです？」

「いつ戻ってくるかをエイスティンとトレスコーに訊かれて、友だち二人と無料《ただ》のウィスキーを置き去りにして姿を消すわけにはいかないと言ってあったからな」

カイアが笑い、景色の上へ煙を吐いた。

「だが、それはもちろん嘘だ」ハリーは言った。「友情とは何の関係もない。十分に魅力的な申し出を前にしたら、男にとって友情など意味を持たない。何一つ、だ。本当のところは、おれに勇気がなかったからだ。キラー・クイーンは何よりも恐ろしい領分にいる存在だったんだ」

しばらくのあいだ二人は黙って腰を下ろし、低い唸りのような街の音を聞きながら、立ち昇る紫煙を見つめていた。

「考えているんですか」カイアが言った。

「ふむ。ベルマンのことをな。あいつのところへは何であれすべての情報が集まるらしい。おれがノルウェーに戻ってくることだけでなく、どの便に乗っているかまで知っていたんだからな」

「警察本部に情報源を持っているのかもしれませんね」

「ふむ。今日のリーセレン湖でスカイが言っていたんだが、おれたちが製縄所にいたのと同じ日の夜、ベルマンはロープのことで彼に電話をしているんだ」

「ほんとですか？」

「だが、ベアーテによれば、彼女がベルマンにロープのことを教えたのは、おれたちが製縄所にいた次の日の午前中だ」ハリーは斜面の上に放物線を描く煙草の火先を目で追った。

「そして、ホルムが鑑識課と戦略立案課のあいだの調整官に出世している」

カイアが驚きを顔に浮かべてハリーを見た。「それはあり得ませんよ、ハリー」

ハリーは応えなかった。

「ビョルン・ホルムがですか？　彼がわたしたちの行動を逐一ベルマンに知らせていたとい

うんですか？　あなたたち二人はずいぶん前から一緒に仕事をしているんだから……味方のはずでしょう！」

ハリーは肩をすくめた。「言っただろう」そして、煙草を地面に落とすと、踵で踏みにじるようにして消した。「十分に魅力的な申し出を前にしたら、男にとって友情など意味を持たないんだ。〈シュレーデルス〉の〝今日のお薦め〟に付き合う勇気はあるか？」

いまや常に夢を見ている。夏で、私は彼女を愛していた。私はとても若く、欲しいと強く願えば手に入ると考えていた。

アデーレ、きみは彼女の笑顔を持ち、彼女の髪を持ち、彼女の不実な心を持っていた。やつらがきみを見つけたと〈アフテンポステン〉が言っている。その身体の内側と同じぐらい外側も腐っていればいいのだが。

ハリー・ホーレ警部に捜査の指揮を執らせるとも、あの新聞は書いている。スノーマンを捕まえた警察官だ。もしかしたら希望があるかもしれない。つまるところ、警察は人の命を救えるかもしれない。

〈ヴェルデンス・ガング〉のウェブサイトに載っているアデーレの写真をプリントアウトし、それを壁に留めたところだ。隣りには、ホーヴァス小屋の宿帳から破り取ったページが留めてある。いまやそこにあるのは三人の名前だけだ。そして、そこには私も含まれている。

37　人物像調査《プロファイリング》

〈シュレーデルス〉の〝今日のお薦め〟は刻んだキャベツとじゃがいもと肉の炒め物で、目玉焼きと生のタマネギが添えられていた。

「おいしいですよ」カイアが言った。

「今日は料理人が素面のようだな」ハリーが同意し、指をさした。「あれを見てみろ」

カイアが振り返って、ハリーが指さすテレビを見上げた。

「あら、こんにちは！」彼女が言った。

ミカエル・ベルマンの顔が画面いっぱいに映っていた。ボリュームを上げてくれとハリーはリータに合図し、ベルマンの口の動きを観察した。柔らかな、女性のような容貌。強い光を発している褐色の目、その上で優雅な弧を描いている眉。霙《みぞれ》が肌に貼りついているかに見える白い斑点も、彼を醜くしてはいなかった。それが実際のところ、もっとよく見てみたいという珍しい動物を前にしたときのような興味をそそっていた。彼の電話番号が非公開――大半の刑事がそうだったが――でなかったら、留守番電話は欲望に満ちたメッセージ、そのあとの失恋のメッセージでいっぱいになるだろうと思われた。そのとき、ハリーの耳に音が届いた。

「……十一月七日にホーヴァスの山小屋に宿泊されたみなさんにお願いします。できるだけ早く警察へ連絡をいただきたい」

そのあとアナウンサーが画面に戻ってきて、別のニュースになった。

ハリーは皿を押しやると、コーヒーを持ってきてくれと合図した。「アデーレの死体を見つけたいま、犯人についてのおまえさんの考えを聞かせてくれないか。どういう人物だと思う?」

「なぜそんなことを?」カイアが訝り、水を飲んだ。「明日からは別の仕事をすることになってるんですよ?」

「単なるお楽しみだ」

「あなたには単なるお楽しみなんですか、連続殺人犯のプロファイリングが?」

ハリーは爪楊枝をくわえた。「それに対するいい答えがあるのはわかってるんだが、思い出せないんだ」

「あなた、おかしいですよ」

「で、彼はだれなんだ?」

「まず、依然として男です。そして、依然として連続殺人犯です。アデーレが一人目だとは限らないと思います」

「その理由は?」

「手口にまったく抜かりがなかったでしょう。そこから考えると、とても冷静だったはずだからです。初めて人を殺すときはそんなに冷静ではいられません。それに、あれだけ巧みに隠したということは、発見されないよう意図しているのが明らかです。現時点での行方不明者の多くにこの犯人が関係している可能性を示唆してもいます」

「なるほど。もう少し聞かせてくれ」

「そう言われても……」

「頼む。おまえさんがいま言ったとおり、犯人はアデーレ・ヴェトレセンを隠す際、実にいい仕事をしている。今回の連続殺人事件で、何かしら知っていることがある最初の被害者だ。ほかの殺人はどういうふうに行なわれたんだ？」

「犯人は徐々に大胆さを増していき、自信を深めています。被害者の死体を隠すのをやめてしまったでしょう。シャルロッテは森の外れの車の陰で発見され、ボルグニーは繁華街のオフィス・ビルの地下で見つかっているんですから」

「マーリット・オルセンは？」

これについてはカイアも少し考えた。「あれはやりすぎです。犯人は冷静さを欠いて、自分を抑えられなくなっています」

「あるいは」ハリーは言った。「犯人がレベルを一段階上げたのかもしれん。自分がどれほど利口かをみんなに見せつけたくて、被害者の死体を誇示しはじめていると考えられなくもないだろう。フログネル公園のプールでのマーリット・オルセン殺しはこれ以上ないぐらい世間の耳目を集めているが、それを実行するに際して冷静さを失っていたと思わせる形跡はほとんどない。あのロープを使ったことは最大の不注意だが、それ以外には手掛かりを残していない。違うか？」

カイアは時間をかけて考えていたが、やがて、違わないと首を横に振った。

「それから、エリアス・スコーグだ」ハリーは言った。「何か違いがあるか？」

「犯人は被害者を拷問しています。徐々に死に至らしめることによってね」カイアが言った。「犯人のなかにいるサディストが姿を現わしているんです」

「レオポルドの林檎も拷問器具だ」ハリーは言った。「だが、これがサディズムを目の当りにした最初だということについては、おれもおまえさんと同意見だ。同時に、あれは意識的にそうしたということでもある。犯人は自ら自分を露わにした。他人にそれを暴かれる前に。犯人はいまもこの見せ物の監督を担当しつづけているということだ」

コーヒーポットとカップが素っ気なく二人の前に置かれた。

「でも……」カイアが口を開いた。

「何だ？」

「犯人は被害者が苦しみ、最終的に死に至るのを見ていられるのに、その前に犯行現場を立ち去っているんですよ？　サディズムの性向を持つ殺人者だとしたら、それは少しおかしくありませんか？　大家の女性はエリアスの客が帰ったあと、バスルームから何かを殴りつけるような音がするのを聞いているんですよね。だとしたら、犯人が逃げたというのは――やっぱり変ですよ、違いますか？」

「鋭い指摘だな。で、結論は？　犯人はサディストの振りをしているだけだってことか？　だとしたら、そんなことをする理由は何なんだ？」

「わたしたちが犯人のプロファイリングをするのを知っているからです、いまやっているように」カイアが力のこもった声で言った。「その結果、わたしたちが見当違いの場所を捜すはめになるよう仕向けるためです」

「ふむ。そうかもしれん。そうだとしたら、洒落たことをする殺人犯だな」

「何を考えているんです？　尊敬すべき頭のいい殺人犯だとでも？」

ハリーはコーヒーを注いだ。「本当に連続殺人犯なら、殺しはもっと広い範囲に及んでいるんじゃないか？」

カイアがテーブルに身を乗り出し、尖った歯をきらめかせながらささやいた。「連続殺人犯じゃないかもしれないと考えているんですか？」

「いや、あるべき印がないんだ。普通、連続殺人であることを示す特徴があり、それ故に、ずっと繰り返される決まった何かがある。ところが、この犯人は殺しているときに性的な何かをした形跡がない。それに、手口に類似点もない。レオポルドの林檎で殺されたボルグニー、シャルロッテ、ユリアナは別だがな。犯行現場も、被害者の性別も、年齢も、過去も、体格も異なっている」

「でも、被害者は任意に選ばれたわけではありませんよ。だって、ユリアナ以外は同じ日の夜に同じ小屋に泊まっているんですから」

「そのとおりだ。だから、おれは完全に納得していないんだ。いまわれわれが追っているのは従来型の連続殺人犯じゃないんじゃないかという気がするんだよ。というか、従来型の動機による殺人ではないんじゃないかとさえ思っているぐらいだ。連続殺人犯というのは、通常、殺すことそれ自体が十分な動機になる。たとえば、被害者が売春婦の場合だ。彼女たちが罪人であるかどうかはほとんど関係ない、餌食にしやすいというにすぎない。被害者を選ぶのに基準を設けていた連続殺人犯は、おれが知っている限りでは一人しかいない」

「スノーマンですね」

「連続殺人犯が任意の山小屋の宿帳の任意のページから被害者を選び出すとは思えない。犯人に動機を与えるような何かがホーヴァス小屋であったとしても、それが従来型の連続殺人に発展するとは到底思えない。それに、自分がやったことを示すための行動が、普通の連続殺人犯ではあり得ないぐらい早い」

「どういうことですか？」

「犯人は一つの殺人を隠すために、また、次の殺人の凶器を買わせるために、ルワンダとコンゴまで女性を行かせ、そして、そのあと彼女を殺した。要するに、犯人は一つの殺人を隠すためにそこまでしたにもかかわらず、数週間後に次の殺人を犯したときにはまったく何もしていない。そして、そのまた次の殺人では、闘牛士のようにマントを麗々しく振り回して、自分のやってのけたことをわれわれの目の前に突き出して見せた。これは人格が速い速度で変わりつつあるということだ。それが理屈に合わないんだ」

「複数の犯人がいて、それぞれがそれぞれに異なる手口で犯行に及んでいる可能性があると？」

ハリーは首を横に振った。「類似点が一つある。手掛かりを一切残していないところだ。連続殺人犯を希少種に譬えるなら、何ら手掛かりを残すことなく人を殺せるやつはシロイルカといったところだな。この件では、シロイルカは一頭だけだ」

「いいでしょう。で、わたしたちはここで何の話をしているんです？」カイアが大袈裟に両腕を広げた。「多重人格の連続殺人犯の話ですか？」

「翼を持ったシロイルカの話だ」ハリーは言った。「いや、わからない。まあ、それはどうでもいい。どのみちお楽しみで話しているだけだ。もうクリポスの仕事だからな」そして、コーヒーを飲み干した。「さて、病院へ行くとするか。タクシーを捕まえないとな」

「わたしが車で送りますよ」

「ありがたいが、それには及ばんよ。家へ帰って、新規の興味深い仕事の準備をしてくれ」

カイアが力のないため息を漏らした。「ビョルンのことですけど……」

「だれにも言わないから心配するな」ハリーは言った。「しっかり寝るんだぞ」

王国病院《リクスホスピタル》へ着いて父親の病室へ行くと、アルトマン看護師が出てくるところだった。

「お寝みになっていますよ」アルトマンが言った。「モルヒネを十ミリグラム投与しましたからね。病室にいてもらうのはかまいませんが、お父上はあと数時間はぴくりともしないと思いますよ」

「ありがとう」ハリーは言った。

「いいんですよ。私の母は……その……必要以上に痛みを我慢しなくちゃならなかったんです」

「ふむ。きみは煙草は喫うのか、アルトマン？」

後ろめたそうな反応を見て喫煙者だと見抜いたハリーは、外へ出ようと看護師を誘った。二人で煙草を喫いながら話していると、アルトマンのファーストネームがシグールで、麻酔に詳しくなったのは母親のことがあったからだとわかった。

「それじゃ、さっき親父に注射してくれたのは……」

「まあ、一人の息子からもう一人の息子への好意とでも言っておきましょうか」アルトマンが微笑した。「もちろん、医師の許可は取ってあります、馘《くび》になりたくはありませんからね」

「賢明だな」ハリーは言った。「おれもそのぐらい賢明だといいんだが」

ハリーは煙草を喫い終えて仕事に戻ろうとするアルトマンに訊いた。「きみが麻酔に詳しいのを見込んで尋ねるんだが、どうやったらケタノームを手に入れられるんだろう、教えてもらえないかな」

「まいったな」アルトマンが困った様子を見せた。「教えるべきじゃないんでしょうがね」

「大丈夫」ハリーは歪んだ笑みを浮かべて促した。「いま担当している殺人事件がらみで訊いているだけだ」

「そういうことですか。まあ、麻酔に関わる仕事をしていない限り、ノルウェーでケタノームを入手するのはとても難しいんです。あれを使うと、患者はまるで銃で撃たれたみたいに――ほとんど文字どおり――その場で意識を失ってしまいます。だけど、副作用――潰瘍です――がひどいんですよ。加えて、投与しすぎると心停止を起こす恐れが高いとされてます。かつては自殺に使われてもいましたが、いまはもうそういうことはありません。ＥＵとノルウェーではずいぶん前に使用が禁じられていますからね」

「それは知っているが、いま手に入るのはどこなんだろう？」

「まあ、旧ソヴィエト圏の国ですかね。それと、アフリカですか」

「たとえば、コンゴは？」

「間違いなく手に入ります。ヨーロッパで禁止されたために製薬会社が格安で売っていて、当然のことながら、最終的には貧しい国へ流れていくというわけです。昔ながらの図式ですよ」

　ハリーは父親のベッドの脇に坐り、パジャマの下の貧弱になってしまった胸が上下するのを見守っていたが、一時間が過ぎたところで病室をあとにした。

　電話をかけるのは後回しにして、家の鍵を開け、父親のデューク・エリントンのレコード――「ドント・ゲット・アラウンド・マッチ・エニモア」――をかけてから、茶色の塊を取り出した。グンナル・ハーゲンが留守番電話にメッセージを残していることに気がついたが、それを聞くつもりはなかった。内容はだいたいわかっていた。ベルマンがまたぐずぐず言いだしたのだろう――今度の殺人事件に手を出すことはたったいまから認めない。どんな口実を持ち出して無理を通そうとしても無駄だ。これからも警察の仕事をしたいのなら、通常勤務へ戻してやるから出勤するように、とでも抜かしたか。いや、後半の部分はないかもしれない。旅の針路を変える潮時だ。その旅は今夜、いまここで始めるべきだ。ハリーは片方の手にライターを握り、もう一方の手で、届いている二通のショートメッセージを開いた。一通目はエイスティンからだった――〝そう遠くない将来、紳士の夜の外出と洒落ようじゃないか。トレスコーも呼ぼう。たぶん、おれたち三人のなかであいつが一番金を持ってるからな〟。二通目の発信者の番号には心当たりがなかった。

きみが今度の事件の捜査の指揮を執ると、アフテンポステンのウェブサイトに書いてある。いま、それを見ているところだ。力になれるぞ。エリアス・スコーグが浴槽に糊付けされる前に話してくれていた。C。

ハリーの手からライターが落ち、ガラスのテーブルに当たって大きな音を立てた。心臓の鼓動が速くなるのがわかった。殺人事件となると、電話が鳴りつづけ、情報と称するものや、助言と称するものや、仮説と称するものが山ほど寄せられるのが常だった。見た、聞いた、あるいは教えられたと断言したがる人々。そして、その人々の話をちらりとでも聞かないわけにはいかない警察。何度も繰り返し同じ声が聞こえることもたびたびだが、頭がどうかしているのではないかと思われるお喋りが新たに加わるのもお定まりだった。が、これがその類いでないことは確かだった。この件について、メディアはすでに大量の記事を書いている。それはつまり、読者もかなりの量の情報を持っているということだ。だが、エリアス・スコーグが浴槽に糊付けされていたことは公開されていない。それに、おれの携帯電話の番号も非公開だ。

38　永久に残る傷痕

ハリーはデューク・エリントンのボリュームを下げ、携帯電話を手にしたまま腰を下ろした。この人物は〈スーパー・グルー〉のことを知っている。そして、おれの携帯電話の番号も。送信者の名前と住所を調べるべきだろうか。逮捕してやってもいいかもしれない。そうすれば、怯えて手を引くのではあるまいか。しかしそうだとしても、返事を待っているのも確かだろう。

ハリーは〝発信〟を押した。

二度の呼出し音のあとで、深い声が返ってきた。「もしもし？」

「ハリー・ホーレだ」

「また話ができて何よりだ、ホーレ」

「ふむ。いつ話したかな？」

「憶えてないのか？　エリアス・スコーグのアパートだよ。スーパー・グルーだ」

ハリーの頸動脈《けいどうみゃく》がどくんと打ち、息が詰まるような気がした。

「おれはあそこにいたが、いま話しているのはだれなんだ？　あそこで何をしていた？」

電話の向こうが一瞬静かになり、回線が切れたとハリーが即断した直後、間延びした口調で声が戻ってきた。「ああ、申し訳ない。もしかしてメッセージを送ったときに〝C〟とか名前を入れなかったかもしれないな。そうだったか？」

「ああ、そうだった」

「だいたいいつもそうなんでね。おれはスタヴァンゲル警察のコルビョルンセン警部だ。あのとき、電話番号を教えてくれたじゃないか。忘れたのか？」

ハリーは自分を呪い、まだ息を詰めていることに気づいて、ゆっくりと、低い音とともに吐き出した。

「聞いてるか？」

「あ、ああ」ハリーは答え、テーブルの上のティースプーンを取ると、阿片のかけらをこそげた。「おれの力になれると書いてあったな？」

「ああ、そのとおりだ。だが、一つ条件がある」

「何だ？」

「口外無用にしてもらいたい」

「どうして？」

「どうしてかというと、あのくそったれのベルマンにこっちへ出張ってほしくないからだ。あの野郎、自分は犯罪捜査の神の申し子だと思い上がっていやがる。糞クリポスにノルウェー全土を牛耳らせようとしてるんだろう。あいつなんか地獄へ堕ちてもらって一向にかまわないんだが、問題はおれの上司どもなんだよ。スコーグの件に嚙むのを認めてくれないんだ」

「で、どうしておれのところへ？」

「おれは田舎の単純なガキだが、ホーレ、あんたがあの件の捜査の指揮を執るとアフテンポステンで読めば、それが何を意味するかぐらいは見当がつく。おれとあんたは同類だ、それはわかっている――おまえさんなら何もしないで死んだふりなんかしないはずだ」

「まあ……」ハリーは目の前の阿片を見た。

「だから、これを使ってあの思い上がった野郎を出し抜き、悪の帝国を造る計画を潰す、それをあんたが引き受けられるかどうかだ。おれに迷いはない。おれはベルマンに報告書を提出するのを明後日まで待つ。そうすれば、あんたに一日の猶予を与えられるからな」

「おまえさん、何をつかんでるんだ？」

「スコーグを知っている人間に話を聞いた。スコーグは変わり者で、異常に執着心が強く、独りで世界じゅうを回っていたから、彼を知っていると言える人間は数が少なく、二人しかいなかった。一人は大家だ。もう一人は若い女性で、スコーグが死ぬ数日前からの通話記録を調べてたどり着いたんだが、そのスティーネ・エールベルグはスコーグが殺された日の夜に彼と話をしている。彼女本人がそう言っているんだ。町を出るバスにたまたま乗り合わせて、そのときに、自分は新聞に載っている殺された女性たちと同じときにホーヴァス小屋へ行っていたとスコーグが打ち明け、同じ小屋にいたのにだれも気がつかなかったのはおかしいし、警察へ連絡するかどうか考えているところだと言ったそうだ。だが、関わり合いになりたくないからと渋ってもいたらしい。それは理解できる。以前、スコーグは二度ほど警察の厄介になったことがあるんだ。ストーカー行為で通報されたんだな。しかし、彼の名誉のために言うなら、法に触れることは一切していなかった。さっきも言ったが、彼は執着するタイプなんだ。自分も彼が怖かったけれども、その夜は逆で、彼のほうが怖がっているみたいだったとスティーネは言っている」

「面白い」

「スティーネが三人の被害者のことを知らない振りをすると、そこにいた人物のこと、スティーネが絶対に知っている人物のことを教えてやるとスコーグは言った。そして、ここが本当に面白い部分なんだ。その人物は有名人だった。超の字はつかないかもしれないが、有名人であるのは間違いない」

「それで？」

「エリアス・スコーグによれば、それはトニー・レイケだったそうだ」

「トニー・レイケ？　おれも知っているはずの人物か？」

「海運王のアンネルス・ガルトゥングの娘と付き合っている男だよ」

見出しが二つばかり、ハリーの頭で閃いた。

「トニー・レイケはいわゆる投資家で、つまり、金持ちになったけれども、その方法はだれもまったく知らない、確かにわかっているのは、勤勉によってではない、ということだ。それだけじゃないぞ――あいつは本物の色男だが、ミスター・ナイスガイではない。そして、ここが決定的に重要なところだが、あの男はシートをもらってるんだ」

「シート？」ハリーはコルビョルンセンのアメリカかぶれについてどう思っているかをそれとなく示すために、理解できない振りをして訊き返した。

「前科だよ。トニー・レイケは傷害罪で有罪判決を受けてるんだ」

「ふむ。詳しい罪状は確認したのか？」

「かなり昔のことになるが、八月七日の午後十一時二十分から十一時四十五分のあいだに、オーレ・S・ハンセンなる男性に暴行を加え、重傷を負わせた。犯行に及んだ現場はトニーが祖父と一緒に住んでいた町のダンス・ホールの前。当時、トニーは十八歳、オーレは十七歳、きっかけは言うまでもなく女の子の取り合いだ」

「ふむ。嫉妬深いガキが飲んだあげくに喧嘩をおっぱじめるのは珍しくないが、おまえさん、傷害罪と言ったよな？」

「ああ。だが、実際のところはそれ以上なんだ。レイケは相手を殴り倒したあと、馬乗りになって、哀れなオーレの顔をナイフで切り裂いた。永久に痕が残るほどの傷を負わされたわけだが、報告書によると、周りにいた者たちが無理矢理にレイケを引き剝がさなかったらそんなことではすまなかった可能性があったとのことだ」

「しかし、有罪判決を食らったのは一回だけなんだろ？」

「トニー・レイケは短気なことで有名で、頻繁に喧嘩騒ぎを起こしていた。裁判の証人によると、レイケは学生時代、その証人の首をベルトで絞めようとしたとのことだ。証人がトニーの父親をいいように言わなかったというのがその理由だ」

「だれかがレイケとゆっくりお喋りすべきだと聞こえるな。どこに住んでるかわかるか？」

「あんたのところだよ。ホルメン通りの……ちょっと待ってくれ……一七二番地だ」

「ウェスト・エンドだな。ふむ。ありがとう、コルビョルンセン」

「どういたしまして。ああ、もう一つあった。スコーグのあとからバスに乗ってきた男がいる。その男はスコーグと同じバス停で降りて、スコーグと同じ方向へ歩いていった。それを見たとスティーネが言っている。だが、顔が帽子で隠れていて、人相まではわからなかったそうだ。何らかの手掛かりになるかもしれないが、ならないかもしれない」

「わかった」

「じゃ、当てにしてるぞ、ホーレ」

「何を当てにしてるんだ？」

「あんたが正しいことをしてくれるのをだよ」

「ふむ」

「おやすみ」

　ハリーはデューク・エリントンを聴いていたが、やがて携帯電話をつかんだ。そして、カイアの番号を表示させて発信ボタンを押そうとした。だが、そこでためらった。おまえはまた同じことをやろうとしているぞ。他人を引きずり込もうとしている。ハリーは携帯電話を脇へ放った。選択肢は二つ。賢いほうはベルマンに電話することで、愚かなほうは、おまえ独りでやることだ。

ハリーはため息をついた。おまえはだれを騙そうとしているんだ？　選択の余地なんかないんだぞ。というわけで、ライターをポケットに入れ、茶色の塊をアルミ箔にくるみ直してリカー・キャビネットにしまうと、服を脱ぎ、目覚まし時計を六時にセットしてベッドに入った。選択の余地はない。自分の行動パターンに囚われ、すべての行動がそれに縛られる。その意味では、おれは自分が追っている連中以上でも以下でもない。

そう考えながら、ハリーは眠りに落ちた。口元に笑みを浮かべて。

夜は幸いにもとても静かで、それが私の目の曇りを払い、頭を明晰にしてくれる。新しくて古いあの警察官、ホーレ。私は彼に教えなくてはならない。すべてを見せるつもりはないことを、理解するために必要な最小限のものしか見せないことを。そうすれば、彼はやめることができる。そうすれば、私は自分のしていることをする必要がなくなる。私は血を吐き出し、また吐き出す。しかし、血は口に溢れつづける。

39　関連検索

翌朝、ハリーは六時四十五分に警察本部へ着いた。受付の警備員を別にすれば、正面入口の頑丈なドアの向こうの広いロビーに人気はなかった。

ハリーは警備員にうなずき、ゲートの脇に設置されている読取り装置《リーダー》に身分証を通してなかに入ると、エレベーターで地下へ下りた。そこから地下通路を急ぎ、部屋の鍵を開けると、その日一本目の煙草を点けた。そして、コンピューターが立ち上がるのを待つあいだにカトリーネ・ブラットに電話をかけた。返ってきた声は眠たそうだった。

「おまえさんの十八番《おはこ》の関連検索をしてもらいたいんだ」ハリーは言った。「トニー・レイケなる男と、今回の一連の殺人事件のそれぞれの被害者のあいだに、何らかの繋がりがあるかどうかを知りたい。ライプツィヒのユリアナ・フェルニもそこに含めてくれ」

「八時半までは娯楽室にだれもいませんから」彼女が言った。「いまからすぐにかかります。それだけでいいんですか？」

ハリーはためらった。「ユッシ・コルッカのことも調べてもらえるかな。警察官だ」

「どんないいわくがあるんです？」

「そこが問題で」ハリーは答えた。「それを知りたいんだ」

ハリーは電話を切ると、コンピューターに向かって仕事にかかった。

トニー・レイケは有罪判決を一度受けている――それは間違いなかった。記録によれば、ほかにも二件、警察沙汰を起こしていた。コルビョルンセンが指摘したとおり、二件とも暴行がらみだった。一件目については不起訴となり、二件目は訴えが取り下げられていた。

トニー・レイケの名前で検索すると、大量のヒットがあった。どれも小さな新聞の記事で、そのほとんどは彼の婚約者のレーネ・ガルトゥング繋がりだったが、経済誌の記事もいくつかあった。そこには、投資家、投機家、無知で騙されやすい羊という評価が交互に現われていた。そして、ハリーが最後に目を通した〈カピタル〉誌は、トニー・レイケを、心理学者のエイナル・クリングレンをリーダーとして、彼の一挙手一投足をそのまま真似する羊の群れに属していると判定していた。株、山小屋、車を買うことから、レストラン、飲み物、女性、オフィス、家を選ぶこと、休暇にどこへ行くかまで、何から何まで同じようにする、と。

リンクをたどって検索していると、ある経済新聞の記事が目に留まった。

「これだ」ハリーはつぶやいた。

トニー・レイケは明らかに自主的に物事を考え、自分自身の二本の足で――あるいは、鉱山作業員用のブーツを履いた足で――立つことができるようだった。いずれにせよ、〈フィナンスアヴィーセン〉紙は彼の鉱山事業を記事にし、情熱的な企業家であると紹介していた。

髪を横分けにした若い同僚二人と写っている写真も掲載されていて、三人とも誂えたデザイナー・スーツではなく、つなぎや作業着を着て、ヘリコプターの前に積み上げた材木の上に坐って笑顔を作っていた。なかでも、トニー・レイケの笑顔が豊かだった。広い肩はがっちりとして、腕も脚も長く、肌は浅黒くて髪は黒かった。鷲鼻が印象的で、肌の色、髪の色、そして、その鼻からすると、少なくともアラブの血がわずかでも混じっているに違いないと思われた。しかし、ハリーが小さく噴き出したのは見出しのせいだった――〝コンゴの王様？〟。

ハリーはリンクを追いつづけた。

間近に迫っているレーネ・ガルトゥングとの結婚式と、その招待客については、タブロイド新聞のほうが面白かった。

ハリーは時計を見て七時五分だと確認すると、当直に電話をした。

「ホルメン通りでの逮捕に手助けが必要なんだ」

「留置するんですか？」

検察官に逮捕状を請求するのに十分な材料がないことは、ハリーも重々わかっていた。

「事情聴取に連れてくるんだ」ハリーは言った。

「〝逮捕〟と言いましたよね？　事情聴取に連れてくるだけなら、どうして手助けが――」

「ガレージの前に警察官を二人と車を一台準備してくれ、五分で頼む」

返事の代わりに鼻を鳴らす音が返ってきたが、ハリーはそれを了解と解釈した。煙草を二本喫ってから消し、立ち上がると、部屋を出て鍵をかけた。地下通路を十メートル進んだところで、背後でかすかな音が聞こえた。固定電話の鳴る音だった。エレベーターを降りて出口へ向かっていると、自分を呼び止める大声が聞こえた。振り返ると、警備員が手を振っていた。カウンターのそばに、芥子《からし》色のウールのコートを着た背中が見えた。

「あなたに話があるそうです」受付の警備員が言った。

ウールのコートがハリーのほうを向いた。カシミアのように見えるタイプで、本当にカシミアである可能性もなくはなかった。この場合は本物だろうとハリーは思うことにした。なぜなら、それを着ているのが肩ががっちりと広く、腕と脚が長く、目が黒く、髪も黒く、わずかながらアラブの血が混じっているかもしれない男だったからである。

「写真で見るよりも背が高いんですね」トニー・レイケがきれいに並んだ磁器のように白く大きな歯を見せて、握手の手を差し出した。

「いいコーヒーだ」トニー・レイケが言った。あたかも本心のような口調だった。ハリーはコーヒー・カップを包むようにして持っているレイケの長い指を観察した。それは曲がっていたが、握手をするときの本人の説明によれば、接触によって感染する恐れなどない、昔ながらの良性の関節炎によるものだった。それは代々受け継がれた痛みで、そのおかげでいいことがもしあるとすれば、自分を有能な気象予報士にしてくれたことなのだそうだ。「しかし率直に言って、警部だったらもう少しましなオフィスを支給されると思っていましたがね。ちょっと暑くありませんか？」

「刑務所のボイラーのせいですよ」ハリーはコーヒーをすすった。「では、今朝の〈アフテンポステン〉の記事を読まれたわけですね？」

「ええ、朝食をとっているときにね。白状すると、おかげで朝飯が喉に詰まりそうになりました」

「それはまたどうして？」

レイケがスタート前のＦ１ドライバーがバケットシートのなかでするように、椅子に坐った身体を揺らして姿勢を調節した。「私の言ったことはわれわれのあいだだけにとどめられますよね、そうしてもらえると私は信頼しているんですが」

「われわれとはだれですか？」

「警察と私、できることならあなたと私、です」

自分の声が自然でありつづけて、興奮が表われていないことをハリーは祈った。「その理由は何でしょう？」

レイケが深呼吸をした。「マーリット・オルセン議員と同じときにホーヴァス小屋にいたことを公にしたくなかったんです。いまの私は結婚を控えているせいでメディアに狙われていますからね。このタイミングで殺人事件の捜査と無関係でいられなくなったらどうなると思います？　メディアが飛びつかないはずがないし、そうなったら……だれにも知られることなく墓場まで持っていきたいと私が願っている過去が、何から何まで暴かれずにはすまないでしょう」

「なるほど」ハリーはさりげなく応じた。「言うまでもないでしょうが、私には考量すべき要素がたくさんありますからね。したがって、約束は何もできません。しかし、これは事情聴取ではなくて単なる会話です。通常、こういう種類の会話をメディアに漏らすことはありません」

「私の……最も近しい最愛の人にも黙っていてもらえますか？」

「話さなくてはならない理由ができたら別ですがね。しかし、ここへきたことが公になるのを恐れておられるのなら、なぜきたんですか？」

「あの日、あの小屋にいたのであれば連絡してほしいと、警察が言っているじゃないですか。だとすれば、そうするのが市民としての義務ではないんですか？」レイケはハリーに疑問の視線を投げたあと、顔をしかめた。「悔しいけれども、怖かったんです。それで、あの晩、あの小屋にいた人たちが殺され、さらに殺されようとしているとわかった瞬間に車に飛び乗り、ここへすっ飛んできたというわけです」

「最近、不安になるようなことが何かあったんですか？」

「いや、特にはありません」トニー・レイケが空気を吸い込みながら考えた。「数日前に地下室のドアが破られたことぐらいですか。しかし、それを看過すべきではなかったかもしれませんね」

「警察へ届けましたか？」

「いや、自転車を一台盗られただけでしたから」

「連続殺人犯が本来の目的を脇へ置いておいて、自転車だけを盗むと思いますか？」

レイケが笑みを浮かべて首を横に振った。馬鹿なことを言ったと恥じ入るようなおどおどした笑みではなく、「まいったな、言われてみれば確かにそのとおりだ」と友人を讃える、勝ち慣れている者の愛嬌があって堂々とした笑みのように思われた。

「なぜ私のところへ？」

「あなたが捜査の指揮を執っていると新聞に書いてあったから、そうするのが一番いいと思ったんです。いずれにせよ、さっきも言ったとおり、私はこれを知る人を可能な限り少なくしたかった。だから、指揮官のところへ直行したというわけです」

「私は指揮官ではないんですよ、レイケさん」

「違うんですか？　記事ではそういう書き方をしていましたが？」

ハリーは突き出した顎を撫でた。まだトニー・レイケについて判断するに至っていなかった。身だしなみのいい、いたずらっ子のような魅力を持った男で、下着の広告で見たアイスホッケー選手を思い出させるところがあった。何事にも動じない、世故に長けた如才なさを演出しようとしながら、同時に気持ちを隠すことのできない誠実な人間であるようにも思われる。いや、逆かもしれない。如才なさが本当で、気持ちが見せかけかもしれない。

「ホーヴァスでは何をしていたんですか、レイケさん？」

「もちろん、スキーです」

「独りで？」

「ええ。何日も仕事でストレスが溜まっていたので、休みが必要だったんです。ウスタオーセとハッリングスカルヴェへよく行くんですよ。山小屋に泊まってね。あのあたりは私の縄張りと言ってもいいんじゃないかな」

「それなら、自分の山小屋を持てばいいのでは？」

「私が山小屋を持ってもいいと思っているところは、もう許可が取れないんですよ。国立公園の規則でね」

「婚約者が同行しなかったのはどうしてです？　彼女はスキーをしないんですか？」

「レーネですか？　彼女は……」レイケがコーヒーを飲んだ。話の途中で考える時間が必要なときにそうするんだな、とハリーは思った。「彼女は自宅にいたんです。私は……私たちは……」レイケが助けを求めているような軽い絶望を顔に浮かべてハリーを見た。ハリーは何も与えてやらなかった。

「くそ、何も言ってくれないんですか？」

　ハリーは答えなかった。

「いいでしょう」レイケが肯定的な返事をもらったかのように言った。「息抜きが必要だったんです。離れること、考えることがね。婚約、結婚……これらは大人の問題でしょう。それで、独りで考えるのが一番だと思ったんです。特にあの雪原でね」

「考えることは助けになりましたか？」

レイケがまたもやエナメル質を閃かせた。「ええ」

「小屋にいた人たちを憶えていますか？」

「言ったとおり、マーリット・オルセンは憶えています。一緒に赤ワインを一杯飲みましたから。国会議員だとは、そう言われるまで知りませんでした」

「彼女以外には？」

「何人かいたけど、ちょっと挨拶した程度だったし、私が着いたのはかなり遅かったから、寝んでいた人もいたと思いますよ」

「そうですか」

「外に六組のスキーが立てかけてありました。どうしてそれを憶えているかというと、私が六組ともなかへ移したからです。雪崩に備えてなんですよ。ほかの人たちは山スキーの経験がさほどないんだな、と思ったことを憶えています。小屋が三メートルの雪に埋まってしまったら、スキーがなくてはどうにもなりませんからね。で、翌朝はだれよりも早く起きて――たいていいつもそうなんです――ほかの人たちが起き出すはるか前に出発しました」

「遅くに着いたと言われたけれども、闇のなかの単独行だったんですか？」

「ヘッドランプ、地図、そして、方位磁石が一緒でした。あの旅は急に思い立ったことだから、夕方までウスタオーセ行きの列車を捕まえられなかったんです。ですが、言ったとおり、あのあたりには土地鑑があるから――勝手知ったると言ってもいいぐらいで、闇のなかでも雪原を横断するルートはわかるんです。それに、天気がよくて、月明かりが雪に反射していました。おかげで、地図も照明もいりませんでした」

「あなたが滞在していたあいだに、あの小屋で何かありませんでしたか？」

「何もありませんでしたよ。マーリット・オルセンとは赤ワインについて、それから、現代において人間関係を維持する難しさについて話しましたがね。少なくとも、彼女の関係の持ち方は私のそれより現代的だったんじゃないですかね」

「小屋で何かあったか、彼女も一言も口にしなかったんですか？」

「ええ、一言もね」

「ほかの人たちはどうです？」

「火を囲んでスキー・トレッキングのことを話したり、飲んだりしていましたね。ビールだったかな。あるいは、スポーツ・ドリンクのようなものだったかもしれません。女性が二人と男性が一人です。年齢は二十から三十五のあいだぐらいだったと思います」

「名前はわかりませんか？」

「会釈をして、こんばんはと挨拶しただけですからね。それに言ったとおり、私は独りになるためにあそこへ行ったのであって、友だちを作りに行ったわけではないんです」

「その人たちの服装とか容貌とかはどうですか？」

「ああいう山小屋は、夜はかなり暗いんです。だから、一人はブロンドで、一人は黒髪だと私が言ったとしても、実際は違っているかもしれません。言ったでしょう、あの小屋に何人泊まっていたかも知らないんです」

「訛りは？」

「女性の一人には西部沿岸地方の訛りがあったと思います」

「スタヴァンゲル？　ベルゲン？　スンメーレ？」

「申し訳ない、その手のことには詳しくないんですよ。西部沿岸のような気がしたというだけで、南の可能性もあるかもしれません」

「いいでしょう。あなたは独りになりたかったが、マーリット・オルセンと人間関係のありようについて話をしたんですね」

「本当にたまたまです。彼女のほうからやってきて、私の隣りに坐ったんです。およそ壁の花とはほど遠くて、お喋りで、肥っていて陽気でした」〝肥っていて陽気〟がまるで当然の言葉の組み合わせであるかのような言い方で、ハリーは写真で見たレーネ・ガルトゥングを思い出した。最近のノルウェー人の平均体重で判断すると、彼女はとても痩せていた。

「では、マーリット・オルセンを別にすれば、ほかの宿泊客に関しては話すことは何もないわけですか？　そこにいたことがわかっている女性たちの写真を見てもらっても、結論は同じでしょうか？」

「ああ」レイケが笑顔で答えた。「それならお役に立てるかもしれません」

「そうですか？」

「ある部屋で、空いている寝台を探そうと明かりをつけたんですよ。そうしたら、先客が二人いたんです。男と女でした」

「容貌は憶えておられますか？」

「詳しくは無理ですが、見ればわかるとは思います」

「そうですか」

「一度見た顔ですからね、もう一度見れば思い出せる気がします」

そうだな、とハリーは認めた。風体容貌に関する目撃者の証言が整然と首尾一貫していることは滅多にないが、〝面通し〟に臨ませれば、滅多に間違わない。

ハリーはこのオフィスへ引きずってきたファイリング・キャビネットを開けると、各被害者のファイルから写真を取り出してレイケに渡した。レイケがその五枚の写真を検めていった。

「これはマーリット・オルセンです、間違いありません」レイケがその写真をハリーに返した。「それから、これとこれは火のそばに坐っていた二人の女性です、というか、そうだと思いますが自信はありません」ボルグニーとシャルロッテの写真がハリーに戻ってきた。

「これはあの若者かもしれません」エリアス・スコーグだった。「でも、寝室で寝ていた二人はいません。それは確かです。それから、この女性も見た記憶がありません」そして、アデーレの写真をハリーに返した。

「では、しばらく同じ部屋にいた宿泊客については確信がないけれども、ちらっと見ただけの二人については確信があるわけですか？」

レイケがうなずいた。「あの二人は寝ていましたからね」

「寝ている人間を見分けるほうが簡単なんですか？」

「そんなことはないけれども、寝ていたら私を見返しませんからね。こっちは自分が見られる心配をせずに、気兼ねなく相手を見ることができるわけです」

「ふむ。二秒ほどですか？」

「もう少し長かったかもしれません」

ハリーは写真をファイルに戻した。

「わかっている名前はあるんですか？」レイケが訊いた。

「名前ですか？」

「ええ。言ったとおり、翌朝は一番に起きて、キッチンでパンを二切れ食べました。そこに宿帳が置いてあったんですがサインはせず、パンを食べながら宿帳を開いて、昨夜記入された名前を見ていきました」

「なぜ？」

「なぜ？」レイケが肩をすくめた。「ああいう山スキーをしていると、たびたび出くわす愛好者が結構いるんです。だれか知っている人がいないか、確かめようと思ったんですよ」

「いましたか？」

「いませんでした。ですが、わかっている、あるいは、わかっていると思われる名前を教えてもらえたら、宿帳にその名前があったかどうか、思い出せるかもしれないでしょう」

「なるほど、確かにそうなんですが、残念ながら名前は一つもわかっていないんです。住所もね」

「そうですか」レイケがウールのコートのボタンを留めた。「大してお役に立てなくて申し訳ない。まあ、これで容疑者リストから私の名前を消してもらえますよね」

「ふむ」ハリーは言った。「せっかくここにおられるのだから、まだいくつかお訊きしたいことがあるんですよ。あなたに時間があればですが」

「私が私のボスなんです」レイケが言った。「時間も自分で自由にできます」

「いいでしょう。あなたは過去にトラブルがあったと言っておられる。どういうことだったのか、ざっとでいいですから、教えてもらえませんか？」

「男を一人、殺そうとしたんです」レイケがあっさり認めた。

「なるほど」ハリーは椅子に背中を預けた。「理由は何だったんです？」

「私に襲いかかってきたからです。自分の彼女を私が盗ったと言い張ってね。実際には、その女の子はそいつの彼女ではなかったし、そいつの彼女になりたくもなかったんです。そして、私は女を盗ったことなどない。その必要がありませんから」

「ふむ。だが、彼はあなたたち二人の現場を押さえ、彼女を殴った。違いますか？」

「それはどういう意味ですか？」

「あなたが彼を殺そうとするに至る状況がどういうものであったかを理解しようとしているんですよ。〝殺す〟というのが文字どおりの意味であれば、ですが」

「あいつは私を殴ったんです。だから、私はあいつを殺すのに最善の方法を選んだ。ナイフを使うことでです。ところが、目的を果たす寸前で、友人二人に引き離されてしまいました。そして、傷害罪で有罪判決を受けたんです。本来なら殺人未遂なんですが、ずいぶん軽い刑ですみました」

「わかってますか、いまの話はあなたを重要参考人にする可能性があるんですよ？」

「この件のですか？」レイケが不快と疑いの目でハリーを見た。「私をからかってるんですか？　意外に非常識なところがあるんですね」

「一度でも人を殺したいと思ったとしたら……」

「殺したいと思ったことは何度かありますよ。たぶん、やってもいるんじゃないですかね」

「たぶん？」

「夜のジャングルで黒人を見分けるのはそんなに簡単じゃありませんからね、でたらめに発砲する場合がほとんどなんです」

「そして、あなたはそれをやった？」

「ええ、ろくでもない若いときにね。罪を償ったあと陸軍に入り、除隊したあと南アフリカへ直行して、そこで傭兵になったんです」

「ふむ。南アフリカで傭兵だったわけですか？」

「三年間ですがね。南アフリカは唯一私が士官だったところです。周囲の国で戦闘が起こっていましたからね。常に戦争があり、常にプロの軍人が求められていました。特に白人のプロがね。いいですか、黒人はわれわれ白人のほうが優れていると、いまでも考えているんですよ。自前の士官より白人の士官を信頼しているんです」

「もしかしてコンゴにもいたんじゃありませんか？」

トニー・レイケの右眉が黒い山形になった。「どうしてそう思うんです？」

「しばらく前にあそこへ行っておられるでしょう、だから、そうではないかと思ったんです」

「当時はザイールと呼ばれていましたね。しかし、自分がいまいるのがどこの国なのかわからないことがほとんどでしたよ。緑、緑、ひたすら緑で、陽が落ちたら、今度は闇、闇、ひたすら闇なんですから。いわゆる民間軍事会社に所属して、ダイヤモンド鉱山の警備に当たっていました。そこでヘッドランプの明かりで地図と方位磁石を読む技術を身につけたんです。あそこでは方位磁石は時間の無駄なんですがね――山中に金属が多すぎて」

トニー・レイケが椅子に背中を預けた。恐れが消えて気を許したな、とハリーは見て取った。

「金属と言えば」ハリーは言った。「向こうで採掘事業をしておられると何かで読んだような気がするんですが」

「ええ、やっています」

「どんな種類の金属ですか？」

「コルタンという鉱石をご存じですか？」

ハリーはゆっくりうなずいた。「携帯電話に使われていますよね」

「そのとおりです。それから、ゲーム機にも使われています。九〇年代に世界で携帯電話が造られはじめたとき、私の指揮する部隊はコンゴの北東で任務に就いていました。フランス人と現地人が一緒になって鉱山経営をしていて、子供を使い、鶴嘴《つるはし》とシャベルでコルタンの採掘をしていたんです。何の変哲もない古い石に見えるんですが、タンタルを取り出すんです。タンタルというのは本当に貴重な元素なんですよ。私にはわかっていました――資金援助をしてくれる人を見つけさえすれば、きちんとした近代的採掘事業を興し、私自身もパートナーをも富ませることができるとね」

「そして、実際にそうなったわけですか？」

レイケが笑った。「とんでもない。金は何とか借りられたものの、ずる賢いパートナーに騙されて、すべてを失ってしまいました。もっと金を借り、また騙され、もっともっと金を借りて、少し儲けましたがね」

「少し、ですか？」

「数百万ですが、借金を返さなくちゃなりませんからね。でも、私は情報網を持っているし、多少有名人でもある。それに、もちろんのことながら捕らぬ狸の皮算用もしますからね、どこに大金があるかを突き止め、その輪のなかに入るには十分なんですよ。考えるのは将来の富の桁数であって、目先の損得じゃないんです」ふたたびレイケが笑った。今度の笑いは心底から高らかで、ハリーにできるのは笑みをこらえることだけだった。

「そして、いまは?」

「いまは大きな見返りを待っているところです。そろそろコルタンが金になるんですよ。そうなんです、実際、長いことそう言ってきているんですが、今度は本当です。コールオプションと引き換えに株を売らなくてはならなかったけれども、それで借金は完済できましたからね。いまや準備は万端整っているんです。あと、私がしなくてはならないのは、金を手に入れて株を取り戻すことだけです。そうすれば、完全な共同経営者に復帰できるというわけです」

「ふむ。で、金はどうやって手に入れるんです?」

「取り戻すと言ってもわずかな株数ですからね、その金を貸すぐらいの分別のある人間はいるでしょう。しかも、見返りは巨大で、リスクは最小なんだから。それに、大きな投資を色々としているんです。現地を賄賂で抱き込むことを含めてね。もうジャングルには滑走路も整備してあるんです。輸送機へ直接荷物を積み込み、ウガンダ経由で持ち出せるようにね。あなた、金持ちですか、ハリー? あなたが分け前を手にするチャンスがあるかどうか、当たってみてもいいですよ」

ハリーは首を横に振った。「最近、スタヴァンゲルへ行ったことは、レイケさん?」

「そうですね、夏に行きました」

「それからは行っていない?」

レイケは少し考えていたが、やがて、ないと首を振った。

「絶対に間違いありませんか？」ハリーは訊いた。

「私の事業に投資してくれそうな人たちに説明して回っているところですから、旅も多くなります。スタヴァンゲルには三回か四回は行っていると思いますが、夏が最後だったんじゃないかな」

「ライプツィヒはどうです？」

「これは弁護士を呼ばなくてはならないところまできているんですか、ハリー？」

「あなたをできるだけ早くこの件から放免したいだけですよ。それができれば、もっと関連性の高い点に集中することができますからね」ハリーは人差し指で鼻梁《びりょう》を撫でた。「ここに至るまでの情報を警察に提供したことをメディアに知られたくないのであれば、弁護士を関わらせて正式な事情聴取にするとか、そういうことはしないほうがいいと思いますが、どうです？」

レイケがゆっくりうなずいた。「確かにあなたの言うとおりだ。助言に感謝しますよ、ハリー」

「で、ライプツィヒですが？」

「残念ながら」レイケが言った。声と顔に心底からの無念さが表われていた。「行ったことは一度もありません。行っておくべきでしたかね？」

「ふむ。もう一つ訊かなくてはならないことがあるんです——ある特定の何日かなんですが、どこにいて、何をしていたかを教えてください」

「もちろんです」ハリーは該当する四日を教え、レイケがそれをモレスキンの手帳に書き留めた。

「オフィスに戻ったらすぐに確かめます」彼は言った。「ところで、これが私の電話番号です」そして、ハリーに名刺を渡した。〝トニー・C・レイケ　起業家〟とあった。

「Cは何の頭文字ですか？」

「さあ、何でしょうね」レイケが腰を上げながら言った。「もちろんトニーはアントニーを縮めただけですからね、それで、イニシャルが必要だと思ったんです。多少なりと重みが増すと思いませんか？　外国人はそのほうが好きなんじゃないかな」

ハリーは地下通路を使わず、レイケをともなって刑務所への階段を上がると、ガラス窓をノックした。警備員がやってきて、なかへ入れてくれた。

「『オルセン・ギャング』に出演しているような気分ですよ」レイケが言った。二人は古いボーツェン刑務所のかなり立派な壁の外の砂利道に立っていた。

「こんなふうに少しばかり慎重になるほうがいいでしょう」ハリーは言った。「あなたの顔はいまや人に知られるようになっているし、そろそろ警察本部へ出勤してくる連中が到着しはじめているころなんでね」

「顔と言えば、だれかに顎を割られましたね？」

「きっと自分で転んで、ぶつけたんでしょうよ」

レイケがにやりと笑って首を振った。「割れた顎については詳しいんです。それは喧嘩の結果だ。どうやら自然治癒に任せているようですが、医者に診せるべきですよ――大した手間じゃないんだから」

「情報提供に感謝します」

「大きな借金があったせいでそういう顔にされたとか？」

「その方面についても詳しいんですか？」

「そうなんです！」レイケが目を剝いて叫んだ。「不幸なことにね」

「ふむ。最後に一つだけ、レイケ――」

「トニーでいいですよ、あるいは、トニー・Cでね」レイケの白い歯がふたたびきらめいた。心配ごとなんかこの世のどこにもないってな顔じゃないか、とハリーは思った。

「トニー、リーセレン湖に行ったことは？　場所はエスト――」

「あるに決まってるでしょう。馬鹿なことを訊かないでください！」トニーが笑った。「レイケ家の農場がルースタにあるんです。毎年夏になると、祖父のその農場へ行っていたんですよ。二年ほど住んでもいました。素敵なところでしょ？　どうしてそんなことを知りたいんです？」と言ったとたんに笑みが消えた。「ああ、そうだった。あそこであの女性の死体が見つかったんだ！　偶然ですね」

「そうですね」ハリーは言った。「あり得なくはないですがね。リーセレンは大きな湖だから」

「まったくです。重ねてお礼を言います、ハリー」レイケが握手の手を差し出した。「ホーヴァス小屋と関連のある名前が出てきたり、だれかが名乗り出てきたら、連絡をください。彼らを思い出せるかどうかやってみますから。全面的に協力しますからね、ハリー」

ハリーは用心しながら握手をした。相手はこの三カ月のあいだに六人を殺したと、たったいまハリーが判定した男だった。


レイケが帰って十五分後、カトリーネ・ブラットが電話をしてきた。

「もしもし？」

「彼らのうちの五人については何も出てきませんでした」彼女が言った。

「六人目は？」

「一つだけ出てきました。デジタル情報の内臓とも言うべき最深部《ディープ・イン・デジタル・インフォメーションズ・インナーモースト・インテスティナル・トラクト》で見つかりました」

「韻ばっかり踏んで、まるで詩みたいだな」

「気に入ると思いますよ。二月十六日、エリアス・スコーグはだれの名前でも登録されていない番号からの電話を受けています。要するに、秘密の電話番号です。それがオスロの警察――」

「スタヴァンゲルだ」

「警察が繋がりに気づかなかった理由でしょう。でも、内臓とも言うべき《インナーモースト・インテスティナル》――」

「それはつまり、テレノル内部で高度に保護されている番号だということか？」

「そんなところです。名前はトニー・レイケ、住所はホルメン通り一七二番地。この人物がさっきの秘密の電話番号の請求書送付先加入者として登録されていました」

「よし！」ハリーは叫んだ。「おまえさんは天使だ」

「もう少しましな比喩を思いつけないんですか？　たったいま、わたしがある男性に終身刑を言い渡したみたいに聞こえるのに」

「あとで話そう」

「待ってください！　ユッシ・コルッカのことはいいんですか？」

「おっと、危うく忘れるところだった。教えてくれ」

彼女は教えた。

40 提案

カイアは六階のレッド・ゾーンにある刑事部にいた。入口に立っているハリーに気づくと、元気よく顔を上げた。

「ドアはいつも開けてあるのか？」ハリーが訊いた。

「いつもね。あなたはどうなんです？」

「閉めてる。いつもだ。だが、見たところ、客用の椅子を処分したらしいな。そのほうが賢明だ。人というのは益体《やくたい》もないお喋りが好きだからな」

カイアが笑った。「何か刺激的なことでもあったんですか」

「ある意味ではな」ハリーはなかに入って壁に寄りかかった。

カイアは机の端に手を置くと腕を突っ張り、その勢いで椅子ごとファイリング・キャビネットへ滑っていった。そしてその引き出しを開け、一通の書類を出してハリーに渡した。

「これを見たいんじゃないかと思って」

「何なんだ？」

「スノーマンです。彼をウッレルスモー刑務所から普通の病院へ移すよう、弁護士が申請したんです。健康上の問題を理由にね」

ハリーは机の縁に腰掛け、その書類を読んだ。「ふむ。ランシング症か。進行が速いみたいだが、速すぎないことを祈ろう。早く死なれたんじゃ、相応の報いを受けたことにならんからな」

顔を上げると、カイアがショックを受けているのがわかった。

「大おばが同じ病気で死んだんですけど」彼女が言った。「とんでもなく恐ろしい病気ですよ」

「そして、あいつはとんでもなく恐ろしい男なんだ」ハリーは言った。「因みに、許す能力は人間の本質に関わることだという主張に異論があるわけではまったくないんだ。その質について言うなら、おれは最低の部類に属するからな」

「あなたを批判するつもりはなかったんです」

「おれの来世はもう少しましなものになる、それは間違いない」ハリーは俯《うつむ》いて首筋を撫でた。「ヒンドゥー教の教えが正しければ、来世のおれはたぶんキクイムシだ。だけど、いいキクイムシだからな」

ふたたび顔を上げると、ラケルが言っていたところの〝忌々しいほどの子供っぽい魅力〟が功を奏しつつあることがわかった。「ところでカイア、おれがここへきたのは、おまえさんに提案を持ってきたんだ」

「提案？」

「そうだ」声に重々しさがあることは自分でもわかった。許す余裕のない男、斟酌《しんしゃく》など一切しない、自分の目的以外は何も考えない男の声だった。そして、逆のことを言って説得するという滅多に失敗することのない方法を使った声。「だが、いいか、おれが言うのも妙だが、この提案は断わるほうがいいと思う。おれには関わった人間の人生を破壊してしまう傾向があるからな」

ハリーが驚いたことに、彼女の顔が真っ赤になっていた。

「だが、おまえさん抜きでこれをやるのが正しいとは思えないんだ」彼はつづけた。「おれたちがこんなに近くなってしまったいまとなってはな」

「近くなったって……何に？」顔の赤みは消えていた。

「犯人逮捕にだよ。いままさに、検察官に逮捕状を請求しにいく途中なんだ」

「ああ……そうですよね」

「そうですよね？」

「いえ、それで、だれを逮捕するんです？」彼女がまた椅子ごと机へ戻りながら訊いた。

「罪状は？」

「おれたちの人殺しを逮捕するんだよ、カイア」

「ほんとですか？」気持ちの昂《たかぶ》りを表わしてカイアの瞳孔がゆっくりと開いていき、ハリーは彼女の内部で何が起きているかを察知した。野生動物を捕らえてとどめを刺す瞬間を目前にして、血が沸き立っているに違いない。逮捕。それが自分の手柄として記録に残るのだから、そうなるなというほうが無理というものだ。

ハリーはうなずいた。「犯人の名前はトニー・レイケだ」

彼女の頰に色が戻った。「どこかで聞いた気がするんですけど」

「海運王の娘ともうすぐ結婚することになっている――」

「ああ、ガルトゥングの娘の婚約者ですか」カイアが眉をひそめた。「でも、証拠はあるんですか？」

「状況証拠がある。それにいくつかの符合も」

拡大していたカイアの瞳孔が収縮した。

「あいつが犯人だ――おれには確信がある」

「その確信をわたしにも分けてもらわないことには……」カイアが言った。その声に飢えが感じられた――すべてを生のまま呑み込みたい、これまでの人生で最もいかれた決断をするための口実が欲しい。ハリーは彼女を彼女自身から護ってやるつもりはなかった。なぜなら、彼女を必要としているからだ。何しろメディア的に非の打ち所がない――若く、聡明で、女性で、野心的だ。容貌も経歴も魅力的だ。要するに、おれにないものをすべて持っているということだ。火あぶりにしたいとは司法省も望まないはずのジャンヌ・ダルクだ。

ハリーは息を吸い、トニー・レイケとの会話を再現した。何一つ省略することなく詳しく。同僚たちが昔から驚異的だと見なしている、一言一句を淀みなく再現する能力を発揮して。

「ホーヴァス小屋、コンゴ、リーセレン湖」話をすべて聞き終えて、カイアが言った。「彼はそのすべての場所にいたんですね」

「そうだ。それに、傷害罪で有罪にもなっているし、殺意があったと本人も認めている」

「すごいけど――」

「本当にすごいのはここからだ。レイケはエリアス・スコーグに電話をしている。スコーグが死体で見つかる二日前だ」

カイアの瞳孔が黒い太陽のように輝きを取り戻した。

「わたしたち、やりましたね」彼女が小声で言った。

「そのわたしたちは、おれが思ってるわたしたちか？」

「ええ」

ハリーはため息をついた。「おれと一緒にこの件に関わる危険はわかってるのか？　レイケが犯人だというおれの見立てが正しくて、やつを逮捕立件できたとしても、それによって力関係がハーゲンに有利に働く保証はないし、おまえさんも司法省やベルマンの不興を買うことになる可能性があるぞ」

「だったら、あなたはどうなんです？」カイアが机の向こうから身を乗り出し、小さな尖った歯がきらめいた。「あなたがこの危険を冒す価値があると考える理由は何なんですか？」

「おれは終わりの近い、失うものもほとんどない警察官で、あるのはこの一件だけだ。薬物対策課でも性犯罪対策課でも何もできないし、クリポスから声がかかるなんてことは絶対にあり得ない。だが、おまえさんにとっては、今回おれと組むのはいい判断じゃないんじゃないか？」

「わたしの場合、いい判断じゃないことが普通なんです」カイアが言った。真顔だった。

「わかった」ハリーは腰を上げた。「そういうことなら、検察官のところへ行ってこよう。逃げるなよ」

「逃げるもんですか、ハリー。ここにいますよ」

ハリーがくるりと向きを変えると、目の前に男の顔があった。少し前からそこに立っていたようだった。

「失礼」男が満面に笑みをたたえて言った。「こちらのレディをしばらくお借りしてもかまいませんか」

そして、目に笑いを躍らせながらカイアにうなずいた。

「もちろん」ハリーは形ばかりの笑顔を小さく作ると、急いで廊下を歩き出した。

「アスラク・クロングリー」カイアは言った。「田舎の少年が、どうしてこんなろくでもない大きな街へ？」

「おなじみの理由、じゃないかな」ウスタオーセの警察官が答えた。

「刺激、ネオンの明かり、人の群れのざわめき？」

クロングリーが微笑した。「仕事。そして、ある女性。ちょっと外へ出て、コーヒーでもどうです？」

「ごめんなさい、いまは無理なの」カイアは答えた。「いろんなことが起こりはじめていて、砦を守っていなくちゃならないのよ。でも、ここのカフェテリアならいいわ。コーヒーぐらい奢るわよ。最上階だから、先に行っていてもらえるかしら。電話を一本かけなくちゃならないの」

クロングリーが親指を立て、去っていった。

カイアは目をつぶると、震える息をゆっくりと吸った。

検察官のオフィスも六階にあったから、そんなに歩かなくてもよかった。当直の法律家はハリーが最後にここを訪れたあとでこの仕事を始めたとおぼしい若い女性で、だれかが入室してきたことに気づいて眼鏡越しにうかがった。

「逮捕状《ブルー・チット》を出してもらいたいんだ」ハリーは言った。

「あなたは？」

「ハリー・ホーレ警部だ」

ハリーは一応身分証を見せたが、彼女のはっとしたような反応からすると、この警部について何も聞いていないわけではなさそうだった。どう聞いているかは想像できたが、敢えて無視することにした。彼女のほうは捜索逮捕令状にハリーの氏名を記入し、あたかも恐ろしく複雑な情報が記載されているかのように大袈裟に目を細めて身分証を確かめた。

「令状の請求理由は二つですね」彼女が訊いた。

「そうだ」ハリーは答えた。

彼女は〝逮捕〟と〝捜索〟の欄にチェックマークを入れると、椅子に背中を預けた。もっと年季の入った法律家がよくやってみせる、〝三十秒やるから納得のいく説明をしてくれ〟というポーズを目にして、それを真似しているわけだな、とハリーは見て取った。

令状を請求するときに重要なのは切り札とも言える根拠を最初に明らかにすることであり、検察官の判断はたいていその時点で決まると経験からわかっていたから、ハリーはまず、エリアス・スコーグが殺される二日前にレイケが彼に電話をかけている――ハリーのところへやってきたとき、エリアス・スコーグなどという人物は知らないし、山小屋で話をしたこともないときっぱり否定しているにもかかわらず――ことを指摘した。そして、レイケが傷害罪で有罪判決を受けていて、しかも殺意があったことを本人も認めていることを伝えた。この二つの根拠があれば逮捕状はすでに出されたも同然だと思われたが、念には念を入れておこうと、コンゴとリーセレン湖での符合を詳しく立ち入ることなくそこに付け加えた。

検察官が眼鏡を取った。

「基本的には大丈夫だと思うけど」彼女が言った。「それでも、もう少し考えさせてください」

ハリーは胸の内で呪詛の言葉を吐き捨てた。もっと経験のある検察官ならいまこの場で令状を発行してくれるはずだが、この検察官はまだ青いから、だれかに相談しなくては決められないんだ。だったら〝研修中〟とドアに書いておけよ、そうすれば別の検察官のところへ行ったのに。しかし、いまとなってはどうしようもなかった。

「急いでいるんだ」ハリーは言った。

「それはなぜですか？」

彼女の勝ちだった。ハリーはもったいぶって手を振って見せたが、それはすべてを語っているようで実は何も言っていないのと同じだった。

「昼食のあとですぐにどうすべきか決めて」彼女が令状を目で示した。「発行してもいいとなったら、あなたの郵便受けに入れておきます」

何であれ軽率なことを口走らないよう、ハリーは歯を食いしばった。なぜなら、彼女のその判断が適切なものだったからである。彼女は自分が若く、経験が浅く、男が優越している世界にいるという事実を過剰に気にしていて、それは仕方のないことでもある。だがその一方で、尊敬に値する決断力を発揮してもいた。有無を言わせず、強引に決着をつけるというハリーのテクニックが通用しないことを、最初からはっきり見せつけたのである。お見事だ。

ハリーは彼女の眼鏡をひったくって叩き壊してやりたい気分だった。

「結論が出たら内線電話で知らせてもらえないかな」ハリーは言った。「いま、おれのオフィスは郵便受けからかなり離れたところにあるんでね」

「いいですよ」彼女がにこやかに答えた。

オフィスまであと五十メートルの地下通路にいるとき、ドアが開く音が聞こえた。だれかが出てきて急いで鍵をかけ、ハリーのほうへ足早に歩き出したが、彼の姿を見たとたんに固まってしまった。

「驚かせたかな、ビョルン？」ハリーは穏やかな声で訊いた。

二人のあいだはまだ二十メートル以上隔たっていたが、音が壁に反響して、その声をビョルン・ホルムのほうへ届けてくれた。

「まあね」トーテン出身の男が赤毛を覆っているカラフルなラスタ帽を直しながら言った。

「いきなりそこにあなたがいたらびっくりもしますよ」

「ふむ。で、おまえはどうなんだ？」

「おれが何なんです？」

「ここで何をしているんだ？　クリポスでやることが山ほどあるんじゃないのか？　素敵な新しい仕事をさせてもらっていると聞いてるぞ」ハリーは足を止めた。ホルムとの距離は二メートル、その顔は明らかに面食らっていた。

「素敵かどうかはわかりませんね」ホルムが言った。「一番やりたい仕事をさせてもらえないんでね」

「一番やりたい仕事は何なんだ？」

「鑑識の仕事ですよ、わかってるくせに」

「おれが？」

「違うんですか？」ホルムが顔をしかめた。「犯罪鑑識課と戦略立案課のあいだの調整なんて――自宅にいたってできますよ。メッセージの伝達、会議の招集、報告書の発送、それがいったい何だというんです？」

「出世だよ」ハリーは言った。「いいことの始まりだ、そう思わないか？」

ホルムが小馬鹿にしたように鼻を鳴らした。「おれがどう思ってるか教えましょうか。ベルマンがおれにいまの仕事をさせてるのは、おれを仲間外れにしておくため、何であれおれが一次情報を手にすることがないようにするためですよ。おれが一次情報を手にしたら、自分より先にあなたのところへ届くんじゃないかと疑ってるからです」

「それについては、あいつは間違ってるな」ハリーは鑑識課員と顔を突き合わせながら言った。

ビョルン・ホルムが二度瞬きをした。「それはいったいどういうことですか、ハリー？」

「ああ、いったいどういうことだろうな？」怒りが声を強ばらせ、甲高くさせているのが自分でもわかった。「おまえはオフィスで何をしていたんだ、ビョルン？ おまえの持ち物なんか、もうあそこには一つもないだろう」

「何をしていたか？」ホルムが言った。「これを探していたんですよ」そして、右手をかざした。一冊の本が握られていた。「受付に預けておくと言いましたよね、忘れましたか？」

『ハンク・ウィリアムズ：伝記』

ハリーは恥ずかしさのあまり頬が赤くなるのがわかった。

「ふむ」

「ふむ」ホルムが真似をした。

「オフィスを片づけたときに持って出てはいたんだ」ハリーは言った。「だが、途中でこの通路を引き返して、オフィスへ戻ることになった。そして、すっかり忘れてしまったというわけだ」

「わかりました。もう行っていいですか？」

ハリーは一歩脇へどき、遠ざかっていく悪態と荒い足音に耳を澄ませた。

そのあと、オフィスの鍵を開けた。

どすんと椅子に腰を落とした。

そして、室内を見回した。

手帳。ページをめくる。あの会話のメモは取っていないし、トニー・レイケを容疑者と特定するようなことは一言も書いてない。机の引き出しを開け、だれかがそこを探した形跡がないかどうかを確かめた。そんな様子はまったくなかった。結局おれが間違っているという可能性があるだろうか？　ホルムはミカエル・ベルマンに情報を漏らしていないと考えていいだろうか？

時計を見て、あの新米検察官がさっさと昼飯をすませてくれることを祈った。コンピューターのキイを無作為に押し、スクリーンをよみがえらせた。いまも、最後に検索したページがそこにあった。検索したキイワードもまだ検索窓にあって、ハリーに向かって輝いていた――〝トニー・レイケ〟。

41　逮捕状《ブルー・チット》

「それで」アスラク・クロングリーがコーヒー・カップを手のなかで回しながら言った。あんなに大きな手のなかにあると、コーヒー・カップも茹で卵用のエッグスタンドに見えるわね、とカイアは思った。二人は窓際のテーブルに向かい合って坐っていた。警察本部のカフェテリアは最上階にあり、ノルウェーの標準的な造りになっていた——明るくて清潔だが、必要以上に長く坐っていたいと思うほど居心地はよくない。最大の取り柄は街を一望できることだが、クロングリーは景色にはあまり関心がないようだった。

「あの地域にあるセルフサービス・スタイルの、ほかの山小屋の宿帳も調べてみたんです」彼はつづけた。「次の日はホーヴァス小屋に泊まる予定だと書いていたのは、シャルロッテ・ロッレスとイスカ・ペッレルの二人だけでした。二人とも、その前夜はトゥーンヴェッグの山小屋に泊まっています」

「その二人については、わたしたちももう知っているの」カイアは言った。

「そうですか。でも、あなたが関心を持つかもしれない情報があるんです。実際には二つだけですけどね」

「どういう情報かしら」

「ロッレスとペッレルが泊まった晩にトゥーンヴェッグ小屋に同宿していた年配の夫婦と電話で話したんです。その夫婦によると、その日の夕方、男が一人やってきて、軽い食事をし、シャツを替えたあと、すでに暗くなっているにもかかわらず、また出ていったそうなんです。向かったのは南西で、その方向にあるのはホーヴァス小屋だけです」

「で、その男性は……」

「旦那さんのほうも奥さんのほうも、その男の顔をほとんど見ていないんです。見られたくないような感じもあったそうで、シャツを着替えるときでさえ、目出し帽も脱がなかったし、旧式のゴーグルも外さなかったとのことです。ただ、奥さんのほうが言っていましたが、その男は過去に重傷を負ったことがあるんじゃないかと思ったとのことです」

「そう思った根拠は何だったの？」

「そう思ったことを思い出しただけで、どうしてそう思ったかは思い出せないとのことでした。だけど、その男が目撃者のいないところで方向を変え、別の小屋へ向かったという可能性もあります」

「そうね」カイアは時計を見た。

「ところで、名乗り出てほしいという呼びかけに反応はあったんですか？」

「ないわ」カイアは答えた。

「その顔はあると言ってるように見えるけどな」

とたんにカイアに睨まれ、クロングリーが自分を護ろうとするかのように両手を前に突き出した。「都会へ出てきた田舎者なんです！　すみません——特に意味があって言ったことじゃないんです」

「いいのよ」カイアは言った。

二人はそれぞれのコーヒー・カップに目を落とした。

「わたしが関心を持つかもしれないことが二つあるって言ったわよね」カイアは言った。

「これを言うと後悔するとわかっているんだけど」クロングリーの目に静かな笑いが戻った。

どういう話なのかカイアはすぐに見当がつき、クロングリーの予想は正しいと確信した。

彼は後悔することになる。

「プラザ・ホテルに泊まっているんだけど、今夜、あそこでディナーを一緒にどうかと思って」

「二つ目は何？」

カイアは、わたしの胸の内を読むのは難しくなさそうだと、彼の表情を見て知った。

「あなた以外、この街に知り合いがいないんですよ」クロングリーが口元を歪めてにやりと笑った。もしかすると、相手の気を許させる笑みを浮かべようとしたのかもしれなかった。

「別れた妻を別にしてだけど、彼女に電話する勇気がなくて」

「そうできたらよかったんだけど……」カイアは口を開いたものの、すぐに言いよどんだ。

仮定法過去。アスラク・クロングリーの顔はすでに後悔を表わしていた。「残念ながら、どうしてもやらなくちゃならないことがあるの」

「気にしないでください――いずれにしたって急な誘いなんだから」クロングリーが微笑し、言うことを聞かないカールした髪を指で梳《と》かした。「明日ならどうです？」

「そうね……でも、この何日かはとても忙しいのよ、アスラク」

クロングリーが自分に言い聞かせるかのようにうなずいた。「そうですよね。もちろん、あなたは忙しい。その理由は私が訪ねたときにあなたのオフィスにいたあの男性ですか？」

「いいえ。いまのわたしのボスは別の人なの」

「私が考えていたのは上司とかそういうことではなかったんですけどね」

「じゃあ、何を考えていたの？」

「あなた、言ったじゃないですか、警察官に恋をしているって。彼ならあなたにうんと言わせるのもさして難しくないように見えたんですよ。いずれにせよ、私よりはね」

「違う、違う、あれは彼のことじゃないわ！　あなた、何を考えてるの？　わたし……きっと、あの夜は飲み過ぎていたのよ」カイアは自分の無意味な笑い声が聞こえるような気がして、首筋に血が上るのがわかった。

「わかりました」クロングリーがコーヒーを飲み干した。「そういうことなら、私一人でこの寒い大都会に出ていかなくちゃなりませんね。まあ、訪ねるべき博物館や慰めてくれるバーには不自由しないでしょうけど」

「そうよ、せっかくのチャンスなんだから大いに活用すべきよ」

クロングリーが片眉を上げ、目を泳がせた。エーヴェンが最後にしたのと同じだった。

カイアはクロングリーを外まで送り、握手をしながら思わずこう言った。「寂しくて我慢できなくなったら電話をちょうだい、抜け出せるかどうかやってみるから」

彼の笑顔を見てカイアは、わたしからの申し出を辞退するか、少なくともそれに応じない機会を与えたことに対する感謝だろうと解釈した。

六階へ上るエレベーターのなかで、カイアはクロングリーの言葉を思い返していた。〝あなたにうんと言わせるのもさして難しくないように見えた〟わたしのオフィスの戸口に実際はどのくらい前から立っていたのだろう。立ち聞きしながら。


午後一時、カイアの前の電話が鳴った。

ハリーだった。「ようやく逮捕状が出たぞ。準備はいいか？」

カイアの心臓の鼓動が速くなりはじめた。「はい」

「防弾ベストを忘れるな」

「防弾ベストと拳銃ですね」

「武器の面倒は〈デルタ〉が見てくれるだろう。もう車に乗り込み、いつでも出動できるようガレージの前で待機してる。おれの郵便受けに逮捕状が届いてるから持ってきてくれ。いいな？」

「わかりました」

十分後、カイアとハリーは十二人乗りの青い〈デルタ〉のバンでダウンタウンを西へ走っていた。カイアはハリーの説明を聴いているところだった——三十分前、オフィスとして借りている建物にいるはずのレイケに電話をすると、今日は外で仕事をしているとのことだった。それで、ホルメン通りの自宅へかけてみると本人が出たので、そのまま電話を切った。ハリーはこの作戦の指揮官をミラノにしてほしいと特に要請していた。太い眉を持った、色黒のがっちりした体格の男で、ミラノという姓にもかかわらず、イタリアの血は一滴も入っていなかった。

バンがイプセン・トンネルに入り、外を流れていく四角い照明が八人の精鋭隊員のヘルメットとバイザーに反射した。全員が深い瞑想状態にあるようだった。

カイアとハリーは後ろの席に坐っていた。ハリーは前と後ろに〝警察《ポリティ》〟と黄色い文字で大きく記された黒いジャケットを着て、制式リボルバーの薬室すべてに銃弾が入っていることを確認していた。

「〈デルタ〉が八人に、このランプですか」カイアはバンの屋根の青い回転灯に言及した。「ちょっとやりすぎなんじゃありませんか？」

「やりすぎでなくちゃならないんだ」ハリーが言った。「この逮捕を自分でやりたかったはずのやつの目を引くためには、普通より大規模かつ賑やかにやる必要がある」

「メディアに知らせましたか？」

ハリーがカイアを見た。

「人の目を引きたかったら、という意味ですよ」カイアは言った。「だって、そうでしょう――レイケは有名人です、その彼がマーリット・オルセン殺しで逮捕されるんですよ。メディアだって王女の誕生日をすっ飛ばしてでも記事にせずにはいられないでしょうからね」

「そして、婚約者がそこにいたらどうだ？」ハリーが言った。「あるいは、母親が？　その二人も新聞やテレビに登場することになるんじゃないか？」シリンダーがかちんと音を立て、回転弾倉が元の位置に戻った。

「大規模かつ賑やかにやって、それをどう利用するんです？」

「メディアが追いかけてきて」ハリーが答えた。「近隣住人や通行人、そしてわれわれに訊き回る。そして、これがとんでもない大記事になると気づく。それがおれの役に立ってくれるというわけだ。知らない者はいなくなり、われわれは新聞の一面を乗っ取ることができるんだからな」

カイアは横目でハリーを一瞥した。バンは次のトンネルの闇をくぐり終え、マイヨルストゥーエンを横切り、スレムダール通りを進んで、ヴィンデレンを過ぎた。ハリーが窓の向こう、路面電車の停留所を見つめているのがわかった。その顔にあからさまな苦悶が表われていて、カイアは彼の手を取って何か言いたい、何でもいいからその表情を消せるような言葉を発したいという衝動に駆られた。見ると、ハリーの手はリボルバーを握り締めていた。それが持っているすべてだとでも言うように。これをつづけることはできない。何かが破裂する。それとも、すでに破裂しているのか。

バンは坂を上りつづけて、街はすでに眼の下にあった。路面電車の軌道を渡ると、背後で明かりが瞬きはじめて遮断機が下りた。

ホルメン通りだった。

「おれと一緒に玄関まで行くのはだれだ、ミラノ？」ハリーは助手席に向かって大声で訊いた。

「デルタ3とデルタ4だ」ミラノが大声で答え、振り返って、戦闘服の胸と背中に〝3〟とチョークで大書してある隊員を指さした。

「わかった」ハリーは応えた。「で、残りは？」

「家の両側に二人ずつだ。プロシージャー・ダイク145」

それはアメリカン・フットボールから借りてきた配置展開を示す暗号で、そのことはカイアも知っていた。自分たちが使っている無線周波数にたまたま入ってきた者がいたとしても、内容を悟られずに、迅速に意思疎通を行なうための措置だった。バンはレイケの自宅まで二軒を隔てたところで停まった。六人がそれぞれのMP5を点検してから外へ飛び出した。彼らは芝が茶色に枯れ、林檎の木が葉を落とし、西オスロでよく見られる背の高い生け垣のある隣家の広い庭を突っ切っていった。カイアが時計を見ると、四十秒が経過していた。そのとき、ミラノの無線が鳴った。「全員、位置に着きました」

運転手がクラッチを解放し、バンはゆっくりとレイケの自宅のほうへ動き出した。トニー・レイケが最近手に入れたその建物は黄色の平屋で巨大だったが、住所から想像されるほどエレガントではなく、カイアが思うに機能主義建築とただの木箱の中間といったところだった。

バンは砂利敷きの車道《ドライブ》の突き当たりにあるガレージの二枚扉の前でふたたび停まった。砂利道はそのまま玄関まで延びていた。何年か前にヴェストフォルで人質事件があり、〈デルタ〉が現場となった家を包囲したのだが、犯人はその家からゆっくりと小径を歩いてガレージへ行くと、家の所有者の車を拝借して、呆気にとられて何もできずにいる重武装警察を尻目にまんまと逃げおおせたのだった。

「ここにいて、おれを見てろ」ハリーはカイアに言った。「次はおまえさんの番だからな」

全員バンを出ると、ハリーは素速くレイケの自宅へ向かった。二人の隊員がハリーの一歩後ろで両脇について、三角の陣形が形成された。ハリーの声から、彼の心臓が早鐘を打ちはじめているのがわかった。それは彼の身体の動き、首筋の強ばり、過剰なほどに柔軟な身ごなしからも見て取ることができた。

三人は玄関前の階段を上がり、ハリーがドアベルを押した。二人の隊員がそれぞれドアの左右で壁に背中をつけて待機した。

カイアは数を数えた。バンのなかで、FBIのやり方をハリーに教えられていた――まず、ドアベルを押すかノックするかして〝警察です！〟と告げてから〝開けなさい！〟と叫ぶ。それを繰り返し、十秒待ってからなかに入る。ノルウェーの警察にはそこまではっきりした決めごとはなかったが、指針がないということではなかった。

しかし、今日の午後のホルメン通りでは、それらのどれも実行されなかった。

玄関のドアが勢いよく開き、カイアは思わず一歩後ずさった。入口にラスタ帽が見えたと思うと、ハリーの肩が回転し、拳が肉を打つ音が聞こえた。

42　ビーバス

それは本能的な反応で、途中で止めることができなかった。

犯罪鑑識課のビョルン・ホルムの丸い顔がトニー・レイケの自宅玄関に現われ、その顔の向こうに忙しく動き回っている鑑識課員が見えたとき、ハリーは何があったのかを瞬間的に理解し、目をつぶった。

衝撃が腕から肩へ伝わり、拳に痛みが走った。目を開けると、ビョルン・ホルムが玄関ホールで両膝を突き、鼻から口へ、そして顎へと血を滴らせていた。

ハリーに同行していた〈デルタ〉が飛び出してホルムに銃口を向けたが、二人とも明らかに当惑していた。以前にもそのラスタ帽を見たことがあり、白衣の男たちが現場検証班だとわかっているようだった。

「報告を頼む」ハリーは胸に〝3〟と記してある隊員に言った。「現場に問題なし、容疑者はミカエル・ベルマンによって逮捕された。以上」

ハリーは椅子にどすんと腰を下ろし、グンナル・ハーゲンの机のほうへ脚を伸ばした。

「至って簡単ですよ、ボス。ベルマンはわれわれがトニー・レイケを逮捕しようとしていることを知った。で、通りの向かいの鑑識課と同じ建物にある検察官のオフィスへ行った。あとはそこにいる検察官のだれかから逮捕状を手に入れるだけでいいんです。たぶん二分もあれば十分でしょう。ところが、おれときたら二時間も待たなくちゃならなかったんです！」

「大声を出す必要はないだろう」ハーゲンが言った。

「あなたにはなくても、おれにはあるんです！」ハリーは喚き、アームレストを殴りつけた。

「くそ、くそ、くそ！」

「ホルムがきみを訴えなかったのをありがたく思うんだな。それにしても、どうして彼を殴ったんだ？　彼が情報を漏らしているのか？」

「ほかに何か用はありますか、ボス？」

ハーゲンは部下の警部を見て、首を振った。「何日か休みを取るんだ、ハリー」

トルルス・ベルンツェンは子供のころ、色々な綽名《あだな》で呼ばれていた。その大半はもう忘れていたが、九〇年代の初め、学校を出た直後につけられた綽名があって、それはいまもつきまとっていた。ビーバス。MTVで放送されていたアニメの間抜けな登場人物で、金髪で、受け口で、泣くように笑う。いいだろう、確かにそんなふうに笑うかもしれない。小学校以来、ずっとそうだ。だれかが叩かれているときは特にそうだし、自分が叩かれているときは尚更そうなる。漫画で読んだが、『ビーバス・アンド・バットヘッド』の原作者はジャッジという名前だった。ファーストネームは思い出せない。だが、ともかくこのジャッジという男は、ビーバスの父親は息子を叩く大酒飲みというイメージだと言っていた。自分がその漫画を床に投げ捨てて呻くように笑いながら本屋をあとにしたことを、トルルス・ベルンツェンは憶えていた。

彼には二人のおじがいて、ともに警察官だった。というわけで、推薦状を二通手に入れて辛うじて採用応募要件を満たすと、採用試験は隣りに坐っていた受験生の助けの手を少なくとも一本は借りて何とか合格に漕ぎつけた。その受験生にとっては、それは大したことではなかった。二人は子供のころからの友だち——あるいは、友だちのようなもの——だったのだ。正直に言うと、ミカエル・ベルマンは彼らが十二のとき、マングレルーの大規模ビル建築現場——ダイナマイトが使われることになっていた——で出会って以来、トルルスのボスでありつづけていた。あのとき、ミカエルは死んだ鼠に火をつけようとしているトルルスを捕まえ、その鼠の喉にダイナマイトを一本突っ込んだほうがはるかに面白いと教えてくれ、実際に点火までさせてくれた。その日から、トルルスはミカエルの行くところならどこへでもついていった——いいと言ってもらえる限りにおいてではあったが。ミカエルは物事をうまくやる術を、トルルスには及びもつかないところまで知っていた。学校でも、体操クラブでも。それに、だれにも馬鹿にされない話し方を知っていたし、複数の女の子と付き合ってもいた。そのなかの一人は年上で、ミカエルは彼女の胸を好きなだけ触っていいことになっていた。一つだけ、トルルスのほうが上手なことがあった。殴られることである。ミカエルは自分より大きな相手が悪口の言い合いでは敵わないのを認めることができず、拳で決着をつけようとしたときは必ず後ろへ下がり、トルルスを自分の前に押し出すのだった。トルルスは殴られるのを何とも思わないからである。何せ自分の家でたっぷり練習しているのだから。相手は流血するまでトルルスを殴ることもできたが、トルルスは呻くような笑いとともになおもそこに立ちつづけた。それは相手をさらに逆上させることになるだけだったが、トルルスは逃げ出すでも倒れるでもなく、ひたすら笑っていなくてはならなかった。そのあとはミカエルが優しく肩を叩いてくれて、日曜なら、ユッレとTVがまたレースをしていると言ってくれるかもしれなかった。そのときは二人でリーエン・ジャンクションの橋の上の観覧席へ行き、陽に焼かれた舗装道路の匂いを嗅ぎ、チアリーダーが嬌声や歓声を上げるなか、カワサキ一〇〇〇CCのエンジンの轟きを聴くのだった。やがて、ユッレとTVのバイクが日曜の車のいないハイウェイを疾走し、彼らの目の下を通過してトンネルとブリンへと消えていくのである。そのあと、二人は——ミカエルの機嫌がよくて、トルルスの母親がアーケル大学病院の勤務で留守のときに限られるが——ベルマン夫人と一緒に日曜の昼食をとるのだった。

一度、ミカエルがトルルスの家のドアベルを押すと、応対に出た父親がこう叫んだ——〝イエスが使徒を集めにお出ましだ〟。

二人は言い争いをしたこともなかった。それはすなわち、ミカエルの機嫌が悪くて八つ当たりをされたとしても、トルルスは言い返さないということだった。パーティでミカエルにビーバスと呼ばれてみんなに笑われたときでさえそうだったし、その綽名に死ぬまでつきまとわれることも本能的に察知していた。それでも、やり返したことが一度だけあった。父親をカドック工場の酔っぱらいの一人呼ばわりされたときである。拳を振り上げて向かっていくと、ミカエルは縮こまり、腕を上げて頭を守るようにしながら落ち着けと言い、笑いながら、ほんの冗談だ、悪かったと謝った。が、そのあとトルルスも謝ったのだった。

ある日、トルルスとミカエルはガソリンスタンドへ行った。そこでユッレとTVが燃料を盗むのを知っていた。男二人がセルフサービスの給油機からカワサキのタンクへ燃料を注いでいるあいだ、後ろの席に乗っているそれぞれの女の子がデニムのジャケットをさりげなく腰で結んでナンバープレートを隠して、満タンになるやユッレとTVがバイクに飛び乗り、フルスロットルで走り去るのだ。

ミカエルはガソリンスタンドの店主にユッレとTV——女の子のほうはTVのガールフレンドだけ——のフルネームと住所を教えた。店主は疑わしげにトルルスを見た——こいつ、監視カメラに映ってなかったか？　マングレルーの建築現場の無人の作業員休憩所が火事になる少し前、ガソリンの五ガロン缶を盗んでいったろくでなしに似ていた。この情報提供に礼はいらない、こんなことをするろくでなしどもが捕まってくれればそれでいいのだ、とミカエルは言った。こういう人間が悪事を働いたとは店主も思わないだろうと踏んだのである。

店主はかなり驚いた様子でうなずいた。ミカエルはそういう影響を人に与えることができた。

ガソリンスタンドをあとにしたミカエルが、自分は卒業したら警察学校への入学申請をするつもりだから、おまえもそうしたらどうだとトルルスを誘った。おまえの身内には二人も警察官がいるのだから、と。

そのあと、ミカエルはウッラと付き合うようになり、トルルスと会う機会は減っていった。だが、警察学校を出たあと、二人はともにストヴネル署に配属になった。そこはいかにも東オスロの外れらしく、ギャングによる犯罪が頻発し、強盗事件が起こり、ときに人が殺されるところだった。一年後、ミカエルはウッラと結婚し、昇進を果たした。トルルスまたはビーバス——おおよそ三日目からそう呼ばれた——はミカエルの直属の部下になった。未来はトルルスにとって悪くなく、ミカエルにとっては輝いているようだった。経理課の民間人の臨時雇いの阿呆が、クリスマス・パーティのあとでミカエル・ベルマンに顎を砕かれたと訴えて出てくるまでは。証拠はなかったし、ミカエルはそんなことをしていないという確信がトルルスにはあった。しかし、騒ぎのなかでミカエルはともあれ転属願いを出し、欧州刑事警察機構《ユーロポール》が受け容れてくれて、ハーグにある本部へ異動したのだが、そこでもすぐにスターになった。

ノルウェーへ戻ってクリポスへ配属されたミカエルが二番目にやったのが、トルルスに電話をしてこう訊くことだった。「ビーバス、また鼠を破裂させる準備はできてるか？」

一番目にやったのはユッシ・コルッカを雇うことだった。

ユッシ・コルッカは六種類のマーシャル・アーツを得意としていたが、六種類とも最後まで聞く前に忘れてしまうような名前だった。彼はユーロポールに四年いて、それ以前はヘルシンキの警察にいた。ユッシ・コルッカがユーロポールを辞めたのは本意ではなく、南ヨーロッパでの十代の娘を標的にした一連のレイプ事件を捜査しているときに一線を越えてしまったからだった。性犯罪者を彼らの弁護士でさえ顔を見分けるのが難しいほどしたたかに殴ったことになっていた。弁護士が訴訟を起こすぞとユーロポールを脅すのは難しくなかった。トルルスはその栄光の物語を詳しく聞き出そうとしたが、コルッカは遠くを見つめたまま口を開こうとしなかった。それも仕方がないことではあった――トルルスも話好きではなかったし、口数が少なければ少ないほど過小評価されることを知っていた。それは必ずしも悪いことではなかった。とはいえ、今夜は祝う理由があった。ミカエル、トルルス、コルッカ、そして、クリポスが勝ったのだ。ミカエルがいないとなれば自分たちでやるしかない。

「静かに！」トルルスは〈カフェ・ユスティセン〉のカウンターの上の壁に掛かっているテレビを指さして怒鳴った。同僚が口を閉じたので、神経質で呻くような自分の笑い声が聞こえた。テーブルとカウンターが沈黙した。全員がアナウンサーを見つめた。彼はまっすぐカメラに向かい、彼らが待っていたことを知らせてくれた。

「本日、クリポスはマーリット・オルセンを含む六人を殺したと疑われる男を逮捕しました」歓声が上がり、ビールジョッキが振り回されて、アナウンサーの声をかき消した。が、それはフィンランド系スウェーデン人らしい訛りのある、野太い声が響くまでだった。「静かに！」

そこにいるクリポス全員がふたたび沈黙し、ミカエル・ベルマンを注視した。彼はブリンのクリポス本部が入っている建物の前で、風防のついたマイクを顔の前に突き出されていた。

「当該人物は容疑者であり、クリポスによる取り調べを受けたあと、法廷で予備審問を行なうことになります」ミカエル・ベルマンが言った。

「それは、この事件は解決したとあなたが信じているということですか？」

「犯人を見つけることと、その人物を有罪にすることは同じではありません」ベルマンの口元には小さな笑みが浮かんでいた。「しかし、われわれクリポスは捜査の結果、多くの状況証拠と同じく多くの符合を発見し、それをもってすれば迅速な逮捕が適当であると考えました。更なる犯行の可能性と、証拠隠滅の恐れがあることも考慮しての判断です」

「逮捕された人物は三十代だとのことですが、もう少し詳しく教えてもらえませんか？」

「過去に傷害罪で有罪判決を受けていますが、現時点でお話しできるのはそれだけです」

「その人物の身元についてインターネット上でさまざまな噂が飛び交っていて、名の知れた投資家で、何よりも、有名な船主の娘と婚約しているとほのめかしているものもありますが、それは事実だとお認めになりますか、局長？」

「この事件は間もなく解決に至るとわれわれクリポスがかなりの自信を持っていること以外、認める必要も否定する必要もないと考えます」

リポーターがカメラに向き直ってまとめに入ったが、その声は〈カフェ・ユスティセン〉で上がったふたたびの歓声に呑み込まれた。

トルルスがビールのお代わりを注文したとき、クリポスの同僚の一人が椅子の上に立ち上がり、刑事部が〝お願いだから〟と懇願してきたら、自分たちの一物をくわえさせてやるか、せめて先っぽぐらいは舐めさせてやってもいいと声高に言い放った。人と汗と悪臭に満ちている部屋がどっと沸いた。

そのとき、店の入口が開いた。男が入口を塞ぐようにして立っているのが、トルルスの向こうの鏡に映っていた。

彼はそれを見て奇妙な興奮を覚え、何かが起こることを戦きながら確信した。だれかが痛い目にあう、と。

やってきたのはハリー・ホーレだった。

長身で、肩はがっちりと広く、細面で、深い眼窩《がんか》の奥の目を充血させた彼が、ただそこに立っていた。だれが静粛を求めたわけでもないのに、店内の手前から奥へと沈黙が伝染していき、ついには最後までしゃべっていた鑑識課員二名も促されて口を閉ざした。完全に静かになると、ホーレが口を開いた。

「諸君はわれわれから盗んだ仕事の祝勝会をしているわけだ、そうだな？」

低く、ほとんどささやくような声の一言一言が店内に反響した。

「ともあれ、せいぜい喜ぶことだ。諸君の自慢のボスは死体を踏み越えていくのも厭わない男だ。その死体はそこらに積み上げられ、警察本部の六階からすぐにも運び出されていく。そして、彼はブリンの太陽王になるというわけだ。さて、ここに百クローネ札がある」

トルルスはホーレが紙幣をかざして振るのを見た。

「諸君はこれを盗む必要はない。ほら、これでビールを、それから——失礼——ベルマンと三人でやるときの張り形を買えばいい……」ホーレは札を丸めて床に放った。目の隅に、すでにユッシ・コルッカが動き出しているのが見えた。「あるいは、もう一人の密告者を買うのもいいだろうな」

ホーレが横へよろめき、何とか立ち直った。トルルスはこの男が——聖職者のようにはっきりと言葉を発しているにもかかわらず——ひどく酔っぱらっていることに気づいた。

次の瞬間、ホーレがユッシ・コルッカの右フックを顎に食らって半回転したと思うと、今度は左フックを鳩尾《みぞおち》に受けて、ほとんど最敬礼でもしているかのように身体を二つ折りにした。こいつ、もうすぐ——肺に息を取り戻すことができたら——吐くんじゃないかとトルルスは思った。ユッシも同じことを考えているらしかった——こいつを外へ出したほうがいい。ほとんど丸太のようにずんぐりしたこのフィンランド人にどうしてそんなことができるのか不思議だったが、ともかく、その足をバレリーナのような柔らかい身ごなしで高く上げ、うずくまっているホーレの肩に当ててそうっと後ろへ押し、ごろごろと転がして、入ってきたドアから外へ出した。

一番若くて一番酔っている同僚が大笑いしたが、トルルスは鼻を鳴らしただけだった。手荒いことはするなと年嵩の二人が叫び、一人はさらに大声を上げたが、実際に制止しようとする者はいなかった。それはなぜか、トルルスはわかっていた。ここにいる全員があの話を憶えていたからだ。ホーレは以前、警察の名誉を汚し、身内の顔に泥を塗り、最も優秀な仲間の命を奪っていた。

ユッシがごみを捨ててきたとでも言わんばかりに、重々しい足取りでカウンターのほうへ歩いてきた。トルルスは控えめに鼻を鳴らした。フィン人だかサーミ人だかエスキモーだか何だか知らないが、そいつらのことを理解できるとは思えなかった。

店の奥のほうで一人の男が立ち上がり、出口へと歩き出した。クリポスでは見たことのない顔だったが、カールした黒髪の下には警察官に特有の用心深い目があった。

「あいつのことで手伝いが必要なら言ってくださいよ、保安官」テーブルに坐っているだれかが大声で言った。

三分後、BGMのセリーヌ・ディオンが戻ってきて、さっきまでと同じような音量で会話が再開されると、トルルスは思い切って百クローネ札へ足を伸ばし、それを拾ってカウンターへ行った。

ハリーはふたたび呼吸ができるようになり、嘔吐《おうと》した。一度、二度。そして、また崩れ落ちた。舗道の冷たさはシャツを通り抜けて肋骨に突き刺さり、とても重く感じられた。自分がその上に倒れているのではなく、逆に上からのしかかられているかのようだった。目の前ではいくつもの赤い点が踊り、黒い虫がのたくっていた。

「ホーレ警部？」

声は聞こえたが、意識があるところを見せたらまた蹴りが降り注ぐとわかっていたから、目を閉じたままでいた。

「ホーレ警部?」声が近づいてきて、肩に手が置かれるのがわかった。

アルコールが動きと正確さ、距離を測る能力を鈍らせることもわかっていたが、とにかくやってみようと目を開け、上半身をねじって、喉を狙った。が、またもや崩れ落ちることになった。

狙いから五十センチも外れていた。

「タクシーを捕まえましょう」またもや声が聞こえた。

「失せろ、このくそったれ!」ハリーは呻いた。

「私はクリポスじゃありませんよ」また声がした。「私はクロングリーと言います。ウスタオーセの警察官です」

ハリーは顔を上げ、目を細めるようにして相手を見た。

「ちょっと酔っているだけだ」ハリーは掠れた声で言い、そうっと息をしようとした。そうしないと、痛みのせいでまたもや胃の内容物が迫《せ》り上がってきそうだった。「大したことじゃない」

「私もちょっと酔っているんです」クロングリーが微笑し、ハリーの肩に腕を回した。「それから、白状すると、どこへ行けばタクシーが捕まるかも知らないんです。まっすぐに立てますか?」

ハリーは右、左と足を踏ん張って立ち上がると、二度瞬きをして、少なくとも垂直の姿勢を確保した。もっとも、ウスタオーセの警察官の助けをまるで借りていないわけではなかったが。

「今夜はどこで寝るんですか？」クロングリーが訊いた。

ハリーはじろりとクロングリーを睨んだ。「自宅だ。あんたに問題がなければ、おれ独りのほうがいいな」

そのとき、パトカーが二人の前で停まり、窓が開いた。笑いの名残りと、それから体裁を取り繕ったような声が聞こえた。

「刑事部のハリー・ホーレ警部ですか？」

「そうだ」ハリーはため息をついた。

「クリポスの刑事の一人から電話があって、あなたを無事に自宅まで送り届けてほしいと要請がありました」

「それなら、さっさとドアを開けろ！」

ハリーは後部座席に乗り込むと、ヘッドレストにだらりともたれて目をつぶった。すべてが回転しはじめたが、前に坐っている二人を見ているよりはましだった。〝ハリー〟が無事に帰り着いたら連絡してくれと、クロングリーが二人の警官に電話番号を渡した。まるでおれの友だちみたいな口振りだが、こいつがそう考える根拠はいったい何なんだ？　低い唸りとともに窓が閉まり、またもや前部座席から快活な声が聞こえた。

「住まいはどこですか、警部？」

「このまままっすぐ行ってくれ」ハリーは言った。「訪ねるところがあるんだ」

車が動き出すのを感じて目を開け、後ろを振り返ると、クロングリーはまだメッレル通りに立っていた。

43　訪問サービス

カイアは横向きになって寝室の闇を見つめていた。さっき門が開く音がし、いまは外で砂利を踏む音が聞こえていた。彼女は息を詰めて待った。そのとき、ドアベルが鳴った。彼女はドレッシングガウンを羽織って窓のところへ行き、ほんの少しカーテンを開けると、ため息をついた。

「酔っぱらいの警察官じゃないの」彼女は声に出して言った。

そしてスリッパを突っかけ、急いで玄関ホールを横切ってドアを開けると、そこに立って腕組みをした。

「こんばんは、すれきなひろ」警察官は舌がもつれていた。この人、芝居をしているんじゃないの、とカイアは疑った。それとも、ほんとにこんな哀れな状態なの？

「こんな遅い時間にここへきた理由は何なの？」カイアは訊いた。

「あなたですよ。入れてもらえるかな？」

「駄目よ」

「でも、あんまり寂しいようだったら連絡してもいいって、そう言ったじゃないですか。だから、そうしたんです」

「アスラク・クロングリー」カイアは言った。「わたしはもう寝《やす》んでるの。だから、ホテルへ帰りなさい。明日の朝ならコーヒーを付き合うから」

「コーヒーならいまのほうがいいな。十分したらタクシーを呼んでください。それまでは殺人事件と連続殺人犯の話でもして時間を潰すのはどうです？」

「ごめんなさい」カイアは言った。「わたしいま、独りじゃないの」

とたんにクロングリーが背筋を伸ばした。最初にそう見えたほどには酔っていないのではないかと思われるほどの動きだった。「ほんとに？　彼がきているんですか？　気になってならないとあなたが言っていたあの警察官が？」

「かもね」

「これは彼のものですか？」クロングリーがのろのろと言い、ドアマットの横の巨大な靴を蹴った。

カイアは答えなかった。クロングリーの声のなかに――いや、奥に――何かがあった。これまで聞いたことのない何か、低周波の辛うじて聞き取れる非難のようなものが。

「それとも、歓迎すべからざる訪問者を尻込みさせるために置いてあるだけとか？」目が笑って「本当はだれもいないんでしょ、カイア？」

「聞いてちょうだい、アスラク――」

「あなたの心のなかにいる警察官、ハリー・ホーレは、さっき痛い目にあわされましたよ。

べろべろに酔っぱらって〈カフェ・ユスティセン〉に出張り、喧嘩を売ったあげく返り討ちにあったんです。で、通りかかったパトカーに自宅まで送り届けられたというわけです。だから、結局のところ今夜のあなたは独りに違いないんです、そうでしょ？」

カイアの心臓の鼓動が速くなった。ドレッシングガウンの下はもはや寒くなかった。

「ここへ送り届けられたかもしれないでしょう」彼女は言ったが、その声がそれまでと同じでないことが自分でもわかった。

「それはありませんね。パトカーから連絡があって、丘の上まで送っていったと教えてくれたんです。だれかを訪ねると言っていたそうですよ。行き先が王国病院だとわかって、やめたほうがいいと強く諫《いさ》めたけれども、赤信号で飛び降りてしまったとのことでした。コーヒーは濃いやつをお願いします、いいですよね？」

クロングリーの目が強い光を宿していた。機嫌の悪いときのエーヴェンの目と同じだった。

「さあ、帰ってちょうだい、アスラク。キルケ通りへ出れば、タクシーはいくらでも捕まるわ」

クロングリーがいきなり手を伸ばし、カイアが反応するより早く腕をつかんだと思うと、彼女を玄関のなかへと押した。振りほどこうとしたが、腕が巻きついてきて、しっかりと抱き寄せられてしまった。

「彼女と同じようになりたいのかな？」歯を食いしばった声がカイアの耳元でささやいた。

「後先を考えずにとにかく逃げたいのかな？　あのろくでもないみんなと同じように……」

カイアは呻き、身体をよじったが、クロングリーの力は強かった。

「カイア！」

ドアが開いたままの寝室からの声だった。その断固として横柄な男の声がだれのものか、状況が違っていたらクロングリーはわかったかもしれない。つい一時間前、〈カフェ・ユスティセン〉で聞いた声だと。

「どうした、カイア？」

クロングリーはすでに手を放し、あんぐりと口を開けて、目を丸くして彼女を見つめていた。

「何でもないわ」カイアはクロングリーを視界にとらえたままで答えた。「ウスタオーセの酔っぱらった田舎者が、これからその田舎へ帰るからって、ちょっと立ち寄ってくれただけだから」

クロングリーは一言も発せずに後ずさって玄関を出ると、叩きつけるようにドアを閉めた。カイアは玄関の鍵を閉めると、冷たい木のドアに額を当てた。泣きたかった。恐怖のせいでも、ショックのせいでもなく、絶望のせいだった。自分の周囲のすべてが崩壊しようとしていた。清く正しいと自分が考えていたすべてが、ついにその正体を現わしはじめていた。しばらく前からそうなりつつあったのだが、それを見ようとしなかったのだ。なぜなら、エーヴェンの言ったとおりだったから。見かけどおりの人間はいない。人生の大半は、誠実な裏切りを別にすれば、嘘と欺瞞《ぎまん》だ。自分も同じだとわかったときが、これ以上生きていたくなくなるときだ。

「戻ってこいよ、カイア」

「いま行くわ」

カイアは無理矢理にドアから離れた。できることならそのドアを開けて逃げ出したかったが、寝室へ引き返した。月明かりがカーテンのあいだからベッドを照らし、お祝いにと彼が持ってきたシャンパンのボトルを、彼の鍛え上げた裸の上半身を、かつてはこの世で最もハンサムだと思っていた彼の顔を照らしていた。その顔の白い斑点が発光塗料のようにきらめいて、まるで内側から光を放っているかのようだった。

44
錨《いかり》

カイアは寝室の入口に立って彼を見た。ミカエル・ベルマン。外部の者には――有能で野心的なクリポス局長、妻と三人の子供という幸せな家庭を築き、間もなくノルウェー全土の殺人事件の捜査を指揮することになる、クリポス帝国の新たな独裁皇帝の座に就くはずの人物。彼女、カイア・ソルネスにとっては――出会った瞬間から恋に落ちた、手練手管のすべてを駆使して彼女を魅了した男。彼女は簡単にたぶらかされたが、それは彼のせいではなく、概ねではあるが、彼女自身のせいだった。ハリーは何と言っていたっけ？〝そいつは結婚していて、おまえさんのために妻子と別れると言っている。だが、実行しそうにない〟だ。

彼は図星を突いたわけだが、それは不思議でも何でもない。わたしたちはそもそもそういうものなのだ。信じるのは信じたいからだ。神を信じるのは、それが死の恐怖を和らげてくれるからだ。愛を信じるのは、それが生きようとする意志を強めてくれるからだ。妻のいる男の言うことを信じるのは、それが妻のいる男の言うことだからだ。

ミカエルが何と言うか、カイアはわかっていた。そして、彼はそのとおりのことを言った。

「そろそろ帰る。妻に怪しまれはじめるとまずいからな」

「わかってるわ」カイアはため息をつき、いつものとおり、彼がそう言ったときに必ず頭に浮かぶ疑問を抑え込んだ――〝どうして彼女に怪しまれるような状況を終わらせてくれないの？〟〝どうしてずいぶん前に言ったことを実行しないの？〟。そしていま、新たな疑問が頭をもたげた――〝どうしてわたしはもう彼にそうしてほしいと思わないの？〟。

ハリーは王国病院の手摺りにかじりつくようにして階段を上がり、循環器科を目指していた。びっしょり汗に濡れ、全身が冷え切って、歯は二気筒エンジンのようにかたかたと鳴りつづけていた。そして、酔っていた。ジムビームに酔い、その上、馬鹿げた高揚と、自惚れと、でたらめに満ちていた。そして、よろよろと廊下をたどっていった。父親の病室は突き当たりで、ドアはすでに目に入っていた。

女性の看護師が当直室から顔を覗かせ、ハリーを見て顔を引っ込めた。病室まで五十メートルというところで、さっきの看護師と頭を剃り上げた男の看護師が廊下に飛び出してきて行く手を塞いだ。

「この病棟に薬は置いてありませんよ」男性看護師が言った。

「おまえさんの言ってることは丸っきりの嘘だってだけでなく」ハリーは身体のふらつきを止めようとし、合わない歯の根を何とか合わせようとした。「丸っきりの侮辱だ。おれはジャンキーじゃない。父親の面会にきた息子だ。だから、そこをどいてくれ」

「申し訳ないんですが」女性看護師は、ハリーの舌がもつれていないことにすっかり安心した様子だった。「あなたは醸造所の匂いがしていますよね。だとすると、面会は許可できない――」

「醸造所はビールだ」ハリーは抵抗した。「ジムビームはバーボンだ。だから、それを言うなら、〝あなたは蒸留所の匂いがする〟だ、お嬢さん。それに――」

「そうだとしても」男の看護師がハリーの肘をつかんだが、自分の手を捻られて、すぐに放さなくてはならなかった。ハリーは痛みに顔をしかめて呻く看護師の手を解放してやると、しゃんと背筋を伸ばして立ち、相手を見つめた。

「警察に通報しろ、ゲルド」男の看護師がハリーから目を離すことなく小声で言った。

「よかったら、おれが対応しようか」舌がもつれているような声が聞こえた。シグール・アルトマンだった。ファイルを小脇に抱え、顔には友好的な笑みが浮かんでいた。「薬を置いてあるところまで一緒にくる時間はありますか、ハリー?」

ハリーは前後に二度身体を揺らし、痩せて小柄な丸眼鏡の男に焦点を合わせてうなずいた。

「こっちです」アルトマンはすでに歩き出していた。

アルトマンのオフィスは厳密に言えば物置だった。窓はなく、換気装置も見当たらなかったが、机、コンピューター、寝台が、それぞれ一つずつ置いてあった。アルトマンの説明によれば、ここは当直のための部屋で、必要なときはいつでも寝起きできるようになっていた。鍵のかかるキャビネットもあったが、ハリーの推測では、そこに収めてあるのは興奮させたり鎮静させたりするための化学物質だった。

「アルトマン」ハリーは寝台の端に腰掛け、まるでそこに糊でもついていたかのように、大きく舌打ちして言った。「珍しい名前だ。きみを除けば一人しか知らないな」

「ロバートでしょう」シグール・アルトマンが部屋に一つしかない椅子に腰を下ろした。

「おれは生まれ育った小さな村にいる自分が嫌いで、そこを出るとすぐに改姓申請をしたんです。あまりにありふれすぎている〝セン〟のつく苗字を捨てたくてね。アルトマンという姓にしたいと申請した理由は、ロバート・アルトマンがお気に入りの映画監督だからだということにしました。まあ、実際そうなんですがね。その日、担当の役人は二日酔いだったんでしょうね。何しろ、その申請を受理してくれたんですから。だれだって、ときどき生まれ変わりたくなることがあるでしょう」

「『ザ・プレイヤー』」ハリーは言った。

「『ゴスフォード・パーク』」アルトマンがつづいた。

「『ショート・カッツ』」

「ああ、あれは名作ですよ」

「いい作品だが、やり過ぎだ。テーマを詰め込みすぎてる。演出と編集がプロットを無闇やたらと複雑にしてるんだ」

「人生は複雑で、人も複雑なんです。もう一度観るといいですよ」

「ふむ」

「どうなんです？　マーリット・オルセン事件は進展しているんですか？」

「ああ」ハリーは答えた。「あれをやった男が、今日、逮捕された」

「なるほど、そうなんですか。それで祝杯を挙げていたんだ」アルトマンが顎を胸にくっつけるようにして、眼鏡の縁越しにハリーをうかがった。「白状しますが、今度の事件を解決する手掛かりになったケタノームについての情報を提供したのは自分だと、孫に自慢できるといいと思ってるんですよ」

「もちろん自慢してもらってかまわないが、やつの尻尾を捕まえることができたのは、容疑者が被害者の一人にかけた一本の電話のおかげなんだ」

「可哀相に」

「だれが可哀相なんだい？」

「被害者全員が、ですよ。それで、どうして今夜、いますぐ急いでお父様に会わなくちゃならないんです？」

ハリーは口に手を当て、音を殺してげっぷをした。

「理由がないわけはないでしょう」アルトマンが言った。「あなたがどんなに酔っているのか知らないけど、理由は必ずあるはずです。まあ、その理由が何であれ、おれには関係のないことだから、だれにも話したりはしませんよ――」

「安楽死させてくれと頼まれたことはあるか？」

アルトマンが肩をすくめた。「ええ、何度かね。おれは麻酔担当の看護師ですから、候補者としては最右翼でしょうよ。でも、なぜそんなことを訊くんです？」

「親父に頼まれたんだ」

アルトマンがゆっくりとうなずいた。「だれだろうとそんなことを頼まれたら重荷ですよ。それがいまここにいる理由なんですか？　お父様の頼みを実行するんですか？」

ハリーの目はすでに室内を彷徨い、何でもいいから口にできるアルコールの類いはないかと探して、いま、その二巡目が終わったところだった。「赦しを乞いにきたんだ。おれにはできないってな」

「赦しを乞う必要はないと思いますよ。殺してくれなんて、そもそも人に頼んでいいことじゃないんです。ましてわが子に頼むなんて論外なんだから」

ハリーは頭を抱えた。まるでボウリングのボールのように硬くて重かった。

「過去に一度経験があるんだ」彼は言った。

アルトマンの声には、衝撃よりも実は驚きの色のほうが濃かった。「だれかを安楽死させたことがあるんですか？」

「そうじゃない」ハリーは言った。「断わった経験があるという意味だよ。おれの最悪の敵に頼まれたんだ。そいつは死に至る、とても苦しい病気を抱えていた。自分自身の皮膚が縮んでいって、最終的に息ができなくなるんだ」

「ランシング症ですね」アルトマンが言った。

「逮捕のとき、そいつはおれに自分を撃たせようとした。ジャンプ台の塔のてっぺんで、そいつとおれの二人しかいなかった。大勢を殺し、おれとおれの愛する母子を傷つけ、一生癒されない辛さを背負わせてくれた男だ。おれの銃はそいつに向けられていた。そこにいるのはそいつとおれだけだった。正当防衛を主張できる状況だ。そいつを撃ったからといって、おれが責任を追及される恐れはなかった」

「だが、あなたは彼が苦しむほうがよかった」アルトマンがあとを引き受けた。「その男にとって、死ぬのは楽になることでしかないから」

「そういうことだ」

「そしていまのあなたは、自分の父親に同じことをしようとしている――解放を認めずに、かえって苦しみを与えようとしている――のではないかと悩んでいる」

ハリーは首を撫でた。「それはおれが生を尊いものだとか、何であれその類いの戯言《たわごと》を信じているからじゃなくて、純然たる弱さのせいなんだ。臆病だからだ。くそ、ここには何か飲むものはないのか、アルトマン？」

アルトマンが首を横に振った。それがいまの問いに対する答えなのか、これまでに言ったほかのことに対する答えなのか、ハリーには判然としなかった。両方への答えである可能性もあった。

「そんなふうに自分の気持ちを貶めちゃ駄目ですよ、ハリー。あなたは――ほかのみんなもそうだけど――人はみな善悪理非の概念に支配されているという事実を避けて通ろうとしているんです。あなたの頭はそういう概念についての議論をすべて知っているわけではないかもしれないけど、そうだとしても、それらはあなたのなかに深く深く根づいているんです。善悪理非の概念がね。それは子供のときに両親に教えられたのかもしれないし、お祖母さんにそういうことが書いてあるおとぎ話を読んでもらったからかもしれないし、学生時代に何か不当な思いをし、時間をかけてそれをじっくり考えた経験からかもしれない。善悪理非の概念というのは、半ば忘れられているかもしれないそういう諸々の総体なんです」アルトマンが身を乗り出した。「〝なかに深く錨を下ろしている〟というのは、実にぴったりな表現ですね。なぜなら、その深いところにある錨は目に見えないかもしれないけれども、そこから動かすこともできない──人はその周辺を漂っていて、そこが最終的に戻るところだと教えてくれているからです。それを受け容れる努力をするんです、ハリー。錨を受け容れるんです」

ハリーは組んだ両手を見下ろしていた。「親父の苦痛は──」

「肉体的な苦痛は、人間が対処しなくてはならない最悪の苦痛ではありませんよ」アルトマンが言った。「本当です、おれはそれを毎日目の当たりにしているんですから。最悪なのは死でもないし、死の恐怖でもありません」

「だったら、何なんだ？」

「屈辱です。名誉と尊厳を奪われることです。無理矢理裸にされて放り出されることですよ。それこそ最悪の懲罰です。生きたまま埋葬されるも同然なんです。なるべく早く死ぬことしか慰めはありません」

「ふむ」ハリーはアルトマンの目を見つづけた。「この雰囲気を明るくできるようなものはその戸棚にはないのかな、どうなんだ？」

45　取り調べ

ミカエル・ベルマンはまたもや自分が墜落する夢を見ていた。エル・チョロを単独で登っていて手を滑らせ、岩壁が目の前を凄まじい速さで通り過ぎて、さらに加速しながら地面が近づいていた。最後の瞬間、目覚まし時計が鳴った。ミカエルは卵の黄身を口から拭い、ウッラを見上げた。彼女はすぐ後ろにいて、ガラスのコーヒーポットから夫のカップにコーヒーを注いでいた。彼女はミカエルが食事を始めるとき——淹れたての熱いコーヒーを青いカップに注いでほしいと彼が思ったまさにその瞬間——を一秒と違わず認識する術を身につけていた。そして、それはミカエルが妻を評価している理由の一つにすぎなかった。もう一つは、このところ招待される機会が増えつづけているパーティで、いまだに男たちの羨望の目を引かずにはおかない見事な体型を保っていてくれることだった。考えてみれば、ミカエルが十八、ウッラが十九で付き合いはじめたときから、彼女はだれも異議を唱えようのないマングレルー一の美人ではあったのだが。三つ目は、ウッラがもっと勉強したいという自分の夢を大騒ぎするでもなく脇へ置いて、ミカエルの仕事を優先させてくれたことだった。しかし、最も重要な理由が三つあり、その三つはいまテーブルを囲んでいて、コーンフレークのおまけのプラスティックの人形をだれのものにするか、学校へ送ってもらう車の助手席にだれが坐るかでやり合っていた。つまり、二人の娘と一人の息子である。ウッラとミカエル、彼女の遺伝子と彼の遺伝子の相性がよかったことに感謝しなくてはならない、三つの完璧な理由だった。

「今夜も遅くなるの？」ウッラがミカエルの髪をそっと撫でながら訊いた。その髪を妻が好いていることをミカエルは知っていた。

「会議が長びくかもしれない」ミカエルは言った。「今日から容疑者の取り調べが始まるんだ」これまでにつかんだこと――逮捕されたのがトニー・レイケであるという事実――を新聞が今日のうちに報道することはわかっていた。しかしミカエルは、たとえ自分の家族であってもそういう機密事項を明らかにしないことを主義としていた。帰宅が遅い理由を訊かれて、「それについては話せないんだ、ダーリン」と逃げを打てるのも、そのおかげだった。

「どうして昨日から始めなかったの？」子供たちに持たせるランチ用のパンにバターを塗りながら、ウッラが訊いた。

「もっと事実を集める必要があったし、容疑者の自宅を捜索しなくちゃならなかったんだよ」

「何か見つかったの？」

「悪いけど、そういう詳しい話はできないんだ、ダーリン」ミカエルは言い、妻がすでに薄々感づいているであろう微妙な事実が明らかにならないよう、残念そうな顔をして見せた。

ビョルン・ホルムや現場検証班はその家宅捜索で、一連の殺人事件のどれかに繋がる証拠を何も発見していなかったが、幸いなことに、さしあたってそれはあまり重要ではなかった。

「容疑者を一晩独房に放り込んで弱気にさせるのも一つの手なんだ」ミカエルは言った。「より素直になった状態で取り調べを始められるからね。それに、取り調べというのは常に第一段階が正念場なんだ」

「そうなの？」ウッラが訊いたが、興味があるような口振りにしようとしているのが見え見えだった。

「そろそろ出かけなくちゃ」ミカエルは腰を上げ、妻の頬にキスをした。そう、彼は間違いなく彼女を高く評価していた。妻と子供たちは出世をして上流の仲間入りをするために必要不可欠な基礎であり土台であり、それを捨ててしまうなどという考えは馬鹿げているとしか言えなかった。出来心に従ったり、愛のためにすべてを擲《なげう》ったり、何であれその類いのことは夢想家のすることであり、カイアを聞き手にして考えたり語ったりできる夢でしかなかった。だが、どうせ見るのなら、もっと壮大な夢のほうがよかった。

玄関ホールの鏡で前歯を検め、シルクのネクタイが歪んでいないことを確かめた。職場の前にはメディアの群れが殺到しているはずだった。

カイアとはいまの関係をいつまでつづけられるだろう。昨夜の彼女はいくつかの疑いを抱いているように思われた。身体を合わせているときもどこか上の空だった。だが、おれがこれまでと同様に、頂点を目指している限りは、彼女を操っていられるはずだ。それはカイアが実利のために男と付き合う女で、おれが全体のボスとして彼女自身のキャリアのためにしてやれることを当てにしているからではない。知性ではなくて、純粋に本能の問題なのだ。女というのは好きなだけ現代的になることはできるかもしれないが、群れを支配する男に服従することとなるといまだに動物レベルだ。だが、この男は自分のために妻と別れることはないのではないかと考え、そのせいで不信感を抱きはじめているのなら、なにがしかの餌を与えてやる潮時かもしれない。結局のところ、おれは彼女を必要としている。刑事部の内部情報を得る必要があるからだ。やり残した部分をやり終え、この戦いが終わって、戦争に勝利するまでは。

ミカエルはコートのボタンを留めながら窓のところへ行った。両親から受け継いだこの家はマングレルーにあって、ウェスト・エンドの住人に言わせれば最良の立地ではなかった。だが、ここで育った者たちはここにとどまる傾向があった。魂を持った街であり、ミカエルの街であり、オスロ——もうすぐミカエルのものになるはずだった——を見下ろしている街でもあった。

「きました」制服警官が言った。彼はクリポスにできた新しい取調室の入口に立っていた。

「わかった」ミカエル・ベルマンは応えた。

尋問者のなかには被尋問者を先に取調室に入れ、彼なり彼女なりをそこで待たせて、どちらが捕らえられている側であるかをはっきりさせたがる者がいた。そうすれば、堂々と入場し、犯人である彼なり彼女なりが最も無防備で受け身のときにすぐさま尋問を開始できるというわけだ。だが、ベルマンは自分がまず入室し、席について準備を調えてから容疑者を呼び込んで、そこが自分の領土であり、自分が部屋の主であることを被尋問者に思い知らせるほうを好んだ。それでも書類をめくったりして容疑者を待たせ、室内の緊張が高まるのを感じ取らせることはできる。そのあと、機が熟したところで目を上げ、攻撃を開始するのだ。

しかし、これらは尋問テクニックの細々とした部分であり、ベルマンは当然のことながら、ほかの有能な主任尋問官と相談することを厭わなかった。彼は録音装置の赤いランプが灯っているのを見て、スイッチが入っていることを改めて確認した。被尋問者がやってきたあとでそういう機械類の不具合が生じては、事前に作り上げておいた状況が台無しになる恐れがあった。

ビーバスとコルッカが隣室に入ってくるのが窓越しに見えた。二人のあいだをトニー・レイケが歩いていた。警察本部の留置場から連れてきたのだった。

ベルマンは深呼吸をした。ここへきて、確かに脈が少し速くなっていた。攻撃性と忍耐力が入り混じっていた。トニー・レイケはそれには及ばないと言って、弁護士の同席を断わっていた。もちろん、それは本質においてはクリポスに有利だった。自由に裁量できる範囲が広がることになるからだ。だが同時に、それは恐れることはほとんどないとレイケが考えている証拠でもあった。馬鹿野郎が、とベルマンは哀れんだ。あいつはおれが証拠をつかんだことを知るよしもないんだ。あいつは殺される前日に、エリアス・スコーグに電話をしている。スコーグ、そんな名前は聞いたこともないとレイケは言い張っているが。

　ベルマンは書類に目を落とし、レイケが入ってくるのを耳で聞いた。指示されていたとおり、ビーバスは入室せずにドアを閉めた。

「坐って」ベルマンは顔を上げずに言った。

　レイケが言われたとおりにするのが音でわかった。

　ベルマンは書類をめくる手を適当なところで止めると、人差し指で下唇を撫でながら、声に出さずにゆっくりと数を数えた。静寂が狭い閉鎖空間を震わせた。一、二、三。ベルマンは同僚とともに新しい取り調べ方法についての講習会へ派遣され、現場を知らない学者連中のいうところの捜査的視点――開けっぴろげに対話をして信頼を得るという立ち位置をとるよう指示されていた。四、五、六。ベルマンは静かに耳を澄ませていた――結局のところ、そのプログラムは最上層部によって選択されたものだった――が、実際、そういう連中はクリポスが取り調べるのがどういう種類の人間だと考えているのか？　神経質だけれども従順で、肩を貸して泣かせてやれば、それと引き換えに、知りたいことをすべて教えてくれるような人間だとでも思っているのか？　彼らの主張によれば、警察がこれまでに開発してきた方法、アメリカのＦＢＩが採用している昔ながらの九段階方式は、非人間的で、誘導的で、犯してもいない罪を犯したと無実の人間に自白させる場合があるから、逆効果だとのことだった。七、八、九。いいだろう、それは中途半端で暗示にかかりやすい臆病者《チキン》を小屋《ムショ》に入れるようなものとでも譬えればいいことだが、〝開けっぴろげに対話をして信頼を得る〟なんてことを聞いたら腹を抱えて大笑いするような、にやにや笑ってそこらをうろついている悪党はどうすればいいんだ？

十。

ベルマンは両手の指を合わせると、目を上げた。

「われわれはあなたがオスロからエリアス・スコーグに電話をかけたこと、二日後にスタヴァンゲルにいたこと、そして、彼を殺したことを知っている。これらはわれわれが把握している事実だが、わからないのは理由で、それを知りたい。それとも、動機はなかったのかな、レイケ？」

これは、インバウ、リード、バックリーの三人が作り上げ、FBIが採用する九段階方式の第一段階だった。すなわち、対決し、ショックを与えてすぐにノックアウト・パンチを命中させるべく企てて、尋問者はすでにすべてを知っているのだから否定しても意味がないことを知らしめるのである。その目的はたった一つ、自白を得ることにある。いま、ベルマンはその第一段階にもう一つの尋問テクニックを組み合わせていた。一つの確たる事実と一つまたは複数のいまだ事実と確定していない仮説をつなぎ合わせるのだ。この場合につなぎ合わされたのは、電話をかけた日時という争いようのない明白な事実と、レイケがスタヴァンゲルにいたという仮説と、彼がエリアス・スコーグを殺したという仮説だった。最初に確定した事実に対する証拠を聞かされれば、そのあとの推定も確たる証拠を握られているに違いないとレイケが自動的に考え、それらの事実は明白かつ反駁の余地のないものだから、唯一残されている疑問――動機――まで一足飛びだと結論すると見込んだのである。

　レイケが唾を飲み、大きな白い歯を見せて笑みを浮かべようとし、目に困惑が宿った。それを見て、ベルマンは勝利を確信した。

「私はエリアス・スコーグという人物を知らないし、そういう人物に電話もしていないんですがね」レイケが言った。

　ベルマンはため息をついた。「テレノルの通話記録を見せようか？」

　レイケが肩をすくめた。「私は電話をしていないんです。しばらく前に携帯電話をなくしたんですから。だれかがそれを拾って使ったのかもしれないでしょう」

「下手な言い逃れはやめるんだな、レイケ。いま話しているのは固定電話のことだ」

「私は彼に電話をしていない――本当ですよ」

「いいだろう。公式記録によれば、あなたは一人暮らしだな」

「そうですよ。それは――」

「あなたの婚約者がときどき泊まりにきて、あなたは彼女より早起きし、彼女を残したまま仕事に出かけることがあるとか？」

「そういうこともあります。でも、私が彼女の住まいへ行くこともないわけじゃありませんからね」

「ところで、ガルトゥングの跡継ぎ娘の住まいとやらはあなたのところよりよほど豪華なんじゃないかな、レイケ？」

「そうかもしれませんね。まあ、居心地がいいのは確かです」

ベルマンは腕組みをして笑みを浮かべた。「つまり、あなたが自分の家からエリアス・スコーグに電話をしていないのなら、彼女がしたに違いない。五秒の猶予を与えるから、レイケ、われわれに通用する話をしてもらいたい。五秒経ったら、オスロの街に出ているパトカーの一台がサイレンを鳴らして彼女の居心地のいいかわいらしい住まいに急行し、手錠を掛けてここへ連れてくることになる。そして、父親に電話をして、スコーグに電話をしたかどであなたに訴えられると言ってもらうことになる。そうなったら、アンネルス・ガルトゥングは娘のためにノルウェーじゅうの百戦錬磨でしたたか極まりない弁護士を掻き集め、あなたは手強いどころではすまない敵を相手にすることになるんじゃないかな。四秒……三秒」

レイケがまた肩をすくめた。「それで完璧に後ろ暗いところが何もない若い女性の逮捕状を請求できると考えているのなら、やればいいでしょう。しかし、そういう敵を相手にすることになるのは果たして私なのかな?」

ベルマンはレイケを観察した。結局のところ、おれはこいつを過小評価していたのか? 何を考えているのかがますますわかりにくくなっている。ともあれ、第一段階は終了だ。自白はまだだが、あと八段階ある。九段階方式の第二段階は、異常なことをしたのではないと容疑者に思わせ、同情してやることだ。だがそのためには、おれが動機を知っているか、異常なことをしたのではないとこいつが感じる材料をおれが持っていなくてはならない。たまたま山小屋に一晩居合わせた客の全員を殺すなど、おれに動機がわかろうはずがないし、その上ほとんどの連続殺人犯の動機は、われわれの大半が足を踏み入れることのできない精神の領域に隠されているということは明白な真実である。それ故、おれは準備段階で、同情という第二段階を簡単にすませ、すぐに動機という次の段階へ進んで、こいつに自白する根拠を与えてやろうと考えたのだが。

「私が言おうとしているのは、レイケ、私はあなたの敵ではないということだ。私はあなたのやったことがどういう理由があってのことかを知りたいだけだ。何があなたを動かしているのかを探ろうとしているだけなんだ。あなたは明らかに有能で聡明な人間だ。それはあなたが実業界で成し遂げたことを見るだけでわかる。私は人がどう考えようと自分の目標を設定し、それを追求する人間に惹かれるんだ。醜い争いに狂奔《きようほん》する凡人どもとは別のところに自分を置く人間にね。私自身もその部類に入ると認めてもいいいかもしれない。私はあなたが思っている以上にあなたを理解しているかもしれない」

ベルマンは部下の刑事に命じてレイケの株取引仲間に電話をさせ、レイケがファーストネームで呼ばれるとき、〝トーニー〟と〝トンニー〟、どちらの発音を好むかを聞き出させていた。答えは〝トーニー〟だった。ベルマンはその発音を真似ると、レイケの目を見て、視線をとらえたままにしようとした。

「さて、トーニー、これから言うべきでないかもしれないことを言わせてもらおうと思う。われわれは多くの事件を抱えていて、それ故に、この件だけに多くの時間を割けないいんだ。そして、それが私が自白を好む理由でもある。容疑者にとってこれほど圧倒的に不利な証拠があるのに取引を持ちかけることは普通はあり得ないが、そのほうが手続きを早められるのでね。自白してくれれば――実は信憑性《しんぴょうせい》の有無すら問わないんだ――減刑してもいいと考えている。このままならかなりの罪になるぞ。刑期をはっきり提示することは、残念ながら法的なガイドラインで禁じられているからここだけの話だが、かなりの年数を減らせるはずだ。どうだろう、トーニー。これは約束だと考えてもらってかまわない。それに、録音されてもいる」ベルマンは二人が挟んでいるテーブルの上の赤いランプを指さした。

レイケが考える様子で長く沈黙したあと、ようやく口を開いた。「私をここへ連れてきた二人に教えてもらったんだが、あなたはベルマンという名前だそうですね」

「ミカエルでいいよ、トーニー」

「あなたはとても頭のいい人だとも彼らは言っていたな。したたかだが、信頼に値するとね」

「あなた自身、それを知ることになるんじゃないかな」

「〝かなりの年数〟と言いましたね?」

「信じてもらって大丈夫だ」ベルマンの心臓の鼓動が速くなった。

「いいでしょう」レイケが言った。

「よかった」ミカエル・ベルマンは軽い口調で言い、親指と人差し指を下唇に当てた。「では、最初から始めようか」

「どうぞ」レイケが尻のポケットから一枚の紙を取り出した。トルルスとユッシが取り上げなかったに違いなかった。「日付と時間はハリー・ホーレに教えてもらっていますからね、この部分はすぐに終わるでしょう。ボルグニー・ステム＝ミーレが死んだのは、十二月十六日の午後十時から十一時のあいだ、場所はオスロです」

「間違いない」ベルマンは自分がわくわくしはじめるのがわかった。

「当日の行動を確認したんですが、その時間、私はスケイエンにあるイプセン・ハウスのペール・ギュント・ルームで、自分がやっているコルタン事業について話をしていました。これは確認できると思いますよ。その部屋の手配をしてくれた人に訊いてもらってもいいし、投資をしてくれそうな人も百二十人ほどそこにいましたからね。あなたもご承知でしょうが、そこへ行くには車で二時間ほどかかります。次はシャルロッテ・ロッレスですが、彼女が死んだのは……ええと……一月三日の午後十一時から午前零時のあいだとなっています。その時間、私は数人の小規模投資家と、ハーマルでディナーをともにしていました。オスロから車で二時間です。因みにそこへは列車で行ったので、切符を探してみたんですが、残念ながら見つかりませんでした」

息を詰めて聞いているベルマンを見て、レイケが申し訳なさそうな笑みを浮かべ、唇のあいだから白い大きな歯をちらりと覗かせて結論した。「しかし、そこでのディナーは十二人の出席者がいて、少なくともそのうちの何人かは信頼できるし、あなたにもそう思ってもらえるといいんですが」

「あいつはそのあとで、マーリット・オルセン殺しの容疑で自分を起訴できるんじゃないかと言ったんだ。その日は婚約者と一緒に自宅にいたけれども、実は夜の二時間、一人でセルケダーレンのナイタースキー場に行っていたからとね」

ミカエル・ベルマンは首を振り、両手をさらに深くコートのポケットに突っ込んで、ムンクの「病める子」を見た。

「その二時間がマーリット・オルセンの死亡時刻と一致しているの?」死を間近に控えているらしい少女の血の気を失った唇を首をかしげて鑑賞しながら、カイアが訊いた。ムンク美術館で会うときはいつでも、彼女は何か一つの部分に集中した。それは目である場合もあるし、背景になっている景色、太陽、単にエドヴァルド・ムンクのサインである場合もあった。

「そして、こうつづけた――あいつ自身もガルトゥングの娘も……」

「レーネよ」カイアが訂正した。

「……正確な時間は思い出せないが、かなり遅い時間だったかもしれない。なぜなら人気《ひとけ》のないコースを滑るのが好きだから、いつもそうしているから、と」

「そうだとしたら、フログネル公園にいた可能性もあるでしょう。セルケダーレンに行ったのなら、料金所を二度通ることになるわ。出るときと入るときにね。フロントガラスにオートパスをつけていたら自動的に時間が記録されるから――」

振り向いたカイアの目がベルマンの冷ややかな目に遭遇し、いきなり足が止まった。

「でも、あなたのことだから、そんなのはもちろん確認済みよね」彼女は言った。

「その必要はなかった」ベルマンが答えた。「あいつはオートパスを持ってない——車を停めて現金で払うんだ。だから、何時にどこを通過したかという記録はないんだよ」

カイアはうなずいた。二人はゆっくりと次の作品へ移り、指をさしたり身振りで示したりして騒がしくしている数人の日本人観光客の後ろに立った。平日にムンク美術館で会うことの利点は——そこがブリンのクリポスとグレンランの警察本部のあいだにあることを別にすれば——同僚、隣人、知人と出くわす恐れが絶対にない観光地の一つだというところだった。

「エリアス・スコーグとスタヴァンゲルについては、レイケは何と言っているの？」カイアは訊いた。

ベルマンがふたたび首を振った。「それについても起訴が可能なんじゃないかと言っているよ。あの晩はずっと一人でいて、それ故にアリバイがないんだそうだ。それで、次の日は仕事に行ったのかと訊いてみたら、憶えていないがいつもどおり七時には出勤したんじゃないだろうかと答えて、もし重要だと考えるんだったらオフィスの受付に当たってみればいいと助言までしてくれたよ。それで、お勧めに従って当たってみた結果、九時十五分に会議室の一つを予約していたことが明らかになった。そして、オフィスで投資家らしい何人かと話をしていたことになっているんだが、そのうちの二人は実際にレイケと会っていたことがわかった。午前三時にエリアス・スコーグのアパートを出たとしたら、飛行機を使わなくちゃ間に合わなかっただろうな。しかも、どの便の搭乗客リストにもレイケの名前はないときている」

「塔乗客リストに名前がないことに意味はないんじゃないの？　偽名を使ったかもしれないし、身分証も偽物だったかもしれないでしょう。いずれにしても、彼がスコーグに電話をしているという事実がまだあるじゃない。それについてはどんな言い逃れをしたの？」

「言い逃れなどしようともしなかったよ――否定しただけだ」ベルマンが鼻を鳴らした。

「ムンクの『生命のダンス』が名作だと思われているのはどうしてかな？　顔もきちんと描かれていないんだぞ。私に言わせればゾンビみたいだ」

カイアは描かれている踊り手たちを観察した。「そうかもしれないわね」

「ゾンビだってか？」ベルマンが小さく笑った。「本気で言ってるのか？」

「踊っているようには見えるけど、心は死んでいて、埋葬され、腐敗していると感じているのよ。疑問の余地はないわね」

「興味深い仮説だな、ソルネス」

ベルマンに苗字で呼ばれるのがカイアはとても嫌だった。それは彼が腹を立てているときか、あるいは、自分のほうが頭がいいことをカイアに思い知らせるべきだと認識したときと決まっていた。そして、カイアはそれを、彼にとって大事なことだとわかっていたから受け容れていた。実際に彼のほうが頭がいいのかもしれなかった。群を抜いた頭のよさが彼を好きになった理由の一つではなかったか？　が、いまとなってははっきり思い出せなかった。

「わたし、仕事に戻らなくちゃ」カイアは言った。

「戻って、何をするんだ？」ベルマンが欠伸をし、部屋の奥のロープの向こうにいる警備員を見た。「ファイルの数を数えて整理し、刑事部の解散を待つのか？　このレイケの件に関して、きみは私に大問題を背負わせてくれているんだぞ？　それをわかってるのか？」

「わたしが？」カイアは思わず声が高くなった。信じられなかった。

「大きな声を出すなよ。レイケについてハリーが掘り起こしたことを私に教えてくれたのはきみだ。あいつがレイケを逮捕しようとしていることを知らせてくれたのもきみだ。私はきみを信用した。それほどに信用しているからこそ、きみが垂れ込んでくれた情報に基づいてレイケを逮捕した。それはつまり、この一件は落着したとメディアに告げたも同然だということだ。そしていま、このろくでもない一件がわれわれの目の前で爆発してくれた。この一連の殺人事件の少なくとも二件については、あいつのアリバイは完璧だ。今日のうちには、あいつを自宅へ帰してやらなくてはならない。義理の父親になるであろうガルトゥングが、われわれを訴えるべく腕こきの弁護士をすでに集めはじめていることに疑いの余地はないし、司法省はこの本来ならあり得ない大失態をわれわれがなぜ演じたか、その経緯を知りたがるはずだ。そして、断頭台の上にいまあるのはきみの首でもなければ、ハリー・ホーレの首でも、ハーゲンの首でもない。私の首だ、ソルネス。わかってるか？　私の首だけなんだ。われわれはそれについて何かをしなくてはならない。きみも何かをしなくてはならないんだ」

「何をすればいいのかしら？」

「大したことじゃない。簡単なことだ。あとはわれわれがやる。きみにはハリーを外へ連れ出してもらいたい。今夜だ」

「彼を連れ出す？　わたしが？」

「あいつはきみを好いているからな」

「どうしてそう思うのかしら？」

「二人でベランダで煙草を喫っているのを見たと、私はきみに言わなかったか？」

カイアは青くなった。「あなたは遅い時間にやってきたけど、わたしたちを見たなんて一言も言わなかったわ」

「きみたちは互いのことに気を取られるあまり、車の音が聞こえなかったんだろう。私は車を停めて見ていたんだ。あいつはきみを愛しているよ、愛しい人。で、きみにあいつをどこかへ連れ出してもらいたいんだ。二時間でいい。それ以上は必要ない」

「なぜ？」

ミカエル・ベルマンが笑みを浮かべた。「あいつは実家にいて、長すぎるぐらい長い時間を坐っているか、横になっているかして過ごしている。ハーゲンはあいつに休みを取らせるべきじゃなかったんだ。ホーレのような人間はそれに対応できないんだよ。ウップサールで酒を飲み過ぎて死んではほしくはないだろ？　連れ出して、どこかで食事をさせるんだ。映画とビールかな。とにかく、八時から十時までは家にいないようにしてもらいたい。慎重にやるんだぞ。頭が切れるのか、並外れてしつこいだけなのかはわからないが、あの夜、あいつはきみの家から帰るとき、私の車を執拗に観察していたからな。わかったか？」

カイアは答えなかった。彼の都合——仕事や家族への義務——で長いあいだ会えないときに夢にまで見る笑顔だった。いまその笑顔を見ているというのに、ひどく不快な感じがしているのはどうしてだろう？

「あなたが考えているのは……まさか……」

「私は自分がしなくてはならないことを考えているだけだよ」ベルマンが時計を見た。

「それは何？」

ベルマンが肩をすくめた。「何だと思う？　断頭台の上の首をすげ替えることかな」

「あなたのいまの頼みは聞けないわ、ミカエル」

「だけど、これは頼みじゃないんだ、命令なんだよ」

カイアはほとんど聞き取れないほど小さな声で言った。「もし……その命令を拒否したら？」

「そのときはホーレを潰すだけでなく、きみも潰すことになるだろうな」

天井の明かりがベルマンの顔の白い小さな斑点を浮かび上がらせていた。ほんとにハンサムだわ、とカイアは思った。だれか、彼を絵に描けばいいのに。

いまようやく、操り人形どもが操られるべく操られようとしている。ハリー・ホーレは私がエリアス・スコーグに電話したことを突き止めた。私はホーレが好きだ。子供のころか十代に出会っていたら友だちになれたかもしれない。われわれには共通するところがいくつかある。頭のよさというようなところか。彼は一介の刑事にすぎないが、ベールの向こうに隠れているものを透かし見る能力を持っているようだ。それはもちろん、彼といるときは用心しなくてはならないということでもある。これがどう展開していくかを見るのが楽しみだ。子供のようにわくわくしている。

（下巻に続く）

集英社文庫

レパード 闇《やみ》にひそむ獣《けもの》 上《じょう》

2019年7月25日 第1刷
定価はカバーに表示してあります。

著者 ジョー・ネスボ
訳者 戸《と》田《だ》裕之《ひろゆき》
編集 株式会社 集英社クリエイティブ
東京都千代田区神田神保町2-23-1 〒101-0051
電話 03-3239-3811
発行者 徳永 真
発行所 株式会社 集英社
東京都千代田区一ツ橋2-5-10 〒101-8050
電話 【編集部】03-3230-6095
【読者係】03-3230-6080
【販売部】03-3230-6393(書店専用)
印刷 中央精版印刷株式会社 株式会社美松堂
製本 中央精版印刷株式会社

フォーマットデザイン アリヤマデザインストア　マークデザイン 居山浩二

ISBN978-4-08-760757-4 C0197